Sie möchten keine Neuerscheinung verpassen?
Dann tragen Sie sich jetzt für unseren Newsletter ein!

www.ylva-verlag.de

WEITERE BÜCHER VON KD WILLIAMSON

Was es uns bedeutet

Was zwischen uns steht

Aus dem Englischen
von Anne Sommerfeld

NEUE CHANCE FÜRS *Happy End*

KD Williamson

KAPITEL 1

Dani brauchte einen Moment, um sich an die Dunkelheit ihres Schlafzimmers zu gewöhnen. Gott, sie liebte diese Verdunklungsvorhänge. Beste Investition aller Zeiten. Sie gähnte laut und streckte sich, die Arme zur Decke erhoben. Ihre Zehen lugten über die Bettkante heraus. Dani war immer noch müde, ein Dauerzustand, an den sie sich allerdings mittlerweile gewöhnt hatte. Gut ausgeschlafen war sie nie, aber sie hatte gelernt, die Tage zu genießen, an denen sie mehr als ein paar Stunden in ihrem eigenen Bett schlafen konnte.

Etwas streifte sie.

Dani erschrak.

Eine weiche Hand, die Hand einer Frau, glitt über ihren Oberkörper. »Die letzte Nacht war wohl nicht besonders denkwürdig. Hast du vergessen, dass ich hier bin?«

Dani stöhnte innerlich. Das hatte sie in der Tat. Sie lachte leise. »Ja, entschuldige.« Dass eine Frau wie Sandra in ihrem Bett lag, hätte sie wirklich nicht so leicht vergessen dürfen. Sandra hatte verführerische Lippen und einen Schlafzimmerblick, der die ganze Nacht voll unverhohlener Lust auf Dani gerichtet gewesen war. Wie lange war es her, dass eine Frau sie so angesehen hatte? »Falls es das besser macht, ich habe geschlafen wie ein Stein.«

»Mmm. Wie spät ist es? Ich habe noch eine Schicht angenommen. Eine andere Stationsschwester geht zu einer Hochzeit. Um halb neun muss ich im Krankenhaus sein.« Sandra drückte sich von hinten an sie – eine Kombination aus heißer Haut, Kurven und verführerischen Brüsten.

Dani erschauerte wohlig. Mit zusammengekniffenen Augen betrachtete sie den Wecker auf ihrem Nachttisch. 06:03 Uhr, vielleicht? Ohne ihre Brille konnte sie das nicht mit Sicherheit sagen. Sie tastete neben dem

Wecker herum, bis sie fündig wurde, und setzte sich die Brille auf. Es war 07:13 Uhr. Mist. »Es ist kurz nach sieben.«

»Verdammt.« Sandra seufzte. »Aber vielleicht reicht die Zeit noch, um einen bleibenden Eindruck zu hinterlassen.« Sie strich mit der Hand über Danis Brust.

Dani atmete tief durch und lehnte sich der Berührung entgegen.

Sandra umspielte Danis Nippel, während sie ihre Zähne sanft in die Schulter vor ihr vergrub.

Danis Körper sog die Berührungen in sich auf, als wäre sie kurz vor dem Verdursten. Es war wirklich *viel* zu lange her gewesen, seit sie eine Frau im Bett gehabt hatte.

Weniger als eine Stunde später schob Dani Sandra lachend aus ihrem Schlafzimmer. »Du kommst zu spät.«

»Das wäre dann deine Schuld. Du musst mir nur antworten, dann gehe ich.« Sandra grinste. Das Funkeln in ihren Augen ließ sie intensiver blau als gewöhnlich wirken.

Dani verschränkte die Arme vor der Brust. »Schön. Ja, vielleicht können wir das wiederholen, aber ich weiß nicht wann. Ich bin –«

»Beschäftigt. Ich weiß, du bist in deiner Assistenzzeit. Aber sei nicht überrascht, wenn ich dich irgendwann in eines der Bereitschaftszimmer zerre.«

»Ähem.«

Sandra drehte sich um.

Dani blinzelte ihren Mitbewohner und besten Freund an. Ricks behaarte, bronzefarbene Brust und seine Beine waren nackt. Der Rest seines Körpers steckte in grauen Boxershorts. Er saß grinsend in der Frühstücksecke und sein Stuhl knarzte, als er sich bewegte, um seinen Löffel in den Mund zu stecken.

»Oh, hey, Rick.«

Rick legte den Kopf schräg und lächelte träge. »Morgen, Sandra.« Er sang die Worte förmlich.

Dani funkelte ihn finster an.

Anstatt etwas zu sagen, hob Rick bloß die Augenbrauen.

Sandra drückte Dani schnell einen Kuss auf die Lippen und verschwand.

Dani schwieg, als sie sich neben Rick setzte. Er drehte sich zu ihr, während er sich weiterhin seinem Frühstück widmete.

»Ist das mein Rosinen-Nuss-Müsli?«, fragte sie schließlich.

Rick grinste. »Verdammt richtig. Ich könnte eine ganze Schüssel nur von diesen Rosinen essen.«

Sie griff nach seiner Schüssel. »Die Packung war fast leer.«

Er zog sie weg. »Nun, jetzt ist sie ganz leer.«

Danis Magen knurrte. Ricks Leben war in Gefahr, wenn sie nichts zum Frühstücken hatte. »Du könntest zumindest teilen.«

Er seufzte. »Schön, aber du nimmst deinen eigenen Löffel. Ich weiß, womit dein Mund heute Nacht beschäftigt war.«

Dani stöhnte. »Du kannst es einfach nicht sein lassen, oder?«

»Nein, kann ich nicht. Ich bin einfach froh, dass jemand den Staub abgepustet hat.«

Ihr Gesicht wurde heiß. Und war sicher mehr als feuerrot. Manchmal hasste sie es, so blass zu sein. Obwohl Rick sie angewiesen hatte, sich selbst Besteck zu holen, nahm Dani seinen Löffel und die Schüssel und stürzte sich auf den Rest des Müslis. »Halt die Klappe«, murmelte sie mit vollem Mund.

»Ich wette, als du die Beine gespreizt hast, sind Fledermäuse rausgeflogen. Haben sie gequietscht?«

Dani stieß ihn fest mit der Schulter an.

Rick lachte. Es war ein tiefer, herzlicher Laut, dem man nur schwer widerstehen konnte.

Dani lehnte sich an ihn und stimmte in das Lachen ein, bemüht, das Müsli dabei im Mund zu behalten.

Ein paar Minuten später hatte sie die Schüssel leer gegessen. Als sie den Blick hob, stellte sie fest, dass Rick sie beobachtete.

Er kniff die Lippen zusammen und rieb sich über seinen kahlen Kopf.

»Was?«

»Ähm, vielleicht sollte ich dich erst etwas verdauen lassen.«

»O mein Gott, was?« Dani stellte die Schüssel auf die Anrichte. »Spuck's einfach aus.«

Rick schnaubte. »Okay, versprich mir nur, dass es dich nicht davon abhält, dein Ding zu machen.«

»Mein Ding?«

»Mit Sandra, wenn es darauf hinausläuft. Weißt du? Etwas Arsch, wenn du welchen brauchst.« Rick hob Daumen und Zeigefinger zu einer vulgären Geste.

»Ich brauche nicht jederzeit Frauen auf Abruf. Ich habe weder die Zeit noch das Interesse daran.«

»Ich bin einfach nur froh, dass du überhaupt mal wieder irgendein Interesse gezeigt hast.« Rick sah sie sanft an.

Dani zuckte mit den Schultern. »Egal, wie oft oder in welcher Form wir diese Unterhaltung führen, ich bin nicht in der Lage, irgendjemandem genug Konzentration und Aufmerksamkeit zu schenken. Nicht bei meinen Arbeitszeiten. Ich habe zumindest gelernt, mich besser um mich selbst zu kümmern.«

»Wenn du das sagst.«

»Hey! Was soll das heißen?« Dani funkelte ihn an.

»Willst du wirklich, dass ich darauf antworte?«

Nein, wollte sie nicht. Dani wechselte das Thema. »Egal. Ich weiß nicht, woher du die Energie nimmst, Frauen nachzujagen.«

»Ich manchmal auch nicht, aber darum geht es nicht.«

»Worum dann?« Dani stützte die Ellbogen auf die Anrichte.

»Ich weiß, dass das kein Problem für dich ist, aber du weißt, dass Sandra bi ist, richtig?«

»Ja, und? Was hat das …« Die Erkenntnis stieg langsam in ihr auf und hinterließ einen komischen Geschmack in ihrem Mund. »Nein … Das hast du nicht getan! In unserer Wohnung?«

Rick zuckte mit den Schultern. »Doch. Es ist ein paar Monate her. Wir hatten irgendwie über einen längeren Zeitraum was am Laufen, bis es im Sande verlaufen ist. Hin und wieder hier, aber größtenteils im Krankenhaus.«

Sandra stand also auf Bereitschaftszimmer. »Oh, igitt. War ihr Mund an deinem …« Dani warf einen Blick auf seinen Schritt.

Rick sah ebenfalls an sich herunter und lächelte.

Dani wand sich innerlich. »Gott, das ist, als hätte ich dir stellvertretend einen Blowjob gegeben.« Sie hatten schon einmal eine ähnliche Situation erlebt, aber Rebecca war für sie beide ein besonderer Fall gewesen. Es fiel ihr nur ein kleines bisschen schwer, die Gedanken an Rebecca zur Seite zu schieben, dann sah sie Rick wieder an.

»Das ist irgendwie viel zu inzestuös.« Rick rümpfte die Nase.

»Nicht wahr?«

»Ich wollte nur, dass du es von mir hörst, für den Fall, dass sie es erwähnt. Also, ich wünsche euch beiden –«

»Kein weiteres Wort.« Dani schüttelte den Kopf.

»Ja, ernsthaft.«

»Warte. Eine Sache noch. Habt ihr verhütet?« Dani musste einfach fragen.

Rick riss die Augen auf. »Ich lasse mich regelmäßig testen. Ich habe nichts, aber, scheiße ja! Ich hoffe, ihr hattet auch Safer Sex?«

»Auf jeden Fall.«

Er stand auf. »Gut. Ich sollte jetzt gehen.«

»Wohin gehst du? Es ist früh. Wir haben kaum noch am selben Tag frei und heute ist auch noch Samstag.«

Rick drehte sich um und lächelte. »Aah, du vermisst mich.«

»Tue ich. Bis auf ein paar Schwestern bist du der Einzige, den ich –«

»Und wessen Schuld ist das?«

Ihre. Ganz allein ihre. Aber wem ging es in seinem letzten Assistenzjahr schon anders? Wobei sie gar nicht daran denken durfte, dass ihr danach noch drei zusätzliche Jahre für die Spezialisierung in der Kinderonkologie bevorstanden. »Ja, na ja.«

»Die anderen Assistenzärzte sind gar nicht so schlimm, wenn du dich nicht in ihre Dramen reinziehen lässt.«

Dani zuckte mit den Schultern. »Ich will nicht –«

»Du hast keine Energie für Nettigkeiten, schon klar. Ich habe das schon oft genug gehört und gesehen«, beendete Rick den Gedanken für sie. »Es wirkt vielleicht nicht so, aber du wirst immer noch gemocht, obwohl du so gut wie allen die kalte Schulter zeigst. Sie erinnern sich daran, wie du mal gewesen bist.«

Sie runzelte die Stirn. Was andere dachten, war ihr egal.

»Bei allem, was passiert ist, glaube ich manchmal wirklich, dass es besser gewesen wäre, wenn du dich in ein anderes Assistenzprogramm hättest versetzen lassen. Für einen Neustart.« Ricks Stimme klang bestimmt, aber warm.

Flucht war für Dani nie eine Option gewesen. Sie hatte nur noch ein paar Monate vor sich und es war viel zu spät, um sich irgendwo anders für eine Weiterbildung zu bewerben. Außerdem würden ihre Dämonen ihr wahrscheinlich sowieso folgen. War das nicht immer so?

Sie seufzte. Diese Unterhaltung verdarb ihre Stimmung. Sie konnte es gerade nicht ertragen, über all das nachzudenken. Humor war der bessere Ausweg. »Das sagst du jetzt, aber was würdest du ohne mich machen?«

Rick schluckte den Köder. »Sandra noch mal einladen?« Er zog die Augenbrauen hoch.

Dani schätzte seine Angewohnheit, witzig und gleichzeitig ein Arsch zu sein. »O Gott, hör auf.« Sie verbarg ihr Gesicht in den Händen. Dass er auch mal etwas mit Sandra gehabt hatte, würde sie nur schwer vergessen können. Sie hatte sowieso nicht vorgehabt, sich auf irgendeine Affäre am Arbeitsplatz einzulassen. Aber obwohl Dani von ihren Karrierezielen angetrieben wurde, war sie immer noch ein Mensch und sie hatte Sandras exzessivem Flirten schließlich nachgegeben. Dani hielt das nicht für Schwäche. Sex war eine biologische Notwendigkeit und Sandra, nach einer langen Trockenphase, erfreulich verfügbar gewesen.

Rick zog ihre Hände herunter. »Du kommst drüber hinweg.«

»Also, wohin gehst du?«

»Ich treffe mich mit einem Freund. Sollte nur ein paar Stunden dauern.«

»Wen?«

Rick wandte den Blick ab. »Niemanden, den du kennst.«

Interessant. »Kann ich mitkommen?«

»Es ist eine Beerdigung.«

»Oh.« Sie war ziemlich sicher, dass es unhöflich wäre, uneingeladen auf einer Beerdigung aufzutauchen.

»Ja, ich bin für die moralische Unterstützung da, also könnte es eine Weile dauern. Aber wenn ich zurückkomme, gehöre ich ganz dir. Versprochen. Vielleicht koche ich und wir sehen uns endlich einen unserer Filme an? Als ich das letzte Mal nachgesehen habe, war der Festplattenspeicher nahezu voll.«

»Moment. Du ziehst mich dem Basketball mit den Jungs vor?«

Rick zuckte mit den Schultern. »Sie kommen gut ohne mich klar, da bin ich sicher.«

»Na ja, dein Team wird wahrscheinlich sowieso gewinnen.« Dani konnte nicht widerstehen, ein wenig zu sticheln. »Ich weiß, dass sich zumindest alle nach euch umdrehen, weil ihr oben ohne rumlauft.«

»Wie auch immer.« Er schnaubte und winkte ab. »Die anderen Teams sind einfach nicht so gut.«

»Wie du meinst. Also, machst du dann dein Hühnchengericht?«

»Welches?«, fragte Rick.

»Das mit den kleinen grünen salzigen Dingern?«

»Kapern?«

»Wenn du das sagst.«

»Okay, kannst du einkaufen gehen, wenn ich dir eine Liste schreibe?«

Dani sackte stöhnend auf ihrem Stuhl zusammen. »Du bist doch sowieso unterwegs.«

»Oh, sicher, und soll ich dann gleich auch dein Zimmer putzen? Wenn ich schon alles andere erledige.«

»Nein, schon gut.« Sie lächelte.

Rick lachte und ging dann in sein Zimmer.

Verdammt. Na ja, sie konnte immer noch lesen, um sich ein paar Stunden lang die Zeit zu vertreiben. Vielleicht etwas Medizinisches. An diesem Punkt in ihrer Karriere war ihr Kopf so voll, dass er bald platzen musste, aber trotzdem musste sie es schaffen, noch mehr zu lernen. Aber vielleicht wäre es besser, sich erst morgen wieder mit dem ganzen Kram zu beschäftigen. Selbst sie musste hin und wieder mal Luft holen und tief durchatmen.

»Hey?«

Dani sah auf.

Rick streckte den Kopf aus seiner Zimmertür. »Lässt sich das, was Sandra mit ihrer Zunge macht, gut auf Frauen übertragen?« Rick grinste so breit, dass sich kleine Fältchen an seinen Augen bildeten.

»Halt die Klappe!«

Er warf laut lachend den Kopf zurück.

Dani sah sich nach etwas um, das sie nach ihm werfen konnte.

KAPITEL 2

Der Wind toste durch die skelettartigen Bäume des Friedhofs. Nackte Äste ächzten und schlugen geräuschvoll aneinander. Sie übertönten beinahe die Worte des Priesters.

Rebeccas Gedanken schweiften ab. Sie hatte sich schon vor drei Tagen verabschiedet. Für Tante Felicia musste ihr Tod nach so viel Leid eine willkommene Erleichterung gewesen sein.

Die Beerdigung war nur noch eine Formalität. Eine eher kleine Beerdigung war alles, was sich Rebecca mit dem Geld leisten konnte, das ihre Großtante für diesen Fall gespart hatte. Rebecca hätte sich für eine Einäscherung entscheiden können, aber der Gedanke, dass Tante Felicia für immer auf ihrem Kaminsims oder Couchtisch stand, war ihr unangenehm. Eine Zeremonie am Grab kostete immerhin tausend Dollar weniger als Glanz und Gloria in einer Kirche.

Ihre Tante war nie religiös gewesen: Rebecca konnte sich nicht daran erinnern, dass Felicia jemals sonntags in die Kirche gegangen war. Nur einmal im Jahr, zu Weihnachten, machte sie sich auf den Weg. Der Priester heute war also ein Fremder und gehörte zum Service des Beerdigungsinstituts.

Eine Handvoll Menschen hatte sich um den einfachen Holzsarg versammelt und beugte sich über die Öffnung des frisch ausgehobenen neuen Ruheplatzes. Rebecca kannte drei von ihnen sehr gut, darunter die Pflegerin, die sich seit der Diagnose im letzten Jahr um Tante Felicia gekümmert hatte. Freunde der Familie, die aus ihren Löchern gekrochen waren, als sie die Nachricht gehört hatten, waren da. Zum Glück hatte sich keiner der Verwandten die Mühe gemacht, zu erscheinen. Sie hatten schon seit Jahren nichts mit Felicia zu tun gehabt und jetzt auch keinen Grund mehr dazu.

Rebecca hielt sich abseits von dem kniehohen Haufen Erde, der mit einer grünen Plane abgedeckt war. Sie war nicht sicher, warum man die Erde abdeckte. Sie sichtbar zu zeigen, würde die Endgültigkeit der Situation auch nicht zerstören.

Sie ließ ihren Blick über die Gesichter der Anwesenden gleiten. Niemand weinte und auch Rebecca blieb stoisch.

Tante Felicia hätte es so gewollt. Ein Schniefen und sie würde wahrscheinlich aus der mit Satin ausgekleideten Kiste auferstehen und alle anschreien.

Beinah hätte Rebecca gelächelt. Sie sah hinauf in den Himmel. Die Sonne bemühte sich heldenhaft, durch die Wolken zu brechen. Im Kontrast zum Rest des grauen Himmels wirkten die wenigen Sonnenstrahlen fast weiß. Doch selbst die Sonne würde das trübe Bild, das sich Rebecca bot, nicht ändern. Es war Mitte September und für die Jahreszeit untypisch kühl.

Ihre Augen brannten, als die Trauer sich doch langsam ihren Weg an die Oberfläche bahnte. Tante Felicia war eine harte Frau gewesen, niemals warmherzig oder übermäßig freundlich. Rebecca war ihr für vieles dankbar, obwohl es nicht einfach gewesen war, bei ihr aufzuwachsen. Manchmal war es sogar schrecklich gewesen. Ihre Tante war streng und glaubte daran, die Wahrheit so offen aussprechen zu müssen, wie sie sie wahrnahm – was auch ihre Meinung über Rebeccas Sexualität eingeschlossen hatte.

Nur einmal hatten sie darüber gesprochen, als Rebecca noch zur Schule gegangen war und mit ihrer ersten Freundin erwischt wurde. Obwohl *gesprochen* den Eindruck vermitteln würde, dass es eine Unterhaltung gegeben hatte. Tatsächlich war es eher Geschrei gewesen. Seitdem hatte Rebecca diesen Teil ihres Lebens vor ihrer Tante versteckt gehalten. Allerdings hatte sie sich geweigert, ihr Leben nicht mehr zu leben. Man musste ja nicht über alles reden oder alles mit jedem teilen.

Die Sonne verlor ihren Kampf und verschwand völlig hinter der Wolkendecke. Rebecca richtete den Kragen ihrer Lederjacke, um ihren Hals zu bedecken. Sie hätte etwas Dickeres anziehen sollen, aber die schwarze Lederjacke passte besser zu ihrem Hosenanzug und der Beerdigung. Sie schob die Hände in die Taschen und schimpfte mit sich selbst dafür, keine Handschuhe angezogen zu haben.

Jemand trat langsam neben sie. Instinktiv bewegte Rebecca sich einen Schritt zur Seite.

Die Person legte eine Hand auf ihren unteren Rücken. Sie kannte diese Wärme und das unverwechselbare Parfum. Sie drehte sich ein Stück und sah zu Rick auf. Seine Augen waren dunkel und er sah sie sanft an. Rebecca entspannte sich. Sie hatte nicht wirklich erwartet, dass er kam. Dankbar, dass er es doch getan hatte, legte sie ihren Arm um seinen und drückte ihn.

»Entschuldige, ich wurde im Verkehr aufgehalten«, flüsterte er und drückte ihr einen Kuss auf den Kopf.

Rebecca nickte und ließ sich noch weiter gegen ihn fallen.

Einige Minuten später kam der Priester zu ihr, um ihr die Hand zu schütteln. »Ms. Wells, ich möchte Ihnen noch einmal mein Beileid aussprechen.«

»Danke«, erwiderte Rebecca. Anschließend kam eine Person nach der anderen zu ihr, um ihre Anteilnahme zu bekunden. Diejenigen, die sie kannten, wollten sie umarmen, aber Rebecca tat ihr Möglichstes, um dem aus dem Weg zu gehen.

Als sie allein waren, trat Rick wieder an sie heran. »Geht's dir gut?«

Rebecca nickte. Sie nahm eine Handvoll Erde und ließ sie auf den abgesenkten Sarg rieseln.

»Ich muss hören, dass du es sagst.«

Sie klopfte sich die Hände ab. »Ja.« Ihre Stimme war belegt und rau. Rebecca räusperte sich. »Ja, es wird schon wieder.«

Rick legte den Kopf schräg und musterte sie einen Moment. »Okay. Also, ich weiß, dass du noch nichts gegessen hast. Lass mich dich zum Frühstück einladen.«

Sie gingen langsam zum Parkplatz. Der ältere, dunkelblaue Toyota Camry stach unter den hübscheren Autos heraus, die gerade wegfuhren. »Du hast das letzte Mal gezahlt, als ich hier war, und ich verdiene mehr als du.«

Rick schnaubte. »Das wird nicht für immer so sein.«

Sie brummte zustimmend.

»Lust auf *Home Grown*?«

Rebecca lief tatsächlich das Wasser im Mund zusammen. Kein Südstaatler, der etwas auf sich hielt, würde je Nein zu *Biscuits and Gravy* sagen. Auch wenn der Rest der Welt diese Vorliebe für das Gericht aus weichen Brötchen und einer mit Mehl und Milch angedickten Bratensoße nicht verstand. »Mhm.«

»Wir treffen uns da und ich reserviere einen Platz, wenn ich vor dir da bin. Theke oder Tisch?«

»Tisch«, antwortete sie.

»Wird gemacht.«

Rebecca fuhr auf der Suche nach einem Parkplatz um den Block. Gerade als etwas frei wurde, zischte ein anderes Auto vor ihr in die Parklücke. »Verdammtes Arschloch!« Sie fuhr langsamer und sah den Kerl, der aus dem Auto stieg, finster an. Er schenkte ihr jedoch absolut keine Aufmerksamkeit, was sie nur noch mehr grummeln ließ.

Ihr Handy piepte. Als sie an einer roten Ampel hielt, nahm sie es in die Hand.

Bin gerade angekommen. Habe eine Sitzecke bekommen. Ist auf meinen Namen reserviert.

Etwas weiter die Straße hoch fand sie schließlich doch einen Parkplatz. Rebecca stieg aus und gab ihre Autonummer in die mobile Parkingapp ein, um für ein paar Stunden zu bezahlen, ehe sie schnell zum Restaurant ging.

Als sie das *Home Grown* betrat, lächelte die Empfangsdame sie an.

»Ich bin mit Rick Turner verabredet.«

Die Empfangsdame sah auf die Liste mit den Reservierungen und richtete ihren ausdruckslosen Blick dann wieder auf Rebecca.

»Sehr groß, Glatze, etwas dunkler als ich und gutaussehend?«

Die Frau drehte sich um und musterte die sitzenden Gäste. Als sie sich wieder zu Rebecca umdrehte, hob sie eine Augenbraue.

Rebecca musste lächeln. Sie hatte gerade mehr als die Hälfte der anwesenden Personen beschrieben.

Ein Mann trat hinter die Empfangsdame. »Ich übernehme, Jamie.«

Die Frau nickte. »Kevin weiß vielleicht, von wem Sie sprechen. Ich kann seine Handschrift nicht lesen.«

Rebecca ließ ihren Blick erneut durch den Raum gleiten, während Kevin den Sitzplan betrachtete. Das Restaurant war voll. Die verschiedenen Unterhaltungen, das Lachen und der Geruch von frisch frittiertem Essen gaben diesem Ort eine einladende Atmosphäre. Selbst im Eingangsbereich hielten sich eine Menge Leute auf. Rick musste heftig geflirtet oder jemanden bestochen haben, um so schnell einen Tisch zu bekommen.

»Kann ich Ihnen helfen?«, fragte Kevin.

»Rick Turner?«

Kevin strahlte.

Also hatte Rick wahrscheinlich geflirtet *und* ihn bestochen. Er hatte wirklich kein Schamgefühl.

»Jaime, kannst du noch eine Minute hierbleiben?«, fragte Kevin seine Kollegin, die nickte. Er bedeutete Rebecca, ihm zu folgen.

Als sie den Tisch erreichten, an dem Rick grinsend saß, richtete Kevin seine Aufmerksamkeit auf Rick. »Kann ich Ihnen noch etwas bringen?« Sein Lächeln war breit und strahlend.

Rick schüttelte den Kopf. »Nein, aber danke, dass Sie das gemacht haben.«

Kevins Lächeln verblasste ein wenig. »Sehr gern geschehen.«

Rebecca beobachtete die Szene schweigend und presste die Lippen zusammen, um nicht zu lachen.

Als Kevin weg war, sah Rick sie mit einem Lächeln an. »Also, warum hast du so lange gebraucht?«

Rebecca nahm sich die Speisekarte, obwohl sie wusste, was sie wollte. »Jemand hat mir den Parkplatz vor der Nase weggeschnappt.«

Er lachte leise. »Sag mir, dass du niemanden erschossen hast. Oder hast du ihm die Meinung gegeigt? Für eine so winzige Person kannst du verdammt angsteinflößend sein. Deine aggressive Fahrweise ist so undamenhaft.«

Sie sah ihn finster an. »Ich bin nicht winzig, Bigfoot. Und ich trage keine Waffe, wenn ich nicht im Dienst bin.«

Er schnaubte. »Den Blick hat mir Dani heute Morgen schon mehrmals zugeworfen. Ich brauche ihn nicht auch noch von dir.«

Dani. Etwas in Rebeccas Magen zog sich zusammen. Eine fast harmlose Reaktion. Es hatte lange gedauert, bis der Klang dieses Namens sich nicht mehr wie ein Schlag in die Magengrube angefühlt hatte. »Sie ist wütend auf dich?«

»Nein, nicht wirklich.«

»Ah.« Rebecca biss sich auf die Innenseite ihrer Wange, um nicht weiter nachzufragen. »Wie geht's ihr?« Die Worte entschlüpften ihr trotzdem.

Rick trank einen Schluck Wasser. Mehrere Sekunden vergingen. »Mir gefällt deine neue Frisur. Steht dir. Warum hast du dich für kurz entschieden?«

Rebecca war heiß, also zog sie ihre Jacke aus und hängte sie über ihre Stuhllehne. Sie wusste, was er tat. Er lenkte vom Thema ab, um sie zu beschützen. Manchmal musste sie ihm die Informationen förmlich entreißen. Obwohl sie wusste, dass Dani sie nichts mehr anging. Rebecca entschied sich, auf seine Ablenkung einzugehen. »Ich brauchte eine Veränderung.« Sie strich über ihren Pony und den Nacken. Sie hatte sich immer noch nicht daran gewöhnt, dass nichts mehr da war. Die verbliebenen Haare waren weich und am Nacken und an den Seiten kurz geschoren. »Ich war versucht, sogar noch kürzer zu wagen.«

»Wie Lupita Nyong'o, als sie angefangen hat?«

»Ja.«

Er musterte sie. »Nein. Aber du hättest die Farbe etwas aufhellen sollen. Damit deine haselnussbraunen Augen betont werden.« Er verzog das Gesicht. »Dani hat seit einer Ewigkeit dieselbe Frisur. Ich glaube, sie würde mit kurzen Haaren und vielleicht sogar blonden besser aussehen, aber sie ist immer noch damit zufrieden, einen Pferdeschwanz zu tragen, wenn es sein muss.«

Rebecca lächelte. Manche Dinge änderten sich nie. Sie hatte ein Bild von Dani im Kopf und wollte nicht, dass die Vorstellung von dunklen, zerzausten, schulterlangen Haaren und gefühlvollen braunen Augen zerstört wurde. »Vielleicht hast du den falschen Beruf. Ich kenne niemanden, der so ein Händchen für Stil hat.«

»Ich bin stolz darauf, diese Dinge zu wissen.«

Rebecca schluckte. »Rick?«

»Hm?«

Der Kellner tauchte auf. »Guten Morgen. Ich bin Andy. Darf ich Ihnen etwas zu trinken bringen?«

»Cola mit extra viel Eis und die Biscuits bitte. Viel Soße.«

»Orangensaft ohne Fruchtfleisch und die Hühnchenpastete mit selbstgemachten Pommes.« Rick lächelte den Kellner an.

Orangensaft wäre besser für sie gewesen, aber sie brauchte eine Ladung Zucker. Außerdem passte Cola zu allem. Als sie wieder allein waren, fuhr Rebecca fort. »Also, ist sie mit jemandem zusammen? Es ist vier Jahre her. Ich werde nicht zusammenbrechen, falls es so ist.« Rebecca selbst hatte die ganzen Jahre auch nicht wie eine Nonne gelebt.

Rick lehnte sich seufzend zurück. »Warum fragst du dann? Ich habe nur versucht –«

»Ich weiß und es war auch anfangs ganz lieb, aber …«

Er hob eine Hand. »Okay, ich verstehe. Es geht ihr gut. Sie überfordert sich immer noch.«

»Hm.« Er hatte ihre Frage nicht direkt beantwortet, aber selbst das war vielsagend.

Nach der Trennung war Rick neutral wie die Schweiz gewesen und war es noch immer, wenn es nötig war. Andernfalls hätte ihre Freundschaft nicht überlebt.

»Sie hat sich nicht stark verändert. Du hingegen …« Rick beendete den Satz nicht. Musste er auch nicht.

»Das ist gut.« Rebeccas Kehle war plötzlich trocken. Sie griff nach seinem Wasser und trank einen Schluck. Anscheinend hatte Andy vergessen, ihr auch ein Glas zu bringen. »Ich weiß, dass du ihr nicht von Tante Felicia erzählt hast, aber man könnte doch denken, dass sie es auf *Facebook* oder so gesehen hat.« Sie fischte im Trüben. Das war nicht das Klügste, aber jetzt konnte sie es nicht mehr zurücknehmen.

»Dani hat nicht mal einen *Facebook*-Account.« Er nahm sein Glas wieder zurück. »Lass dich nicht unterkriegen. Sie wäre sowieso nicht gekommen. Sie hat sie nicht wirklich gekannt und auch nach all der Zeit kann ich mir nicht vorstellen, dass sie in deiner Nähe sein will.«

Der Kellner brachte ihre Getränke. Rebecca packte ihren Strohhalm aus und steckte ihn in ihr Glas. Ricks Worte taten weh, aber sie hatte sie verdient. Das Ziehen in ihrem Bauch kehrte zurück. »Ja.«

Rick schwieg einige Minuten und dafür war Rebecca dankbar. Da sie den Koffeinkick brauchte, trank sie ihre Cola aus, während er sich mit seinem Handy beschäftigte.

Schließlich sah er auf. »Also, wie lange bleibst du?«

Rebecca atmete tief durch. »Felicia hat mir das Haus hinterlassen. So wie es ist. Da sie die Behandlung verweigert hat, sind nicht viele Rechnungen offen.«

»Wirst du es trotzdem verkaufen?«

Erneut tauchte der Kellner auf und stellte die Teller vor ihnen ab.

Rick hielt seinen Blick weiter auf sie gerichtet.

Rebecca nahm den Pfefferstreuer und konzentrierte sich darauf, eine schöne Menge des Gewürzes auf die in Gravy getränkten Biscuits zu verteilen. Anschließend sah sie auf und stellte den Streuer wieder auf den Tisch. »Nein, ich werde bleiben.«

Seine Augen weiteten sich und langsam breitete sich ein Lächeln auf seinem Gesicht aus. »Du lügst.«

»Ich wollte nichts sagen, bis ich wusste, dass ich einen Job habe. Anfang der Woche hatte ich ein Bewerbungsgespräch für einen Arbeitsplatz in der Vermisstenstelle für Jugendliche im Atlanta Police Department. Mein Captain hat von oben erfahren, dass es so gut wie beschlossen ist. Ich sollte nächste Woche einen Anruf bekommen.«

»Wahnsinn!« Rick grinste weiter.

Seine Reaktion ließ sie strahlen. »Ich weiß, nicht wahr? Ich hatte Glück.«

»Warum wolltest du zurückkommen?«

Auf seine Frage gab es so viele Antworten, kleine und große. Vielleicht sollte sie sich für die großen entscheiden. »Als ich wusste, dass ich Polizistin sein wollte, habe ich alles getan, um dieses Ziel zu erreichen. Ich habe den Kopf unten gehalten und einfach meinen Job erledigt. Diese Konzentration hat mich auf der Polizeiakademie und in der Zeit danach weit gebracht. Ich war bereit, alles zu tun und überall dahin zu gehen, wo sie mich wollten. Als ich Detective wurde, war die einzige offene Stelle in der Einheit für vermisste Personen. Ich habe es nicht lange gemacht, aber es stellte sich heraus, dass es genau mein Ding ist. Ich will das weitermachen. Meine Einheit … Größtenteils waren es gute Leute, denke ich.« Rebecca sah auf ihren Teller. »Aber es ist nicht zu Hause. Ich habe hier nicht mehr viel …«

»Hör auf.«

Ihre Blicke trafen sich.

»Du hast eine Menge.« Rick schob seine Hand mit der Handfläche nach oben über den Tisch.

Rebecca ergriff sie.

»Du hast gerade mehr gesagt als üblich. Bist du müde?« Er lächelte sie schief an.

Rebecca bog seine Finger zurück.

»Autsch! Hey …« Er fing an zu lachen. »Tut mir leid. Schlechter Witz und schlechtes Timing.«

»Stimmt.«

»Ich meine es aber ernst.« Er drückte ihre Hand.

»Manchmal kann ich nicht glauben, dass ich dich mal attraktiv fand.«

Rick wand sich. »Ich erinnere mich noch an diese Party. Während des Studiums hatte ich nicht oft die Chance, zu feiern, aber der Abend war klasse. Ich bin so froh, dass ich zu betrunken war, um mit dir zu schlafen.«

»Ich auch.« Stattdessen hatten sie mehr und mehr Zeit miteinander verbracht, waren Freunde geworden und schließlich hatte Rick sie seiner besten Freundin vorgestellt.

»Aber ernsthaft. Ich bin froh, dass du bleibst.« Er leckte sich die Lippen. »Aber du weißt, sie wird es nicht gut aufnehmen, dass du wieder hier bist, oder?«

»Du hast gesagt, dass sie eine Weile nicht nach mir gefragt hat.« Der Gedanke löste die Hoffnung in ihr aus, dass sie nach all dieser Zeit noch Wirkung auf Dani haben könnte. Rebecca genoss den Gedanken.

»Hat sie auch nicht, aber es war leichter, mit euch beiden befreundet zu sein, als du vier Stunden weit weg in Savannah warst.« Rick rieb sich über den Kopf. »Sie weiß, dass wir Kontakt haben, aber ich bin nicht sicher, warum ich sie jedes Mal angelogen habe, wenn ich dich besucht oder getroffen habe, wenn du in der Stadt warst.«

»Ich glaube, du hast gerade deine eigene Frage beantwortet. Es war einfacher.«

»Vielleicht. Atlanta ist vielleicht groß, aber ich glaube nicht, dass es gut ist, *so etwas* vor ihr zu verheimlichen. Und vor allem *das hier*.« Rick deutete zwischen ihnen hin und her.

»Ja, das denke ich auch. Da ich wieder herziehe, ist es vielleicht das Beste, es öffentlich zu machen.«

Er atmete aus und seine Schultern sackten etwas nach unten. »Ich sollte es ihr wohl sagen.«

Rick klang nicht begeistert, aber Rebecca konnte ihm keinen Vorwurf machen. Die Versuchung, alles in seine Hände zu legen, war beinahe unwiderstehlich. Aber das wäre unfair ihm gegenüber.

Sie schüttelte den Kopf. »Nein, ich werde es tun, wenn ich so weit bin.« Ein kalter Schauer der Angst lief ihr bei diesem Gedanken über den Rücken. »Sie wird so schon sauer genug auf dich sein.«

»Ich weiß.« Rick sah auf seinen Teller und schob mit der Gabel das Essen darauf herum.

»Aber sie wird dir verzeihen«, sagte Rebecca. »Es wird ein oder zwei Minuten dauern, aber sie wird dir verzeihen.« Allerdings würde Dani *sie* wahrscheinlich noch mehr hassen. Vielleicht bildete sich Rebecca aber auch zu viel ein. Mittlerweile war sie an einem Punkt, an dem sie Dani keinen Vorwurf mehr machen würde, wenn diese sich einen Scheiß für sie interessierte. All die Wärme, die sich vor einer Minute in ihr breitgemacht hatte, verschwand angesichts dieser Gedanken.

Rick sagte nichts und sah sie auch nicht an.

Ihre Schuldgefühle schmerzten immer noch. Es war der Schmerz einer Klinge, die mit der Zeit zwar stumpfer geworden war, aber nie von ihr abließ.

Sie legte ihre Hand auf Ricks. Er drückte ihre Finger. Rebecca wollte ihn nicht verlieren.

Sie zog ihre Hand zurück und machte sich über ihr Essen her. Es war immer noch warm, aber die Köstlichkeit vor ihr hätte genauso gut Asche in ihrem Mund sein können.

Ricks Besteck fiel klappernd auf den Teller. »Nein, Becca.«

Sie sah ihn an. Er war der Einzige, der in den letzten vier Jahren die Abkürzung ihres Namens benutzt hatte. Er war der Einzige, dem sie es erlaubt hatte. »Nein was?«

Er richtete sich auf seinem Stuhl auf. »Hör zu, ich will das auch nicht machen, aber dass du einfach aus heiterem Himmel auftauchst, hört sich das für dich wirklich richtig an?«

»Andernfalls wird sie mich wahrscheinlich nicht sehen wollen.«

»Wahrscheinlich.« Rick zuckte mit den Schultern. »Aber kannst du es ihr vorhalten? Ich muss sowieso reinen Tisch mit ihr machen. Da kann ich ihr genauso gut alles sagen und mich den Konsequenzen stellen.«

Rebecca sah ihn einen Augenblick lang an. Sein Sinneswandel stürzte ihre eigene Entschlossenheit ins Chaos. Aber ein Teil von ihr war auch erleichtert, während der andere Teil von Angst umklammert wurde. Sie versuchte, den Kloß in ihrer Kehle herunterzuschlucken, hatte aber nur wenig Erfolg. Was konnte sie tun? Was auch immer passieren würde, lag nicht nur in ihren Händen.

Sie nickte.

Als hätte er den Atem angehalten, sank er plötzlich in sich zusammen und nickte ebenfalls.

Vielleicht war nichts davon so schlimm, wie sie es sich vorstellten. Vielleicht hatte Dani wirklich alles, was zwischen ihnen passiert war, hinter sich gelassen. Vielleicht konnten sie sogar Freunde sein.

Eine Menge Vielleichts. Mindestens eins davon würde sich bewahrheiten.

Vielleicht.

KAPITEL 3

Dani kam um die Ecke, den Blick konzentriert auf das Tablet in ihrer Hand gerichtet. Sie blätterte weiter zur nächsten Seite der Patientenakte und murmelte leise vor sich hin. Die Laborberichte des Patienten waren alt, darum konnte sie nicht beurteilen, ob seine Werte sich gebessert hatten. Immer wieder huschten Kollegen an ihr vorbei. Mehrmals hörte Dani ihren Namen und jedes Mal sah sie auf und nickte höflich.

Mit der Schulter stieß sie schließlich die Tür der Pädiatrie auf und betrat eine vollkommen andere Welt. Verschwunden waren die langweiligen weißen Wände, die das restliche Amery University Hospital prägten. Die Kinderkrankenstation war bunt. Jede Wand war individuell gestaltet. Und das war großartig. Die Bilder erinnerten sie daran, dass jedes Kind einzigartig war.

Auf ihrem Weg zum Schwesternzimmer passierte Daniela ein riesiges Wandgemälde – ein großer Baum mit langen, gewundenen Ästen, zwischen denen sich Schmetterlinge, Bienen und Kolibris tummelten. Eine Eichhörnchenfamilie beobachtete das Geschehen um sie herum aus ihrem Kobel. Dani fühlte sich ihnen verwandt, denn wie diese Eichhörnchen war auch sie eine Beobachterin dessen, was um sie herum geschah. Ihre Aufgabe ging aber weit über die der Eichhörnchen hinaus. Sie war nicht nur eine Beobachterin, sondern auch eine Art Hüterin, Beschützerin der » Bewohner« der Station. Als sie weiterging, kam sie an Bildern von Prinzessinnen, Feuerwehrmännern, Monstertrucks, Spongebob und vielen anderen Figuren vorbei.

Am Schwesternzimmer angekommen, ignorierte Dani die kleine Gruppe von Ärzten, die etwas abseits stand, und wandte sich an die Krankenschwester hinter der Rezeption. »Betty?«

Ohne ihr Telefonat zu unterbrechen, sah die Krankenschwester auf und hob einen Finger.

Dani nickte. Plötzlich rammte sie jemand. Beinahe wäre ihr das Tablet aus der Hand geflogen. Sie drehte sich um, um zu sehen, wer sie als Rammbock benutzt hatte. Dani kannte das Gesicht des Mannes, sein Name fiel ihr allerdings nicht ein. Sie warf einen schnellen Blick auf das Namensschild.

»Entschuldigung, Dr. Russell«, sagte er.

Dani zwang sich zu einem Lächeln. »Nichts passiert, Dr. Norman.«

Er war groß und mollig und sein Blick huschte nervös umher. »Ich hasse diese Rotation. Ich wäre lieber in der Orthopädie als hier.«

»Ähm, okay.« Dani trat einen kleinen Schritt zurück. Er wirkte etwas gestresst, aber taten das nicht alle Assistenzärzte? »Na ja, dann ist das vielleicht nicht der richtige Ort für Sie.«

Er zuckte mit den Schultern. »Ich will eine umfassende medizinische Ausbildung.« Seine Stimme war so monoton, als würde er aus einer sehr langweiligen Broschüre vorlesen.

»Sie mögen keine Kinder?« Dani wich ein kleines Stück zur Seite.

»Gott, nein«, flüsterte er. Immerhin war er so klug, die Stimme zu senken. »Und Kinder mögen mich auch nicht.«

Wahrscheinlich rochen sie seine Angst. Mühsam unterdrückte Dani ein Grinsen. Sie wollte auf keinen Fall, dass er den Eindruck gewann, dass sie sich anfreunden könnten. Einen guten Ratschlag konnte sie ihm aber geben. »Am besten, Sie sprechen mal mit Ihrem Betreuer darüber.«

Er nickte.

»Brauchen Sie etwas, Dr. Russell?«

Zumindest heute war Bettys Timing ausgezeichnet. Dani lächelte Dr. Norman knapp zu und wandte sich dann an Betty. »Ja, die Ergebnisse von Marks neuestem Bluttest sind nicht in seiner Krankenakte. Ich dachte, ich hätte vermerkt, dass es dringend ist.«

Betty sah zu Dr. Norman. »Eigentlich hätte Dr. Norman im Labor bleiben und den Leuten dort Feuer unter dem Hintern machen sollen.«

Dr. Normans Gesicht wurde rot und er stammelte: »Es tut mir leid. Ich, ähm, habe es falsch verstanden. Ich habe ihnen gesagt, sie –«

»Sehen Sie es als Ihre Chance, der Pädiatrie für eine Weile zu entkommen«, unterbrach Dani ihn.

»Ja, gut. Danke.« Kaum hatte er den Satz zu Ende gesprochen, verschwand er.

Betty verdrehte die Augen. »Du meine Güte. Vielleicht ist es besser für ihn und alle anderen, wenn man ihn in die Forschung steckt.«

»Das ist nicht nett.« Dani lachte leise.

»Nein, aber Sie wissen, dass es stimmt.«

»Kein Kommentar.«

»Gute Antwort. Sie müssen ja Ihren Ruf wahren.« Betty hob eine Augenbraue.

Dani drückte das Tablet an ihre Brust. »Was wird denn jetzt wieder über mich erzählt?«

»Offensichtlich sind die neuen Assistenzärzte immer noch der Meinung, dass Sie sich für etwas Besseres halten, aber jemand hatte die geniale Idee, es läge daran, dass Sie reich sind.«

»Schön wär's. Wie kommen die auf so etwas?« Dani war es mittlerweile egal, was die Studierenden und die anderen Assistenzärzte von ihr dachten. Dennoch wunderte sie sich oft über den Mist, den sie sich einfallen ließen.

Betty zuckte mit den Schultern. »Sie sind eben eine mysteriöse Frau.«

»Nein, bin ich nicht. Ich rede mit Menschen.«

Betty musterte sie skeptisch.

»Na ja, mit manchen Menschen. Mit Kindern, Eltern, Krankenschwestern und mit Rick. Das zählt doch wohl.« Ihr wurde allerdings bewusst, dass sie Rick diese Woche kaum gesehen oder mit ihm gesprochen hatte.

»Sollte man meinen. Da wir gerade davon sprechen, Austin fragt schon den ganzen Vormittag nach Ihnen.«

»Hat schon einer seiner Ärzte nach ihm gesehen?«, fragte Dani.

»Ja. Aber er versteht nicht recht, warum Sie in Zukunft nicht mehr so oft da sein werden.«

»Ich weiß. Aber mir ist es lieber, dass er verwirrt ist, als dass er wieder auf die pädiatrische Intensivstation oder die Onkologie zurückmuss. Wo ist er?« Dani seufzte. Sie war es gewohnt, dass sich sowohl die Kinder als auch deren Eltern sehr auf sie fixierten. Dani störte das nicht, vor allem wenn es ihnen half, eine schwierige Zeit durchzustehen.

»Als ich das letzte Mal nachgesehen habe, war er bei den Avengers.«

Es dauerte nicht lange, bis sie Austin gefunden hatte. Dani strich ihm über den Arm, schwieg jedoch. Gemeinsam betrachteten sie das Wandbild.

»Hat noch nie jemand gesagt, dass das Grün vom Hulk falsch ist? Dann könnte man das ändern.« Austin wandte sich Dani zu. Seine braunen Augen waren klar und strahlend und weit entfernt von dem schmerztrüben Anblick, der Dani schon so vertraut war.

Sie musterte das Wandbild. Dani hatte keine Ahnung von Comics oder Superhelden, aber nachdem ihr Dutzende von Kindern gesagt hatten, dass Hulk nicht neongrün sein sollte, glaubte sie es. »Ich weiß es nicht.«

»Und er lächelt. Das tut der Hulk nicht. Warum hat er so große Zähne?«

Das hatte Dani sich auch schon gefragt. Er sah aus, als würde er in einer Zahnpastawerbung mitspielen. »Diese Frage kann ich dir leider nicht beantworten.«

Austin sah sie weiter an und kratzte sich am kahlen Kopf. »Warum können Sie nicht mehr meine Ärztin sein? Ich kann Ihnen alles über den Hulk beibringen, wenn Sie mögen.«

»Weil all die schlimm kranken Zellen herausgenommen wurden, als Dr. Meda dich operiert hat, und du mich jetzt nicht mehr brauchst. Aber ich freue mich, wenn du mir etwas über den Hulk beibringst.«

»Die wirklich, wirklich kranken Kinder sehen Sie am meisten, stimmt's?«

»Genau. Ich sorge dafür, dass sie die richtige Medizin bekommen, damit es ihnen wieder besser geht.« Dani sah ihn die ganze Zeit direkt an, ohne den Blickkontakt zu unterbrechen.

Plötzlich schlang Austin die Arme um sie. Lächelnd streichelte sie ihm über den Rücken und genoss voller Zuneigung seine Nähe.

»Es ist ätzend, dass ich Sie nicht mehr sehen kann.« Er schniefte und drückte sein Gesicht an ihre Brust.

»Ich weiß, aber du darfst bald nach Hause. Da kannst du deinen Hund sehen und draußen spielen. Willst du das nicht?«

Er sah zu ihr auf und nickte. »Ich will nie wieder so krank sein.«

»Das will ich auch nicht.«

Austin trat zurück, lehnte sich aber weiterhin an sie. »Thor ist auch falsch. Er sollte einen Hammer haben und kein Schwert.«

Sie lachte leise. »Das habe ich auch schon gehört.« Dani legte einen Arm um seine Schultern. »Na komm, ich bringe dich wieder in dein Zimmer.«

»Okay.« Austin ließ sich von ihr führen. »Dr. Russell?«

»Hm?« Sie gingen an den Monstertrucks vorbei.

»Wenn ich meine Mom überreden kann, den Film mitzubringen, schauen Sie sich dann *The Avengers* mit mir an? Oder können wir ihn vielleicht auf *YouTube* gucken? Die Szenen mit dem Hulk sind die besten. Die müssen Sie sehen.« Aus großen, aufrichtigen Augen sah Austin zu ihr auf.

»Okay, ich habe ein paar Minuten Zeit und ein Smartphone. Also schauen wir es uns auf *YouTube* an.«

Zehn Minuten später verließ Dani Austins Zimmer mit einem Lächeln im Gesicht. Diese kleinen Momente machten ihre manchmal zermürbende Arbeit als Assistenzärztin erträglich. Und dann konnte sie auch noch Leben retten und großartige Kinder kennenlernen. Nichts anderes reichte daran heran.

Dani schickte Rick eine Nachricht, aber eine Viertelstunde später hatte er immer noch nicht geantwortet. Sie sah im Aufenthaltsraum nach und war sogar mutig genug gewesen, in einige Bereitschaftsräume zu schauen, hatte aber auch dort kein Glück. Sie wollte nur mit ihm Mittag essen. In den letzten Tagen hatten sie sich zwar im Vorbeigehen mehrmals gesehen, aber, abgesehen von einer kurzen Begrüßung, nicht miteinander gesprochen. Das war durchaus typisch für sie. Nicht typisch war allerdings, dass Rick so kurz angebunden war und sie mied. Normalerweise suchten sie die Nähe des jeweils anderen, selbst wenn es nur für ein paar Minuten war.

Rick war nicht im OP. Dani hatte an der Tafel nachgesehen. Als sie das Ende des Flurs erreichte, drückte Dani auf den Fahrstuhlknopf. In der Cafeteria hatte sie noch nicht nachgesehen. Sie mussten reden – ihre normalerweise tiefe Verbindung wiederherstellen.

Der Fahrstuhl öffnete sich. Dani entdeckte Sandra und hielt sich schnell das Handy ans Ohr. Sie winkte Sandra zu, als diese den Fahrstuhl verließ.

Dani trat ein. Ja, so wie anscheinend Rick, vermied sie auch jemanden, aber sie hatte ihre Gründe. Der wichtigste war, dass sie wirklich kein Interesse hatte, in Flüssen zu schwimmen, in die Rick bereits gesprungen war. Nichts gegen Sandra. Die Nacht und der darauffolgende Morgen waren ihr noch gut in Erinnerung.

Die Fahrstuhltüren öffneten sich ein paar Mal, bevor sie ihr Ziel erreichte. Dani ließ die anderen zuerst aussteigen, ehe sie in den Flur trat.

Und tatsächlich, da stand Rick. Er lehnte an der Wand am Ende des Gangs und telefonierte, ging dabei auf und ab und gestikulierte wild, ehe er sich mit der freien Hand über den Kopf strich. Er verzog das Gesicht, als hätte er einen faulen Geruch in der Nase. Dani runzelte die Stirn. Sein wilder Blick war geradezu beunruhigend und ließ ihn genauso nervös aussehen wie Dr. Norman.

Irgendetwas stimmte hier nicht. Ganz und gar nicht. Mit schnellen Schritten ging sie zu ihm.

Rick hob den Blick, setzte zum Reden an, schloss den Mund dann aber wieder. Nach einer gefühlten Ewigkeit murmelte er: »Äh, ja, alles gut. Ich melde mich später.« Er schob sich das Handy in die Tasche. »Hey«, begrüßte er sie, konnte ihr dabei aber kaum in die Augen sehen.

»Was ist los? Muss ich aufzählen, inwiefern du dich in letzter Zeit merkwürdig verhältst, oder ersparst du mir die Mühe und sagst mir einfach, was nicht stimmt?«

Rick wandte erneut den Blick ab und atmete langsam aus. Seine Schultern sackten nach unten. »Dani, ich …« Er schüttelte den Kopf. »Ich muss mich zusammenreißen. Was ist los mit mir?« Rick sah sie an. »Hey, es tut mir leid. Ich dachte, ich hätte mehr Zeit, um –«

»Zeit? Mehr Zeit wofür? Geht es dir gut?« Nichts davon half, ihr rasendes Herz zu beruhigen.

»Becca.«

Dieser Name hatte ihr einst so viel bedeutet. Und noch heute verursachte er ein leichtes Flattern in ihrer Brust. »Becca?« Ihr stockte der Atem. Die alte Angst kam zurück. Polizistinnen waren einer ständigen Gefahr ausgesetzt. Beinahe jeder Muskel in ihrem Körper spannte sich an und ließ sie wie erstarrt zurück. »Ist sie …«

Rick packte sie an ihren Schultern und schüttelte den Kopf. »Nein, nichts dergleichen.«

Dani entspannte sich, aber ihr Herz hämmerte immer noch wie wild in ihrer Brust. »Was dann?«

Ricks Hände glitten über ihre Arme, bis er ihre Hände in seine nahm. »Ich bin ein Feigling. Ich hätte es dir sofort sagen sollen. Es ist erst eine Woche her, aber trotzdem.« Er schüttelte den Kopf. »Diese Beerdigung, auf der ich war. Es war die von Beccas Tante. Sie hat ihr das Haus hinterlassen. Becca kommt zurück nach Atlanta.« Der Druck seiner Hände wurde fester. »Ich habe gerade mit ihr telefoniert. Sie hat mich gefragt, ob ich ihr am Wochenende beim Umzug helfe.«

Dani sah auf ihre verschränkten Hände und dann wieder in Ricks Gesicht. Seine Augen waren glasig, hoffnungsvoll. Seine Lippen leicht geöffnet, als hätte er noch so viel mehr zu sagen.

Das Schweigen zwischen ihnen hielt einige Sekunden lang an, bis sich die Erinnerungen in ihrem Kopf breitmachten. Vier Jahre. Es war vier Jahre her. Offensichtlich war das nicht genug Zeit, um ihre Gefühlswelt von dem, was damals passiert war, reinzuwaschen. Sie hatte so vieles unterdrückt – und das war nicht leicht gewesen. Jetzt tanzten die Erinnerungen um sie herum wie Schatten. Die Gefühle allerdings waren seltsam abwesend und auch nur noch Erinnerungen. Der Schmerz, die Wut; das Gefühl, versagt zu haben, die Hilflosigkeit und die Einsamkeit. In den letzten Zügen ihrer Beziehung mit Rebecca und auch darüber hinaus hatte sie all das durchgemacht.

»Dani? Sag was. Du hast sie lange nicht erwähnt, aber das muss trotzdem wehtun.«

Ja, sie sollte etwas spüren, aber ein Mantel aus Taubheit hatte sich über sie gelegt und fest um sie geschlungen. Dani klammerte sich daran fest. Hier war weder der richtige Ort noch der richtige Zeitpunkt. Und auch aus anderen Gründen wollte sie einfach nicht tiefer graben. Sie drückte seine Hände, ehe sie losließ.

»Dani?«

Sie schüttelte den Kopf. »Ich kann nicht. Ich muss gehen.« Sie wandte sich ab und ging davon. Wie in Trance stand Dani vor dem Fahrstuhl. Wiederholt drückte sie auf den Knopf. Als die Türen sich endlich öffneten, war die Erleichterung, die sie überkam, beinahe überwältigend.

KAPITEL 4

Rebecca spähte in die Katzentransportbox. Peyton verengte ihre grünen Augen und hatte den Nerv, sie anzufauchen. Rebecca rollte mit den Augen und steckte einen Finger zwischen die Stäbe des Katzengefängnisses. Peyton fauchte und schlug nach ihr.

»Gott! Du bist so ein kleines Miststück. Ich lasse dich in einer Minute raus.«

Peyton zischte sie an.

Rebecca sah zu Tante Felicias Haus. Es gehörte jetzt ihr, nicht irgendeinem ihrer sogenannten Verwandten, die sich geweigert hatten, Rebecca nach dem Tod ihrer Mutter aufzunehmen.

Ihr Haus. Das musste sie erst einmal verarbeiten.

Langsam ging sie den Gehweg hinauf. Rebecca musterte die Fassade, als hätte sich in der letzten Woche auf wundersame Weise etwas daran verändert, und betrachtete die gelbliche Farbe, die stellenweise schon abblätterte. Sie entschied, alles so schnell wie möglich streichen zu lassen.

Veränderung konnte etwas Gutes sein. Rebecca wusste das nur zu gut. Sie öffnete die Fliegengittertür, die laut quietschte.

Peyton maunzte überrascht.

»Alles ist gut.« Rebecca zog die Schlüssel aus ihrer Hosentasche und schloss auf.

Der durchdringende Geruch von Mottenkugeln hing noch in der Luft, obwohl sie bei ihrem letzten Besuch alle entsorgt hatte. Mit einer Hand strich sie über die mit Folie überzogene Couch und ging in ihr altes Zimmer. Dort stellte sie die Box auf das Bett.

Peyton schlug erneut nach ihr, als sie versuchte, die Klappe zu öffnen.

Rebecca zischte und die Katze erwiderte das Geräusch. Lächelnd schüttelte sie den Kopf, als sie die Klappe vollständig öffnete. Peyton trat heraus und streckte sich, ehe sie sich setzte und den Schwanz um ihre Beine schlang.

Rebecca kraulte sie hinter den Ohren. »Es wäre besser für dich, wenn du nichts umwirfst und ich keine Krallenspuren in den Vorhängen finde, wenn ich wiederkomme, junge Dame.«

Peyton blinzelte sie träge an und gähnte schließlich. Dabei riss sie das Maul auf und entblößte ihre scharfen Zähne, sodass sie trotz ihres süßen, schwarz-weiß-gefleckten Gesichts geradezu dämonisch aussah.

»Becca? Bist du hier?«, dröhnte Ricks Stimme durchs Haus.

»Ja, ich komme!«

Er stand im Wohnzimmer und lehnte sich an die Rückseite der Couch.

Sie nickte ihm zur Begrüßung zu.

Die Folie knirschte protestierend, als er sich aufrichtete. »Du hast die Tür offen gelassen. Was stimmt nicht mit dir?« Er sah sie finster an und hatte die Lippen zu einer grimmigen Linie zusammengepresst.

»Ich habe links und rechts keine Nachbarn. Es ist in Ordnung.«

»Egal. Wir sind hier verdammt nochmal in Grove Park. Du solltest es besser wissen, Cop hin oder her.«

Rebecca begegnete seinem Blick. Er stand aufrecht und steif und hatte die Arme vor der Brust verschränkt. Die Anspannung, die er ausstrahlte, hatte wahrscheinlich nicht nur etwas mit ihrer Leichtsinnigkeit zu tun. Sie wollte ihre aufkommenden Schuldgefühle verdrängen, aber sie setzten sich direkt in ihrer Magengrube fest. »Ich nehme an, es ist nicht gut gelaufen?«

Rick schnaubte. »Das ist eine verdammte Untertreibung und ich bin nicht sicher, ob ich darüber reden will.«

Ihre Gefühle überschlugen sich. Rebecca flüsterte: »Es tut mir leid, Rick.« Obwohl sie eine Million Fragen zu Danis Reaktion hatte, ging sie wortlos an ihm vorbei zur Tür. Nichts, was sie sagen könnte, würde die Situation besser machen.

»Sie hat seit zwei Tagen kaum ein Wort mit mir gesprochen.« Rick seufzte. »Ich habe die ganze Woche versucht, ihr aus dem Weg zu gehen, und war ihr gegenüber dann immer noch nicht vollkommen ehrlich, also kann ich ihr keinen Vorwurf machen.«

Überrascht starrte sie ihn an. Bei ihrer letzten Begegnung hatte Rick entschlossen gewirkt. Rebecca hatte erwartet, dass er sich auf die erstbeste

Gelegenheit stürzen würde, um mit Dani zu reden. »Du meinst, du hast es ihr nicht sofort gesagt? Warum?«

Er zuckte mit den Schultern. »Ich wusste nicht, wie ich es ihr sagen soll. Natürlich habe ich es versaut, weil ich bis zur letzten Minute gewartet und es ihr im Krankenhaus gesagt habe.«

»Was ist passiert?« Rebecca wand sich leicht, während sie auf die Antwort wartete.

»Zuerst dachte sie, du wärst tot.«

Rebecca atmete scharf ein. Sie gab ihr Bestes, nichts zu sagen und vor allem nicht nach Danis Reaktion zu fragen. Innerlich fütterte jedes kleine bisschen Information über Dani einen Teil von ihr, der seit Jahren nach Input hungerte.

»Als ich ihr gesagt habe, was los ist, hat sie mich angesehen, als hätte ich ihr eine Ohrfeige verpasst.«

So viel dazu, dass er sich weiter neutral verhalten würde. Rick war jetzt zwischen den Fronten gefangen.

»Ich wollte dich nicht in diese Position bringen.«

»Ja, nun, da bin ich aber. Ich glaube, dass sie das alles sehr verletzt hat. Aber ich könnte mich irren.« Er riss die Arme hoch. »Sie könnte auch *verdammt angepisst* sein. Ich bin einfach nicht sicher, aber das sollte ich sein. Ich kenne sie lange genug.«

Rebecca wusste, dass sie Ricks Wut verdient hatte. »Geh einfach nach Hause. Ich lade die wichtigsten Sachen aus und beauftrage ein Umzugsunternehmen für den Rest, sobald ich kann.«

Rick senkte den Blick und sagte eine Weile nichts. »Es ist nicht alles deine Schuld. Ich habe auch verdammt viel dazu beigetragen. Lass uns arbeiten. Ich bin nur nicht in der Stimmung, weiter darüber zu reden.«

Sie nickte. Das war für sie in Ordnung, der Nachteil war allerdings, dass sie dadurch mehr Zeit zum Nachdenken hatte. Etwas, das sie schon zur Genüge getan hatte, als ein paar Jungs aus ihrer alten Einheit in Savannah den Truck für sie beladen hatten. Und hinterher hatte die vierstündige Fahrt nach Atlanta ihr sogar noch mehr Zeit zum Grübeln gegeben.

Beim Frühstück am vergangenen Wochenende hatte sie Rick die Wahrheit gesagt: Sie vermisste ihr Zuhause. Sie wollte wieder in der Nähe von Vertrautem sein, aber hauptsächlich wollte Rebecca Vergebung. Es fiel ihr schwer, die Person, die sie gewesen war, mit der in Einklang zu bringen, die sie jetzt war.

Schweigend gingen sie nach draußen. Rebecca schloss den Transporter auf. Die Tür quietsche, als sie sie anhob.

Rick machte sich sofort an die Arbeit. Er sah sie dabei kaum an.

Sie hatte bereits jetzt für böses Blut gesorgt. Trotzdem hatte sie vor, nach vorn zu sehen.

War sie egoistisch? Sehr wahrscheinlich. Würde es schwierig werden? Ja. Sehr sogar. Sie hatte schon ein paar Mal versucht, neu anzufangen, aber jedes Mal ging es daneben und sie verletzte die Männer, die sich auf sie eingelassen hatten. Rebecca hatte eine Weile gebraucht, um zu erkennen, dass sie sich ihrer Vergangenheit stellen musste, um weiterzukommen. Sie hoffte, dass Vergebung sie befreien würde. Aber auch wenn es nicht so kommen sollte, wäre sie schon verdammt froh, wenn sie und Dani sich gegenseitig zumindest als die Personen kennenlernen konnten, die sie nach all der Zeit geworden waren.

Rebecca zog die Tür des Transporters zu und verschloss sie mit dem neu gekauften Vorhängeschloss. Ein paar Kisten mussten noch ins Haus, aber sie sehnte sich nach einer eiskalten Cola. Trotz der Kälte in der Luft schwitzte sie, als hätte sie jemand mit einem Eimer Wasser übergossen. Sie wischte sich über die Stirn, aber alles, was das brachte, war, dass ihr Handrücken nass war. Sie sah hinauf in den Himmel. Er war noch immer bedeckt, aber keine der Wolken sah aus, als würde sie sich gleich über Rebecca ergießen.

Ein weißer SUV mit getönten Scheiben fuhr im Schritttempo am Haus vorbei, ehe er wieder beschleunigte.

Rebecca runzelte die Stirn. Alle Freunde, die sie in dieser Gegend gehabt hatte, waren vor langer Zeit weggezogen. Grove Park war mittlerweile ein eher verlassener Stadtteil. Es gab viele leerstehende Häuser und die Leute, die geblieben waren, waren schon eine ganze Weile hier.

Die Fliegengittertür wurde quietschend geöffnet. Rick trat neben sie.

»Cola?«, fragte Rebecca.

Er nickte und folgte ihr wieder ins Haus. Sie gingen an den Kartons vorbei, die im Wohnzimmer gestapelt waren. Rebecca hatte vorgehabt, sich bereits in Savannah von allen überflüssigen Besitztümern zu trennen, aber jetzt fürchtete sie, nicht annähernd genug weggeworfen zu haben. Das Haus war bereits mit Tante Felicias Dingen vollgestopft. Jetzt kamen ihre noch dazu. Es würde definitiv eine Weile dauern, bis sie sich häuslich eingerichtet hatte.

Rick lehnte an der Kücheninsel und trank eine Coladose aus. Dann rülpste er und deutete auf das restliche Sixpack auf der Anrichte. Rebecca gab ihm eine weitere Dose, während sie einen Schluck aus ihrer eigenen trank.

»Nur, damit du es weißt, ich helfe dir nicht beim Auspacken. Wer zur Hölle zieht um, ohne die Kartons zu beschriften?«

Das waren die ersten vollständigen Sätze, die er seit mehr als einer Stunde an sie richtete. Oft genoss sie Stille, doch angesichts ihrer Situation hätte sie lieber gewusst, was er dachte und fühlte. Sie zuckte mit den Schultern.

In diesem Moment sah er sie endlich wieder an. Sein Blick hatte Gewicht. Sie wollte sich davor beinahe ducken. Rick seufzte und schüttelte den Kopf. Er sah hinauf zur Decke und als er seinen Blick wieder auf sie richtete, waren seine Augen traurig und besorgt. »Das Ganze könnte sich in ein Desaster verwandeln.«

»Ich weiß«, flüsterte Rebecca. Sie wollte die Hand nach ihm ausstrecken, tat es aber nicht. Sie musste ihre eigene Ermutigung finden.

»Du hast damals ein paar beschissene Entscheidungen getroffen. Ich weiß, dass sie dir wehgetan hat. Ich weiß, dass sie auch Mist gebaut hat, aber so, wie du sie behandelt hast … wie du gegangen bist …« Er rieb sich mit einer Hand über den Kopf.

»Ich weiß.« Obwohl es Jahre her war, erinnerte sich Rebecca deutlich an alles, was sie aus Wut, Abneigung und Einsamkeit gesagt hatte.

»Ich wollte dich hassen.« Rick schloss kurz die Augen.

Rebecca schluckte und sagte nichts. Sie hatte sich eine Weile auch gehasst. Aber mit einer neuen Richtung, die sie in ihrem Leben eingeschlagen hatte und einem guten Grund, morgens aufzustehen, hatte geholfen, das zu ändern.

»Dass die Dinge gerade so den Bach runtergehen, hilft auch nicht.«

»Das weiß ich auch.«

»Ja? Was weißt du noch?« Rick verschränkte die Arme vor der Brust und wartete.

Rebecca sah ihm direkt in die Augen. »Absolut gar nichts.«

Er starrte sie einen Moment lang an. Dann breitete sich ganz langsam ein schmales Lächeln auf seinem Gesicht aus. Er streckte die Hand nach Rebecca aus und zog sie an sich. »Willkommen zu Hause.«

Ein lautes Maunzen unterbrach den Moment. Rebecca sah zu Peyton hinab. »Was? Bekommst du nicht genügend Aufmerksamkeit?«

Peyton blinzelte und miaute erneut.

»Sprich nicht so mit ihr.« Rick ging in die Knie und kraulte die Katze unter dem Kinn. Peyton schnurrte laut. »Sie ist so süß.«

»Ja, aber du weißt, wie sie –«

»Autsch, gottverdammt!«

Rebecca grinste. »Ja, sie ist nicht immer süß.«

Peyton schmiegte sich an Ricks Beine, als hätte sie ihn nicht gerade gekratzt. »Ich sag dir, mit ihr stimmt etwas nicht«, flüsterte Rick.

»Sie hat einfach Persönlichkeit. Warum flüsterst du?«

»Keine Ahnung.« Er sprach wieder normal laut.

Rebecca lachte. Es war schön, wieder zu Hause zu sein.

Dani verließ vor Rick die Wohnung. Ihrer Meinung nach ersparte ihnen das einige Peinlichkeiten. Statt mit dem Auto zu fahren, nahm sie die öffentlichen Verkehrsmittel, was langsamer und zeitaufwendiger war, aber sie brauchte den Abstand und die Ablenkung. Auf die Art und Weise Zeit totzuschlagen, war zurzeit wirklich ein Geschenk.

Obwohl es kalt war, steuerte Dani den See im Piedmont Park an. Wegen der kühleren Temperaturen war dort nicht viel los. Sie schob die Hände tief in ihre Jackentaschen und ging langsam den gut ausgebauten Weg entlang, der von riesigen, beinahe nackten Eichen gesäumt war.

Es war schwierig für Dani, sich mit Gefühlen auseinanderzusetzen, die sie hatte vergessen wollen. Die ersten Monate, nachdem Rebecca sie damals verlassen hatte, waren zermürbend gewesen. Sie konnte die Situation gar nicht anders beschreiben. Ihre Beziehung war so abrupt zu Ende gegangen, dass es sie aus der Bahn geworfen hatte.

Dani blieb stehen. Erinnerungen überfielen sie. Sie musste sich setzen. Schnell steuerte sie eine Bank in der Nähe an. Sie setzte sich und atmete ein paar Mal tief durch. Dann beugte sie sich vor und legte den Kopf in die Hände, um die Bilder zu unterdrücken, die in ihr aufstiegen.

Erfolglos.

Dani verließ den Fahrstuhl und ging langsam den Flur zu ihrer Wohnung entlang. Es war fast zwei Uhr morgens. Sie hatte nicht vorgehabt, so spät heimzukommen. Und hatte nicht angerufen, damit sie der Stress eines weiteren Streits während der Arbeit nicht belastete.

Dani hielt inne. Sie versuchte sich zu sammeln. Streiten würde Rebecca schwerfallen, wenn Dani selbst ruhig bleib. Sie brachte die letzten Schritte schnell hinter sich und steckte den Schlüssel ins Schloss.

Sie öffnete die Tür. Alles war dunkel. Nicht einmal der Fernseher lief, was seltsam war. Trotzdem ließ Dani erleichtert ihre Schultern sinken. Vielleicht schlief Rebecca und sie konnte einfach neben sie ins Bett schlüpfen und so tun, als wäre alles in Ordnung, zumindest für ein paar Stunden.

So leise wie möglich tastete sich Dani zum Schlafzimmer vor. Sie ging näher, überrascht, das gedämpfte Licht zu sehen, das hinter der halb geschlossenen Tür hervorschien. Sie verkrampfte, hoffte, dass Rebecca nicht wach war und auf sie wartete.

Dani konnte nicht ewig vor der Tür stehen bleiben. Gefasst darauf, dass gleich etwas Schlimmes passieren würde, schlich sie herein. Überrascht blieb sie am Fußende ihres unberührten Bettes stehen. Rebecca lag nicht darin. Danis Magen verkrampfte sich. Sie drückte die Hand auf den Bauch und wandte sich zur geschlossenen Badezimmertür um.

»Becca?«, flüsterte sie. Plötzlich hatte sie Angst, zu laut zu sprechen. Ihr Herz schlug schnell, als sie die Hand auf die Türklinke

legte. Es lief zwischen ihnen nicht gut, aber … Bitte sei abgeschlossen. Bitte sei abgeschlossen.

»Becca?« Alles war still. Sie öffnete die Tür. Im Badezimmer herrschte das pure Chaos. Toilettenartikel lagen auf dem Boden und im Waschbecken verstreut. Alle Schranktüren standen weit offen.

Dani schloss die Augen und wollte sie am liebsten nicht mehr öffnen. Doch sie musste sich dem Chaos stellen. Sie öffnete die Augen wieder und betrachtete die leere Seite des Schranks. Dani versuchte, tief einzuatmen. Es gelang ihr nicht. Das Gefühl in ihrem Magen verwandelte sich von unangenehm zu schmerzhaft und machte alles nur noch schlimmer. Das Herz schlug ihr bis zum Hals.

Sie musste raus. Als hätte ihr Körper einen eigenen Willen, verließ Dani das Badezimmer und lief direkt zum Kleiderschrank im Schlafzimmer. Die Türen standen einen Spalt offen. Dani riss sie so gewaltsam auf, dass sie fast aus den Angeln fielen. Sie starrte die leeren Fächer an. Und fühlte sich ebenso leer.

Sie eilte in die Küche und schaltete das Licht ein. Wie betäubt öffnete sie Schubladen und Schränke und stellte fest, dass die Gläser, das Besteck und selbst ein Großteil der Lebensmittel weg waren. Als sie schließlich ins Wohnzimmer zurückkam, setzte sich Dani auf die Couch. Sie starrte auf den billigen Fernsehtisch von Walmart. Es gab einen Grund, warum der Fernseher nicht lief. Er war nicht mehr da. Er hatte Rebecca gehört. Verschwunden war auch der DVD-Player. Zwei einsame DVDs standen auf dem Regal.

Das leere Gefühl wurde von einer Kälte abgelöst, die sie schaudern ließ. Mit zitternden Händen griff Dani in ihre Tasche und holte ihr Handy heraus, um Rebecca anzurufen. Sie hatte keine Ahnung, was sie sagen sollte. Vielleicht würde sie schreien. Vielleicht würde sie weinen. Vielleicht würde sie flehen.

»Die von Ihnen gewählte Rufnummer ist nicht vergeben.«

Dani schluchzte. Sie fühlte sich, als hätte ihr jemand ein Messer in den Bauch gestoßen. Der Schmerz war stechend, überwältigend.

Sie zog die Knie an ihre Brust und starrte weiter den Fernsehtisch an, bis ihre Sicht vor Tränen verschwamm.

Rebecca war weg.

Das Verlustgefühl ließ sie schluchzen, aber das war bei weitem nicht die einzige Empfindung, die sie erfüllte. Mit einem lauten Aufschrei warf Dani ihr Handy quer durch den Raum.

Benommen stand Dani von der Parkbank auf und stolperte zurück auf den Weg, um der Verzweiflung zu entkommen, in die sie durch die Erinnerung gefallen war. Schwer atmend stemmte sie die Hände in die Hüften und beugte sich vor, um sich zu sammeln.

Ein Jogger keuchte »Kann ich mal?« und lief um sie herum. Ein paar Sekunden später ging eine Gruppe lachender Frauen an ihr vorbei.

Dani hatte damals über ein Jahr gebraucht, um an den Punkt zu kommen, an dem die Gedanken an Rebecca seltener wurden und der Schmerz, den sie verursachten, auszuhalten war. Sie hatte sich das letzte Studienjahr vollkommen aufs Lernen konzentriert und sich eingeredet, dass nichts und niemand anderes wichtig waren. Abgesehen von Rick. Er war die ganze Zeit nicht von seiner Seite gewichen.

Sie schüttelte den Kopf, um damit die Gedanken und Gefühle der Vergangenheit zu vertreiben. Allerdings wurde sie die Verbitterung, die sie bis in die Gegenwart verfolgte, nicht los. Rick. Er hatte sie auch angelogen. Und sie hatte das Gefühl, dass sie noch gar nicht alles wusste. Dieses Wissen brachte eine Leere mit sich, die sich tief in ihrem Bauch einnistete. Sie ahnte, dass er sie mit seinen Lügen beschützen wollte, war sich aber auch sicher, dass er sich selbst schützen wollte. Er lebte sein eigenes Leben und sie nahm es ihm irgendwie gar nicht übel. Vielleicht kannten sie sich einfach nicht so gut, wie sie dachte.

Den Fehler, davon auszugehen, dass sie die andere Person kannte, hatte sie schon einmal gemacht.

Und jetzt war Rebecca zurück in der Stadt.

Dani schnaubte leise. Sie hätte nie damit gerechnet, dass Rebecca wieder nach Atlanta ziehen würde. Ohne Vorwarnung war ihre einigermaßen erfolgreich verdrängte Vergangenheit einfach wieder hervorgerissen worden. Vorbei war es mit dem Frieden, den sie sich erkämpft hatte und das Kapitel, von dem sie dachte, dass es abgeschlossen sei, hatte nun wieder ein offenes Ende.

Dani lief weiter. Ihr war klar, dass sich das alles nicht einfach in Wohlgefallen auflösen würde. Sie musste sich mit der Misere auseinandersetzen. Aber für heute hatte sie genug. Zu Fuß zum Krankenhaus zu laufen, würde ihr hoffentlich dabei helfen, sich abzulenken.

Anstatt auf direktem Weg zur Pädiatrie zu gehen, machte sie erst einen Abstecher zur Notfallambulanz. Wie immer erwartete sie dort ein Gewirr aus Geräuschen, Gerüchen, Kranken, Verletzten und möglicherweise Sterbenden. Es gab nicht genug Desinfektionsmittel, um das alles zu überdecken. Patienten stöhnten, husteten und weinten und irgendjemand schrie sogar. Ärzte und Schwestern liefen kreuz und quer an ihr vorbei, um dorthin zu gelangen, wo sie gebraucht wurden.

Als Medizinstudentin hatte Dani die unterschiedlichen Bereiche des Krankenhauses kennengelernt und hin und wieder genoss sie es, diese Orte erneut zu besuchen. Es war großartig gewesen, einen Blick in alle möglichen Abteilungen zu werfen, aber sobald sie sich für die Pädiatrie entschieden hatte, hatte sie nicht mehr zurückgeblickt.

»Sie sehen so verloren aus. Ich finde schon etwas für Sie zu tun.«

Dani wirbelte herum. Dr. Steven Yates, der Oberarzt der Notaufnahme, sah sie amüsiert an. Er war groß, schlaksig, dünn wie eine Bohnenstange und erinnerte Dani mit seinem schiefen Lächeln an eine Vogelscheuche.

Sie presste die Lippen zusammen, um nicht zu grinsen. Was nicht wirklich funktionierte. »Eigentlich sollte ich nicht hier sein. Ich habe es nur –«

»Vermisst. Ich weiß. Vertrauen Sie mir, Sie sind nicht die Einzige, die zu Besuch hier runterkommt und Sie werden nicht die Letzte sein. Wo sind Sie inzwischen?«

»Ich bin in den nächsten Monaten in der pädiatrischen Onkologie, aber davor war ich in der Kardiologie«, antwortete Dani.

»Na ja, wir haben vielleicht keine so aufregenden Fälle und wir sind nicht gerade unterbesetzt. Trotzdem, suchen Sie sich einen Fall aus.« Mit einem Nicken deutete er auf das kontrollierte Chaos, das sie umgab. »Einige dieser Jungspunde könnten eine Menge von Ihnen lernen.«

Dani atmete tief durch. Die Einladung nahm sie nur zu gerne an. Statt zu antworten, sah sie sich um und ging zu einer Patientin, die herzzerreißend schluchzte. Auf der linken Seite ihres Bettes standen Menschen, die sich offensichtlich um sie sorgten.

Die Assistenzärztin auf der anderen Bettseite hatte ihren Blick auf das iPad gerichtet und las irgendetwas davon ab, anstatt zumindest einen Teil ihrer Aufmerksamkeit auf die Patientin zu richten. Es ging hier nicht nur um Wissen, um Theorie. Es ging um Menschen und Menschenleben. Deshalb ging es nicht nur darum, zu wissen, was eine Person für medizinische Probleme hatte, sondern darum, mit der Patientin zu kommunizieren.

Alle sahen Dani an, als sie näher kam. Sie lächelte die Patientin und ihre Familie an, ehe sie die Assistenzärztin ansprach. »Kann ich Sie eine Minute sprechen?«

Anstatt zu antworten, trat die Ärztin zur Seite. Dani folgte ihr und streckte die Hand nach dem iPad aus. »Sie sollten vielleicht mal Luft holen und Patienten tatsächlich in die Augen sehen, wenn Sie mit ihnen sprechen.«

Die Assistenzärztin kniff die Lippen zusammen und lief rot an. »Na ja, also, ich glaube, sie ist medikamentensüchtig und hier, um sich noch welche verschreiben zu lassen. Sehen Sie sich ihre Akte an.«

Dani überflog schweigend die Aufzeichnungen und musste dann ihre gesamte Energie dazu aufwenden, den hochkochenden Ärger runterzuschlucken. »Erstes oder zweites Jahr?«

»Hm?«

»Ist das Ihr erstes oder zweites Jahr als Assistenzärztin?«

»Oh, erstes.« Die Ärztin – Dr. M. Salinger, wie auf dem glänzenden weißen Namensschild stand – lächelte.

Dani erwiderte das Lächeln nicht. »Sie haben wahrscheinlich recht, aber ihr die Diagnose vorzulesen, wird wahrscheinlich nichts bringen. Glauben Sie nicht, dass sie weiß, dass sie Krebs hat?«

Dani wartete nicht auf Dr. Salingers Antwort. »Sehen Sie zu und lernen Sie.« Sie ging wieder zum Bett. »Mrs. Flowers?«

»J-ja?« Die Haut der Frau war blass und ihr Gesicht zu einer Grimasse verzogen.

»Wir werden tun, was wir können, um Ihre akuten Schmerzen zu lindern, weil Wochenende ist. Aber bitte kontaktieren Sie am Montag Ihren Onkologen für ein neues Rezept, okay?« Dani machte einen Vermerk in der Akte und reichte sie an Dr. Salinger zurück.

»Danke. Vielen Dank.«

Dani nickte und schenkte den Angehörigen neben Mrs. Flowers' Bett ein sanftes Lächeln, ehe sie zur Seite trat.

Dr. Salinger folgte ihr. »Aber Dr. Russell …«

»In ein paar Monaten ist sie auf dem Weg ins Hospiz. Sie könnte süchtig sein. Das ändert aber nichts daran, dass sie sterben wird«, flüsterte Dani. Es war wichtig, dass Ärzte lernten, nicht nur Diagnosen zu stellen, sondern auch wussten, wie sie den Patienten am besten helfen konnten.

Dr. Salinger sah nicht glücklich aus, nickte aber trotzdem.

Als Dani sich auf den Weg zur Pädiatrie machte, fühlte sie sich das erste Mal wieder besser.

KAPITEL 5

Als Rebecca noch nicht sicher war, ob sie wirklich wieder nach Atlanta zurückkehren wollte, hatte sie erst einmal Informationen über ihre mögliche neue Chefin eingeholt. Was sie auf die Art und Weise über Lieutenant Benz gelernt hatte, hatte sie beeindruckt. Nicht, weil diese als Frau eine Machtposition innehatte. Wobei das auch ein wichtiger Punkt war. Sondern weil Benz leidenschaftlich, intelligent und fokussiert war. Oder – um es auf den Punkt zu bringen – sie war einfach extrem gut in ihrem Job. Es war, als würde Rebecca in einen Spiegel blicken – jedenfalls wenn sie die Tatsache ignorierte, dass Benz älter und weiß war.

Rebecca wartete vor Lieutenant Benz' Schreibtisch, während diese telefonierte. Ihre Stimme triefte vor Verärgerung und ihr Blick war stahlhart.

Der Anblick brachte Rebecca beinahe zum Lächeln. Er war so klischeehaft, ein perfektes Abbild von der Art von Polizeisendungen, die bei den großen Fernsehsendern liefen. Zu schade, dass diese Serien nur an der Oberfläche kratzten.

Ein paar Minuten später legte Lieutenant Benz auf und sah Rebecca mit hochgezogenen Augenbrauen an. »Also, Detective Wells. Ich bin nicht der Typ Mensch, der Sie am ersten Tag an die Hand nimmt. Aber ich glaube auch nicht, dass Sie das erwarten oder dass es überhaupt nötig sein wird.«

»Stimmt.« Rebecca nahm die Kiste mit ihren persönlichen Gegenständen in den anderen Arm.

»Gut. Genau wie in Ihrer letzten Einheit arbeiten wir zusammen und rücken in Zweierteams aus, wenn es nötig ist. Emmet wird Ihnen helfen, sich zurechtzufinden.«

Rebecca nickte.

Lieutenant Benz lächelte. Es verwandelte die scharfen Kanten ihres Gesichts in etwas, das weicher und zugänglicher war. Rebecca bevorzugte die härtere Ausgabe von Benz.

»Detective nach dreieinhalb Jahren. Sie können sich offensichtlich durchsetzen und erledigen Ihre Arbeit gut. Das brauchen wir hier. Vielleicht macht das Feuer unter so manchem Hintern, der schon zu bequem geworden ist.«

Rebecca nickte und hielt Blickkontakt.

»Okay.« Lieutenant Benz schob leicht ihren Stuhl zurück und öffnete die oberste Schreibtischschublade. Vorsichtig legte sie den Inhalt vor sich auf den Schreibtisch. »Stellen Sie sich den anderen vor, holen Sie sich Ihre Dienstwaffe und machen Sie sich an die Arbeit.«

Rebecca starrte ihre neue Marke an. Um ihren Hals hing bereits das Schlüsselband dafür. »Danke.« Sie nahm die Marke in die Hand und ging zur Tür.

»Kauen Sie mir nicht das Ohr ab oder so.«

Die Aussage war so trocken, dass Rebecca innehielt und über ihre Schulter zurückblickte.

Lieutenant Benz grinste. Eigentlich war es eher ein Zähnefletschen. »Emmet wird Sie lieben.«

Rebecca nickte und legte die Marke zum Rest ihrer Sachen in die Kiste. Als sie den offenen Bereich ihrer Einheit betrat, starrten sie drei Augenpaare an.

Ein Mann, glatt rasiert und mit lichtem Haar, sah sie über den Rand seiner Kaffeetasse an. Als sie seinem Blick begegnete, hob er eine seiner buschigen Augenbrauen. Rebecca ging zu ihm und streckte ihm die Hand entgegen. »Ich bin Rebecca Wells.«

Er stellte die Tasse ab und rollte hinter seinem Schreibtisch hervor. Ohne aufzustehen, schüttelte er ihr die Hand. »Mark Strong. Nett, dich kennenzulernen, Becca.«

Rebecca schluckte. Aus seinem Mund hörte sich der Spitzname nicht richtig an. »Nur Rebecca, bitte. Nicht Becks, nicht Becca, B oder ReRe. Nichts für ungut.«

Sein Mund zuckte und seine blauen Augen funkelten. »Kein Problem.«

Während sie redeten, traten die anderen beiden Männer vor. Mark deutete mit dem Kopf nach rechts. »Das da ist Emmet Thomas.«

Rebecca drehte sich zu ihm.

Er war für einen Mann eher klein gewachsen, vielleicht acht oder neun Zentimeter größer als sie mit ihren ein Meter zweiundsechzig. Seine Armmuskeln traten hervor, sein Bauch allerdings auch. Er trug einen Ziegenbart und hatte blonde Haare, als würde er zu einer Boyband gehören. Emmet lächelte breit und strahlend. »Du kannst mich Em nennen. Ist in Ordnung.«

Sie musterte ihn und fragte sich, ob er sie aufzog, aber sein Blick war warm und offen.

Emmet schüttelte ihre freie Hand mit beiden Händen, während sein Blick zu dem Karton in ihrer anderen Hand wanderte. »Kann ich dir damit helfen?«

»Ich mach das schon, danke«, antwortete Rebecca.

»Alles klar, Streber«, murmelte Mark.

Emmet schürzte die Lippen und rollte mit den Augen.

Der dritte Mann schnaubte.

Rebecca sah zwischen Mark und Emmet hin und her.

Mark grinste. »Ja, unser guter Emmet hier hilft gern jedem bei allem. Und sagt dir zu gern das Handbuch auswendig auf.«

Rebecca sah in Emmets Richtung. »Immer schön der Freund und Helfer nach Vorschrift, hm?« Das konnte unter Umständen anstrengend werden.

»Ja.« Er zog das Wort in die Länge und sah Mark finster an, lächelte aber wieder, als er Rebecca ansah.

»Daran ist nichts falsch«, sagte Rebecca.

»Das sage ich auch! Danke!« Emmet warf die Hände über den Kopf. Doch als er zu merken schien, wie die restlichen Anwesenden ihn anstarrten, verflüchtigte sich seine Begeisterung augenblicklich.

Mark schüttelte den Kopf. »Und das ist –«

»Alvin«, unterbrach ihn der Mann. »Alvin Johnson.« Er war groß, mit breiten Schultern. Sein Hautton war sehr viel dunkler als ihrer. Seine untere Gesichtshälfte verschwand unter einem dichten, aber kurzen und ergrauenden Bart, der zu den Haaren auf seinem Kopf passte. »Hey. Schön, dich hier zu haben. Gott sei Dank bin ich jetzt nicht mehr der Vorzeige-Schwarze.«

Mark und Emmet stöhnten, sagten aber nichts.

Rebecca schüttelte ihm grinsend die Hand. »Gern geschehen.«

Alvin lachte laut auf. »Ich mach nur Spaß.« Er winkte in Marks und Emmets Richtung. »Sie sind an meine Art von Humor gewöhnt.«

»Ja, ich habe eine Ewigkeit gebraucht, um herauszufinden, wann er scherzt. Die Hälfte der Zeit weiß ich es immer noch nicht«, murmelte Emmet.

»Das ist das Schöne daran, Mann.« Alvin sah wieder zu Rebecca. »Du kannst mich Big Al nennen.«

Emmet stieß ihn fest an. »Nein, kann sie nicht.«

»Warum nicht? Macht ihr doch auch.«

»Es wird sich merkwürdig anhören, wenn sie es sagt«, antwortete Emmet laut flüsternd.

»Merkwürdig?« Alvin runzelte die Stirn. Dann riss er die Augen auf. »Du meinst, weil es sich dann eher wie ein Pornoname anhört?«

»Big Al, geht klar«, mischte sich Rebecca einfach ein. Sie war es gewohnt, nur mit Männern zusammenzuarbeiten. Eine Sache, die sie ihnen so schnell wie möglich zeigen musste, war, dass sich die Dinge durch sie nicht allzu sehr ändern mussten.

Alvin lachte erneut. »Oh, ich mag sie. Und das hat sich überhaupt nicht wie ein Pornoname angehört.«

Mark sah gen Himmel und schüttelte den Kopf.

»Na ja, wenn du unseren Humor vertragen kannst, würde ich sagen, dass wir dich behalten.« Mark tätschelte ihren Ellbogen.

»Abwarten.« Auch wenn sie auf ungebetene Berührungen in Zukunft gerne verzichten würde, mochte sie ihre drei neuen Kollegen jetzt schon. Aber das mussten diese nicht wissen. Noch nicht. Sie hatte in Savannah eine tolle Truppe zurückgelassen und es war ein wirklich gutes Gefühl, zu wissen, dass sie hier in Atlanta vielleicht in genauso einer guten Einheit arbeiten würde.

Rebecca ließ ihren Blick durch den verstaubten Raum schweifen, der durch das fluoreszierende Licht noch heruntergekommener wirkte. Lieutenant Benz war die einzig Glückliche, die von ihrem Schreibtisch aus die Sonne sehen konnte. Rebeccas neues dienstliches Zuhause wurde von schiefergrauen Aktenschränken, einem riesigen Whiteboard, künstlichen Topfpflanzen und einem ziemlich schicken rollbaren Mikrowellenwagen dominiert. Nicht zu vergessen: der Minikühlschrank.

Der Rest des Mobiliars bestand aus klobigen Schreibtischen, die in Paaren zusammenstanden. Emmets war der einzige aufgeräumte, mit Ablagekörben und getrennten Behältnissen für Bleistifte und Kugelschreiber, die neben einem schlanken Computermonitor standen. Der Schreibtisch vor seinem war bis auf den gleichen Bildschirm und ein Telefon leer.

»Ich hoffe, das ist in Ordnung.« Er klopfte mit den Knöcheln auf den Tisch. »Platztechnisch schien es besser zu sein, die Tische zusammenzuschieben. Wir waren so lange nur zu dritt, aber wenn du mehr Platz brauchst, bin ich sicher, dass wir –«

»Nein, das ist in Ordnung.« Rebecca hatte die Befürchtung, dass Emmet sie halb zu Tode quatschen würde. Etwas, an dem sie definitiv mit ihm arbeiten würde.

Sie stellte den Karton auf ihren Tisch und setzte sich auf den Stuhl, um ihn an ihre Größe anzupassen. Beim Auspacken nahm sie ein Erinnerungsstück aus ihrer Zeit auf der Polizeischule heraus. Nachdem sie damals ihren stinklangweiligen Bürojob verlassen hatte und eine Weile arbeitslos gewesen war, erschien ihr die Polizei als eine interessante Alternative für ihren Abschluss in Soziologie. Die Erfahrung auf der Akademie hatte ihrem Körper alles abverlangt, vor allem für jemanden, der bis zu diesem Zeitpunkt nur selten trainiert hatte. Jede Nacht war sie in ihre Wohnung zurückgekehrt und hatte sich dankbar auf ihre Matratze fallen lassen. Doch während ihr Körper sie hasste, war ihr Geist in der Zeit endlich aufgewacht. Irgendwie war es das perfekte Timing gewesen, weil die Welt, die sie sich mit Dani aufgebaut hatte, nur einen Schritt davon entfernt war, in sich zusammenzufallen.

Rebecca nahm den Briefbeschwerer heraus, den sie angestarrt hatte. Sein Gewicht in ihrer Hand beruhigte sie. Er war durchsichtig, abgesehen von dem flachen Boden eine perfekte Kugel und in seiner Mitte befand sich die Welt. Wann immer sie sich nicht wohl oder unsicher fühlte, nahm sie ihn die Hand und in diesem Moment hielt sie die Welt. Nicht andersherum. Der Laden, in dem sie ihn gekauft hatte, war nichts weiter als eine Touristenfalle und Rebecca hat weitaus mehr dafür bezahlt, als er wert war. Trotzdem hatte sie ihn haben müssen. Sie hatte etwas gebraucht, um die Nacht zu verewigen, in der sie entschieden hatte, die Akademie ernst zu nehmen.

Als Nächstes griff sie nach ihrer Kaffeetasse. Sie war riesig, glich eher einer Schüssel und war mit einer missgelaunten, schwarz-weißen Cartoon-Katze bedruckt, die Peyton ähnelte. In neun von zehn Fällen füllte sie sie mit Cola statt Kaffee. Als der Karton schließlich leer war, war ihr Schreibtisch immer noch sehr sporadisch dekoriert. Aber er gehörte ihr. Sie atmete tief ein und stieß die Luft dann langsam wieder aus. Zumindest dieser Teil ihres Neuanfangs hatte gut begonnen.

Rebeccas Tasche vibrierte. Sie nahm ihr Handy heraus und sah, dass sie eine Nachricht von Rick bekommen hatte.

Ich bin gegen 8 oder so fertig. Du lädst mich in eine Bar ein. Ich bekomme noch immer die kalte Schulter. Tequila wird mir helfen, einen Weg zu finden, sie für mich zu erwärmen.

Galle und die vertrauten Schuldgefühle stiegen in ihrer Kehle auf. Sie schrieb Rick, dass sie da sein würde. Als sie nach ein paar Minuten noch keine Antwort bekommen hatte, schickte Rebecca ihm eine weitere Nachricht.

Entschuldige.

Dani trat näher an die Wand des Fahrstuhls heran, als Leute herausströmten und ein paar weitere einstiegen.

»Haltet den Fahrstuhl auf!«

Weil sie im Grunde ein netter Mensch war, drückte sie auf den Knopf. Als sie sah, wer es war, kam sie zu dem Schluss, dass nett überbewertet war. Sie ließ den Knopf los und ignorierte die Blicke der Umstehenden, obwohl sie sich förmlich in sie brannten.

Rick riss die Augen auf und rannte.

Die Türen schlossen sich. Er schob eine Hand und dann einen Fuß in den kleiner werdenden Spalt und hielt die Türen auf. Rick schenkte Dani ein angespanntes Lächeln, ehe er zur anderen Seite ging. So groß das Krankenhaus auch war und obwohl er normalerweise auf einer vollkommen anderen Etage in der Orthopädie herumlungerte, war Dani nicht überrascht, dass sie sich über den Weg liefen. Trotzdem, seine Anwesenheit musste die Strafe dafür sein, dass sie nicht wie üblich die Treppe genommen hatte.

Dani versuchte beim nächsten Stockwerk zum hinteren Teil des Fahrstuhls zu gelangen, aber Rick packte ihren Arm und zog sie mit nach draußen.

Fluchend löste sie sich von ihm, aber er trat näher an sie heran, legte eine Hand auf ihren Rücken und schob sie in Richtung der Tür, die zum Treppenhaus führte.

»Ich glaube nicht, dass ich so weitermachen kann. Ernsthaft. Wir müssen reden.«

Ihre Schultern verspannten sich. Nichts davon hätte passieren dürfen. Letzte Woche war alles noch normal und sie beide waren zufrieden gewesen. Die Macht, die Rebecca nach all den Jahren noch über sie hatte, konnte nur als beeindruckend bezeichnet werden.

Dani trat einen Schritt zurück.

Rick ließ die Hand sinken und sah sie an. »Ich kann dich nicht zwingen, aber … Dani, bitte?«

Dani war versucht, sich einfach umzudrehen, ihrem Tag nachzugehen und den einfachen Ausweg zu nehmen, anstatt zu versuchen, einen Teil der Wand abzutragen, die sich zwischen ihnen aufbaute.

»Bitte?« Er sah hinunter auf seine Füße und dann wieder zu ihr.

Rick bemühte sich, das musste sie ihm lassen. Widerstrebend nickte sie und folgte ihm die fünf Stockwerke nach oben. Obwohl es erst ein paar Tage her war, seit sie das letzte Mal miteinander gesprochen hatten, fühlte es sich wie eine Ewigkeit an.

Sie würden dieses ganze Chaos durchstehen müssen. Da konnten sie die Wunde, die wieder aufgerissen worden war, auch lieber früher als später versorgen. Andernfalls würde sich eine Infektion einnisten und wenn man sich nicht darum kümmerte, konnte das Gewebe um die Wunde herum nekrotisch werden. Ungeachtet ihrer momentanen Gefühle, wollte sie nicht, dass das passierte.

Als sie auf dem Dach ankamen, hielt Ricke inne und sah auf die Innenstadt von Atlanta hinab. Dani folgte seinem Beispiel. Einige Gebäude stachen wie Wachposten aus der Skyline heraus. Trotz der Kälte in der Luft strahlte die Sonne hell auf sie hinab. Von diesem erhöhten Punkt aus wirkte alles unter ihnen so klein, auch die Menschen und Autos. Im Gegenzug fühlte sie selber sich größer – beinah so groß, wie das Problem zwischen ihnen.

»Es ist jetzt keine große Sache, aber damals auf der Uni, wenn ich anderen gesagt habe, dass du meine beste Freundin bist, haben mich die Leute schief angesehen.«

»Warum, weil ich weiß bin oder weil ich eine Lesbe bin?«

Rick zuckte mit den Schultern. »Ich weiß nicht. Himmel, beides? Hing von der Person ab.«

Sie sah ihn an. Ricks Blick lag weiter auf der Stadt und nicht auf ihr. »Okay. Was hat das mit dieser … Katastrophe zu tun?«

»Findest du es nicht auch seltsam, wie wir in diesem ersten Studienjahr einfach zueinandergefunden haben?« Endlich sah er sie an.

»Nein, finde ich nicht. Du hast es mir leicht gemacht, dir zu vertrauen. Mit dir zu reden.«

»Geht mir genauso.«

»Aber hier und jetzt, dieser Teil von uns fühlt sich gerade irgendwie kaputt an.«

»Ich weiß.« Rick betrachtete seine Füße.

Wut wallte in ihr auf. Dani verschränkte die Arme vor der Brust. »Ich glaube nicht, dass ich jemals so sauer auf dich war.« Sie atmete geräuschvoll aus. Es fühlte sich gut an, es laut auszusprechen.

»Ich *weiß*.«

»Du warst mein Fels in der Brandung, als Becca gegangen ist.«

Er sagte nichts.

»Es war mir egal, dass ihr in Kontakt hattet, aber so, wie du dich verhalten hast … Gibt es da noch mehr zu sagen?«

Rick presste die Lippen zusammen und fuhr sich mit der Hand über den Kopf. »Ja … ja, gibt es. Ich habe sie in Savannah besucht und wenn sie hier war, haben wir uns auch getroffen.« Er seufzte tief, als wäre es eine Erleichterung, das auszusprechen. Vielleicht war es auch so.

Danis Atmung stockte. »Seit wann?«

Er räusperte sich. »Ähm, ein paar Monate, nachdem sie gegangen ist.«

»Ich bin kein Kind!« Die Worte platzten förmlich aus ihr heraus. »Du hättest das nicht vor mir geheim halten müssen.« Es war nicht so, als würde sie durch diese Information zusammenbrechen. »Sie war auch deine Freundin, das verstehe ich.« Dani hielt inne und ballte die Fäuste. »Gott, ich habe mir gewünscht, dass du eine Seite wählst, als es zu Ende ging – aber ich habe dich nie darum gebeten. Niemals!«

Ricks Blick war sanft und entschuldigend. Er streckte die Hand nach ihr aus, ließ sie aber in letzter Sekunde fallen.

»Wenn ich es dir nicht aus der Nase gezogen hätte, wann hättest du mir gesagt, dass sie wieder da ist? Oder war der Plan, dass sie einfach an meine Tür klopft?«

Er taumelte zurück, als hätte sie ihn geschlagen.

Dani begrüßte den gewaltsamen Rausch ihrer Gefühle. »O mein Gott!«

»Nein! Das hätte ich nicht zugelassen. Ich –«

»Glaubst du, dass ich mich dadurch besser gefühlt hätte?«

»Ich habe nur versucht, dich –«

»Mich zu beschützen? Darum habe ich dich nie gebeten. Die Grundlage für unsere Freundschaft war immer Vertrauen. Das habe ich gebraucht.«

»Ich weiß! Okay? Ich habe Mist gebaut und es tut mir leid. Ich werde einen Teil der Verantwortung für all das übernehmen, aber es liegt nicht nur an mir. Sondern auch an ihr und dir!«

Dani trat vollkommen verblüfft einen Schritt zurück. »Was?«

»Ja, alles vor dir zu verheimlichen hat die Situation leichter gemacht, aber ich habe auch nicht gedacht, dass du bereit warst zu hören, dass ich Zeit mit ihr verbringe. Erst wolltest du ständig wissen, was sie macht und dann hast du plötzlich so getan, als hätte sie nie existiert. Ich wusste nicht, ob es daran lag, dass du über sie hinweg warst oder so, aber dem Mist, den du dir jeden Tag angetan hast? Du hast dich abgeschottet und –«

»Du hast kein Recht zu entscheiden, wann ich für irgendwas bereit bin. Ich habe getan, was ich tun musste, um weiterleben zu können.«

»Aber das hast du nicht! Du hast überhaupt nichts in Ordnung gebracht! Du hast allen anderen angetan, was du Becca angetan hast. Es ist vier Jahre her, seit …«

Rick verstummte, doch seine Worte waren scharf wie ein Messer in sie eingedrungen und sie musste die Blutung stoppen. »Also habe ich dich dazu gebracht, mich anzulügen?«

»Das habe ich nicht gesagt!« Rick warf die Hände in die Luft.

»Was willst du dann sagen?«

»Ich weiß es nicht. Das ist alles beschissen und es hat noch gar nicht richtig angefangen. Es tut mir leid. Ich will nicht, dass du sauer auf mich bist. Ich will nicht, dass du mich hasst. Ich dachte, ich tue das Richtige. Anfangs habe ich das wirklich geglaubt. Aber irgendwie ist die Situation aus dem Ruder gelaufen. Ihr beide seid Familie für mich und ich habe so angestrengt versucht, meine Beziehung zu euch beiden am Laufen zu halten, dass ich nicht gesehen habe …« Er schüttelte den Kopf.

Dani schluckte. In dem Moment wurde ihr bewusst, dass er ebenfalls litt. »Ich hasse dich nicht.«

»Ich weiß nicht, wie ich es in Ordnung bringen soll. Sag mir, was du brauchst. Ich bin für alles zu haben.«

»Ich weiß es nicht.«

»Soll ich einfach …« Ricks Stimme brach. Erneut rieb er sich über den Kopf, doch dieses Mal zitterte seine Hand. Er hatte das Gesicht verzogen, als hätte er Schmerzen. Noch nie hatte sie ihn so verloren gesehen. »Soll ich den Kontakt zu ihr abbrechen?«

Der Teil von Dani, der litt, wollte zustimmen. So sehr. Seine Angst sprang ihr entgegen wie ein wildes Tier. Nein. Ihm den Kontakt zu verbieten wäre falsch. Der rationale Teil in ihr wusste das. »Nein«, sagte sie leise. »Nein«, wiederholte sie mit festerer Stimme. »Jetzt ist alles raus. Wir müssen einen Weg finden, damit umzugehen.«

Rick atmete zittrig aus. »Ja, offensichtlich.«

»Okay, wir reden zu Hause weiter. Ich muss gehen, sonst komme ich zu spät zu meinem Termin. Wir haben einen Gastredner, der die Vortragsreihe über Genetik beendet.« Sie trat zurück.

»Ich sollte besser auch zurückgehen.«

Rebecca setzte sich auf die andere Seite des Tisches und betrachtete Rick. Er sah sie zwar an, aber sein Blick wirkte leer. Sorge stieg in ihr auf und hinterließ einen Geschmack wie Galle. »Du bist schon eine Weile hier.«

Er hielt sich das Glas an die Lippen. Der Geruch nach Alkohol aus seiner Whisky-Cola-Mischung schlug ihr entgegen. Rick trank den Rest aus. Dann lachte er. »Ich bin wirklich … so richtig betrunken.«

»Verdammt.« Rebecca starrte ihn an.

Er lachte noch heftiger.

Hatte das, was in den letzten Tagen passiert war, ihn gebrochen? »Es tut mir –«

»Hör auf, das zu sagen. Das hilft nicht«, schrie Rick förmlich.

»Ich weiß nicht, was ich sonst sagen soll.«

»Dann trink und halt die Klappe.«

Das war wahrscheinlich nicht die beste Idee. Einer von ihnen musste nüchtern blieben. Wie aufs Stichwort kam eine Kellnerin an ihren Tisch. Rebecca hätte gedacht, dass sie in einer richtig guten Bar landen würden, nicht in einem extrem mittelmäßigen Restaurant mit Schanklizenz. Es war Atlanta; es gab so viele bessere Orte, um sich zu betrinken.

»Ich bin Amy. Kann ich Ihnen eine Vorspeise bringen oder möchten Sie etwas trinken?« Sie lächelte und sah zu Rick. »Noch eine Whisky-Cola für Sie, Sir?«

»Ja«, antwortete Rebecca für ihn. »Bringen Sie mir auch eine.« Ein Glas würde nicht schaden.

»Ist das dann alles?«, fragte Amy.

Rebecca hatte überhaupt keinen Hunger. »Das ist alles.« Sie warf einen Blick auf Rick. Vermutlich wäre es eine gute Idee, das Thema zu wechseln. Sie war sich sicher, dass mehr bei ihm los war als nur das Chaos, in das sie ihn hineingezogen hatte. »Wie geht's deinen Eltern?«

Blinzelnd sah er sie an, also wiederholte sie ihre Frage.

Rick zuckte mit den Schultern. »Wie immer, nehme ich an.«

»Schwachsinn. Du redest jede Woche mit ihnen und es gibt immer eine Geschichte zu erzählen, vor allem über schreckliche Kinder.«

»Sie unterrichten beide an der High School, nicht im Kindergarten.«

»Ganz genau.«

Ricks Augen leuchteten ein wenig auf. »Mein Dad hat seinen Lieblingsschüler bei einem Blowjob in der Jungstoilette erwischt.«

»Zwei Typen?«

»Nein.«

»Oh, das wäre viel interessanter gewesen.«

Rick hob einen Mundwinkel. »Das habe ich auch gesagt.«

Rebecca lachte erstickt auf. »Dachte ich mir. Du musst deiner Mom übrigens sagen, dass sie dir das Rezept für ihre Käsemakkaroni geben soll.«

»Habe ich schon. Ich wollte sie dir als Willkommen-zu-Hause-Überraschung kochen, aber dann ging irgendwie alles den Bach runter.«

Ihretwegen. »Oh.«

Amy kam mit ihren Drinks zurück.

»Gehst du im Moment mit jemandem aus?« Bei dem lahmen Versuch, das Thema zu wechseln, fühlte Rebecca sich noch erbärmlicher.

Eine Sekunde lang runzelte Rick die Stirn. »Du kennst die Antwort darauf schon.« Zu jedem anderen Zeitpunkt hätte er ihr vorgehalten, dass sie nicht zuhörte, aber nach ein paar Drinks schien Rick etwas nachzulassen. »Aber ich sag's dir: Der Mist wird alt.«

Rebecca war kurz davor, ihn zu fragen, welchen Mist er meinte, aber sie nippte stattdessen nur an ihrem Drink und wartete darauf, dass er fortfuhr.

»Ich weiß nicht, wäre es nicht fantastisch, wenn ich einfach die eine Frau hätte, die mich und diese ganze Arzt-Sache versteht?«

Beinahe hätte sie ihren Drink ausgespuckt. Dani hatte einmal etwas Ähnliches gesagt. »Dafür bräuchtest du jemanden, der sehr besonders ist.«

Rick stürzte die Hälfte seiner Whisky-Cola hinunter und sah sie über das Glas hinweg an, ehe er es wieder abstellte. Er angelte einen Eiswürfel heraus, schob ihn sich in den Mund und kaute darauf herum. Ein paar Sekunden später murmelte er: »Danke, dass du versuchst, keine beschissene Freundin zu sein.«

»Gern geschehen.« Das war so ziemlich das Einzige, was sie dazu sagen konnte.

»Trotzdem ist alles beschissen. Ich habe endlich mit Dani geredet und ihr alles erzählt.«

Eine Million Fragen stiegen in ihr auf und Rebecca schluckte sie alle hinunter.

»Sie hasst mich nicht, aber mögen tut sie mich im Moment auch nicht.« Er hielt inne und trank noch einen Schluck. »Ich habe angeboten, dich in die Wüste zu schicken.«

War es das, worum es hier ging? Nach sieben Jahren Freundschaft, die zufällig auf einer Party begonnen hatte, nun ein Abschied? Rebecca umklammerte ihr Glas so fest, dass es beinahe zerbrach. Angst breitete sich in ihr aus und wurde von einem plötzlichen Verlustgefühl begleitet. Trotzdem sagte sie kein Wort.

»Sie hat Nein gesagt, aber vielleicht wäre das das Beste …«

Rebecca konnte ihm keinen Vorwurf machen. Sie konnte Dani keinen Vorwurf machen. Nichts davon hielt ihr Herz davon ab, gegen ihren Brustkorb zu hämmern.

Sie starrten einander an.

Rebecca hatte die Chance, in diesem Szenario jetzt das Richtige zu tun. Aber das wollte sie nicht. Rick war alles, was ihr hier geblieben war. Ja, sie hatte noch Kontakt zu den Jungs aus ihrer ehemaligen Einheit. Sie waren alle nett, aber Rebecca ließ sie nur bis zu einem gewissen Punkt an sich ran. Rick war ihr Freund. Der, der sie am besten kannte. Der, den sie am meisten brauchte. Verzweiflung stieg in ihr auf. »Es muss einen Weg geben, das zu klären.«

»Das hat Dani auch gesagt.«

Sie schloss die Augen. Spürte einen Funken Hoffnung. Nur schwach, aber er war vorhanden.

»Ich werde aber nicht lügen. Ich habe keine Ahnung, wie das funktionieren soll.«

Nachdem sie ihr Glas geleert hatte, fügte Rebecca mit zittriger Stimme hinzu: »Ja, ich auch nicht.« Nichtsdestotrotz war es die Mühe wert, einen Weg zu finden. Sie hoffte verzweifelt, dass er das auch so sah.

Etwa eine Stunde später stand Rick auf. »Ich muss pinkeln.« Er taumelte und fiel beinahe, als er versuchte, den Stuhl aus dem Weg zu schieben.

Rebecca sprang auf, um ihm zu helfen. Sie schlang einen Arm um seinen Oberkörper. Er lehnte sich an sie und riss sie beinahe zu Boden. Irgendwie schafften sie es den Schildern zu den Toiletten zu folgen, während sie die Blicke ignorierte, die ihnen zugeworfen wurden.

Wartend lehnte sie sich an die Wand. Nachdem mehr als fünf Minuten vergangen waren, entschied sie sich, den Kopf hineinzustecken, um sicherzugehen, dass es ihm gut ging.

Rick taumelte bei ihrem Anblick überrascht nach hinten.

Rebecca packte sein Shirt, damit er nicht wieder das Gleichgewicht verlor.

Er sah blinzelnd zu ihr hinab. »Kannst du mir ein Taxi rufen?«

Sie schüttelte den Kopf. »Nein, ich fahr dich.«

»Becca, du kannst mich nicht nach Hause fahren. Sie ist nicht bereit, dich –«

»Das weiß ich. Du kommst mit zu mir.« Erneut schlang sie einen Arm um ihn. Es war ein schwacher Trost, aber die kleinen Gesten waren wichtig. Himmel, alles war wichtig. Rick verdiente so viel mehr von ihr. Sie musste versuchen, für ihn da zu sein. Das war das Mindeste, was sie tun konnte.

KAPITEL 6

Obwohl der Großteil ihres Lebens zurzeit miserabel lief, ging Dani positiv gestimmt durch den Flur der pädiatrischen Onkologie. Die frühen Rundgänge waren ihre Lieblingszeit. Als leitende Assistenzärztin folgten ihr normalerweise ein Assistenzarzt aus dem ersten Jahr und ein Medizinstudent, also genoss Dani die wenigen Vormittage, an denen sie ihre Arbeit allein erledigen konnte. Es war nicht schwer, ein Lächeln aufzusetzen, als sie das erste Zimmer betrat. »Wie fühlen wir uns heute Morgen, Lola?«

Das elfjährige Mädchen brummte und drehte ihr Handy mal nach links und dann nach rechts. Ein paar Sekunden später seufzte sie, schürzte die Lippen und sah Dani mit ihren großen grünen Augen an. »Hm?«

Dani grinste weiter. »Wie geht's dir?«

»Ich habe 'ne Glatze und mir ist langweilig. Genauso wie gestern, und Ihnen?«, antwortete sie frech, doch in ihrer Stimme lag keine Boshaftigkeit. Lola legte das Handy in ihren Schoß.

»Ich kenne keine Zaubertricks und meine Witze sind beschissen.«

Lola grinste. »Das sind sie wirklich.«

»Lola! Das ist unhöflich.« Lolas Vater Paul legte seine Zeitschrift weg und erhob sich von dem Stuhl neben dem Bett.

»Nein, ist es nicht, Dad.« Lola rollte mit den Augen. »Siehst du, sie lächelt.«

Dani drehte sich um und schenkte ihm ein etwas breiteres Lächeln. »Morgen, Mr. Green.«

»Ihnen auch, Dr. Russell. Ich nehme an, dass wir die letzte Runde Chemo immer noch wie geplant in zwei Wochen starten?«

»Ja, nach der Operation gab es keine Komplikationen. Die Wunde heilt gut.«

»Sind Sie sicher, dass wir nicht eher anfangen können?«, fragte Lola mit etwas in der Stimme, das wie ein leichtes Winseln klang.

»Nein, tut mir leid.«

Lola schnaubte. Paul griff nach seinem Handy, aber seine Tochter schnappte es sich zuerst.

»Du hast dein eigenes Handy.«

Wie immer war es sehr unterhaltsam, den beiden zuzusehen.

»Mein Akku ist leer und deins ist größer.« Lola nahm das Handy und drehte es um. »Du hast eine Nachricht von Onkel Rob …« Sie verstummte, als sie etwas auf dem Handy las. »Igitt, Dad! Er sagt, dass er immer noch auf neue Bilder von meiner heißen Ärztin wartet! Das ist total daneben!«

Dani konnte sich nicht entscheiden, ob sie eher geschockt oder angewidert sein sollte. Also wählte sie eine Kombination aus beidem. Kurz sah sie zu Lola und gemeinsam richteten sie ihre Blicke auf Paul.

Er blinzelte sie eulenhaft an. »Wer?«

»Onkel Rob!«

»Ich weiß nicht, wer –«

»Dein Bruder? Mein Onkel?« Lola sah ihren Vater an, als würde ihm etwas aus dem Kopf wachsen.

Paul lachte nervös. »Oh, du meinst Bobby.« Er wandte sich an Dani, rollte mit den Augen und wackelte seltsam mit den Schultern, was ein wenig wie ein Krampfanfall aussah. »Rob. Niemand nennt ihn Rob. Ich war etwas verwirrt.«

»Ich nenne ihn die ganze Zeit Rob«, protestierte Lola. »Ich frage mich, ob Mom weiß, wer Onkel Rob ist?« Der letzte Teil war eindeutig eine Stichelei.

Er beugte sich näher zu Dani, die daraufhin einen Schritt zurücktrat. »Das sind die Schmerzmittel«, flüsterte Paul.

»Ich kann dich hören, Dad, und ich nehme nichts mehr gegen den Schmerz. Richtig, Dr. Russell?«

»Richtig.« Dani starrte Paul an und sein Gesicht wurde feuerrot.

Paul lachte schrill auf, ehe er seiner Tochter schnell das Handy aus der Hand nahm.

Dani sah ihn weiter an. In der letzten Minute hatte sich ihre Stimmung von geschockt und angewidert zu irgendwie belustigt gewandelt. Diesem Mann wurde von einer Elfjährigen eine Lektion erteilt.

»Ähm.« Er räusperte sich. »Ich glaube, ich werde Kaffee holen.« Paul wartete nicht auf eine Antwort, sondern marschierte schnell zur Tür.

Dani und Lola sahen ihm nach. Als sich ihre Blicke wieder trafen, drückte Dani die Lippen zusammen, um nicht zu lächeln. »Also … immer noch gelangweilt?«

Lola schüttelte den Kopf und grinste.

Nach ein paar Stunden war der morgendliche Rundgang beendet und Dani bleib auf Dr. Medas Bitte noch länger.

»Himmel«, flüsterte Dani, als sie den aktuellen MRT-Bericht ihres Patienten erneut betrachtete. Ein Wilms-Tumor an der Niere des Jungen. »Der ist riesig.« Sie minimierte das Bild und legte das iPad ab, bevor sie Jacobs Behandlungsteam wieder ansah. Sie und ein weiterer Assistenzarzt hatten das Glück, ins Boot geholt worden zu sein.

»Ja.« Dr. Meda, der Oberarzt, steckte den Kugelschreiber wieder in seine Tasche. »Trotzdem will Jacobs Mutter daran glauben, dass die Chemo den Tumor bereits besiegt …«

»Der Großteil der Niere und die lebensnotwendigen Blutgefäße wurden geschädigt«, sagte Dani. »Er scheint im zweiten Stadium zu sein, wenn man die Scans vor der Operation betrachtet. Jacob hat sehr viel Glück, ist aber irgendwie auch verflucht, in seinem Alter einen Wilms-Tumor zu haben. Chemo und dann Operation. So läuft es. Es gibt keinen Weg drum herum.« Dani sah Dr. Meda an.

»Die Erinnerung ist unnötig, Dr. Russell. Sie sind in einem Raum voller Ärzte. Und Sheri, seine Mutter, weiß das auch alles bereits. Ihr Mann ist vor weniger als zwei Jahren bei einem Routineeingriff verstorben. Ihre Bedenken hinsichtlich einer Operation sind gerechtfertigt.«

Dani sah in die Gesichter der anderen. Einige nickten verständnisvoll und andere schien es gar nicht zu interessieren. »Hat jemand mit ihr gesprochen? Er hat eine hervorragende Chance, sich vollständig zu erholen, wenn er operiert wird.«

»Wie ich schon sagte, sie ist sich dessen bewusst. Das war eine bittere Pille für sie«, wiederholte Dr. Meda.

»Nein, ich meine, *wirklich* mit ihr gesprochen. Hat jemand ihr die angsteinflößenden Fachbegriffe erklärt und sie wie einen Menschen behandelt anstatt wie eine Fußnote in den Akten?« Dani zuckte innerlich zusammen und hoffte, dass ihre Worte nicht zu harsch klangen.

Der andere Assistenzarzt sah sie mit großen Augen an und alle anderen wirkten ebenso geschockt. Dr. Meda hingegen lächelte jedoch.

Vielleicht war es keine schlechte Idee, ein wenig zurückzurudern. Dani atmete tief durch. »Das hat sich hart angehört. Ich meinte nicht –«

»Doch, das haben Sie, aber das ist der Hauptgrund dafür, warum Sie hier sind. Medizin ist nicht Ihr einziges Talent. Bei den meisten Ihrer Kollegen ist das leider anders.«

Dani richtete sich auf und blinzelte. »Oh … oh, Sie wollen, dass ich …«

»Reden Sie mit Sheri. Behandeln Sie sie wie einen Menschen. Erklären Sie ihr die angsteinflößenden Fachbegriffe«, wiederholte Dr. Meda. »Der Rest von uns scheint sie nicht sehr zu beeindrucken. Ein neues Gesicht könnte etwas bewirken. Wir werden mit der Chemo weitermachen und während der Zeitpunkt für die Operation näher rückt, können Sie helfen, sie langsam an diese Realität zu gewöhnen.« Er stand auf und alle anderen schlossen sich an.

Während das Team den Raum verließ, blieb Dani zurück.

»Brauchen Sie noch etwas, Dr. Russell?« Dr. Meda war kein großer Mann, aber er hatte etwas Hoheitsvolles an sich, was durch seine Tonlage noch verstärkt wurde.

»Ja, ich habe mich gefragt, ob Sie mir etwas über Sheri erzählen können? Irgendetwas, das helfen könnte?«

Er nickte. »Sie ist direkt, manchmal brutal direkt. Anfangs dachte ich, es würde helfen, sich genauso zu verhalten. Das hat leider nicht geklappt. Ich fürchte, dass es an diesem Punkt unehrlich auf sie wirken könnte, wenn jemand, den sie bereits kennt, seine Taktik ändert. Sie und Sheri haben diese Eigenschaft gemeinsam, wenn ich Sie so mit Ihren Assistenzkollegen beobachte. Bei Patienten zeigen Sie jedoch Mitgefühl und Geduld im Überfluss.«

»Ich würde nicht sagen, dass ich brutal bin …«

Dr. Meda sah sie bedeutungsvoll an.

Dani hielt den Mund.

»Es ist in Ordnung. Es funktioniert bei Ihnen. Außerdem sind Sie zu denen freundlich, bei denen Sie es sein müssen.«

Sie nickte.

»Lesen Sie Jacobs Akte zu Ende. Ich habe einige persönliche Notizen hinzugefügt, die vielleicht hilfreich sind.«

»Kein Problem.«

»Gut. Ich freue mich auf Ihren Beitrag zu diesem Fall.«

Dani lächelte. Genau das brauchte sie gerade – eine echte Herausforderung. Sie würde alles lesen, was es über Jacobs Fall zu wissen gab. Aber es fühlte sich falsch an, solange sie ihn noch nicht selbst getroffen hatte.

Ein paar Minuten später stand sie vor der offenen Tür zu Jacob Cooks Zimmer. Anstatt zu klopfen, betrachtete sie den Raum und lauschte. Sheri Cook saß am Bett ihres Sohnes. Sie beugte sich so nah, wie sie konnte, zu ihm. Dani konnte nicht hören, was sie sagten, aber das darauffolgende Lachen, egal, wie schwach es war, wärmte ihr Herz. Kinder waren wirklich unverwüstliche Wunder. Egal, wie viel Trauma sie erlebt oder Schmerzen sie erlitten hatten, sie fanden ihr Lachen und winzige Momente der Freude.

Dani klopfte leise an die Tür.

Als sich Mutter und Sohn zu ihr umdrehten, verblasste deren Lachen, als wäre Dani eine Erinnerung daran, warum sie hier waren und was sie durchmachen mussten.

Sie trat vor. »Ich bin Dr. Russell, pädiatrische Assistenzärztin. Ich bin gerade in Jacobs Behandlungsteam geholt worden.« Dani schwieg einen Moment, damit die beiden die neuen Informationen verarbeiten konnten. »Ich muss sagen, dass ich euch jetzt schon mag. Jeder Junge, der in einem *My Little Pony*-Zimmer schlafen kann und sich nicht beschwert, ist meiner Meinung nach beeindruckend. Und die Mutter, die ihn großzieht, ist offensichtlich die Beste.«

Sheri Cook musterte sie. Es war ein seltsames Gefühl, als würde sie von unsichtbaren Händen untersucht und abgetastet werden. Anstatt dagegen anzukämpfen, trat Dani vor und gab Sheri Zeit, sie weiter zu betrachten, während sie ihren Blick auf Jacob richtete.

»Ma sagt, Pink steht mir«, informierte Jacob sie. Seine Stimme klang anfangs stark, wurde jedoch mit jedem Wort schwächer. Wie bei einem Neunjährigen mit Krebs zu erwarten, wirkte er winzig und zerbrechlich.

»Und was denkst du?«, fragte Dani.

»Es ist cool. Ich mag auch Orange. Sie dachte, meine Haut sei zu dunkel, um die Farbe gut aussehen zu lassen, aber ich habe das Gegenteil bewiesen.« Jacob nickte und lächelte Dani matt an.

Sheri lachte leise und sah ihren Sohn mit so vielen Emotionen in den Augen an, dass Dani Mühe beim Schlucken hatte. Sie fühlte sich wie ein Eindringling.

»Ja, hat er. Er hat mir viele Dinge gezeigt.« Sheri beugte sich vor und küsste ihren Sohn auf die Stirn.

»Ja, sie weiß jetzt, wie man *GTA V* spielt.«

Dani hatte definitiv den Eindruck, dass Videospiele nicht das waren, wovon Sheri sprach.

Sheri schüttelte den Kopf. Dann hob sie den Kopf und sah Dani erwartungsvoll an.

Genau wie über Superhelden hatte Dani genug über Videospiele gehört, um brauchbare Grundkenntnisse zu besitzen. *GTA V* gehörte zur *Grand Theft Auto*-Reihe. Spiele mit gewalttätigem, kriminellem und manchmal sexuellem Inhalt. Dani fragte sich, ob Sheri darauf wartete, verurteilt zu werden, weil sie ihrem Sohn erlaubte, so etwas zu spielen.

»Ich habe gehört, dass man in dem Spiel viel Auto fährt. Wird das nicht langweilig?« Dani sah Mutter und Sohn an.

Sheri setzte zum Sprechen an, doch Jacob unterbrach sie.

»Nein! Man muss nicht, aber man kann Autos klauen, Leute ausrauben und tun, was immer man will. Das ist der beste Teil.«

»Aber wir wissen, dass nichts davon echt ist und sich anständige Leute nicht so benehmen, richtig?« Sheris Blick wanderte von ihrem Sohn zu Dani und wieder zurück.

»Ja, Ma. Ich werde nie so werden.«

Das Beste für Patienten und ihre Familien war es, sich auf sie einzulassen, egal, ob sie sich gerade Leugnung, Wut, Trauer oder irgendeiner anderen Emotion hingaben. Von dem, was Dani bis jetzt erfahren hatte, schienen die Cooks hoffnungsvoll zu sein, also würde sie es ihnen gleichtun.

»Ich weiß, dass er gerade nicht viel Energie hat, aber ich sehe nichts Falsches daran, wenn er hier Videospiele spielt, wenn er das möchte«, sagte

Dani. »Wir haben ein paar im Aufenthaltsraum, aber es sind nicht die neuesten.«

Sheri riss die Augen auf.

Jacobs Lächeln war breit und strahlend. »Sie ist in Ordnung, Ma. Ich mag sie.«

Dani grinste. »Ich lasse euch das besprechen und komme später wieder.«

Sheris Gesichtsausdruck war schwer zu deuten, aber Dani war hoffnungsvoll, dass sie zumindest einen guten ersten Eindruck gemacht hatte. Sie nickte ihnen zu, bevor sie den Raum verließ.

Pasta sollte am zweiten Tag eigentlich noch besser schmecken, aber in diesem speziellen Fall traf das nicht zu. Dani nahm ihre Serviette und spuckte den extrem trockenen Brei aus. Sie markierte die Stelle in der Medizinzeitschrift, die sie gerade las, und warf den Rest ihres Mittagessens in den Müll. Was auch immer in der Cafeteria angeboten wurde, musste besser sein als das, was sie gerade entsorgt hatte. Das hatte sie nun davon, ihr eigenes Essen mitzubringen.

In der Cafeteria betrachtete Dani die Sandwiches. Das Hühnchen-Salat-Sandwich schien die beste Wahl zu sein. Außerdem verwendeten sie für dieses Sandwich normalerweise auch Weintrauben und Walnüsse. Dazu nahm sie eine Tüte Chips und eine Flasche Wasser. Während sie darauf wartete, dass sich die Kassenschlange vorwärtsbewegte, sah sie sich um. Dieser Ort war immer belebt, aber heute waren weitaus mehr Besucher als Krankenhauspersonal anwesend.

Sie erblickte Rick allein an einem Tisch. Offensichtlich war er so klug gewesen, sich von der Pasta fernzuhalten, die sie gekocht hatte. Drei Tage waren seit ihrem Gespräch auf dem Dach vergangen. Seitdem waren sie höflich miteinander umgegangen. So viel dazu, ihre Konflikte wie Erwachsene zu klären. Es war ungewöhnlich, dass Rick allein war. Er hatte andere Freunde. Genau in diesem Moment kam Sandra an seinen Tisch. Dani konnte nicht verstehen, was sie sagten, aber auf Ricks Gesicht zeichnete sich glasklar Verärgerung ab, bevor Sandra nickte und verschwand. Schirmte er sich bewusst von anderen ab? Bestrafte er sich?

»Können Sie weitergehen?«

Dani zuckte leicht zusammen und sah die Frau hinter sich an. »Entschuldigung.« Sie ging zwei Schritte vorwärts.

Es war seltsam, ihn so zu sehen. Trotz seiner Neutralität war Rick nun vollständig in ihr kleines Melodrama verstrickt und es war offensichtlich, wie sehr ihn das belastete.

Einen Moment lang versetzte sich Dani in seine Lage. Gefangen zwischen zwei Frauen, die er wie Schwestern liebte. Und er versuchte angestrengt, keine der beiden zu verletzen.

Rick sah auf und ihre Blicke trafen sich. Sein Lächeln war schmal, zögerlich und dann verschwand es vollständig.

Eine von ihnen musste etwas unternehmen. Eine musste Größe beweisen. Und es musste Dani sein, weil Rebecca es nicht konnte. Wenn es schwierig wurde, neigte Rebecca dazu, um sich zu schlagen und schlussendlich zu verschwinden. Das hatte Dani selbst erleben müssen. Vielleicht, nur vielleicht, wenn sie es aussaß, würde Rebecca verschwinden und alles würde wieder normal werden. Noch einmal sah sie zu Rick. Was für ein Mensch wäre sie, wenn sie zuließ, dass Rick in der Zwischenzeit an allem zerbrach?

Endlich erreichte Dani das Ende der Schlange, lächelte die Kassiererin an und bezahlte ihr Mittagessen. Als sie sich dem Ausgang näherte, warf sie einen letzten Blick auf Rick. Dani hätte sich liebend gern zu ihm gesetzt, aber dieser Ort war zu öffentlich für ein klärendes Gespräch oder viel Emotionen. Sie hatte definitiv vor, später zu Hause mit ihm zu sprechen, wo sie nicht von neugierigen Kollegen umgeben waren. Rick war so lange an ihrer Seite gewesen, dass sie sich nicht mehr daran erinnern konnte, wie ein Leben ohne ihn war. Und sie wollte auch nicht wissen, wie solch ein Leben aussehen würde. Was in letzter Zeit passiert war, hatte ihre gemeinsame Vergangenheit, ihre Verbundenheit noch lange nicht zunichtegemacht.

Dani betrat mit anderen Leuten den Fahrstuhl. Rick zu vergeben würde ganz sicher dabei helfen, ihre Freundschaft zu heilen – aber selbst Vergebung war nur ein Teil in dem ganzen komplizierten Puzzle. Sie musste dort ansetzen, wo der eigentliche Schaden entstanden war: Rebecca. Dani drückte sich eine Hand auf ihren Magen, der bei dem Gedanken plötzlich zu rebellieren schien. Egal. Sie würde es für Rick durchziehen.

Und vielleicht konnte sie gleichzeitig endlich einen Schlussstrich unter das Ding mit Rebecca ziehen.

Es gehörte zu Danis Ritualen, am Ende ihrer Schicht immer noch einen letzten Rundgang zu machen und dabei ihre schwersten Fälle zu besuchen. Sie hatte den obligatorischen Durchgang mit dem Oberarzt und dem restlichen Team bereits viel früher erledigt, weshalb zusätzliche Patientenbesuche eigentlich nicht nötig waren. Das hielt Dani trotz der zusätzlichen Arbeit nicht davon ab. Für sie war es ein essenzieller Teil ihrer Berufung und wichtig, um eine enge Beziehung zu ihren Patienten aufzubauen. Zu denen auch Jacob gehörte. Sie blieb vor seiner halb offenen Tür stehen und klopfte leise.

Sekunden später stand Sheri vor ihr. Sie sah nicht viel freundlicher aus als zuvor.

Unauffällig schielte Dani an ihr vorbei in das schwach beleuchtete Zimmer.

Sheri trat einen Schritt zur Seite und versperrte ihr den Blick. »Er schläft.«

Anstatt sich von Sheris Beschützerinstinkt persönlich angegriffen zu fühlen, war Dani dankbar, dass Jacob eine Mutter hatte, die so zu ihm stand. »Ich werde ihn nicht wecken. Es geht nur darum, ihn kurz zu sehen und ein paar Werte zu überprüfen. Ich dachte mir, Sie würden vielleicht reden wollen.«

Überraschung breitete sich auf Sheris Gesicht aus. »Ja, das will ich tatsächlich.« Sie trat aus dem Türrahmen. Nachdem sie über die Schulter noch einen Blick auf ihr schlafendes Kind geworfen hatte, zog sie die Tür vollständig hinter sich zu.

»Hören Sie.« Sie senkte die Stimme und verschränkte die Arme vor der Brust. »Es ist schön und gut, dass mein Sohn Sie mag, aber wir sind nicht hier, um neue Freunde zu finden. Ich will nur das Beste für ihn, Sie müssen mir also nichts vorspielen. Machen Sie einfach Ihren Job.« Ihr Tonfall war weder unfreundlich noch hochnäsig, sondern sachlich.

Das konnte Dani respektieren. »Das werde ich.«

»Gut.« Sheri nickte und ließ die Arme sinken.

»Jacob ist nicht nur ein sehr seltener Krankheitsfall, der studiert und dokumentiert werden sollte. Er ist ein sehr krankes Kind, das Fürsorge,

Mitgefühl und Hoffnung braucht. Von allen Menschen, mit denen er zu tun hat. Das ist genauso Teil des Heilungsprozesses wie die rein medizinische Behandlung.« Dani hielt inne. »Für Sie beide. Sie sind Menschen und ich werde Sie auch so behandeln. In Ordnung?«

Sheri öffnete den Mund, schloss ihn und öffnete ihn erneut. Sie sah ein wenig aus wie ein Fisch in einem Aquarium.

»Und ich verspreche, mein Bestes zu geben, um ihn nicht zu wecken.« Dani gab Sheri einen Augenblick zum Nachdenken.

Sheri starrte sie an, aber die Falte zwischen ihren Augen war verschwunden und schließlich nickte sie und trat zur Seite.

Dani lächelte. Sie schien auf dem richtigen Weg zu sein. Nicht nur für ihre Arbeit, sondern auch für Jacob und seine Mutter. Hoffentlich würde ihr das Erfolgsgefühl für den Rest des Abends erhalten bleiben. Für das, was sie vorhatte, würde sie es bitter nötig brauchen.

Emmet parkte vor einem Haus im Ranch-Stil. Die Hecken vor dem Haus waren überwuchert und das Gras bestand hauptsächlich aus hüfthohem Unkraut.

»Diese Adresse steht nicht auf der Liste mit den offenen Fällen, die du mir gegeben hast«, sagte Rebecca.

Er seufzte. »Nein, der Fall ist an das FBI übergeben worden. Die teilen ihre Infos nicht gern mit Zivilisten, deshalb melde ich mich einmal im Monat selbst bei der Mutter. Versichere mich, dass sie okay ist. Ich bin spät dran, hätte schon vor ein paar Wochen vorbeikommen sollen.«

Der Mann, der dafür bekannt war, nach Vorschrift zu arbeiten, hatte also auch eine weiche Seite. Das respektierte sie. Obwohl Emmet nur das Nötigste gesagt hatte, verstand sie, worauf er anspielte. »Menschenhandel.«

»Ja und diese Typen sind gut, aber nicht sehr originell. Haben Mädchen im Alter von sechzehn bis achtzehn Jahren mit dem Versprechen auf einen Modelvertrag angelockt. Viele tauchten auf und sie haben sich diejenigen rausgesucht, die nicht viel Unterstützung hatten. Ein paar von ihnen hatten keine Eltern, nur Tanten, Onkel oder sowas.« Emmet schüttelte den Kopf. »Du weißt, wie das läuft. Es ist mehr als zwei Jahre her. Viele der Angehörigen sind inzwischen weggezogen. Wer kann es ihnen verübeln?«

»Niemand. Es muss schwierig sein, mit einer solchen Erinnerung zu leben«, antwortete Rebecca.

»Ganz genau.«

»In der Einfahrt steht kein Auto.«

»Ja, habe ich gesehen. Ich hätte wohl vorher anrufen sollen. Aber sie ist normalerweise zu Hause.«

Rebecca sah ihn an. »Willst du eine Nachricht hinterlassen?«

Emmet schüttelte den Kopf. »Nein, aber ich klopfe mal an. Wenn sie nicht zu Hause ist, rufe ich heute Abend an.« Er stieg aus und kam ein paar Minuten später wieder. »Lass uns fahren. Niemand zu Hause.« Seine Stimme klang bedrückt.

»Okay, warum lässt du mich nicht fahren?«

Er zog die Augenbrauen nach oben. »Mir geht es gut.«

»Ich weiß, aber ich habe es ein wenig satt, herumchauffiert zu werden. Nichts für ungut.«

Emmets Gesicht wurde rot. »Oh, tut mir leid. Es ist nichts Persönliches. Selbst wenn ich mit einem der Jungs unterwegs bin, fahre ich für gewöhnlich. Ich wollte nicht –«

»Emmet«, unterbrach Rebecca ihn.

Er blinzelte. »Hm?«

»Lass es gut sein. Es war kein persönlicher Angriff.«

»Gut. Wir lernen schon noch, einander zu verstehen, richtig?«

Anstatt zu antworten, brummte Rebecca und öffnete die Fahrertür. Kurz darauf saß sie hinter dem Lenkrad.

»Du bist nicht sehr gesprächig, hm? Wir arbeiten nun schon seit fast einer Woche zusammen. Ich kann an einer Hand abzählen, wie viele unserer Unterhaltungen nichts mit einem Fall zu tun hatten.«

Rebecca sah ihn an. »Und du bist es.«

»Ich bin was?«

»Gesprächig.«

»Ja, schätze schon.« Emmet runzelte die Stirn.

»Das schafft Gleichgewicht, meinst du nicht?«

Er schnaubte. »Nein, überhaupt nicht.«

Rebecca biss sich auf die Unterlippe, um ein Lächeln zu unterdrücken.

»Hast du etwas dagegen, wenn ich das Radio anmache? Ich habe es ein wenig satt, meine eigene Stimme zu hören.«

»Tu dir keinen Zwang an.«

Er wählte einen der einprogrammierten Sender. Hip-Hop erfüllte das Auto.

Rebecca wand sich. »Nein.«

»Was?« Emmet drehte die Lautstärke herunter.

»Ich habe Nein gesagt. Such bitte etwas anderes.«

Er runzelte die Stirn. »Ernsthaft?«

»*Ernsthaft.*« Rebecca sah ihn kurz an.

»Na gut, damit kann ich leben. Rock, Country oder Alternative?«

»Country bekommt auch ein Nein.«

»Ja, kann ich auch nicht ausstehen«, sagte Emmet amüsiert.

»Gut, solange wir uns einig sind.« Rebecca fragte sich, ob er immer so einfach umzustimmen war.

»Okay, nennen wir es so.«

Rebecca fuhr auf die I-75 und gab Gas. Sobald sie einmal in Fahrt gekommen war, fuhr sie hundertdreißig Stundenkilometer. Aus dem Augenwinkel sah sie, wie sich Emmet an der Armlehne festkrallte. Er fuhr eher wie seine eigene Großmutter, wenn er hinter dem Lenker saß.

Emmet räusperte sich. »Ähm …«

Rebecca ignorierte ihn und wechselte auf die Überholspur. Das Auto vor ihr bremste. Sie grummelte leise vor sich hin. Rebecca fuhr näher heran und hoffte, dass der Fahrer den Wink verstand und auf die andere Spur wechselte. Stattdessen bremste er erneut und zwang sie, es ebenfalls zu tun. »Oh, komm schon! In der Hölle gibt es einen besonderen Platz für Leute, die nicht fahren können!«

»Äh, Rebecca? Wir sollten die Verkehrsregeln beachten …«

»Psssst!« Sie hielt ihm kurz die Hand vors Gesicht, dann packte sie entschlossen das Lenkrad und wechselte die Spur, um das Arschloch vor sich zu überholen. Rebecca beschleunigte und starrte den Typen durchs Fenster an.

Fick dich, formte er mit den Lippen, als sie an ihm vorbeiflog.

»Ja, nein danke. Männer, die wie du fahren, haben kleine Schwänze!« Obwohl er kein Wort hören konnte, verschaffte es Rebecca eine gewisse Befriedigung, die Worte laut ausgesprochen zu haben.

Ein erschrockenes Keuchen erfüllte das Auto.

Rebecca sah zu Emmet. Sein Gesicht war rot und er hatte die Lippen zu einer schmalen Linie zusammengepresst. Aber es waren der Schock und die Angst in seinen Augen, die sie zum Lachen brachten. »Was?«

»Gütiger Gott! Was meinst du mit *was*?«, rief Emmet schrill.

»Ach, komm schon.« Sie winkte ab.

Er sah sie finster an, wählte erneut den Hip-Hop-Sender und drehte die Lautstärke auf.

Obwohl Rebeccas Arbeitstag eher durchschnittlich langweilig gewesen war, hatte sie das Bedürfnis, abzuschalten. Eine neue Stelle anzutreten, war aufregend und es würde ihr guttun, ihre Seele mit ein oder zwei guten Filmen baumeln zu lassen. Die große Frage war jetzt – eher einer der alten Hollywood-Klassiker oder lieber ein moderner Actionfilm? Sie überlegte kurz. Weinen war keine Option und sie war auch nicht in der Stimmung für einen Liebesfilm, also kein Abend mit Sandra Dee, die eine ihrer Lieblingsschauspielerinnen war.

Peyton rieb sich an Rebeccas Bein und sie sah zu ihr hinunter. »Was?«

Ihre Katze starrte sie an und miaute laut.

»Okay, du musst nicht schreien.« Rebecca hob die leere Futterschüssel auf.

Peyton schlug danach, sodass sie zu Boden fiel.

Rebecca seufzte. »Das ist kontraproduktiv. Ich weiß, dass du das weißt.«

Peyton miaute erneut und blinzelte sie unschuldig an. Diese großen grünen Augen und das niedliche Gesicht erweichten ihr Herz jedes Mal. Bevor sie nach Savannah gezogen war, war sich Rebecca sicher, dass sie keine Haustiere wollte, aber die Einsamkeit, so alleine in einer großen Stadt, und dann der Anblick von Peyton im Tierheim hatten sie Lügen gestraft. Als Rebecca die Schüssel aufhob, knabberte Peyton an ihrem Handgelenk. »Hör auf. Ich mache schon, so schnell ich kann.«

Dieses Mal war das Maunzen wesentlich lauter und langgezogen.

»Himmel.« Rebecca füllte Peytons Schüssel mit Futter. »Drama-Baby.«

Peyton fauchte und sah aus, als würde sie sich entweder gleich auf die Anrichte oder auf Rebeccas Bein stürzen wollen.

»Wag es ja nicht.«

Mit Bewegungen, die deutlich zeigten, wie gelangweilt sie war, streckte Peyton sich schließlich.

Rebecca stellte das Katzenfutter neben das Wasser auf den Boden und grinste. Jetzt hatte sie so richtig Lust auf einen Actionfilm. Gedanklich ging sie ihre Filmsammlung durch. Etwas mit Samuel L. Jackson wäre toll. Der Mann strahlte einfach eine gewisse Präsenz aus. Wenn der mit seiner Karriere in Hollywood fertig war, würde der Begriff *Motherfucker* in den Ruhestand gehen müssen. Niemand fluchte wie Jackson. Warum konnte er nicht ihr Onkel oder entfernter Cousin sein? *Ihn* würde sie definitiv kennenlernen wollen und um Rat fragen.

Sie nahm eine Packung gesalzenes Mikrowellenpopcorn aus dem Schrank. Zusammen mit einer Cola und ein paar Bier war das praktisch ein leichtes Abendessen. Als die Mikrowelle piepte, hatte Rebecca ihre Entscheidung getroffen: *Jackie Brown*. Mit Samuel L. Jackson und Pam Grier im selben Film konnte man nichts falsch machen.

Als sie schon mitten im Film war, klingelte es an der Tür. Peyton huschte bei dem schrillen Geräusch davon. Rebecca starrte einige Augenblicke irritiert in Richtung der Tür und kam dann zu dem Schluss, dass das, vor allem um diese Uhrzeit, eigentlich nur Rick sein konnte.

Sie stand auf und ließ den Film einfach weiterlaufen. Während sie zur Tür ging, lag ihr Blick weiter auf dem Fernseher und sie formte Ordells Worte mit den Lippen. Er hatte recht: Eine AK-47 war das Beste, um alle Anwesenden im Raum niederzumähen. Rebecca lachte leise vor sich hin.

Sie sah zur Tür und stolperte beinahe über ihre eigenen Füße, als sie durch den Vorhang über dem verglasten Teil der Tür die Umrisse einer Frau erkannte. Rebecca zog den Vorhang zur Seite und war auf das, was sie sah, überhaupt nicht vorbereitet. Vor der Tür stand Dani.

Rebecca erstarrte. Ihr Herz schlug so laut, dass das Geräusch in den Ohren dröhnte wie ein elektrisches Schlagzeug. Angst war das erste Gefühl, das sich in ihren Bauch schlich, doch Schuldgefühle und Resignation folgten schnell. Alles, was Rebecca getan hatte, um Dani wehzutun, alles, was sie einander angetan hatten, blitzte vor ihrem inneren Auge auf. In den letzten Monaten ihrer Beziehung hatte sie ihren Teil dazu beigetragen, um Dani von einer offenen, großzügigen Person in jemanden zu verwandeln, die immer verschlossener, misstrauischer und streitsüchtiger wurde.

Dani presste die Lippen zusammen. Ihr Gesichtsausdruck war kalt. »Mach die Tür auf, Becca.«

Äußerlich hatte sich Dani kaum verändert. Ihre Haare, die sie in einem unordentlichen Pferdeschwanz trug, waren länger, aber immer noch so dunkel und dicht wie immer. Sie war noch immer blass, aber rote Flecken breiteten sich auf ihrem Gesicht aus. Ihre Lippen waren voll. Und wunderschön.

»Mach die verdammte Tür auf, Becca!« Dani schlug mit der Hand gegen das Glas.

Rebecca zuckte zusammen. Sie öffnete die Tür. Schnell ging sie aus dem Weg, als Dani hereinstürmte. Sie nahm den vertrauten Geruch von Danis *Midnight Pomegranate*-Deodorant wahr.

Sie schloss die Tür, blieb aber daneben stehen und hielt zwischen ihnen so viel Abstand wie möglich. Dani waren nie gewalttätig geworden, aber Rebecca wusste, dass giftige Worte manchmal schmerzhafter sein konnten als ein körperlicher Schlag.

Dani drehte ihr den Rücken zu und starrte den Fernseher an.

Rebecca räusperte sich. »Entschuldige, ich weiß, dass es laut ist.«

»*Jackie Brown?*«

»Ja.«

Danis Tonlage war nun beinahe höflich, was sich extrem seltsam anfühlte.

Der Film dröhnte im Hintergrund, doch zwischen ihnen herrschte Stille.

Rebecca schaltete das Licht ein.

Schließlich drehte Dani sich zu ihr um. »Ich wollte nicht rumsitzen und darauf warten, dass du auftauchst. Wir wissen beide, dass du persönliche Konfrontationen meidest, bis du kurz vor dem Explodieren stehst.«

Und damit hatte Dani die erste Rakete gezündet, die Rebecca direkt in die Brust traf und eine Welle aus Wut, Abneigung und leicht pochendem Schmerz auslöste.

Dementsprechend reagierte sie auch. »Erstens, geh nicht so auf mich los! Das ist mein Haus. Ich habe dir überhaupt nichts getan! Es ist vier Jahre her.« Rebecca bemühte sich angestrengt, ihre Emotionen zu unterdrücken. »Ich habe versucht, dir … *uns beiden* etwas Zeit zu geben, damit wir beide uns an die Vorstellung gewöhnen können, dass ich wieder da bin.«

»Es ist also in Ordnung, Rick einfach hängen zu lassen, während du Entscheidungen für alle triffst?« Dani schnaubte abfällig und verschränkte die Arme vor der Brust.

»Das habe ich nicht gesagt!« Rebecca ballte die Hände zu Fäusten.

»Scheint dir aber egal zu sein, wie es ihm geht! Du hast ihn dazu gebracht, Geheimnisse vor mir zu haben, und jetzt geht es ihm einfach miserabel.«

Erst jetzt bemerkte Rebecca, dass sie unwillkürlich zwei Schritte in Richtung Dani gemacht und so die Distanz zwischen ihnen verringert hatte. »Halt mal die Luft an! Ich habe ihn zu nichts gezwungen. Das war seine Entscheidung.«

»Ja und er glaubte, er hätte keine andere Wahl! Du weißt, wie er ist. Er hat versucht, uns beide zu beschützen.«

»Das weiß ich!«

»Er hätte sich gar nicht erst in dieser Lage befinden dürfen!«

»*Seine* Entscheidung«, zischte Rebecca.

»Gott, ist alles, was du kannst, mir grundsätzlich zu widersprechen?«

»Habe ich das nicht immer getan? Und hast du mir nicht auch immer aus Prinzip in allem widersprochen? So wie jetzt?«

Dani vergrub das Gesicht in den Händen und grummelte etwas Unverständliches. Es vergingen einige Sekunden, bevor sie wieder aufsah. »Nein.«

Sie standen sich erst seit ca. fünf Minuten gegenüber und Rebecca war bereits unendlich müde. Alles, was sie über sich selbst gelernt hatte, und die Veränderungen, die sie durchgemacht hatte, waren augenblicklich in Luft aufgegangen. Im Moment war sie wieder die Person, die sie vor Jahren gewesen war. Dies hier war zwar ihr Haus, aber sie wollte einfach nur weg. Schließlich sagte sie: »Wie hast du mich gefunden?«

»Ich habe deine Tante nie kennengelernt, aber ich wusste von ihr, schon vergessen? Es war nicht schwer, die Adresse zu finden.«

»Schön. Also, was willst du, Dani?«

Dani schüttelte den Kopf und lachte dann auf. »Oh, passt es dir nicht, dass ich hier bin? *Du* warst diejenige, die damals einfach ohne Vorwarnung gegangen ist!«

Rebecca schnaubte. »Was auch immer.« Ihre Antwort war fast kindisch, das wusste sie. Etwas anderes fiel ihr aber im Moment nicht ein.

Danis finsterer Blick war stechend und eindringlich genug, um Plastik schmelzen zu lassen. »Ich bin nicht hier, um all das wieder aufzuwärmen.«

Für Rebecca fühlte es sich aber langsam so an. Sie kniff die Lippen zusammen, um nicht zu antworten, konnte sich aber am Ende doch nicht zusammenreißen. »Wirklich? Man könnte aber wirklich fast den Eindruck bekommen.«

»Ja, wirklich. Eine von uns muss in dieser Sache Größe beweisen und wir alle wissen, dass du es nicht sein wirst. Ich habe weder die Zeit noch die Geduld, darauf zu warten, dass du deine Gefühle sortierst und entscheidest, was du mir ins Gesicht spucken willst.«

Danis Bemerkung tat weh. Rebecca hasste die Person, die sie einmal gewesen war. Zu lernen, sich selbst anzunehmen, sich selbst zu lieben, mit all dem Ballast ihrer Vergangenheit, war ein extrem langer und schwieriger Prozess gewesen. Und der Grat zwischen Liebe und Hass war sehr schmal. »Ach, fick dich! Du hattest vorher nie Zeit für Gespräche, warum zur Hölle willst du jetzt damit anfangen?«

Jegliche Farbe wich aus Danis Gesicht. »Ich habe Fehler gemacht, aber ich habe mich bemüht. Das weißt du genau«, krächzte sie.

Rebecca schloss die Augen. Sie waren mitten in einem Streit, den sie schon eine Million Mal mit denselben Ergebnissen geführt hatten. Vertraute Worte lagen ihr auf der Zunge. »Beständigkeit ist alles. Du änderst dich nie.« Sie zeigte mit dem Finger auf Dani und stach bei jedem Wort in die Luft.

Dani keuchte und der schuldbewusste Ausdruck, den Rebecca aus ihrer gemeinsamen Vergangenheit kannte, tauchte wieder auf. Es war schockierend, dass die Wunden, die sie sich gegenseitig zugefügt hatten, auch nach vier Jahren noch so offen lagen.

Rebecca öffnete den Mund, um sich zu entschuldigen.

»Rick … war für uns beide ein Freund.« Danis Stimme war rau. »Wir wohnen zusammen und ich will nicht, dass er sich weiter derart zerrissen fühlt. Er sollte nicht herumschleichen oder lügen müssen, um unsere Gefühle zu schonen.« Sie schluckte hart, bevor sie weitersprach. »Er kann ein Teil in unser beider Leben sein. Ich werde mich bemühen, dir aus dem Weg zu gehen. Und es wäre gut, wenn du dasselbe tun würdest.«

Dani kam auf sie zu und schob sich dann an ihr vorbei, ohne ein weiteres Wort, ohne auch nur einen Blick. Ihre Schultern stießen dabei aneinander.

Rebecca versteifte sich, als ein Kribbeln sich von der Stelle aus bis in ihre Fingerspitzen ausbreitete.

Die Tür knallte zu. Eine weitere Welle aus Ärger überkam sie – über sich selbst, die Frau, die offensichtlich immer noch eine Wirkung auf sie hatte, und die gesamte beschissene Situation.

KAPITEL 7

»Du kannst viel reden, aber du verhältst dich nicht so, als würde ich dir irgendetwas bedeuten!« Rebecca verschränkte die Arme vor der Brust.

»Ja, deshalb stehe ich hier und lasse mich anschreien. Ich genieße das.« Dani rieb sich die Stirn. Sie hatte starke Kopfschmerzen und spürte praktisch, wie ihr Blutdruck stieg. Sie standen mitten im Wohnzimmer und stritten sich. Schon wieder.

»Schwachsinn! Das hat nichts mit mir zu tun. Du versuchst nur, dich besser zu fühlen.«

»Gott!« Danis Stimme war schrill. Sie legte das Gesicht in die Hände und ließ sich auf die Couch fallen, plötzlich unglaublich erschöpft. »Ich studiere Medizin.« Ihre Stimme wurde leiser. »Ich kann nicht einfach schwänzen, nur weil du dich einsam fühlst. Es ist mein letztes Jahr. Ich versuche, Zeit einzuräumen …«

»Du solltest mich nicht irgendwo dazwischenschieben, wenn es gerade passt. Und es ist unmöglich, dass du so etwas überhaupt sagst. Rick meint, dass du deine Patienten behandelst, als wären sie mit Gold überzogen. Alle lieben dich.« Den letzten Satz betonte Rebecca besonders. »Das passt nicht zusammen. Ich sollte dir etwas bedeuten und sieh dir an, wie du mich behandelst.«

Danis Brust brannte, als hätte ihr jemand ein Messer hineingerammt. Wut erfüllte sie. Die Hände hatte sie zu Fäusten geballt. Der Schmerz in ihr wuchs. »Du hast gesagt, du würdest es verstehen. Ich kann das Studium nicht einfach nur absitzen. Ich muss engagiert sein. Du hast gesagt –«

»Oh, jetzt geht das wieder los.« Rebecca riss die Hände hoch und ging im Zimmer auf und ab. »Wie oft willst du diese Ausrede noch benutzen?«

»Bis. Du. Mich. Verstehst.« Dani spannte die Kiefermuskeln so sehr an, dass es sich anfühlte, als würde sie jedes Wort kauen, bevor sie es ausspuckte.

»Denkst du, du bist die Einzige in deinem Jahrgang, die in einer Beziehung ist? Einige von denen sind sogar verheiratet!«

»Mit anderen Leuten aus diesem Programm, verdammt nochmal!« Dani ließ sich zurückfallen und schlug mit dem Kopf hart gegen die Rückenlehne der Couch. Ihr Blick richtete sich an die Decke. Sie konnte sich nicht mehr dazu bringen, Rebecca anzusehen. Nicht jetzt. »Sie verstehen, wie sehr uns dieser Job auffrisst. Ich weiß nicht, warum du es nicht kannst.«

»Früher hast du dich zumindest bemüht. In den letzten Monaten hast du so gut wie jedes Versprechen gebrochen, das du mir gegeben hast. Und wann hatten wir das letzte Mal Sex? Ich habe es aufgegeben, es überhaupt zu versuchen. Entweder bist du zu müde oder nicht hier. Gott, manchmal wünschte ich, Rick wäre nüchtern genug gewesen, um mich auf dieser verfluchten Party zu ficken. Stattdessen habe ich dich kennengelernt. Mein Leben hätte ganz anders laufen können.«

Dani blieb der Mund offen stehen. Sie vergaß zu atmen. Sie spürte den Schmerz in ihrem Kopf und den Schmerz in ihrem Herzen überdeutlich. Sie wusste nicht, was sie sagen sollte, aber trotzdem fanden Worte ihren Weg an die Oberfläche. »Er ist mein Studienkollege!«

»Ich sehe ihn öfter als dich. Was soll ich tun, hm? Einfach hier sitzen und ewig auf dich warten?« Rebecca kam zur Couch und sah auf Dani herab.

»Nein, fang selbst etwas mit deinem Leben an. Ich kann nicht alles für dich sein, nicht mehr. Es ist verdammt nochmal zu schwer!«

Keuchend wachte Dani auf. Sie warf die Decke zur Seite und setzte sich auf. Ihr Herz raste. Mit einer Hand auf der Brust wartete sie darauf, dass ihr Herzschlag und ihre Atmung sich wieder normalisierten, während die wirren Gedanken und schlechten Erinnerungen noch in ihrem Kopf festhingen.

»Verdammt!« Nach all der Zeit sollten sie das doch eigentlich hinter sich gelassen haben.

Irgendwie hatte Dani gehofft, dass der spontane Besuch bei Rebecca ihr helfen würde, einen Abschluss zu finden. Stattdessen brannte ihr Inneres, war alles wieder so aufgewühlt. Ihr Traum hatte so real gewirkt. Einen Moment lang war sie in Erinnerungen gefangen gewesen, in denen jedes zweite Wort aus Beccas Mund eine Anschuldigung oder etwas Boshaftes war. Den Schmerz, den sie im Traum empfunden hatte, spürte sie jetzt, in der Realität, immer noch. Dani versuchte, den Kloß hinunterzuschlucken, der sich in ihrer Kehle festgesetzt hatte.

Die Konfrontation in ihrem Traum war wirklich passiert und eine ihrer letzten Auseinandersetzungen gewesen. Damals hatten sie einen Punkt erreicht, an dem es schwer gewesen war, sich noch daran zu erinnern, was sie überhaupt einmal zusammengebracht hatte. Aber wenn sie sich an die guten Zeiten zurückerinnerte, die sie gehabt hatten, litt Dani nur noch mehr. Beccas glühende Intensität hatte Dani anfangs angezogen, aber sich irgendwann gegen sie gerichtet.

»Hör auf! Verschwinde aus meinem Kopf!«, flehte Dani und ließ sich wieder aufs Bett fallen. Rebecca war erst seit ein paar Wochen wieder zu Hause und bereits wieder in Danis Leben eingedrungen.

Dani setzte sich erneut auf und wünschte sich so sehr, sich von der Vergangenheit und allem, was mit Rebecca zu tun hatte, zu lösen. Das würde allerdings aus zwei Gründen schwierig werden. Ein Grund befand sich auf der anderen Seite des Flurs. Auch wenn es eine seltsame Bezeichnung war, wenn man sich überlegte, dass es sich bei Rick um eine erwachsene Person handelte … Rebecca und sie hatten sozusagen geteiltes Sorgerecht. Sie würden sich nicht aus dem Weg gehen können. Dabei wünschte Dani sich so sehr, dass Rebecca und alles, was mit ihr zu tun hatte, sie gleichgültig ließ. Leider war dem nicht so.

Mit zusammengekniffenen Augen warf Dani einen Blick auf den Wecker auf ihrem Nachttisch. Die roten Zahlen waren verschwommen. Sie tastete nach ihrer Brille und setzte sie auf. Dani starrte auf die Uhr. Es war erst kurz nach vier Uhr morgens. Sie hob ihre Brille ein Stück und rieb sich die Augen. Trotz der frühen Morgenstunde stand Dani auf und streckte sich. Es gab keinen Grund, in ihrem Schlafzimmer herumzulungern. Einschlafen würde sie nicht mehr. Es gab nicht einmal einen Grund, zu Hause zu bleiben. Außer sie würde endlich das Gespräch mit Rick suchen.

Entschlossen stand sie auf, öffnete ihre Tür und ging durch den Flur. Ja, es war früh, aber es war an der Zeit, dass sie miteinander sprachen und einen Weg zu der alten Vertrautheit zurückfanden. Sie schuldete ihm eine richtige Entschuldigung für ihr Verhalten. Letzten Endes würde sie alles tun, um ihren besten Freund zurückzubekommen. Dani klopfte leise und legte dann das Ohr an die Tür. Sie ließ ein paar Sekunden verstreichen, bevor sie es erneut versuchte.

»Rick?«

Keine Antwort. Sein Schlaf war nicht sehr tief, es sei denn, er war erschöpft. Dani öffnete leise seine Tür. Da sie keinerlei Geräusch oder Bewegung in der Dunkelheit wahrnahm, schaltete sie das Licht ein. Sein Bett war leer und zerwühlt.

Rebecca. Er war bei Rebecca.

Dani atmete tief durch, um sich zu beruhigen. Sie erkannte das Gefühl, das in ihr brodelte, sofort. Eifersucht. Vielleicht war es einfacher gesagt als getan, sich in dieser Sache wie ein Erwachsener zu verhalten.

Als sie schließlich im Krankenhaus ankam, war es nach fünf Uhr morgens. Dani knallte die Tür ihres altersschwachen Honda zu und schloss ab. Nicht, dass irgendjemand so verrückt war, ihn zu stehlen, aber sicher war sicher. Während sie über den Parkplatz ging, zog sie ihr Handy heraus und starrte es an. Sie hatte erfolglos versucht, all ihre Gefühle beiseitezuschieben. Vielleicht war es also besser, alles rauszulassen.

Es klingelte dreimal, ehe Rick ranging.

»Dr. Turn –« Rick brach ab. »Oh, hey.« Er klang überrascht.

Dani hörte Stimmengewirr im Hintergrund. Das meiste war gedämpft, klang aber vertraut. »Bist du im Krankenhaus?«

»Ja, warum?«

»Warst du die ganze Nacht da?« Danis Gesicht wurde heiß vor Scham.

»Ja. Oh. Du dachtest …« Er seufzte. »Ich glaube, langsam verstehe ich, wie sich ein Scheidungskind fühlt.«

Die Aussage überraschte sie nicht. Dani war zu demselben Schluss gekommen. »Hör zu, es tut mir leid, dass du da mitreingezogen wurdest. Ich bin zu ihr gegangen, um mit ihr zu reden. Ich will nicht, dass du das Gefühl hast, einem von uns untreu zu sein.«

»Ich weiß. Sie hat's mir erzählt.«

Unwillkürlich knirschte Dani mit den Zähnen. *Darauf wette ich.* »Atlanta ist groß. Wir können alle koexistieren.« Wenn sie ehrlich war, glaubte sie nicht wirklich daran. Wahrscheinlicher war, dass sie die Stadt zum Kriegsgebiet machten. Aber es schien das Beste, Rick das zu sagen, was er gerade hören musste.

»Sollte man meinen.« Er räusperte sich. »Also, ist es so gelaufen, wie du dachtest?«

»Ich will nicht darüber reden. Warum fragst du *sie* nicht?«

»Habe ich. Und ich habe nur ein paar brummende Laute und Schnauben gehört. Ich glaube, dass sie erst mehr sagen wird, wenn ich sie persönlich sehe.«

Rebecca war nie sehr gesprächig gewesen, aber ihre wenigen Worte hatten normalerweise Gewicht. »Es ist mir egal, ob du sie triffst, mit ihr rumhängst oder was auch immer.«

»Warte kurz.« Ein paar Sekunden später wurde der Lärm im Hintergrund leiser. »Schwachsinn.«

Dani drückte den Fahrstuhlknopf. Sie sagte kein Wort.

»Das alles war leichter zu koordinieren, als sie noch nicht zurück war.«

»Darauf wette ich. Hör zu, ich versuche, hier Größe zu zeigen. Du weißt, dass Becca nicht …« Dani unterbrach sich, bevor sie weitergehen konnte. »Tut mir leid, tut mir leid.«

»Sie ist nicht mehr die, die sie mal war.«

»Den Eindruck habe ich nicht.«

»Wo bist du?«, fragte Rick.

»Im Fahrstuhl, auf dem Weg in die Pädiatrie.«

»Komm zuerst zu mir.«

»Nein, ich will das nicht hier machen. Wir haben fürs Erste genug gesagt. Bist du heute Abend zu Hause?«

»Ja, es wird spät, aber können wir dann reden?«

Der Fahrstuhl piepste und Dani warf einen Blick auf die Stockwerkanzeige. »Ja, können wir.«

Als sie den pädiatrischen Flügel erreichte, war es in den meisten Zimmer noch dunkel, was zu dieser Uhrzeit nicht wirklich überraschend war. Dani legte an der Schwesternstation einen kurzen Halt ein und machte ein wenig Small Talk, was eine Notwendigkeit war, um sich mit den Krankenschwestern auf der Station gut zu stellen. Das machte ihre Arbeit schließlich um einiges leichter. Sie ließ sich von der leitenden Krankenschwester die nötigen Informationen über ihre Patienten geben, um sich besser auf den bevorstehenden Tag vorzubereiten. Dann konnte sie sich endlich auf ihre Herausforderungen konzentrieren, die ihr hoffentlich die Ablenkungen bringen würden, nach denen sie sich gesehnt hatte. Jetzt gehörte sie erst einmal ihren Patienten und konnte alle Privatangelegenheiten vergessen.

Als sie an Jacobs Zimmer vorbeikam, öffnete Dani vorsichtig die Tür. Sheri Cook saß im abgedunkelten Zimmer auf dem Rand des Betts und hatte das Gesicht in den Händen vergraben. Getrieben vom Bedürfnis, irgendwie zu helfen, machte Dani einen Schritt ins Zimmer.

In dem Moment sah Sheri auf, erhob sich und kam schnell auf Dani zu. »Ich weiß, dass das hier ein Krankenhaus ist, aber kann ich nicht etwas Privatsphäre haben? Es ist noch nicht einmal hell. Haben Sie kein Leben?« Ihr Tonfall klang bitter und verärgert.

Für einen kurzen Moment wollte Dani sich verteidigen, auf Sheris Worte eingehen, trat dann aber wortlos zurück und gab Sheri somit genug Platz, ihr die Tür vor der Nase zuzuschlagen.

Dani blinzelte und starrte einige Sekunden lang die geschlossene Tür an. Betäubt und fast schon geschockt ging sie zum Aufenthaltsraum. Gedankenverloren schenkte sie sich dort einen Kaffee ein und setzte sich auf das Sofa. Sie trank einen Schluck Kaffee. Sheris Direktheit und das Türknallen störten sie nicht. Das, was Sheri gesagt hatte, allerdings sehr.

Hatte sie ein Leben? Natürlich. Sie hatte eine Familie, mit der sie hin und wieder sprach. Und Freunde … einen Freund. Dani hatte ein Leben, ein sehr erfülltes.

Dessen war sie sich ziemlich sicher. Eigentlich.

Alvin lächelte, als er die Wasserflasche auf seinem Tisch öffnete und Mrs. Stern ein Glas einschenkte.

»Danke.« Mrs. Sterns Hand zitterte, als sie die ersten Schlucke nahm.

»Sind Sie sicher, dass Sie sonst nichts möchten? Wir haben Kaffee, Cola und andere –«

»Nein, das ist in Ordnung.«

Rebecca setzte sich auf den Stuhl neben Mrs. Stern und wartete schweigend ab.

Mrs. Stern nahm noch einen Schluck und starrte dann in ihr Glas, während sie sprach. »Ich sehe mir *Law & Order: Special Victims Unit* an. Es heißt, dass man achtundvierzig Stunden abwarten soll, aber er ist letzte Nacht nicht nach Hause gekommen, also … konnte ich einfach nicht.«

»Diese Regel ist nur fürs Fernsehen erfunden worden. Sie tun das Richtige«, sagte Alvin.

»Ich weiß, dass ich einfach hätte anrufen können, um es zu melden, aber das schien mir nicht genug zu sein.«

»Sie haben genau richtig gehandelt.« Rebecca sprach leise, mit einem Ton, von dem sie hoffte, dass er aufmunternd war.

Mrs. Stern nickte. »Okay. Ich habe ein gutes Foto von ihm. Es ist erst ein paar Monate alt.« Sie schluckte. »Als ich ihn das letzte Mal gesehen habe, hat er das Haus verlassen, um zur Bushaltestelle zu gehen.«

»Wann genau war das?«, fragte Rebecca.

»Gestern ungefähr Viertel vor sieben.«

»Können Sie uns beschreiben, was er anhatte?«, fuhr Rebecca fort.

Mrs. Stern nickte. »Seine Schuluniform. Hellblaues Hemd mit dem Löwenwappen der Haywood Highschool, eine Khakihose und einen schwarzen Rucksack.« Sie trank den Rest des Wassers. »Ich habe versucht, ihn auf dem Handy anzurufen. Mindestens dreißig Mal. Kein Klingeln, direkt zur Mailbox. Ich habe auch Nachrichten geschrieben.«

»Gibt es irgendeinen Grund zu glauben, dass Lewis in Gefahr ist? Gibt es Probleme in Ihrer Familie? Sorgerechtsstreitigkeiten?« Alvins Stimme war sanft.

»Lewis ist jetzt fünfzehn und sein Mistkerl von Vater ist schon lange vor seiner Geburt verschwunden. Sein Stiefvater ist vor ein paar Jahren gestorben. Ich habe Schwestern, die lieben ihn abgöttisch.« Sie nahm die leere Wasserflasche und pulte langsam das Etikett ab.

»Also keine Anrufe oder Nachrichten mit Lösegeldforderungen? Oder irgendwelche Drohungen?«

»Nein! Ich habe kein Geld und er ist ein guter Junge. Ich kann mir nicht vorstellen, dass ihm jemand etwas antun will, aber …« Mrs. Stern sah auf ihre Hände und hob dann den Blick. »Er, nun, ist in letzter Zeit schwer zu durchschauen gewesen.«

»Was meinen Sie? Könnten Sie etwas genauer sein?« Rebecca beugte sich vor.

»Er hat mir immer alles erzählt, aber in den letzten Wochen war er anders, irgendwie richtig gemein.« Ihre Worte klangen gepresst, so, als ob es ihr schwerfallen würde, sie auszusprechen.

Rebecca nickte.

»Er hat mich angefaucht und mir gesagt, dass ich mich um meinen eigenen Kram kümmern soll. Er *ist* mein Kram.« Mrs. Stern sackte etwas mehr in sich zusammen. »Sie haben keine Ahnung, wie sehr ich ihn packen und ihm etwas Verstand einprügeln wollte. Einmal habe ich es getan. Das hat alles nur schlimmer gemacht. Ich habe mich gefragt, ob es um Drogen geht, aber ich weiß eigentlich, wie jemand aussieht, der high ist. Außerdem habe ich nie etwas in seinem Zimmer gefunden.«

Das musste nicht zwangsläufig etwas bedeuten, aber Rebecca entschied sich, das nicht laut zu sagen. Stattdessen schrieb sie alles in ihr ledergebundenes Notizbuch. Die Unterhaltung wurde aufgezeichnet, aber sie machte sich trotzdem gern selbst Notizen.

»Ist er je mit blauen Flecken oder verletzt nach Hause gekommen? Hatte er irgendwelche … *neuen* Freunde?«, fragte Alvin zögernd.

Mrs. Stern versteifte sich. »Ich weiß, worauf Sie hinauswollen, aber nein, er ist nie verprügelt nach Hause gekommen. Er ist kein Stricher und weiß, dass er sich nicht mit Gangs einlassen soll.«

»Wir sind uns bewusst, dass solche Fragen unangenehm sind.« Eltern glaubten gern, dass sie alles über ihre Kinder wussten. »Wir wollen nicht respektlos sein, Mrs. Stern. Wir müssen nur alle Möglichkeiten ausloten.«

Mrs. Stern sah sie finster an und schnaubte. »Richtig.« Sie hielt inne. »Er ist seit der Grundschule mit denselben Jungs befreundet. Oder zumindest war das so.«

»Was meinen Sie?«, fragte Rebecca, während sie weiterschrieb.

»Ich habe sie seit einer Weile nicht gesehen. Seit ungefähr zwei Monaten, glaube ich. Eigentlich ist niemand zu uns nach Hause gekommen, er ist immer zu ihnen gegangen. Zumindest hat er das gesagt. Ich hatte keinen Grund zu glauben, dass er lügt.«

»Okay, können Sie uns die Namen seiner Freunde geben? Auch Adressen und Telefonnummern, falls Sie sie haben. Und wir sollten besser auch Familienmitglieder miteinbeziehen.«

»Nein, im Moment nicht.«

»Die Namen aller Orte, an denen er sich oft aufhält oder von denen Sie glauben, dass er sich dort verstecken könnte.«

Mrs. Stern riss die Augen auf. »Sie glauben, er ist weggelaufen? Er hatte keinen Grund dafür. Er könnte einen Unfall gehabt haben und irgendwo am Straßenrand liegen …«

»Wir decken nur alle Eventualitäten ab.« Rebecca sprach bewusst ruhig weiter, um Mrs. Stern ein Gefühl von Sicherheit zu geben. »Wir werden auch in den hiesigen Krankenhäusern nachfragen.«

»Okay, okay.« Mrs. Stern atmete tief durch. »Vielleicht mache ich mir ganz umsonst Sorgen, aber er kommt *immer* nach Hause. Glauben Sie, ich sollte abwarten, bevor Sie diese ganze Arbeit auf sich nehmen?«

Rebecca sah Alvin an. Er öffnete den Mund, um etwas zu sagen, aber sie kam ihm zuvor. »Haben Sie überprüft, ob er heute Morgen in der Schule war?«

»Ja.« Sie schüttelte den Kopf. »Das war er nicht.«

»Was sagt Ihnen also Ihr Bauchgefühl?«, fragte Rebecca mit sanfter Stimme.

Mrs. Stern sah Rebecca in die Augen und runzelte besorgt die Stirn. »Ich besorge Ihnen alle Nummern und Adressen, die Sie brauchen. Ich habe seine Freunde auch schon angerufen. Sie sagen, dass sie nichts von ihm gehört haben, aber vielleicht würden sie Ihnen etwas anderes erzählen.« Ihre Augen wurden glasig und wenige Sekunden später fing sie an zu weinen.

Rebecca reichte ihr die Taschentuchschachtel von Alvins Schreibtisch.

Nachdem sie sich einige Tücher genommen hatte, wischte sich Mrs. Stern über die Augen. »Es tut mir leid. Dürfte ich bitte Ihre Toilette benutzen?«

Alvin erhob sich. »Natürlich. Den Flur runter und dann links.« Er begleitete Mrs. Stern ein Stück, ehe er zu Rebecca zurückkam. »So läuft das also, hm?«

»Was?«, fragte Rebecca.

»Ich habe kein Problem damit, dass du die Führung hierbei übernimmst.«

»Das geht für mich in Ordnung, aber ich wollte dir nicht auf die Zehen treten.« Rebecca verschränkte die Arme vor der Brust.

»Bist du nicht. Alles in Ordnung. Du hast offensichtlich Erfahrung mit solchen Fällen.« Alvin setzte sich auf seinen Stuhl.

»Wenn du das sagst.«

»Habe ich grad.«

Kurze Zeit später kam Mrs. Stern schniefend zurück.

Als sie wieder Platz genommen hatte, fuhr Rebecca fort. »Es ist das Beste, wenn ich Ihnen unser Vorgehen bei Vermisstenfällen erkläre, vor allem bei Jugendlichen. Wir werden per E-Mail und übers Radio eine Meldung für ganz Georgia herausgeben, sodass sich alle Einheimischen an der Suche beteiligen können. Im Moment bin ich mir nicht einhundertprozentig sicher, dass er nicht weggelaufen ist.«

»Ich habe Ihnen doch gesagt, das ist er nicht!« Mrs. Sterns Augen waren blutunterlaufen, aber das hielt sie nicht davon ab, Rebecca finster anzusehen.

»Und ich habe Sie verstanden.« Beruhigend hob Rebecca eine Hand. »Aber wir gehen keine Risiken ein und das sollten Sie auch nicht. Deshalb werde ich ihn zur NCIC hinzufügen. Das ist eine Datenbank, die die Polizei im ganzen Land benutzt. Wenn er *irgendwo* entdeckt wird, werden wir es sofort wissen. Wir werden jede Person auf der Liste überprüfen, die Sie uns geben, auch die Schule, Krankenhäuser, alles. Falls es ernst ist und wir herausfinden, dass er entführt wurde, nehmen wir ein Verfahren auf und geben einen AMBER-Alert heraus, den landesweiten Mediennotruf für Kindesentführung.«

Mrs. Stern nickte. »Okay, danke.«

Als sie wenig später ging, hatte sie ein neues Taschentuch an ihre Augen gedrückt.

Rebecca machte sich ein paar letzte Notizen und sah auf, als sich Alvin räusperte.

»Also, was denkst du?«, fragte er.

»Nichts deutet auf Entführung hin.«

Alvin nickte und fuhr sich mit der Hand durch die Haare. »Er könnte wirklich weggelaufen sein. Vielleicht hat seine Mutter uns nicht alles erzählt, oder …«

»Oder was?« Rebecca sah ihm in die Augen.

»Wir könnten es mit einem Fall von psychischen Problemen und deren Eskalation zu tun haben.«

Selbstmord. Rebecca sah Alvin an. Sicher, einige Anzeichen waren da. Aber zum jetzigen Zeitpunkt und bei den wenigen Hinweisen, die sie hatten, war es eher eine heftige Vermutung. »Wir werden sehen.«

»Wir können auch die Möglichkeit nicht ausschließen, dass er sich mit irgendwelchen Gangstern eingelassen hat und am Ende dafür bezahlen musste. Das läuft bei Jungs wie ihm häufig so.«

Rebecca zuckte zusammen. »Und *Jungs wie er* sind schwarze Jungs, sehe ich das richtig?«

Alvin verzog das Gesicht. »Jetzt komm mir nicht damit. Es ist die Wahrheit. Ich nenne die Dinge nur beim Namen.«

»Ja, das tue ich auch.« Sie hatte gelernt, niemals klein beizugeben, wenn Kollegen rassistische Stereotypen in ihre Fälle reininterpretierten. Deren sogenannte »Wahrheiten« erkannte sie ganz sicher nicht als Fakten an.

Er zog die Augenbrauen nach oben. »Alles klar, verstehe.«

»Gut. Ich gebe die Informationen ins System ein und dann können wir die möglichen Aufenthaltsorte abfahren.«

Rebecca presste die Lippen zusammen und schüttelte den Kopf, als sie die Leiche von Lewis Stern betrachtete. In der Brust klaffte eine Schusswunde. »Ja, das ist er.«

Der Mitarbeiter der Leichenhalle nickte und bedeckte den Leichnam mit einem Tuch, ehe er die Schublade schloss.

Rebecca seufzte. Es hatte nicht lange gedauert, eine Spur zu finden. Sie hatten Informationen erhalten, dass es in ihrem Bezirk in den letzten zwölf Stunden einige Schießereien mit Todesfolge gegeben hatte. Einige Beschreibungen der Opfer passten zu Lewis.

Zumindest war er nun keine vermisste Person mehr.

»Verdammt, ich hasse es, recht zu haben.« Alvin kratzte sich seufzend den Bart.

»Vielleicht, aber wir kennen die genauen Umstände nicht.«

»Schon, er könnte zur falschen Zeit am falschen Ort gewesen sein, aber nach dem zu urteilen, was seine Mutter gesagt hat, war er wahrscheinlich in krumme Dinger verwickelt.«

Rebecca würde ihrem Kollegen weiterhin nicht zustimmen. Das Leben und der Tod dieses jungen Menschen waren mehr als nur eine Ansammlung von schlechten Entscheidungen. »Fragen wir bei der Mordkommission nach. Offensichtlich haben sie sich dem Fall noch nicht intensiv gewidmet. Ich bin sicher, dass sie alle Hände voll zu tun haben, aber vielleicht können sie bereits etwas Licht ins Dunkel bringen.«

»Das wollte ich gerade vorschlagen. Und wir sollten Mrs. Stern kontaktieren.«

Rebecca brummte zustimmend. »Ich werde dieses Mal fahren.«

Alvin lachte. »Das glaube ich nicht.«

»Ja? Warum nicht?« Sie trat auf den Flur hinaus und Alvin folgte ihr.

»Es ist mein Auto.«

»Nein, es ist ein Dienstwagen.«

Er zuckte mit den Schultern.

»Du schuldest mir etwas.« Rebecca starrte ihn an.

»Wofür?«

»Weil du ein Arsch warst.«

Alvin lachte laut auf. »Das ist nichts Neues. Daran solltest du dich gewöhnen.«

»Wird nicht passieren. Daran solltest *du* dich besser gewöhnen.« Rebecca blieb stehen und streckte die Hand nach den Autoschlüsseln aus.

Nachdem sie vom Highway abgefahren waren, kamen sie an einigen vernagelten Häusern vorbei. An einer Stelle mussten sie die Sirene einschalten, um Kinder zu vertreiben, die auf der Straße spielten. Center Hill war nur einen Steinwurf von Rebeccas eigenem Haus in Grove Park entfernt und der Großteil dieses Gebiets hier war wie eine Kopie ihrer eigenen Umgebung – eine Mischung aus beschissen und geliebt. Auf jedes hübsch aussehende Haus kamen zehn hässliche und zerfallene. Das galt auch für die Wohnkomplexe.

»Halt nach Gebäude G Ausschau.«

»Mach ich schon«, murmelte Alvin. »Sieht so aus, als würden bei einigen die Buchstaben fehlen.«

»Toll.« Rebecca seufzte. »Muss in der Nähe von F sein. Also such nach F.« Sie fuhr langsamer und wartete darauf, dass sich eine Gruppe junger Männer zerstreute, die mitten auf der engen Straße standen. Ein paar von ihnen sahen zum Wagen, bewegten sich aber keinen Millimeter.

»Verdammter Abschaum.« Alvin ließ das Fenster herunter. »Bewegt euch, Dreckspack! Seht ihr nicht, dass wir durchwollen?«

»Halt's Maul, alter Mann!« Gelächter brach in der Gruppe aus.

Rebecca sah Alvin an. »Ja, halt die Klappe, alter Mann, und pass auf, wie du dich ausdrückst.«

»Tut mir leid, muss mich erst noch dran gewöhnen.«

»Ich verstehe nicht, wie du das für angemessen halten kannst.«

Er zuckte mit den Schultern. »Als würden die nicht so miteinander reden.«

Darum ging es Rebecca aber gar nicht. Alvin war älter und sollte deshalb auch weiser sein. Es würde ihn nicht umbringen, ein Vorbild zu sein. Am Anfang hatte er einen ganz guten Eindruck auf sie gemacht, aber nach und nach gab es immer mehr Dinge, die sie wirklich an ihm störten.

Rebecca schaltete das Blaulicht und die Sirene an und sofort löste sich die Gruppe auf und machte den Weg frei. »Redest du genauso, wenn du mit Mark und Emmet unterwegs bist?«

»Ja, warum?« Alvin richtete seinen Sicherheitsgurt.

Sie zuckte mit den Schultern. »Muss ihnen auch unangenehm sein.«

»Sie haben nie etwas gesagt.«

»Ich frag mich warum.« Sie warf ihm einen ernsten Blick zu.

Alvin antwortete nicht, wandte aber den Blick ab.

»Da ist F.« Rebecca zeigte auf das Gebäude zu ihrer Linken.

»G ist dann wohl daneben, das ohne Buchstaben.« Alvin schnaubte. »Sieh dir diesen Ort, diese Nachbarschaft an. Der Junge hatte nie eine Chance. Ich bin sicher, dass wir an zehn Drogendeals vorbeigefahren sind und die Halbstarken, die die Straße blockiert haben, hatten bekannte Gang-Farben an.«

Rebecca schwieg einige Sekunden. Sie parkte vor dem Gebäude, das hoffentlich G war, und stellte den Motor ab.

Alvin starrte sie an. »Was habe ich jetzt gesagt?«

»Nichts. Du hast recht, keiner hier hat es leicht, anständig zu bleiben. Aber jeder hat das Potenzial dazu. Lewis zum Beispiel. Und das gilt auch für diese *Halbstarken*.«

Alvin gab ein Geräusch von sich und Rebecca war nicht sicher, ob es verärgert, zustimmend oder anerkennend klang.

»Übernimmst du auch hier die Führung?«

Rebecca nickte. »Ich denke, das wäre besser.«

Sie stiegen aus und suchten nicht erst nach einem Fahrstuhl, der wahrscheinlich sowieso defekt war, sondern gingen direkt zur Treppe. Ein paar Minuten später standen sie vor Wohnung 367G.

»Ich bin kein Arschloch, nur direkt«, sagte Alvin.

Rebecca funkelte ihn an. »Die meisten von uns haben einen Filter. Direkt, aber ohne Beschimpfungen.«

»Mein Filter ist vor ein paar Jahren kaputt gegangen.«

»Jetzt ist nicht der richtige Zeitpunkt, darüber zu diskutieren.«

Alvin hob ergeben die Hände. »Ich weiß.«

Rebecca atmete tief durch, ignorierte den Knoten in ihrem Bauch und klopfte. Obwohl sie schon früh gelernt hatte, das Persönliche vom Professionellen zu trennen, hieß das nicht, dass ihr das immer gelang. Daran immer wieder einmal zu scheitern war nur menschlich.

»Wer ist da?,« erklang die Stimme von Mrs. Stern.

»Die Polizei«, antwortete Alvin.

Mrs. Stern öffnete die Tür. Für einen kurzen Moment waren ihre Augen groß und voller Hoffnung. Dann brach sie zusammen.

Rebecca fuhr in die Einfahrt. Einen Moment lang blieb sie schweigend im Auto sitzen, zu erschöpft, um auszusteigen. Das einzig Gute daran, dass sie derart müde war, war, dass sie keine Energie hatte, um über Dani nachzudenken. Beschäftigung war der Schlüssel für eine erfolgreiche Verdrängung. Sie hatte über die Jahre gelernt, dass Untätigkeit ihr Feind war, denn in Momenten, in denen sie allein mit ihren Gedanken war, wuchsen ihre Unsicherheiten zu hässlichen Gefühlen heran, die sie kaum im Zaum halten konnte.

Rebecca betrachtete ihr Haus. Sie hatte vergessen, das Verandalicht einzuschalten und es gab niemanden sonst, der das tun würde. Es war niemand da, der darauf wartete, das Geräusch ihres nach Hause kommenden Autos zu hören. Niemand, der sie begrüßte. Außer Peyton. Doch in letzter Zeit war selbst Peyton nicht genug.

Als sie sich wenig später aufs Sofa setzte, klingelte das Telefon.

KAPITEL 8

Rebecca parkte hinter Ricks SUV, der am Straßenrand stand. Sie sah sich um, stieg aus und trat dann neben ihn an die geöffnete Motorhaube seines Autos.

»Danke, dass du mich rettest. Ich bin sicher, dass mein Anlasser einfach im Arsch ist.« Rick richtete die Taschenlampe auf sie und durchschnitt damit die Dunkelheit.

Rebecca zuckte mit den Schultern. Sie hatte keine Ahnung, wie ein Anlasser aussah oder wo er sich befand. »Hast du schon den Abschleppdienst angerufen?«

Rick lachte leise. »Ja.«

»Okay, dann lass uns in meinem Auto warten. Es ist kalt.«

Er rollte mit den Augen. »Nur ein wenig. Du spürst das nur, weil –«

»Bevor du es sagst, solltest du wissen, dass ich eine durchschnittliche Größe habe.« Rebecca ging zu ihrem Auto.

Rick folgte ihr. »Der Durchschnitt beträgt für schwarze Frauen einen Meter zweiundsechzig. Und du wirst noch schrumpfen.«

Rebecca öffnete die Fahrertür und sah ihn über das Autodach hinweg an. »Was? Ich schrumpfe nicht.«

»Schwarze Frauen tun es.«

Sie setzte sich. »Ist das eine politische Metapher?«

»Was? Dass Trump dich … uns kleiner gemacht hat?«

»Klar, das muss er auch. Wie soll er uns mit seinen winzigen Händen sonst unterdrücken?«

Rick lachte. »Wie ging noch die Geschichte über den Riesen, der von all diesen winzigen Leuten zu Fall gebracht wurde?«

Rebecca legte den Kopf schräg. »Du meinst in dem *Star Wars*-Film, als sie die Seile benutzen, um dieses große Metallding zu stürzen, das wie ein Elefant aussieht?«

»Was? Nein!« Seine Stimme wurde ein paar Oktaven höher. »Die mit dem weißen Mann. Ich habe die Geschichte in der Schule gelesen, glaube ich.«

»Oh, *Gullivers Reisen*?«, riet Rebecca erneut.

»Ja, genau die.«

»Gott, genießen wir eine Minute diese Vorstellung, wie Trump wie ein Baum umfällt und wir um ihn herumtanzen.«

»Ein Traum.« Rick seufzte.

Rebecca lehnte den Kopf zurück. »Bist du eigentlich immer noch Jugendbetreuer?«

»Ja, wann immer ich die Zeit finde. Jetzt sind es allerdings größtenteils Teenager zwischen sechzehn und achtzehn.«

»Klingt gut. Gerade alt genug, um das Ruder in die Hand zu nehmen und etwas aus sich zu machen.«

Rick lachte. »Große Geister, minimale Motivation.«

»Kann ich mir vorstellen. Zu etwas Erfreulicherem: Hast du dich schon entschieden, ob du nun Sportmedizin machen willst?«

»Das ist nicht erfreulicher.« Stöhnend sah er aus dem Fenster. »Ich tendiere dazu. Wenn ich eine gute Weiterbildungsstelle bekomme, habe ich meinen Fuß in der Tür. Ich habe mich vor ein paar Monaten für ein paar beworben. Mit der Spezialisierung könnte ich in einer Privatpraxis eingestellt werden und einen Haufen Geld machen.«

»Entscheidungen, Entscheidungen. Nicht jeder kann Geld mit dem verdienen, was er gern macht.«

»Stimmt. Ich liebe, was ich tue.«

»Also ob Sportmedizin oder nicht, du wirst glücklich sein.«

Er nickte und lächelte leicht. »Danke. Dafür und dass du gekommen bist.«

»Warum sollte ich nicht?« Rebecca drehte die Heizung auf.

»Du hättest auf der Arbeit sein können.«

»Ich war auf dem Heimweg, als du angerufen hast.«

»Ich Glücklicher.« Rick lehnte sich mit dem Rücken an die Tür.

Rebecca begegnete seinem Blick und musterte ihn. Die fehlende Anspannung in seinen Schultern und seine Sticheleien waren ein gutes Zeichen. »Du scheinst wieder mehr … *du* zu sein.«

Rick zuckte mit den Schultern. »Ich habe dir doch gesagt, dass Dani versucht, mit dieser ganzen Sache klarzukommen.«

»Ja.« Sie wollte das so gerne glauben, aber Rick war bei ihrem Treffen mit Dani vor ein paar Tagen nicht dabei gewesen. Das Gespräch war wirklich nicht gut gelaufen und ab einem Punkt hatte es fast so ausgesehen, als würde jeden Augenblick Rauch aus Danis Ohren kommen.

Er schnitt eine Grimasse. »Hast du wirklich geglaubt, dass das leicht werden würde?«

Rebecca antwortete nicht.

»Was glaubst du, wie es mit euch weitergehen wird?«

Sie zuckte mit den Schultern. »Ich weiß es nicht.«

»Worauf willst du denn, dass es hinläuft? Und sag nicht, dass du es nicht weißt.«

»Ich …« Rebecca hielt inne, um ihre Gedanken zu sammeln. »Es ist schwer, die Person, die ich damals war, mit der in Einklang zu bringen, die ich jetzt bin. Ich hatte außer Dani nichts. Keine Bestimmung. Keinen Ehrgeiz. Nichts. Also habe ich all meine Energie in sie gesteckt und es ihr übelgenommen, dass sie nicht dasselbe für mich tun konnte.«

Rick betrachtete sie schweigend. Die Lichtkegel anderer Autos erhellten den Innenraum immer wieder für kurze Momente.

»Das war falsch von mir und die Schuldgefühle …« Sie schüttelte den Kopf. »Ich konnte sie in der ganzen Zeit nicht überwinden. Es ist fast vier Jahre her und ich will es wiedergutmachen. Ich muss. Ich habe nur so verdammt festgesteckt in meinem Unglück.«

Er lächelte.

»Was?«, fragte sie.

»Sieh dich nur an, so verletzlich.«

»Ja, tja.«

»Du willst also, dass sie dir vergibt?«, drängte Rick weiter.

Rebecca zögerte kurz. »Ja, teilweise. Ich glaube aber nicht, dass sie annähernd bereit dafür ist.« Sie schloss den Reißverschluss ihrer Jacke. Die Temperatur im Auto nahm stetig ab.

»Und du musst *ihr* auch vergeben.«

Rebecca lachte. »Eigentlich dachte ich, dass ich das schon getan hätte, aber als sie vor mir stand, ist alles zurückgekommen.«

»Hm, wie geht es also jetzt weiter?«

Rebecca wandte den Blick ab und sah im Rückspiegel, wie sich ein großes Fahrzeug näherte. »Der Abschlepper ist da.«

Rick sah sie finster an.

Der Truck fuhr an ihnen vorbei.

»Gut abgelenkt, nur danebengeraten.«

Noch immer weigerte sich Rebecca, ihn anzusehen.

»Du weißt es nicht, nicht wahr?«

Anstatt seine Frage zu beantworten, stellte sie selbst eine. »Warum hast du sie nicht angerufen, um dich abzuholen?«

Rick zuckte mit den Schultern. »Ich habe dich seit ein paar Tagen nicht gesehen. Mit Dani wohne ich zusammen.«

»Denkst du, sie ist zu Hause?«

»Keine Ahnung.«

»Trotz ihrer offensichtlichen Bemühungen, glaubst du nicht, dass sie immer noch ein Problem damit hat, wenn ich einfach so auftauche?«, fragte Rebecca.

»Tust du es?«

Rebecca lachte. »Scheiße, ja.«

»Du könntest mich einfach absetzen.«

»Könnte ich.« Aber das würde sie nicht tun. Rebecca musste den nächsten Schritt machen und ihre letzte Diskussion mit Dani war nicht gerade ein guter Anfang gewesen.

Erneut erhellte ein Lichtpegel den Innenraum des Autos. Dieses Mal hielt ein Abschleppwagen vor Ricks SUV.

Als Rebecca auf den Parkplatz vor Ricks und Danis Wohnkomplex fuhr, war sie mit ihren Nerven am Ende. Aus einem Instinkt heraus, der für sie zur Gewohnheit geworden war, verbarg sie ihre Nervosität, so gut sie konnte, und umklammerte das Lenkrad so heftig, dass ihre Knöchel hervortraten.

Rick strich über ihr Bein. »Vielleicht wird sie versuchen, sich zusammenzureißen, wie sie es gesagt –«

»Oder jedem von uns dreien wird es danach beschissen gehen. Vor allem, da sie so wenig Kontakt wie möglich zwischen uns will«, unterbrach Rebecca ihn.

»Ja, aber das ist auch meine Wohnung. Ich habe es satt, herumzuschleichen und mich wie ein Feigling zu benehmen. Ihr werdet euch hin und wieder sehen müssen. Es gibt keinen anderen Weg. Da können wir genauso gut heute Abend damit anfangen.« Er deutete nach vorn. »Da ist ihr Auto. Sie ist zu Hause.«

Rebecca atmete einmal tief ein und wieder aus und versuchte sich auf eine weitere Konfrontation mit Dani vorzubereiten. War es naiv zu glauben, dass, wenn sie weiter in der Gegenwart der jeweils anderen explodierten, ihre Wut irgendwann verpufft sein müsste. Sie seufzte. Wichtig war, dass sie sich nicht wie die alte Rebecca verhielt – nachtragend und verbittert. »Du bist alles, was ich habe. Die einzige Person, die mich so sieht, wie ich jetzt bin.«

Er legte die Hand auf ihr Knie und drückte es. »Ich weiß.«

Rebecca lachte leise, obwohl nichts an der Situation lustig war. »Tut mir leid. Das muss eine riesige Verantwortung sein.«

Rick hielt ihren Blick fest. »Ich wäre nicht hier, wenn ich nicht der Meinung wäre, dass du es mehr als wert bist.« Er räusperte sich. »Deshalb sollte ich mich bei dir entschuldigen.«

»Wofür?« Sie sah ihn erstaunt an.

»Weil ich mich habe einwickeln lassen und Dani gesagt habe, dass ich bereit wäre, meine Freundschaft mit dir zu beenden.«

»Oh, ja, *das*.« Das tat noch immer weh. Vor allem aber war der Gedanke, Rick zu verlieren, mehr als ein wenig beängstigend.

»Das werde ich natürlich nicht tun. Versprochen.« Er nahm ihre Hand. »Okay? Ich lasse dich nicht im Stich.«

Sie umarmte ihn fest.

Als Dani in den Kühlschrank blickte, rümpfte sie die Nase. Sie mussten wirklich einkaufen gehen. Mit etwas Glück waren die Reste in dem großen Pizzakarton noch essbar. Sie öffnete den Karton und berührte den gummiartigen Käse. Er sah nicht zu eklig aus. Sie nahm ein Stück und knabberte am Rand. Schmeckte in Ordnung. Dani nahm noch ein Stück und ein Blatt Küchenpapier und legte alles in die Mikrowelle, ehe sie sich eine Flasche Saft aus dem Kühlschrank holte. Das war zwar kein Festessen, würde aber reichen müssen.

Dani hörte, wie die Wohnungstür geöffnet wurde. »Hey, wir haben nur noch Reste von der Pizza, es sei denn, du hast was mitgebracht.«

Es kam keine Antwort.

Sie schloss die Kühlschranktür und sah ins Wohnzimmer. Rick hatte etwas mitgebracht. Nur war es kein Abendessen. Bei dem Anblick wurde Dani schwindlig. Wobei es eher ein eigenartiges, kribbeliges Gefühl war, das ihren Körper durchlief. Sie klammerte sich an die Anrichte.

Rebecca betrat langsam hinter Rick die Wohnung.

»… kaputtgegangen. Ich musste einen Abschleppdienst rufen. Becca hat mich abgeholt.« Dani hörte Rick kaum. Seine Stimme war wie ein Rauschen im Hintergrund.

Rebecca wandte den Blick von Dani ab und trat tatsächlich einen Schritt zurück, als wollte sie sich hinter Rick verstecken. Fasziniert starrte Dani sie an. Vor ein paar Tagen hatte Rebecca sich definitiv anders verhalten. Da war sie geladen und bereit zum Feuern gewesen. Lag es vielleicht daran, dass Rick hier war? Das hatte sie vorher nie aufgehalten, vor allem nicht gegen Ende ihrer Beziehung.

»Dani?« Rick schnippte mit den Fingern. »Hörst du mich?«

»Ja.« Sie richtete ihre Aufmerksamkeit auf ihn und sah ihn finster an. Hinter ihr piepte die Mikrowelle.

»Es ist auch meine Wohnung.« Er verschränkte die Arme vor der Brust und erwiderte ihren finsteren Blick.

»Das weiß ich.« Dani spuckte ihm die Worte entgegen.

»Gut. Ihr klärt das«, sagte Rick. »Ich muss pinkeln.«

Als Dani und Rebecca allein waren, trafen sich ihre Blicke erneut. Dani ließ den Anblick auf sich wirken. Es würde Zeit brauchen, sich an die kürzeren Haare zu gewöhnen. Der Schnitt ließ Rebecca erwachsener wirken und betonte ihre Augen.

Rebecca räusperte sich. Sie trat von einem Fuß auf den anderen und schien sich nicht entscheiden zu können, ob sie die Hände in die Taschen stecken oder einfach hängen lassen sollte. Das war auch neu. Plötzlich wurde Dani klar, dass sie Rebecca anstarrte. Hitze schoss ihr ins Gesicht. Ihre eigene Reaktion verärgerte sie. Allein deswegen wollte sie Rebecca am liebsten anschreien. »Was –«

»Kann ich bitte etwas zu trinken haben?« Rebecca sah auf Danis Hände.

Dani stellte überrascht fest, dass sie noch immer die Saftflasche hielt.

»Ich kann wieder gehen, wenn du willst.« Rebeccas Stimme war sanft und nachgiebig.

Was zur Hölle ging hier vor? Waren sie in einem Paralleluniversum oder sowas? Das musste eine Masche sein. Dani war nicht sicher, was der Grund dafür war, aber sie würde sich nicht täuschen lassen. Sie lachte auf und öffnete die Saftflasche. »In der Spüle oder im Kühlschrank ist Wasser. Such dir was aus.«

»Was ist so lustig?« Rebecca verengte die Augen.

Das passte schon eher. Diesen Ausdruck kannte Dani gut, damit konnte sie umgehen. »Deine Schauspielerei. Was hast du gemacht? Auf dem Weg hierher Xanax genommen?«

Rebeccas Gesichtsausdruck verhärtete sich. »Nein, aber es sieht langsam so aus, als … Vergiss es.« Kopfschüttelnd ging sie in die Küche.

Dani trat zur Seite.

»Gott, ich werde mich nicht auf dich stürzen oder so«, knurrte Rebecca.

Dani beobachtete sie, während sie einen Schluck Saft trank. Sie hatte nicht vor, eine Lüge zu leben, so zu tun, als ob alles okay wäre.

»Hast du noch mehr davon?« Rebecca deutete auf die Flasche in Danis Hand.

»Ich bin egoistisch, schon vergessen? Warum sollte ich teilen?« Außerdem war es Cranberry-Apfel-Saft. Rebecca hasste Apfelsaft.

»Oh, um Himmels willen, wie alt bist –« Rebecca brach ab und atmete tief durch. Dann fiel ihr Blick auf das Etikett der Saftflasche. »Ich mag sowieso kein Cranberry-Apfel.« Sie riss die Kühlschranktür auf. »Hast du Cola?«

In Danis Bauch brannte das Verlangen, das Spiel zu ruinieren, das Rebecca hier spielte. »Nein. Du verlangst ganz schön viel, dafür, dass du nicht hier wohnst.«

Rebecca nahm sich eine Flasche Wasser. »Nicht wirklich.« Sie sprach nun beinahe im Plauderton.

Ihr Verhalten trieb Dani in den Wahnsinn. »Nicht?«, sagte sie abfällig und starrte Rebecca an. Sie war sich schmerzhaft bewusst, dass sie sich wie ein bockiger Teenager aufführte, aber sie konnte nicht anders. Rebeccas Verhalten verwirrte sie und wühlte sie auf. Sie setzte sich an die

Frühstückstheke und hoffte, dass die Welt wieder ins Lot kam. Was zur Hölle machte Rick? Niemand brauchte so lange zum Pinkeln.

Rebecca hielt Danis Blick einen Augenblick lang stand und sah dann weg. Sie drückte unruhig auf der Wasserflasche in ihrer Hand herum und das Plastik protestierte lautstark.

Dani rieb leicht mit der Hand über ihre Stirn. Langsam fing ihr Kopf an zu pochen. Sie streckte die Hand nach ihrem Glas aus, bemerkte aber das leichte Zittern in ihrer Hand, also ballte sie sie zur Faust. Der Lärm, den Rebecca mit der Wasserflasche veranstaltete, tat ein Übriges. »Würdest du bitte damit aufhören?«

Rebecca kam der Aufforderung umgehend nach. »Tut mir leid.«

Dani erstarrte. Sie konnte sich nicht erinnern, wann sie diese Worte das letzte Mal aus Rebeccas Mund gehört hatte. Anstatt sie zu beruhigen, machte sie dieses Verhalten fuchsteufelswild. Ihre Handflächen schmerzten dort, wo sich ihre Fingernägel in ihre Haut gruben.

Rebecca räusperte sich. »Ich meine, das mit neulich. Ich glaube, dass ich anfangs das Recht hatte, wütend zu sein, aber danach ist die Situation aus dem Ruder gelaufen.«

Geschockt und vollkommen verblüfft sagte Dani das Erste, was ihr in den Sinn kam. »Hat dich Rick dazu angestiftet?«

»Was? Nein. Du solltest mich besser kennen – oder zumindest hast du das einmal.«

Dani wusste nicht, wie sie darauf reagieren sollte. Also gab sie einen unverbindlichen Laut von sich.

Rick kam in einer abgetragenen kurzen Hose und einem T-Shirt aus seinem Zimmer. »Entschuldigt, ich musste mich einfach umziehen.« Er lächelte verlegen. »Wie ich sehe, seid ihr beide noch in einem Stück.«

»Tolles Klischee«, sprach Rebecca den Gedanken aus, den auch Dani hatte.

Er zuckte mit den Schultern. »Nein, nicht wirklich. Ich versuche nicht, den Kuppler zu spielen. *Das* wäre ein Klischee. Ich will einfach nur, dass ihr lernt, zivilisiert miteinander umzugehen.«

Rebecca schüttelte den Kopf. »Wer verlangt jetzt zu viel?« Sie stellte die immer noch ungeöffnete Wasserflasche auf die Anrichte. »Ich gehe besser. Rick, ruf mich an, wenn du eine Mitfahrgelegenheit zum Krankenhaus brauchst, bis dein Auto repariert ist. Ich kann früh los. Kein Problem.« Rebecca umarmte Rick.

Als hätte Dani kein Auto. Als wäre sie nicht mal anwesend. Dani gab ihr Bestes, um die aufkommende Eifersucht zu unterdrücken. Sie waren keine Kinder auf dem Spielplatz, die um Aufmerksamkeit rangen, aber in diesem Moment fühlte sie sich definitiv so.

»Dani, danke für das Wasser und dass du zugehört hast«, sagte Rebecca.

Anstatt zu antworten, trank Dani einen Schluck von dem Saft.

Sekunden später war Rebecca verschwunden.

Dani starrte die Tür an. Sie spürte, dass Rick sie abwartend ansah. Sie hatte keine Ahnung, was gerade passiert war und im Moment wollte sie es auch nicht herausfinden.

»Du hast etwas von Pizza gesagt?«

Offensichtlich wollte er sie nicht drängen, aber das war egal. Sie ging an ihm vorbei zu ihrem Zimmer und murmelte: »Mikrowelle.«

KAPITEL 9

Dani klopfte an die offene Tür, bevor sie eintrat. Der Anblick, der sich ihr bot, brachte sie zum Lächeln. »Hey, Scottie. Ich bin überrascht, dass du noch auf bist.«

Lynette Biers beugte sich hinunter und drückte ihrem Sohn einen Kuss auf den Kopf. »Ich auch, aber wie Sie heute Morgen gesehen haben, hat er wieder viel mehr Energie. Ich sehe das als gutes Zeichen. Er hat sogar nach einem Eis gefragt. Sein Vater holt gerade welches.«

»Psst! *Gumball* läuft!« Scottie verzog das Gesicht. Aus irgendeinem Grund steckte sein rechter Zeigefinger in seinem Ohr.

Seine Mutter lachte leise.

Dani deutete mit dem Kopf auf Scottie. »Wie lange macht er das schon?« Vielleicht hatte es nichts zu bedeuten, aber sie musste sichergehen. Eine Infektion war das Letzte, was Scottie jetzt gebrauchen konnte.

»Was?«

»Die Sache mit dem Ohr«, flüsterte Dani.

»Oh, eine halbe Stunde, glaube ich.«

»Pssssst! Ich verpasse es.«

Dani ging näher ans Bett heran.

»Moment, geht's ihm gut?«

»Ich will nur sicher sein.« Dani beugte sich zu ihm. »Okay, Scottie. Ich muss dich für ein paar Minuten von *Gumball* losreißen.«

Er drehte sich zu ihr. Scotties Lippen bebten. Er sah aufgebracht aus.

Dani war entschlossen, einen eventuell aufkommenden Wutanfall schon im Keim zu ersticken. »Du musst jetzt ein großer Junge sein und zuhören. Nur große Jungs bekommen ein Eis.«

Scottie sah seine Mutter mit Tränen in den Augen an. Zum Glück nickte sie. Er schniefte und wischte sich mit der freien Hand übers Gesicht. »Kann ich Schokolade haben?«

»Jap!« Dani nahm das Otoskop in die Hand, das zusammen mit anderen Untersuchungsgeräten an der Wand neben seinem Bett hing. Sie setzte sich auf die Bettkante. »Du hast den Finger ziemlich tief im Ohr. Tut es weh?«

Er schüttelte den Kopf.

»Warum ist der Finger denn dann drin?«, fragte sie mit einem Lächeln im Gesicht.

»Weil.«

»Weil warum?«

Er zog den Finger aus seinem Ohr und hielt ihn Dani unter die Nase. »Ich mag den Geruch.«

Instinktiv wich Dani zurück und fiel beinahe vom Bett.

»Scott Biers junior!« Lynette Stimme war schrill.

Scottie lachte, als wäre es das Lustigste, was er je gehört hatte. Lustiger als *Die fantastische Welt von Gumball.* Und dann schob er sich den Finger in den Mund, als wäre es ganz natürlich – und für einen Fünfjährigen war es das wahrscheinlich auch.

»Hey, tut mir leid, dass es so lange gedauert hat.« Scott Senior war ein wenig außer Atem, als er mit Eis in den Händen ins Zimmer seines Sohnes kam.

Dani erhob sich und schnitt eine Grimasse.

Scotties Vater sah zwischen Dani und Lynette hin und her. »Was? Was habe ich verpasst?«

Dani biss sich auf die Unterlippe und gab ihr Bestes, nicht zu lachen. Vergeblich. Lynette stimmte ein. Vielleicht hatten sie beide genau das gebraucht.

Scott senior schüttelte lächelnd den Kopf und setzte sich auf die Bettkante. »Hey, Großer. Du hast endlich den Finger aus dem Ohr genommen, hm?« Er hielt inne. »Aber warum hast du ihn jetzt im Mund?«

Im Krankenhaus zu schlafen war für Dani nichts Ungewöhnliches. Allerdings war der Grund, der sie dazu trieb, seit Tagen nach ihrer Schicht dort zu bleiben, einfach nervig. Rebecca. Sie wollte ihr erst dann wieder über den Weg laufen, wenn sie besser auf zukünftige Wortgefechte und die Gesamtsituation vorbereitet war.

Dani legte den Kopf zurück und ließ sich das kalte Wasser direkt ins Gesicht laufen.

Als sie die Duschkabine verließ – eine von dreien für das Personal –, begrüßte sie der Trubel der Umkleidekabine auf der anderen Seite der Wand. Einige Assistenzärzte lachten, andere drückten Begeisterung über kommende Eingriffe aus und wieder andere beschwerten sich lauthals über die unterschiedlichsten Dinge. Dani trocknete sich hastig ab und zog sich schnell an.

Die Unterhaltungen erstarben nicht, aber hin und wieder fing sie verwirrte Blicke von Ärzten auf, mit denen sie studiert hatte. Damals war Dani ein vollkommen anderer Mensch gewesen. Sie erinnerten sich vermutlich an eine Dani, die offen, lustig, gesprächig und hilfsbereit gewesen war.

Egal. Ihre Arbeit war das Wichtigste für sie. Dani band ihre noch immer feuchten Haare zu einem Pferdeschwanz zusammen und verließ den Bereich gerade, als zwei müde aussehende Assistenzärzte hereinkamen. Sie würdigten Dani keines Blickes

Ein paar Minuten später betrat Dani die Pädiatrie. Das war ihr Ort im Krankenhaus. Als sie sich dem Schwesternzimmer näherte, erblickte sie Rick. Was auch immer Rick gerade zu Betty sagte, ließ diese erröten. Er grinste sie an, nahm einen Schluck aus seinem *Starbucks*-Becher und blickte Dani an. »Hey, Morgen.«

Dani lächelte und nickte Betty zu.

»Warum hast du so lange gebraucht? Dein Kaffee ist wahrscheinlich kalt.« Rick reichte ihr einen zweiten Becher, den sie vorher nicht gesehen hatte.

»Schon in Ordnung. Ich wärm ihn auf, wenn es sein muss. Danke.«

»Schwarz und eklig, genau so, wie du ihn magst. Das gute Zeug.«

»Wo ist meiner?«, fragte Betty.

Rick zuckte mit den Schultern. »Vielleicht teilt Dani.«

»Unwahrscheinlich.« Dani nahm einen Schluck. Der Kaffee war nur noch lauwarm.

Rick trat ein paar Schritte zurück. »Ich bring dir nächstes Mal einen mit, Betty.«

»Sicher, sicher.« Betty rollte mit den Augen und ging an das klingelnde Telefon.

Rick berührte Danis Arm und deutete mit dem Kopf auf das Ende des Flures zu den Fahrstühlen.

Sie nickte und begleitete ihn. »Schön, dich in meiner Ecke zu haben.«

»Ja, nun, ich wollte nur nach dir sehen.« Er musterte sie von der Seite.

»Mir geht's gut.«

»Sagst du.«

»Sage ich. Ich brauche nur etwas Abstand.«

»Weißt du, ich könnte mit dir fahren. Das würde alles sehr viel einfacher machen.«

Einfacher für ihn, ja. Gott, sie war nicht *so* selbstsüchtig. »Wir haben nicht immer dieselben Arbeitszeiten. Ich will nicht, dass du auf mich warten musst.«

»Na ja, mein Auto sollte zum Wochenende fertig sein, wenn das hilft.« Sie erreichten den Fahrstuhl, vor dem bereits mehrere Leute warteten.

Dani sagte nichts, aber es half. Es half eine Menge.

Der Fahrstuhl öffnete sich piepend.

»Vielleicht übernachte ich heute bei Becca, damit sie nicht so früh aufstehen muss, um mich abzuholen. Macht die ganze Situation …«

»Einfacher«, beendete Dani den Satz für ihn.

»Ja, genau.« Rick nickte ihr zum Abschied zu und betrat dann den Fahrstuhl.

Einfach. Dani mochte das Wort, aber sie war ziemlich sicher, dass es eine Weile nicht auf ihr Leben zutreffen würde.

Dani klopfte an die offene Tür und wartete, bis Sheri und Jacob sie ansahen, bevor sie eintrat.

Jacob lächelte sie müde an, während seine Mutter sie einfach beobachtete.

»Guten Morgen. Du warst nicht die ganze Nacht wach und hast Videospiele gespielt, oder?«

Jacob runzelte die Stirn und schob schmollend die Unterlippe vor. »Nein, Ma hat mich mitten in einer Mission gezwungen, auszumachen.« Er sah seine Mutter empört an.

Sheri lachte, beugte sich vor und küsste ihn auf den Kopf.

Er grummelte unglücklich.

Das Schauspiel war geradezu entzückend.

»Sie wollte sichergehen, dass du für heute bereit bist«, sagte Dani.

Jacob sah auf seinen Schoß. »Ich weiß.« Er blickte wieder nach oben. »Sie und Ma haben gesagt, es wäre okay, Angst zu haben, richtig?«

»Richtig.« Dani nickte und trat näher ans Bett heran. »Erinnerst du dich daran, wie die Behandlung heißt?«

»Chemo … Chemotherapie?«

Sheri legte einen Arm um Jacob und zog ihn an sich.

Er lehnte sich an sie. »Und ich werde mich dadurch schlecht fühlen, aber gleichzeitig wird es mir besser gehen.«

Niemand und am allerwenigsten Dani konnte der Anblick eines konzentriert aussehenden Jacobs kaltlassen. »Genau.« Sie räusperte sich und richtete ihre Aufmerksamkeit auf Sheri. »Mrs. Cook, haben Sie Fragen zu den Medikamenten, die benutzt werden?«

»Nein, ich glaube nicht.« Sheris Sorgen und Ängste waren ihr an der Falte zwischen den Augen und der Art und Weise, wie sie ihren Sohn festhielt, deutlich anzusehen.

»Ma hat sie sich gemerkt. Sie sind schwer auszusprechen.«

»Ja, das sind sie«, stimmte Dani zu.

»Zeig ihr, dass du es weißt, Ma.«

Dani wagte es nicht, etwas zu sagen. Abwartend blieb sie stehen.

»Ist schon in Ordnung, Schatz. Sie will nicht hören, wie ich es vermassle.« Sheri sah erst zu Dani und dann zu ihrem Sohn.

»Bitte?«, sagte er. »Ich wette, dass du es nicht vermasselst. Du bist klug.«

Sheri seufzte. »Okay, da du dich bemühst, werde ich es auch tun. Actinomycin D und Vincristin.«

Sie sah Dani an, während sie sprach. Herausfordernd hatte sie die Augenbrauen hochgezogen, als ob sie nur darauf wartete, korrigiert zu werden. Aber in ihren Augen lag auch etwas anderes, was Dani nicht benennen konnte.

Sie lächelte. »Hervorragend. Beide Medikamente werden alle zwei Wochen für eine Dauer von fünf Tagen verabreicht. Ich will sichergehen, dass ihr beide wisst, was bei jedem Schritt der Behandlung passiert. Keine

Geheimnisse oder Überraschungen. Also, wenn es keine weiteren Fragen gibt, komme ich in ein paar Stunden wieder und dann fangen wir an.«

Jacob drückte sein Gesicht an den Hals seiner Mutter.

Dani war schon halb aus der Tür raus, als sie Sheris Stimme hörte.

»Dr. Russell? Kann ich draußen einen Moment mit Ihnen sprechen?«

Dani nickte. Sie gingen auf den Flur.

»Ich möchte mich für neulich entschuldigen.« Sheri sah sie direkt an. Kein Zögern, keine Ausflüchte. »Es war nicht richtig, meine Frustration an Ihnen auszulassen.«

Dani lächelte sie an. »Schon in Ordnung.«

»Nein. Mein Verhalten war nicht in Ordnung. Lassen Sie es mir nicht so einfach durchgehen.« Sheri seufzte.

»Tue ich nicht. Es ist nur …« Dani seufzte. »Ich bin nicht hier, um Ihre Freundin zu sein. Aber ich bin eine Verbündete, ein Hilfsmittel für Sie beide. Wenn Sie also jemanden zum Anschreiben brauchen, kann ich das verkraften. Und wenn Sie eine Schulter zum Ausweinen brauchen, hoffe ich, dass Sie bald sehen, dass ich dafür die richtige Person bin.«

Sheri lehnte sich an die Wand und schloss die Augen. Die Sekunden vergingen, bevor sie Dani wieder ansah. Dieser seltsame Ausdruck, den Dani vor ein paar Minuten in ihren Augen gesehen hatte, war wieder da und sie konnte ihn immer noch nicht richtig einordnen. Sheri atmete tief durch und stieß sich von der Wand ab.

Dani wartete auf eine Antwort.

Sheri nickte und das war alles, was Dani brauchte. Schweigend sah sie zu, wie Sheri zurück zu Jacob ging.

»Also, lackieren wir uns bei dieser Pyjamaparty auch die Fußnägel?« Rebecca ließ sich auf Ricks Wohnzimmercouch sinken.

Er lachte. »Ich weiß nicht, wie es dir geht, aber meine Füße sind auch so wunderschön.« Er öffnete den Kühlschrank und rief in Richtung Wohnzimmer: »Willst du was?«

»Nein, bin versorgt. Warum dauert es eigentlich vier Tage, bis dein Auto repariert ist?«

»Ich wollte es billiger. Der Mechaniker hat nach gebrauchten Teilen gesucht. Ich brauch nur ein paar Minuten, um ein paar Sachen zu packen. Bist du sicher, dass es in Ordnung ist, wenn ich so lange bleibe?« Er öffnete eine Wasserflasche und trank einen Schluck.

»Es sind nur zwei Nächte. Du ziehst nicht ein.«

»Wollte nur nachfragen. Aber du musst mir versprechen, Peyton in deinem Zimmer zu lassen. Es ist unheimlich, wenn sie an meinem Bettende sitzt und mich anstarrt.«

Rebecca lachte. »Das macht sie nur bei Menschen, die sie mag.«

»Du musst ja viele Pyjamapartys gehabt haben, um das herauszufinden.«

Rebecca wurde wieder ernst. »Nicht wirklich. Kannst du dich bitte beeilen? Ich will weg sein, wenn Dani nach Hause kommt.«

»Warum? Du wirst sie früher oder später sehen. Was bringt es, wegzulaufen?« Rick stellte sein Wasser auf die Anrichte und sah sie an.

»Ich laufe nicht weg. Ich muss nur auf sie vorbereitet sein. Ich weiß nie, was als Nächstes aus ihrem Mund kommt. Wenn ich die Fassung verliere, landen wir wieder am Anfang.«

Rick brummte zustimmend. »Ja, verstanden. Bin gleich wieder da.«

Als er ging, änderte Rebecca ihre Meinung und ging in die Küche. Dieses Mal musste doch Cola da sein. Sie waren im Süden – alle hatten Cola. Der Kühlschrank war gefüllt. Rebecca schob ein paar Dinge zur Seite und fand schließlich einen Sechserpack Cola im untersten Fach, umgeben von Gemüse. Seltsamer Ort dafür, aber was wusste sie schon? Sie nahm sich eine Flasche, trank einen großen Schluck und schloss den Kühlschrank.

»Also wohnst du jetzt hier?«

Überrascht taumelte Rebecca zurück und schüttete sich Cola übers Shirt. »Scheiße!« Sie ignorierte Danis Frage und griff nach den Küchentüchern auf der Anrichte. Sie tupfte sich das Oberteil ab und bückte sich dann, um die Sauerei auf dem Boden aufzuwischen. Ihr Herz hämmerte in ihrer Brust. Rebecca atmete ein paar Mal tief durch, um sich zu sammeln und stand dann auf. »Entschuldige. Ich glaube, das war alles.«

Dani warf ihre Tasche auf die Couch und kam in die Küche.

Rebecca erstarrte. Es war, als hätte ihr jemand Blei in den Körper gegossen, aber ihre Augen, ihr Kopf und ihr Herz funktionierten immer noch ausgezeichnet. Hilflos sah sie zu, wie Dani näher kam.

»Ich weiß nicht, was du hier spielst, aber so zu tun, als wärst du jemand, der du nicht bist, funktioniert bei mir nicht.«

Rebecca musste sich anstrengen, um nicht auf die Herausforderung einzugehen. Sie straffte den Rücken und zog die Schultern zurück. Im Moment war es egal, dass Dani ein paar Zentimeter größer war. »Ich spiele nichts vor.«

»Hör auf!« Dani schlug mit den Händen auf die Anrichte und funkelte sie an. Ihr Gesicht war gerötet und sie bewegte sich schnell vorwärts, bis sie nur noch wenige Zentimeter voneinander entfernt waren.

Rebecca knirschte mit den Zähnen und trat einen Schritt zurück. Es war nicht Angst, die sie antrieb. Es war die Nähe dieser Frau. Ein plötzliches Gefühl in ihrer Brust. Sie brauchte Distanz.

Einen Moment lang zweifelte sie an ihrem Verstand. Wie konnte sie sich auch nur im Geringsten von Dani angezogen fühlen, wenn alles, was ihr entgegenschlug, die blanke Abneigung war? Sie begegnete Danis stechendem Blick. Unwillkürlich erinnerte sie sich an die Leidenschaft, die sie gemeinsam erlebt hatten, das Lachen und Flirten.

Und in dem Moment realisierte Rebecca, dass sie noch nicht über Dani hinweg war. Die Erkenntnis traf sie wie ein Schlag in den Magen. War es möglich, noch einen Abschluss zu finden, war es zu spät für einen freundlichen Umgang miteinander? Ihr erster Instinkt schrie förmlich Ja. Aber es musste doch etwas bedeuten, dass Dani nach vier Jahren immer noch so sauer auf sie war. Erging es Dani vielleicht ähnlich?

»Hey! Was zur Hölle …« Rick eilte ins Wohnzimmer. Er riss die Augen auf. »Was ist los? Ich dachte, ich hätte –«

»Alles in Ordnung«, unterbrach Rebecca ihn.

Dani wandte den Blick ab und trat zurück. Ihre Brust hob und senkte sich schnell und ihr Gesicht war noch immer gerötet.

Rick warf Rebecca einen Blick zu und sie nickte. Dann wandte er sich an Dani: »Alles in Ordnung?«

Sie räusperte sich. »Ja, ja, mir geht's gut, aber ich dachte, du übernachtest bei –«

»Tue ich.« Er deutete auf seine Tasche. »Bis Samstagmorgen. Ich musste ein paar Sachen holen.«

»Oh, okay.«

Rick zögerte einen Augenblick, bevor er sagte: »Also, wir sehen uns am Wochenende. Wir müssen unsere Serien abarbeiten.«

Dani lächelte ihn angestrengt an. »Klingt gut.«

»Ich bin bereit, wenn du es bist, Becca.«

Rebecca fühlte sich, als würde sie aus einer Trance erwachen. Sie schüttelte den Kopf, um wieder einen klaren Gedanken fassen zu können. »Dann lass uns gehen.« Sie ging an Dani vorbei. Ihre Arme streiften sich. Sie hätte die Berührung vermeiden können, theoretisch. Aber sie wollte es nicht. Und mit nicht ganz geringer Befriedigung hörte sie bei der Berührung ein leichtes Keuchen von Dani.

Rebecca hielt inne und sah Dani erneut an. Ihr Mund stand offen und Rebecca war versucht, sie darauf hinzuweisen. Aber binnen weniger Sekunden waren Danis Augen nicht mehr geweitet, sondern kalt. Das war ein Ausdruck, den sie gewohnt war – aber was sie kurz vorher gesehen und gehört hatte, war ebenfalls real gewesen.

Egal, wie sehr sie es wollte, Rebecca sah nicht zurück, als sie Rick nach draußen folgte.

Endlich allein, drückte sich Dani eine Hand auf den Bauch. Der Druck half nicht, die Knoten darin zu lösen. Sie lehnte sich an die Anrichte. Dani musste sich das alles eingebildet haben. In der einen Minute hatte sie vor Zorn gebrodelt und in der anderen hatte sie geglaubt, so etwas wie Erregung zu fühlen.

Dani atmete geräuschvoll aus. Sie hatte sich das gerade nicht eingebildet. Das wusste sie. Aber wie konnte sie so etwas wie Erregung spüren? Warum ließ sie das zu? Sie konnte nicht leugnen, dass Rebecca und sie viele gute Zeiten gehabt hatten – ganz gleich, wie kolossal die Beziehung am Ende gescheitert war. Rebecca hatte sie glauben lassen, dass sie, Dani, die Welt erobern konnte. Es war ein unglaubliches Gefühl gewesen, auf ein Podest gestellt zu werden. Das musste es sein. Ein Teil von ihr sehnte sich nach dieser Überschwänglichkeit und lebte immer noch in der Vergangenheit. Was für eine Idiotin war sie denn bitte?

Dani ballte die Hände zu Fäusten. Sie war so sauer auf sich selbst. »Was stimmt bloß nicht mit mir?«, schrie sie in die leere Wohnung.

KAPITEL 10

»Verdammt.« Dani nahm ein Buttermesser aus der Besteckschublade und kratzte damit über die widerspenstige Stelle auf der Anrichte, die sich mit Glasreiniger und einem Handtuch allein einfach nicht säubern ließ. Als sie mit diesem Bereich fertig war, widmete sie sich erneut dem Herd und dem Kühlschrank, um sich zu vergewissern, dass beides so glänzte, wie sie das wollte.

Obwohl Dani in den vergangenen zwei Stunden wie eine Wahnsinnige geputzt hatte, musste sie immer noch Energie abbauen. Sie sah sich sowohl in der Küche als auch im Wohnzimmer um, ob noch irgendetwas ihren Arbeitseinsatz gebrauchen konnte. Leider waren beide Zimmer mittlerweile fast steril.

Die Böden im Bad und in den Schlafzimmern konnten eine Reinigung vertragen. Was brachten Hartholzböden schon, wenn sie nicht sauber oder glänzend genug waren, dass man von ihnen essen konnte? Dani lachte laut auf und fühlte sich erbärmlich. Sie band sich den Pferdeschwanz neu, da zu viele Haare herausgerutscht waren und ihr ins Gesicht fielen, was ihre Verärgerung nur noch steigerte. Nichts konnte ihre Aufmerksamkeit vollständig fesseln. Dani musste etwas finden, das nicht nur ihren Körper erschöpfte, sondern auch ihre Gedanken einnahm. Ununterbrochenes Putzen war eine Gewohnheit, in die sie mit Leichtigkeit verfiel. Auch wenn die Wohnung es nicht unbedingt nötig gehabt hatte. Während sie mit ihren Händen, Armen und Beinen arbeitete, waren Danis Gedanken allerdings weitergewandert – zu Rebecca.

Dani nahm den elektrischen Mopp mit Sprühfunktion und den Flüssigreiniger und marschierte in ihr Zimmer. Sie ließ den Mopp triefend auf den Boden platschen und schob ihn fast schon gewaltsam hin und her. Dann drückte sie auf die Düse, um mehr von dem Reiniger mit Zitrusduft zu versprühen, aber es kam nichts heraus. Der Mopp gab ein Summen von sich, als Dani es wieder und wieder versuchte. Sie schüttelte ihn in der Hoffnung, auf diese Art und Weise die Verstopfung zu lösen, was allerdings nicht funktionierte. Dani entleerte sogar den Reiniger aus dem Gehäuse, um nach einer Blockierung zu suchen. Da war nichts, also baute sie alles wieder zusammen und versuchte es erneut.

»Scheißding!« Dani warf den Mopp durch den Raum.

Sie war so kurz davor, die Ärztin zu sein, die sie immer hatte sein wollen. Sie hatte nur noch Leute um sich, die ihre Motivation und ihre Ziele verstanden. Warum hatte Rebecca zurückkommen müssen? Dani hatte in ihrem Leben keinen Platz für alles, was Rebecca mit sich brachte – Erinnerungen, Verwirrung, ein ganzes Meer an Emotionen, aber hauptsächlich Verlangen.

Im Moment machte Dani dieses letzte Gefühl am meisten Angst. Wenn es jemand anders wäre, könnte sie es auf ihr fehlendes Soziallebenund den nicht vorhandenen sexuellen Ausgleich schieben.

Allerdings ging es hier um Rebecca. Genau wie bei ihrem Kennenlernen vor vielen Jahren brannte dort, wo es Rauch gab, auch ein loderndes Feuer. Dani hatte nicht vor, sich wieder davon einnehmen zu lassen. Am Ende würde sie nur wieder alleine zurückgelassen werden und der Schmerz würde sie überwältigen.

»Fick. Dich«, flüsterte sie müde. Plötzlich fiel ihr das Atmen schwer und Dani beugte sich vor, um tief und gleichmäßig durchzuatmen. Sie konnte nicht hier sein. Blieb also das Krankenhaus. Das war die Atmosphäre, die sie brauchte. Heute war sie für die Nachtschicht eingeteilt, aber was machte es schon, wenn sie drei Stunden früher auftauchte?

Als Dani ein paar Tage später gerade dabei war, die Wohnung zu verlassen, schwang die Eingangstür vor ihr auf. Rick blieb ruckartig stehen. »Hey … Du bist für die Arbeit angezogen.«

»Ja, um diese Zeit kann ich besser …« Unschlüssig verstummte sie.

»Aha.« Er musterte sie.

»Aha? Was soll das denn heißen?« Sie knirschte mit den Zähnen. Dani wollte nicht mit ihm streiten. Sie kannte sich gut genug, um zu wissen, dass sie in ihrer momentanen Verfassung schon die Krallen ausfahren würde, wenn er nur falsch atmete.

Rick zuckte mit den Schultern. »Was auch immer du willst.«

»Ich habe keine Zeit für so etwas.« Dani ging zur Wohnungstür.

»Das sind also deine Bemühungen?«

Dani blieb stehen und drehte sich um. »Ich kann das jetzt nicht. Ich kann nicht.« Dani wusste, dass sie ganz kurz davor stand, überfordert zu sein und sich nicht mehr im Griff zu haben, also atmete sie tief und bewusst ein und aus.

Er verschränkte die Arme vor der Brust. »Es geht nicht nur um dich, Dani. Ich wünschte, du würdest dir einfach nicht mehr selbst im Weg stehen.«

»Was soll das denn heißen?«

»Es heißt, dass wir kaum noch Zeit miteinander verbringen und wenn wir reden, fühlt es sich meistens an, als würde ich mich mit einem eifersüchtigen Teenager unterhalten. Falls du dich das fragst, mir geht's übrigens gut. Der Schiedsrichter zwischen dir und Becca zu sein, ist im Moment alles, was bei mir läuft.« Seine Stimme triefte vor Sarkasmus.

Dani stand der Mund offen. »Oh, fick dich. Glaubst du, du würdest besser damit umgehen, wenn du an meiner Stelle wärst? Denkst du, alle Probleme würden einfach verschwinden, sobald die Wahrheit raus ist?« Sie griff sich an die Brust. »Ich gebe mein Bestes. Es tut mir leid, dass ich in den letzten Wochen nicht für dich da war, aber um ehrlich zu sein, weiß ich nicht mal, wie ich gerade für mich selbst da sein soll, also kann ich auch nicht viel für irgendjemand anderen tun.«

Rick riss die Hände hoch. »Vielleicht bin ich derjenige, der sich versetzen lassen und weit weg neu anfangen sollte.«

Sie sog zischend die Luft ein und sackte etwas zusammen. Das war das Letzte, das sie erwartet hatte. »Moment. Was?«

Rick wandte den Blick ab. »Ich habe mich am Ende meines zweiten Jahres für Weiterbildungen beworben. Einige der Bewerbungsgespräche waren echt heftig. Ich habe vom Northwestern gehört. Sie möchten, dass ich zu ihnen komme und meine Assistenzzeit dort beende.«

»Ich erinnere mich daran, dass du dich beworben hast. Du gehst also?« Dani trat einen Schritt näher an ihn heran. Er hatte recht. Sie war eifersüchtig gewesen. Schamgefühle schlugen über ihr zusammen und ließen ihr Gesicht heiß werden. Und um die Sache noch schlimmer zu machen, stand sie hier und dachte wieder einmal nur an sich selbst.

Er zuckte mit den Schultern. »Ich weiß nicht. Es ist nicht unüblich, dass ein sich woanders spezialisiert.«

»Das weiß ich. Aber gehst du schon, um deine Assistenzzeit dort zu beenden? Hast du dich überhaupt für die Weiterbildung am Amery University Hospital beworben?«

»Ich weiß nicht, ob ich gehe und ja, habe ich.«

Dani trat näher und berührte zögernd seine Hand. »Weiß Becca davon?«

Rick schüttelte den Kopf und atmete zittrig aus. »Ich habe die Nachricht gerade selbst erst bekommen. Ich mach mir ein wenig Sorgen. Sie ist noch nicht lange wieder hier und hat niemanden sonst …«

»Sie würde nicht von dir erwarten, dass du dein Leben pausierst, nur weil sie wieder da –« Dani hielt inne. Oder würde sie?

»Nein! Würde sie nie.« Rick riss die Augen auf.

»Entschuldige. Es ist nur …« Dani versuchte, den Kloß in ihrer Kehle hinunterzuschlucken. »Ziehst du das wirklich wegen dem, was zwischen mir und Becca ist, in Erwägung?«

Rick nahm ihre Hand in seine. »Nein, ich war nur wütend, aber es wäre gelogen, wenn ich sagen würde, dass ich nicht darüber nachdenke. Das Amery ist wirklich toll, aber das Northwestern ist auch nicht zu verachten. Es wäre eine Herausforderung, so spät noch umzusatteln, aber genau deswegen ist es so verlockend.«

»Ich verstehe das. Und es tut mir immer noch leid, dass du in diesen Mist reingezogen wurdest. Mittlerweile solltest du das nicht mehr sein.«

Rick nickte. »Ich stimme zu, aber es ist meine Entscheidung. Also sollte ich mich wahrscheinlich nicht so lautstark beschweren.«

Dani sah auf ihre Hände, ehe sie den Blick wieder auf Rick richtete. »Entschuldige, dass ich mich dir gegenüber so scheiße verhalten habe. Ich bin stolz auf dich und bin für dich da, komme, was wolle.«

»Es ist eine wichtige Entscheidung, also werde ich sie nicht leichtfertig treffen.«

Dani schluckte schwer, als ihr die Erkenntnis eine Ohrfeige verpasste. Genau wie bei Rebecca war Rick die wichtigste Person in ihrem Leben – aber das musste er nicht hören, nicht nach allem, was er ihr gerade erzählt hatte. »Hört sich an, als würden sie dich wirklich wollen.«

»Ich denke schon. Sie geben mir ein paar Wochen Zeit, um mich wegen der Assistenzzeit dieses Jahr zu entscheiden, also werde ich gründlich darüber nachdenken.«

»Guter Plan.« Sie hatte nicht mehr das dringende Bedürfnis, jetzt schon ins Krankenhaus zu gehen. Trotz der Tatsache, dass ihre Begegnung mit einem Streit begonnen hatte, hatte sie den starken Wunsch, jetzt bei ihrem besten Freund zu bleiben. Vielleicht brauchte er sie auch. »Ich glaube, dass ich noch warten kann. Ein oder zwei Folgen lang.«

Rick lächelte. »Also, willst du *Law & Order: SVU* oder *Grey's Anatomy* schauen?«

Dani starrte ihn an. »Wie kannst du das überhaupt fragen? *Grey's* hat mir durch einige meiner schwersten Zeiten geholfen.«

Rick setzte sich auf die Couch und nahm die Fernbedienung. »Ja, es ist nichts Falsches daran, Shonda Rhimes zu huldigen, denn sie ist weise und allwissend und unglaublich erfolgreich sowohl als Drehbuchautorin als auch als Produzentin.«

»Stimmt. Außerdem ist alles so dramatisch.« Allerdings konnte ihr das Drama der Ärzte in dieser Serie gerade nicht das Wasser reichen.

Rebecca war es leid, durch die Kanäle zu zappen. Nichts, was im Fernsehen lief, konnte ihre Aufmerksamkeit fesseln. Ihr gingen so viele Gedanken durch den Kopf, dass sie einfach nicht abschalten konnte. Trotz Ricks Anwesenheit hatte sie die letzten paar Tage damit verbracht, sich immer wieder den Kopf darüber zu zerbrechen, was zwischen Dani und ihr passiert war. Und sie war jedes Mal zum selben Schluss gekommen: Dani ließ ihre Gegenwart nicht kalt. Die Erkenntnis gab ihr Hoffnung. Es war eine Erleichterung, dass sie nicht allein mit all diesen widerstreitenden Gefühlen zu tun hatte.

Es war also weiter ihr Plan, auf Kurs zu bleiben und zu hoffen, dass Dani irgendwann erkannte, dass sie sich wirklich geändert hatte. Wenn diese Erleuchtung kam, würde Rebecca um Vergebung bitten. Auch wenn ein Teil von ihr nun mehr als das wollte – oder zumindest anfing, sich mehr zu wünschen. Diese Hitze, die durch Danis Berührung ausgelöst worden war, konnte nicht nur eine einmalige Sache sein. Aber war das jetzt gut oder schlecht?

Rebecca sah zu Peyton hinab, die sich neben ihrem Bein zu einer kleinen Kugel zusammengerollt hatte. Sie kraulte die Katze hinter den Ohren und wurde sofort mit einem Schnurren und dann einem Biss belohnt. »Ich weiß nicht mal, warum ich es versuche.«

Peyton besaß die Frechheit, erneut zu schnurren und sich an Rebeccas Bein zu reiben.

»Jetzt ist es zu spät, um nett zu sein.«

Peyton miaute laut, sprang von der Couch und stolzierte mit hoch erhobenem Schwanz davon, sichtlich stolz auf sich selbst. Dann blieb sie vor dem Korb stehen, der mit Katzenspielzeug überquoll. Nachdem sie sich einen flauschigen pinken Ball ausgesucht hatte, drehte sie sich wieder zu Rebecca.

»Ernsthaft?« Rebecca rollte mit den Augen.

Peyton schnurrte. Als sie sich Rebeccas Füßen näherte, ließ sie den Ball fallen und miaute lautstark.

»Schon gut. Mensch, eine alte Frau ist kein D-Zug.« Rebecca nahm den weichen, flauschigen Ball.

Peyton riss die Augen auf und gab ein seltsames Schnurren von sich, als der Ball durch den Raum flog. Sie rannte davon und rutschte beinahe gegen die Wand. Ein paar Sekunden später brachte sie den Ball zurück und legte ihn Rebecca vor die Füße.

»Ja, lass jetzt alles raus, damit du dieses verdammte Ding voller Katzenspucke nicht um drei Uhr morgens auf mein Kissen legst.« Sie nahm den Ball und warf ihn zur anderen Seite des Zimmers.

Erneut rannte Peyton hinterher, aber bevor sie ihn in den Mund nahm, fauchte sie das Spielzeug an.

»Du kannst einfach nicht länger als ein paar Minuten am Stück nett sein, oder?« Ihre Worte ließen sie innehalten. Obwohl sie irgendwie hoffnungsvoll war, schien bei Dani das Gegenteil der Fall zu sein.

Rebecca konnte nur Verantwortung für ihren eigenen Fortschritt übernehmen, nicht für Danis. All die kleinen Häppchen, die Rick in der Vergangenheit hatte fallen lassen, und die Dinge, die sie selbst gesehen hatte, seit sie wieder zurück in Atlanta war, warfen die Frage auf, ob sich Dani nicht eher zum Schlechten gewandelt hatte.

Nachdem sie den Ball noch ein paar Mal geworfen hatte, stand Rebecca auf und versuchte, ihre Zweifel abzuschütteln. Negativität würde niemandem helfen, ihr am wenigsten. Vor allem hinterließ das ein noch tiefer sitzendes Gefühl der Einsamkeit in ihr.

Sie könnte Rick anrufen, aber das wäre selbstsüchtig – es musste möglich sein, dass er auch Zeit mit Dani verbrachte, vor allem jetzt, da er vielleicht die Stadt verlassen würde. Es war ein riesiger Schock gewesen, als er beim gestrigen Abendessen die Bombe hatte platzen lassen.

Rebecca würde eine Weile brauchen, um diese Neuigkeiten zu verarbeiten, aber sie wollte ihn unterstützen, egal, wofür er sich am Ende entschied. Es ging um ihn und seinen Traum. Sie hatten diese Art von Fernfreundschaft schon durchgemacht. Statt vier Stunden, wie früher, würden sie elf Stunden voneinander entfernt sein – Rebecca hatte es überprüft –, aber das machte überhaupt keinen Unterschied für sie.

Eigentlich war es vielleicht sogar Zeit, sich anderen Menschen gegenüber zu öffnen. Sie war gut mit ihrer ehemaligen Einheit zurechtgekommen, doch trotzdem hatte sie alle auf Abstand gehalten. Rebecca war herzlich und treu, wenn es sein musste. Vielleicht verdiente ihr neues Team eine bessere Chance.

KAPITEL 11

Rebecca stellte die Schachtel mit Schokoladen-Croissants aus *Amelie's French Bakery and Café* auf Emmets Schreibtisch. Das Café lag nicht ganz auf ihrem Weg, aber der kleine Umweg lohnte sich auf jeden Fall. Seit sie letzte Woche den Entschluss gefasst hatte, sich ihren Kollegen gegenüber mehr zu öffnen und Teil der Gruppe zu werden, hatte sie regelmäßig kleine morgendliche Überraschungen mitgebracht. Alvin und Mark ließen sich nicht lange bitten.

»Wo ist Emmet?«

»Du stellst zu viele Fragen.« Mark winkte ab und öffnete die Schachtel. Er seufzte genüsslich beim Anblick des Gebäcks. Alvin nahm sich gleich zwei Stücke und leckte sich die Finger, als er ging.

»Gern geschehen!«, sagte Rebecca, während sie seinen Rücken anstarrte.

Er sah sie über die Schulter hinweg an und nickte knapp. Der Mann konnte wirklich ein Arschloch sein, aber immerhin wusste er das auch.

Mark nahm sich das wohl größte Gebäckstück aus der Schachtel. Er lächelte und summte, während er ein kleines Stück abriss und es sich in den Mund schob. »Gott, das ist gut«, sagte er. »Du verwöhnst uns neuerdings jeden Tag. Was ist los?«

Rebecca zuckte mit den Schultern. »Ich bin nur freundlich.«

»Könntest du damit aufhören? Ich fühle mich schon ganz schlecht.« Er biss noch einmal ab. »Muss ich jetzt anfangen, dir jeden Morgen Cappuccino zu bringen? Oder bist du eher der Typ für Espresso?«

Sie grinste. »Cola reicht mir vollkommen.«

»Aber lass mich raten, keine Kirsch- oder Vanillecola für dich?«

»Ganz genau.«

»Dachte ich mir.« Hinter ihnen wurde die Tür geöffnet und Mark rief: »Hey, Lieutenant!«

»Strong, es ist viel zu früh für solchen Elan. Aber guten Morgen«, sagte Lieutenant Benz.

»Verwechseln Sie mich bitte nicht mit Emmet«, antwortete Mark.

Benz blieb stehen und musterte ihn, ehe sie die Lippen zu einem Grinsen verzog. »Ist in Ordnung. Sie können ruhig zugeben, dass er auf Sie abfärbt.«

Alvin lachte .

»Außerdem, wenn Sie weiter so dekadent essen«, fuhr Benz fort und deutete auf das Gebäck in seiner Hand, »werden Sie sich auch Emmets Fitnessprogramm anschließen müssen.«

Alvin lachte erneut.

Rebecca schüttelte lächelnd den Kopf.

Mark deutete auf die Schachtel auf Emmets Tisch. »Schokoladen-Croissants. Rebecca hat sie mitgebracht. Wollen Sie eins?«

Lieutenant Benz kam zu ihm. »Gott ja. Sehr.«

»Nehmen Sie zwei«, ermutigte Rebecca sie.

Benz sah zu ihr und hob eine Augenbraue. »Machen Sie weiter so, Detective Wells.« Dann lächelte sie breit. Sie nahm sich zwei Croissants und ging langsam in Richtung ihres Büros, als hätte sie alle Zeit der Welt.

»Interessante Frau«, flüsterte Rebecca.

»Hm?«, meinte Mark mit vollem Mund.

»Nichts.«

Er schluckte und leckte sich die Finger ab. »Gut. Arbeiten wir beide heute zusammen?«

»Ja, bin dabei.«

Mark beugte sich zu ihr, wobei das fluoreszierende Licht auf die kahle Stelle auf seinem Kopf traf und sie glänzen ließ. »Ich weiß, dass ich dein Lieblingskollege bin. Es bleibt unser kleines Geheimnis.« Er grinste.

In den letzten Tagen hatte sie mit ihm als Partner gearbeitet. Sein Temperament passte zu ihrem und er war eine ehrliche Haut. Außerdem waren die Verhaltensweisen von Alvin und Emmet bisher für ihren Geschmack immer zu sehr ins Extreme gegangen. Nicht, dass sie keine guten Polizisten waren. Die Zahlen ihrer abgeschlossenen Fälle sprachen für sich, aber Rebecca war letzte Woche zu dem Schluss gekommen, dass sie nur hin und wieder mit ihnen losziehen und den Großteil der Zeit mit Mark verbringen würde, wenn sie einen Fall nicht allein bewältigen konnte. »Kein Kommentar.«

Er lachte leise.

Emmet betrat den Raum und ging zu seinem Tisch. »Uh, das kann ich nicht essen.« Er nahm sich trotzdem ein Croissant und biss beinahe die Hälfte in einem Stück ab. Stöhnend lehnte er sich auf seinem Stuhl zurück. »Deinetwegen werde ich noch fett.«

Rebecca richtete ihren Blick auf seinen runden Bauch.

Er riss die Augen auf und sah sie entsetzt an. »Was? Ich trainiere.«

»Arme und Brust?«, fragte Mark neckend.

»Na ja …«, stammelte Emmet. »Auch Beine! Ich trainiere. Wirklich!« Er verschlang das restliche Croissant und nahm sich ein weiteres.

»Wie lange arbeiten wir schon zusammen, Em?« Mark legte den Kopf schräg und sah ihn an.

»Du bist nicht ununterbrochen mit mir zusammen. Es gibt Dinge, von denen du nichts weißt.«

»Sicher, wenn du das sagst.« Mark wandte sich ab.

Rebecca setzte sich an ihren Tisch.

Emmet grummelte weiter, aß aber noch ein drittes Croissant.

Wie gut, dass sie sich bereits eins geschnappt hatte, als sie noch warm waren. Mit hochgezogener Augenbraue sah sie Emmet an.

Er wischte sich verlegen über den Mund. »Danke fürs Frühstück.«

»Gern geschehen.« Gebäck, Donuts und Kekse waren nicht gerade das Glanzstück der Einfallskraft, aber es war Rebeccas Art, eine Verbindung zu ihrem Team aufzubauen. So etwas hatte sie zwar in Savannah auch getan, aber hier gab sie sich Mühe, über allgemeine Höflichkeit und oberflächliche Nettigkeiten hinauszugehen. Rebecca war jetzt zu Hause. Sie wollte hier bleiben und Wurzeln schlagen.

»Okay, Pete, lass sie von jemandem hochbringen«, sagte Mark.

Nachdem er den Hörer aufgelegt hatte, fragte Rebecca: »Wir haben was?«

»Ja. Eine verängstigte, in Tränen aufgelöste Mutter. Ich habe ihnen gesagt, dass sie sie direkt zu uns schicken sollen. Wir können Streifenpolizisten dazuholen, wenn es sein muss.«

So etwas passierte nicht zum ersten Mal. Es war nicht wirklich die richtige Vorgehensweise, aber bis jetzt hatte ihnen noch niemand deswegen Probleme gemacht. Rebecca nickte.

Sie war die aktiven Fälle durchgegangen, in der Hoffnung, dass ein frischer Blick darauf vielleicht etwas Neues ans Licht bringen würde. Während der ersten Stunde war sie vollkommen konzentriert gewesen, doch dann drifteten ihre Gedanken mehr und mehr zu Dani, bis ihre Produktivität völlig dahin gewesen war.

Als sie und Dani sich letzte Woche so nahegekommen waren, war Dani extrem gereizt, sogar feindselig gewesen – aber da war auch ein unterschwelliges Lodern zwischen ihnen. Rebecca schämte sich nicht, zuzugeben, dass sie dieses Lodern genoss, wollte, dass es wuchs. Vielleicht gehörte sie zu den Menschen, die Schmerz mochten, solange er auch Vergnügen beinhaltete.

Sie seufzte.

Es war an der Zeit, sich wieder zu konzentrieren.

»Mrs. Dorset, lassen Sie mich sichergehen, dass ich Sie verstehe. Im Moment ist Shane bei einem Babysitter?«, fragte Mark. Sein Gesichtsausdruck gab nicht viel preis, aber seine Augen schimmerten freundlich, während er mit Shanes Mutter sprach.

»Ja, ich weiß, es klingt verrückt.«

»Nein, wir wollen nur sichergehen, dass wir ein klares Bild von der Situation haben«, sagte Rebecca. »Ihr Ex-Mann hat gedroht, ihn zu entführen, stimmt das?«

Mrs. Dorset schloss die Augen und seufzte. Ein Geräusch voller Verzweiflung. Als sie die Augen wieder öffnete, starrte sie Rebecca direkt an. »Schon oft. Ich habe ihn letzte Woche sogar erwischt, wie er versucht hat, ihn von der Schule abzuholen. Jetzt fahre ich immer extrafrüh hin, nur für den Fall. Die Schule hätte mich nicht einmal angerufen, weil wir geteiltes Sorgerecht haben – wenn man es so nennen will. Er hat ihn jedes zweite Wochenende, aber das habe ich unterbunden, nachdem er anfing mit Entführung zu drohen, weil ihm das nicht reicht. Ich weiß, dass ich damit gegen den Gerichtsbeschluss verstoße, aber was soll ich sonst tun?

Sie kennen ihn nicht. Wenn er etwas will, lässt er nicht locker, bis er es bekommt.« Ihre Stimme wurde immer flehender.

Rebecca legte ihr eine Hand auf den Arm und hoffte, dass die Berührung beruhigend wirkte. »Sie haben Angst und versuchen, vorausschauend zu handeln.«

Mrs. Dorset nickte und fing wieder an zu weinen. »Ja, ich denke mir das nicht aus. Ich kenne ihn. Also, bitte …«

Rebecca drückte Mrs. Dorsets Arm aufmunternd und sah zu Mark.

Er schüttelte den Kopf.

»Mrs. Dorset …«, setzte Rebecca an.

»Nein, nein! Wagen Sie es nicht, mir zu sagen, dass Sie nichts tun können!«

Rebeccas Bauch zog sich zusammen.

»Es tut mir leid, Mrs. D…«, versuchte es Mark, doch er wurde unterbrochen.

»Sie können nicht hier sitzen und mir sagen, dass ich warten muss, bis er meinen Sohn entführt hat, damit Sie etwas unternehmen!« Mrs. Dorset sprang auf. Sie hatte die Hände zu Fäusten geballt und Rebecca konnte ihr absolut keinen Vorwurf machen, dass sie sie benutzen wollte. Die Anspannung im Raum war greifbar.

Rebecca kam eine Idee. »Ihre Verstöße gegen die Sorgerechtsvereinbarung könnten das schwierig machen … aber fühlen Sie sich persönlich von ihm bedroht oder belästigt?«

Mrs. Dorset lachte freudlos auf. »Die letzten sechs Monate unserer Ehe und seitdem jeden Tag.«

»Sie haben ein gefährliches Verhaltensmuster beschrieben, vor allem wenn es schon in den Scheidungs- oder Sorgerechtspapieren angedeutet wurde«, mischte sich Mark ein. »Das könnte ausreichen, um ihn wegen Stalkings anzuklagen und mit einem guten Anwalt könnten Sie eine einstweilige Verfügung erwirken. Das ist nicht viel, aber es wäre ein Anfang.« Er klang fast erleichtert.

»Es wurde während der Sorgerechtsanhörung erwähnt. Deshalb darf er nur so wenig Zeit mit Shane verbringen. Er musste eine Therapie zur Aggressionsbewältigung machen und in einem Jahr besteht die Chance, dass ihm mehr Besuchsrechte eingeräumt werden.«

Gott, das war traurig. Rebecca fragte sich, was den Richtern manchmal durch den Kopf ging. Die Wahrheit war, dass, selbst wenn Mrs. Dorset eine tatsächliche Entführung gemeldet hätte, es in neun von zehn Fällen als Familienstreitigkeit abgetan werden wurde.

»Mein Anwalt ist erbärmlich. Kennen Sie jemanden? Ich habe nicht viel Geld …« Mrs. Dorset sah zwischen Mark und Rebecca hin und her.

Mark nickte. »Ja, ich denke schon. Lassen Sie mich seine Karte holen. Ich bin gleich wieder da.«

Die Atmosphäre im Raum veränderte sich, wurde leichter und entspannter.

»Shane war das einzig Gute, was unserer Ehe hervorgebracht hat. Ein großer Teil von mir hasst Philipp, der andere Teil ist dankbar, weil es ohne ihn unseren Sohn nicht geben würde.«

Rebecca hörte schweigend zu. Es war nicht ungewöhnlich, dass ein Elternteil in einer solchen Situation Dinge der persönlichen Lebensgeschichte teilte.

»Das ist der Hauptgrund, warum ich sein Verhalten nicht sofort gemeldet habe. Aber ich habe es begriffen. Es geht nicht nur um mich. Was passiert, ist so viel größer als das.«

Mrs. Dorsets Augen schimmerten feucht, aber sie waren auch voller Hoffnung und Erleichterung, Emotionen, die gefährlich sein konnten. »Es ist nichts Falsches daran, die Situation unter Kontrolle halten zu wollen.«

Die Tür zum Vernehmungsraum öffnete sich. »Tut mir leid, dass es so lange gedauert hat. Ich habe den Anwalt angerufen.« Mark reichte Mrs. Dorset eine Karte. »Er erwartet Ihren Anruf.«

Dani hob die Hand, um an Jacobs Türrahmen zu klopfen, aber der Anblick des leeren Bettes ließ sie innehalten. Aus dem Badezimmer kamen Geräusche, die sich sehr danach anhörten, als ob jemand dabei war, sich zu übergeben. Sie machte ein paar Schritte ins Zimmer, bis sie Jacob und seine Mutter sehen konnte.

»Ma, ich kann nicht aufhören.«

Sheri murmelte etwas, das Dani nicht verstand. Sie kniete neben Jacob und streichelte ihm den Rücken.

Obwohl Erbrechen eine unausweichliche Nebenwirkung der Behandlung war, hatte Dani wirklich Mitleid mit beiden. Es musste Sheri umbringen, Jacob so zu sehen. Unsicher blieb sie stehen. Sie wusste nicht, ob sie verschwinden oder zu ihnen gehen sollte. Schließlich klopfte Dani vorsichtig an die Badezimmertür.

Sheri hob schnell den Blick, in dem Sorge und Angst lagen. Dann wurde ihr Blick hart. »Der Mülleimer und diese kleine Schüssel, die sie mir gegeben haben, waren voll. Ich musste ihn hierhertragen«, sagte sie anklagend. »Die Medizin für seinen Magen wirkt nicht mehr.«

Jacob stöhnte schwach.

Sheri setzte sich vollständig neben ihn auf den Boden und zog ihn in ihre Arme.

Übelkeit und Erbrechen waren selbst mit Antiemetika nicht unüblich. »Es tut mir leid.«

Sheris Blick wurde ein wenig weicher und sie seufzte schwer. »Nein, mir tut es leid. Es ist nicht Ihre Schuld.«

Erleichtert nickte Dani. Es war gut zu wissen, dass Dani bei Sheri jetzt auf sichererem Boden stand. »Kann ich irgendetwas tun, um zu helfen?«

»Nein, ich schaffe das. Ich kümmere mich um ihn, aber können Sie ihm noch etwas gegen das Erbrechen geben?«

Dani nickte. »Ja. Ich verschreibe ihm Dexamethason. Das sollte gegen die Übelkeit helfen und seinen Appetit anregen.«

»Okay, hoffentlich wirkt es.«

»Doktor D?«, krächzte Jacob.

»Ich bin hier.« Dani kniete sich hin, um auf Augenhöhe zu sein.

»Warum muss ich so krank werden, um … gesund zu werden?« Jacob blinzelte erschöpft.

»Warum fragst du sie das nicht später? Bringen wir dich wieder ins Bett«, sagte seine Mutter leise.

Es dauerte einen Moment, bis er schließlich wieder unter seiner Decke lag.

»Ich werde eine Infusion anordnen. Ich will nicht, dass er dehydriert.«

Sheri seufzte schwer. »Als sie den Tumor gefunden haben, hatte ich gehofft, dass er die Chemo-Behandlungen zu Hause bekommen und dort auch von einer Krankenschwester betreut werden könnte. Aber er muss hier sein. Nach allem, was passiert ist …« Sie schüttelte den Kopf und presste die Lippen zusammen. »Er muss hier sein«, flüsterte Sheri ein paar Sekunden später erneut.

Dani hatte beinahe Angst, sich zu bewegen. Sie wollte den riesigen Durchbruch, den sie gerade erlebt hatte, nicht zunichtemachen. Stück für Stück fing Sheri an, ihr zu vertrauen. Der Tod ihres Mannes war eine Tragödie. Das Misstrauen Krankenhäusern gegenüber und der Unwillen, sich mit Ärzten auseinanderzusetzen, waren normale Nachwirkungen. Dani konnte sich nicht vorstellen, wie viel Kraft das alles kostete. Sie wollte sie dafür loben. Sie wollte versprechen, dass Jacob wieder gesund wurde. Aber beides waren leere Plattitüden, auf die Sheri sicher verzichten konnte.

Stattdessen nickte Dani und sagte: »Ich gebe die Anweisungen weiter, damit Sie beide sich bald ein wenig ausruhen können.«

Sheri nahm die Aussage kaum zur Kenntnis. Ihr Blick war weiterhin konstant auf ihren Sohn gerichtet.

Dani zog sich zurück. Sie ging nur widerwillig. Während Jacobs Fall ziemlich eindeutig war, war seine Mutter extrem vielschichtig. Und keine einfache Person. Doch sie bewunderte Sheris Beschützerinstinkt. In dieser Hinsicht erinnerte Sheri sie an Rebecca.

Beim Gedanken an Rebecca erfüllte Wärme ihren Körper. Dani schloss die Tür hinter sich und versuchte damit, auch die aufkommenden Emotionen hinter sich zu lassen.

Es gab weitere Patienten, um die sie sich zu kümmern hatte.

Rebecca rieb sich die Augen und lehnte sich auf ihrem Schreibtischstuhl zurück.

»Bleibst du länger, Wells?«, fragte Alvin.

»Nein, ich wollte gerade gehen. Was ist mit dir?«

»Ich muss noch ein paar Sachen abschließen. Werde noch eine Weile hier sein.«

»Brauchst du Hilfe?« Die Frage war ihr über die Lippen gekommen, bevor Rebecca sie aufhalten konnte.

Er lachte schnaubend. »Ich dachte, wir würden uns nicht verbiegen, um irgendwie Freunde zu werden?«

»Tun wir auch nicht. Ich wollte nur nett sein. Reflex.«

»Ich hasse Reflexe.«

Rebecca erhob sich leise lachend. »Manchmal bringen sie Leute in Schwierigkeiten.«

»Mit Sicherheit. Jetzt verschwinde. Ich habe das Büro gern für mich. Hilft mir beim Denken.«

»Tu dir nicht weh dabei.«

»Komm schon, Wells. Das kannst du besser.«

»Mir geht viel durch den Kopf. Morgen früh sehe ich nach, wie ich dich auf Chinesisch ›Arschloch‹ nennen kann.«

»Das war ein wenig besser.« Alvin lachte. »Ich muss dir sagen, jemanden mit einer Einstellung wie deiner hier zu haben, macht den Alltag in diesem kleinen Raum um einiges interessanter.« Er richtete den Blick auf seine Tastatur und begann zu tippen.

Rebecca starrte ihn an. Seine Worte glichen beinahe einem Kompliment und waren wahrscheinlich das höchste Lob, das sie je von ihm bekommen würde.

»Hör auf, mich anzustarren. Ich bin nur ehrlich. Jetzt geh und nerv jemand anderen.« Alvin sah nicht einmal auf.

»Ich bringe morgen Donuts mit.«

»Schau mal, ob sie welche mit Glasur haben«, bat er.

»Okay, gute Nacht.«

»Mhm.«

Rebecca folgte Alvins Bitte, jemand anderen zu nerven, und betrat entschlossen Ricks und Danis Wohngebäude. Aber als sie aus dem Fahrstuhl stieg, zögerte sie. Ihre Beziehung mit Dani befand sich in einer seltsamen Schwebe. In den letzten anderthalb Wochen hatten sie kaum zwei Worte miteinander gewechselt. Das hatte natürlich etwas damit zu tun, dass Dani sich in jeglicher Hinsicht rarmachte, wenn Rebecca vorbeikam, um Rick zu besuchen. Die Feindseligkeit zwischen ihnen war noch immer da und durch Danis häufige Abwesenheit hatte Rebecca kaum eine Chance gehabt, das zu ändern.

Als sie langsam den Flur hinunterging, entschied sie sich, dass sie die Initiative ergreifen musste. Dani würde nicht von sich aus klein beigeben. Rebecca klopfte an die Wohnungstür.

Ein paar Sekunden später öffnete Dani. Ihr Blick schwankte zwischen Verärgerung und Überraschung. »Ähm, Rick ist nicht –«

»Ich weiß, dass er nicht da ist. Ich habe dein Auto gesehen, also bin ich hochgekommen. Ich habe mich gefragt, ob wir reden können.«

Dani runzelte die Stirn und öffnete den Mund, ohne einen Ton herauszubringen. Ihre Haare hingen ihr offen über die Schultern und waren feucht. Offensichtlich hatte sie gerade geduscht. Da fiel Rebecca auf, dass auch auf ihrem T-Shirt feuchte Flecken zu erkennen waren und der Stoff an ihrer Haut klebte. Danis Nippel waren hart.

Einen Moment lang war Rebeccas Kopf wie leergefegt. Dann sagte sie: »Du hast, ähm, geduscht.«

»Ich versuche, das jeden Tag zu tun.« Dani sah sie skeptisch an.

Unangenehmes Schweigen breitete sich zwischen ihnen aus, aber aus irgendeinem Grund spürte Rebecca Danis übliche Streitlust nicht. Sie nahm das als gutes Zeichen. »Hast du kurz Zeit?« Sie hielt den Atem an, während sie auf eine Antwort wartete. Das hier konnte immer noch schiefgehen.

Dani rieb sich die Arme.

Rebecca folgte ihren Bewegungen mit den Augen. Dann wanderte ihr Blick nach oben und blieb an Danis Hals hängen. Sie glaubte zu sehen, dass ihr Puls raste. Sie atmete tief durch, um ihren eigenen Herzschlag zu beruhigen.

»Ich glaube nicht, dass das eine gute –«

»Bitte!«, unterbrach Rebecca sie flehend und hielt Danis Blick gefangen. »Ich habe dich in mein Haus gelassen. Schon vergessen?«

»Genau wie ich.«

Rebecca schüttelte den Kopf. »Nein, Rick hat mich reingelassen. Das ist ein Unterschied.«

Seufzend wandte Dani den Blick ab, ehe sie zur Seite trat und Rebecca genug Platz gab, um hereinzukommen, ohne dass sie sich dabei berühren mussten.

»Danke«, sagte Rebecca erleichtert und ein wenig überrascht. Sie ging auf direktem Weg zur Couch und setzte sich.

Dani folgte ihr und sagte: »Du hast mich in einem schwachen Moment erwischt.«

»An dir ist nichts schwach.« Die Worte kamen ihr über die Lippen, bevor sie darüber nachdenken und sie zurückhalten konnte.

Ihre Blicke trafen sich und Dani öffnete leicht den Mund. Dann räusperte sie sich. »Was willst du?«

Rebeccas Gedanken waren ein einziges Durcheinander. Sie hatte wirklich nicht daran geglaubt, diese Chance hier zu bekommen, also sagte sie das Erste, was ihr in den Sinn kam: »Das ist dein letztes Assistenzjahr.«

»Dessen bin ich mir bewusst.« Dani verschränkte die Arme vor der Brust.

»Du warst immer so entschlossen und motiviert und hast so ein großes Herz. Das hat mich angezogen und ich hatte immer gehofft, dass etwas davon auf mich abfärben würde. Ich glaube, irgendwie war das auch so. Du weißt schon … nachdem ich gegangen bin.«

Danis Gesichtsausdruck wurde hart und sie presste die Lippen zusammen, bevor sie sagte: »Was willst du von mir?«

»Ich weiß, dass ich damit wahrscheinlich das Offensichtliche ausspreche, aber du bist immer noch so wütend auf mich.«

»Willst du mich verarschen?« Dani lachte bitter und ging im Zimmer auf und ab. »Du hast verdammt recht. Und erzähl mir nicht, dass du nicht wütend bist. In unserem letzten gemeinsamen Jahr kann ich mich an keinen Tag erinnern, an dem du es nicht warst! Und ich will gar nicht erst mit dem Tag anfangen, an dem du gegangen bist.«

»Nein, ich bin nicht wütend. Nicht wirklich.«

Dani starrte sie entgeistert an.

Rebecca starrte zurück.

»W-was?«

»Nicht so wie du«, stellte Rebecca klar. »Ich bin nicht mehr derselbe Mensch.«

Dani blieb stumm.

Rebecca war nicht mit einer vorbereiteten Rede hergekommen. Improvisieren schien zu funktionieren, also fuhr sie fort. »Ich glaube … All deine Wut muss etwas bedeuten.«

»Nein. Nein, tut sie nicht.«

»Dani …«

»Ich habe Nein gesagt!« Dani hatte die Hände zu Fäusten geballt und ihre Brust hob und senkte sich schnell. »Warum denkst du überhaupt daran? Wir waren schrecklich zusammen.«

Rebecca erhob sich. »Nicht immer.«

»Meinst du das gerade ernst? Ich bezweifle, dass wir auch nur Freunde sein könnten. Du solltest gehen.« Ihre Stimme war leise und rau.

Rebecca wollte noch so viel mehr sagen und sie fragte sich unwillkürlich, ob sie dazu noch einmal eine Chance bekommen würde. Sie nickte und ging langsam zur Tür.

»Ich sage Rick, dass du da warst.« Danis Worte waren hölzern.

Rebecca hielt inne, drehte sich aber nicht um. »Ich habe dir gesagt, was ich sagen wollte und du hast mich gehört. Ich bin nicht seinetwegen gekommen.« Ohne auf eine Antwort zu warten, öffnete sie die Tür und ging.

KAPITEL 12

Dani bebte. Ihre Brustwarzen rieben über das Laken und sie keuchte lustvoll. Sie biss in das Kissen, das unter ihr lag. Dadurch konnte sie kaum atmen, aber das war es wert. So wert. Obwohl sie kniete, spreizte Dani die Beine weiter und gab ihr Bestes, um ihren Hintern in der Luft zu halten.

Sie drehte den Kopf und stöhnte, als Rebecca mit den Händen über die Innenseite ihrer Schenkel strich. Dieses Mal war ihre Berührung leicht, kaum zu spüren und doch elektrisierend. Erneut hielten ihre Fingerspitzen kurz vor Danis Scheide inne und strichen stattdessen seitlich über ihre feuchte Haut.

»Becca.« Dani stieß ihren Namen in einem langgezogenen Flehen aus. Ihr Körper war bereit, wie ein grollender Vulkan zu explodieren und bei all der Erregung, die sich in ihr aufgebaut hatte, würde der Höhepunkt umwerfend sein. Ihre Haut fühlte sich überreizt an, gespannt, als würde sie unter Strom stehen, und Dani liebte es. »Berühr mich …«

Rebeccas heißer Atem strich über ihre Haut. Statt Dani endlich zu erlösen, glitten Rebeccas Hände wieder über ihren Hintern.

»Bitte!« Die Muskeln in Danis Beinen zitterten, während der Rest ihres Körpers vor Verlangen zu pulsieren schien.

Rebeccas Fingerspitzen wanderten tiefer und spreizten ihre Pobacken. Kühle Luft traf auf ihre Scheide. Dani wimmerte. »Bitte, Bec –« Sie konnte den Satz nicht beenden.

Rebecca schob die Finger in sie und Dani schrie auf. Sie nahm nichts anderes mehr wahr als das Gefühl, Rebecca in sich zu haben, heiße Haut und Lust.

Rebecca beugte sich über sie, ihre nackten Körper aneinandergepresst, und bewegte ihre Finger tief in Dani.

Dani riss die Augen auf. Genau wie am Morgen zuvor lag ihre Hand bereits zwischen ihren Beinen und sie hatte angefangen, sich selbst zu streicheln. Sekunden später – und für den Fall, dass sie nicht allein in der Wohnung war – legte sie sich die freie Hand auf den Mund, um nicht laut aufzustöhnen, als sie kam.

Ihr Körper zuckte unter den Nachbeben und sie wimmerte leise vor sich hin. Dani legte den Arm über ihre Augen und wartete, bis sich die Welt um sie herum nicht länger drehte.

Minuten vergingen. Langsam nahm Dani den Arm herunter und starrte an die Decke, ohne wirklich etwas zu sehen. Bis auf das Licht, das unter der Badezimmertür hervorschien, war es in ihrem Zimmer dunkel. Dani blieb so ruhig wie möglich liegen.

Plötzlich musste sie laut lachen. Nach einem so heftigen Orgasmus hungerte sie immer noch nach mehr. Ihre wachsende Frustration ließ sie leer zurück. Erneut legte sie sich eine Hand auf den Mund, nahm ihren eigenen Geruch wahr und in diesem Moment verwandelte sich das Lachen in ein Schluchzen.

Nach all dem Schmerz sollte Dani nicht an Rebecca denken und sich daran erinnern, wie es sich anfühlte, sich ihrer berauschenden Leidenschaft hinzugeben. Ungeachtet dessen vermisste ihr Körper dieses Gefühl auf jeden Fall. Und vielleicht vermisste nicht nur ihr Körper etwas und deshalb hatte Dani sie vor ein paar Tagen in die Wohnung gelassen. Nein. Sie schüttelte den Kopf.

»Verdammt«, murmelte sie. Das war wahnsinnig. Was war los? Was tat sie? Dieses Verlangen und all die anderen Gefühle hätte sie, bei alldem, was passiert war, wirklich entschlossen hinter sich lassen müssen. Aber das war nicht der Fall und das erschütterte sie bis in die Knochen.

»Verdammt!« Sie bedeckte das Gesicht mit den Händen. Dani spürte den Drang, sich ihren Traum und das, was sie danach getan hatte, von den Händen zu waschen.

Was war nur mit ihr los? Rebecca war nicht mehr dieselbe Frau wie vor vier Jahren – so viel war offensichtlich. Dani hatte eine Geduld und Reife wahrgenommen, die neu waren und sich mit der Intensität, die sie von Rebecca schon kannte, vermischten.

Aber was bedeutete das?

Sie dachte über ihr eigenes Verhalten nach, das weder geduldig noch verständnisvoll gewesen war. Und sie musste ehrlich zugeben, dass es mit Freundlichkeit überhaupt nichts zu tun gehabt hatte. Seufzend stellte sie fest, dass Rebeccas Verhalten eher erwachsen und ihr eigenes eher kindisch gewesen war.

Sie fuhr sich mit der Hand durch ihre Haare. Nur weil sie sich noch immer zu Rebecca hingezogen fühlte, nur weil diese sich positiv verändert hatte und wieder in Reichweite war, hieß das aber nicht, dass Dani ihren überraschenden Gefühlen nachgeben musste. Sie warf die Decke verärgert von sich. Wut war ein vertrautes Gefühl und sie begrüßte sie wie einen Freund. Wut in ihrem Inneren, gegen sich selbst. Und nach außen, gegen Rebecca.

Während es für Rebecca vielleicht das Beste gewesen war, wieder nach Atlanta zu ziehen, war sich Dani beinahe sicher, dass dies für sie selbst eher das Schlimmste war, was hätte passieren können. Die Tür zu ihrer Vergangenheit war eingetreten worden und alles dahinter sprudelte nun in die Gegenwart.

Sie setzte sich auf und tastete auf dem Nachttisch nach ihrer Brille. Danis Herz raste und tief in ihrem Inneren kochte etwas so heftig, dass sie das Gefühl hatte, kurz vor einer Explosion zu stehen.

Als Rebecca ihren Becher in die Hand nahm, stellte sie erfreut fest, dass die Cola noch kalt war. Sie nahm einen großen Schluck und schwor, dass sie tatsächlich fühlen konnte, wie das Koffein durch ihren Körper strömte. Sie seufzte glücklich. So wie andere Menschen nicht ohne Kaffee leben konnten oder wollten, brauchte und genoss sie Cola.

Lächelnd betrat sie wenig später den Einsatzraum. Alvin, der am Telefonieren war, begrüßte sie mit einem Nicken. Mark und Emmet, die beide auf ihre Computerbildschirme starrten, beachteten sie gar nicht. Überrascht blieb Rebecca vor ihrem eigenen Schreibtisch stehen und starrte den Zwölferpack Cola und die Schachtel mit dem Logo von *Panera Bread* an.

In dem Moment sah Emmet auf. »Hey! Wir haben sie noch nicht aufgemacht. Donuts. Welcher Polizist mag schon keine Donuts? Aber ich frage mich immer, ob wir die gern essen, weil Fernsehpolizisten das machen oder andersrum? Huhn oder Ei? Außerdem scheinen Polizisten laut der Serien auf Tacos und Hotdogs zu stehen, aber ich mag beides nicht.«

Rebecca ließ sich auf ihren Stuhl fallen. »Das sind eine Menge Wörter und ich habe noch nicht mal meine Cola ausgetrunken.«

Emmet deutete auf die zwölf Dosen auf ihrem Tisch. »Das sollte für den Tag reichen, oder?«

Sie rollte mit den Augen. »Lustig, aber danke.«

Emmet grinste. »Es ist von uns allen und gern geschehen.«

Sie nahm einen weiteren großen Schluck Cola und schenkte ihm ein Lächeln. Die momentane Stimmung im Team war wirklich großartig.

»Hey, Rebecca?«

Sie drehte sich auf ihrem Stuhl zu Mark um. »Ja?«

»Mrs. Dorset hat den Anwalt angerufen und eine einstweilige Verfügung erwirkt. Er versucht sogar, ihren Fall wieder vor Gericht zu bringen, um die Sorgerechtsanordnung anzufechten.«

»Das freut mich.«

Mark nickte und erhob sich. »Diesen Fall können wir als abgeschlossen ansehen. Ich habe eine Spur bei einem unserer offenen Fälle. Kommst du mit?«

Rebecca nahm ihr Holster und die Dienstwaffe aus der obersten Schreibtischschublade. Dann öffnete sie die Schachtel mit den Donuts. »Gehen wir. Kann das jemand für mich in den Kühlschrank stellen?« Sie zeigte mit der Hand, in der sie jetzt zwei Donuts hielt, auf die Cola-Dosen.

»Ich mach das«, sagte Alvin hinter ihr.

Zufrieden folgte sie Mark, der schon auf dem Weg nach draußen war.

Mark warf ihr die Schlüssel zu und öffnete die Beifahrertür des Sedan. »Bring nur weder mich noch jemand anderen um.«

»Ich verspreche nichts.« Rebecca setzte sich hinters Steuer und stellte ihre Cola in die Getränkehalterung.

Kaum zehn Minuten später drückte Rebecca auf die Hupe. »Ich werde das Blaulicht einschalten.«

Mark lachte. »Haben wir die Zeiten des Strafzettel-Verteilens nicht hinter uns gelassen? Und was ist mit der Geschwindigkeitsbegrenzung?«

»Wir sind hier in Atlanta und alle wissen, dass die Geschwindigkeitsbegrenzung eigentlich bei hundertdreißig liegt.«

»Auf der Interstate«, erinnerte Mark sie.

Rebecca grummelte und er lachte erneut.

»Also, wie bist du so früh in deiner Karriere bei der Stelle für vermisste Personen gelandet?«

Süß. Er versuchte, sie abzulenken und gleichzeitig etwas mehr aus ihr herauszubekommen. Rebecca entschied, ihm den Gefallen zu tun. »Es war die einzige offene Stelle hier und ich habe ein paar Kurse belegt, die mir helfen werden, mich auf diesem Gebiet zu spezialisieren.«

»Ja? Da steckt nicht mehr dahinter?«

Aus dem Augenwinkel sah Rebecca, dass sein Blick hochkonzentriert auf sie gerichtet war.

Sie schnaubte. Er versuchte noch nicht einmal, subtil zu sein. Ihr war allerdings auch bewusst, dass es ihre Chance war, sich zu öffnen und so etwas wie die Grundlage für eine wirkliche Verbindung zu legen. Sie räusperte sich. »Meine Großtante hat mich in Atlanta großgezogen, weil es sonst niemanden gab.«

»Ah, also warst du auch irgendwie verloren, als sie dich gefunden hat.«

»Nette Metapher, aber nicht so ganz. Sie hat mich aufgenommen. Aber ich war noch viel länger verloren. Nämlich so lange, bis ich bereit war, mich selbst zu finden.«

Mark nickte und schwieg. Er beugte sich vor und stellte das Radio an. »Hast du noch Fragen zu unserem Fall?«

Rebecca schüttelte den Kopf. »Nein, alles klar.« Sie atmete tief ein und stieß die Luft dann langsam wieder aus. Es fühlte sich überraschend gut an, sich jemand Neuem gegenüber zu öffnen, vor allem da sie das Gefühl hatte, dass Mark sie verstehen wollte.

Im Laufe des Tages wurde Dani immer klarer, dass Rebecca sich immer wieder in ihre Gedanken schlich, ganz gleich was sie tat. Zu sagen, dass sie das maßlos ärgerte, wäre eine Untertreibung. Erinnerungen liefen in ihrem Kopf ab, wie ein Film – manche Jahre alt, manche relativ neu. In manchen davon sah Rebecca sie an, als würde sie Dani am liebsten ganz verschlingen – egal, ob sie in diesen Erinnerungen stritten, fickten oder gemeinsam lachten.

Selbstbewusstsein und Ehrgeiz waren etwas, das Dani anerzogen worden war. Sie besaß beides und fühlte sich wohl damit. Aber Rebecca zu lieben und von ihr geliebt zu werden, hatte alles noch einmal auf ein neues Niveau gehoben, ihr das Gefühl gegeben, alles erreichen zu können, was sie sich wünschte. Und das hatte sich am Ende als Lüge herausgestellt.

Sie knallte das iPad auf den Tresen vor dem Schwesternzimmer und einige der Umstehenden zuckten zusammen oder starrten sie überrascht an. Gut, dass das Teil eine Hülle hatte. Dani fing den Blick einer der Krankenschwestern hinter dem Tresen auf. »Ich mache Pause. Nicht anpiepen, wenn es kein Notfall ist.«

Die Schwester nickte.

Sie wusste, dass ihr eine Pause nicht wirklich helfen würde, aber vielleicht gab sie ihr zumindest die Gelegenheit, um sich etwas zu sammeln, damit sie nicht anfing, ihre miese Stimmung an den Menschen um sich herum auszulassen.

Vielleicht konnte sie sich einen Snack holen und aufs Dach gehen. Die Aussicht dort war gut und die frische Luft würde sicherlich nicht schaden. Dani ging in die Cafeteria. Kurz darauf stand sie mit einer Flasche Saft und ein paar Snacks in der Hand in der Schlange. Leider war dies einer der Tage, an denen alles ewig dauerte und so hatte sie mehr als genug Zeit, die Menschen an den Tischen zu beobachten. Die Cafeteria war ziemlich voll und die Geräuschkulisse unglaublich laut.

Überraschend entdeckte sie Rick und Sandra, die gemeinsam an einem Tisch saßen. Er redete wild auf sie ein und gestikulierte dabei angeregt mit seinen Händen, während sie lachte. In Dani grummelte es.

Nachdem sie endlich an der Reihe war und den Saft und die Snacks bezahlt hatte, ging sie zu Ricks Tisch.

Als er sie sah, lächelte er. »Hey!«

»Hey, Rick.« Dani richtete ihren Blick auf Sandra.

Das Lächeln auf Sandras Lippen verblasste.

Dani konzentrierte sich auf Rick. »Kann ich kurz mit dir reden?«

Mit hochgezogenen Augenbrauen sah Rick erst zu Dani, dann zu Sandra und wieder zurück. »Ähm, kann das warten?«

Dani atmete tief durch, um ihre außer Kontrolle geratenen Gefühle zu zügeln. »Oh, ja, sicher. Wir reden später oder zu Hause.«

»Okay. Klingt gut.«

Sie war nur noch wenige Schritte vom Ausgang entfernt, als sie jemand am Arm berührte. Dani drehte sich überrascht um und sah Sandra direkt in die Augen.

»Weißt du, ich bin nicht so naiv zu glauben, dass wir an der Hüfte verbunden sind, nur weil wir Sex hatten. Ich gehöre nicht zu deinem inneren Kreis, aber ich dachte, dass wir zumindest Freunde sind. Rick hat mir gesagt, dass du herausgefunden hast, dass er und ich vor ein paar Monaten was miteinander hatten. Hast du mich deshalb ignoriert?«

»Was?« Dani runzelte die Stirn. »Du bist nicht mal auf meinem Radar, aber du hast recht. Der Gedanke gefällt mir nicht, dass mein bester Freund und ich mit derselben Frau geschlafen haben. Ich frage mich, wer von meinen Bekannten noch weiß, wie gut du mit deinem Mund bist.«

Sandra lief rot an und riss die Augen auf. »Entschuldige bitte? Hast du mich gerade indirekt als Hure bezeichnet?« Sie schüttelte stirnrunzelnd den Kopf. »Wow, liegt es daran, dass ich bi bin? Ich habe genug von dem Scheiß von heterosexuellen Leuten gehört. Mit dir hatte ich Sex, weil ich dich mochte, nicht weil ich verwirrt bin oder jeden nehme.«

Dani wurde auf einmal bewusst, wie blöd ihre Worte geklungen haben mussten. Wie dumm sie war. Wie kindisch. »Nein, Gott, nein. Ich war nur … Ich weiß nicht mal mehr, wie ich es nennen soll. Es tut mir leid. Ich habe es nicht so gemeint.«

Sandra drehte sich verächtlich schnaubend um und ging zurück zum Tisch.

Dani begegnete Ricks Blick. *Entschuldige*, formte sie mit den Lippen und verschwand.

Hatte sie wirklich so einen Mist zu Sandra gesagt? Dani wusste, dass sie gelegentliche Aussetzer hatte, wenn es um Kommunikation ging. Viele Assistenzärzte machten aus gutem Grund einen Bogen um sie. Teilweise fühlte sie sich, als sei irgendwas in ihr falsch verdrahtet, funktionierte manchmal einfach nicht richtig. Sie hasste diese Dissonanz und hatte das Gefühl, als läge die Schuld dafür allein bei Rebecca. Klar, so eine Schuldzuweisung war nicht rational, funktionierte aber gerade ziemlich gut für sie.

Dani war nie dankbarer für die Grenzen gewesen, die sie zwischen ihrem Berufs- und ihrem Privatleben gezogen hatte. Obwohl sie innerlich immer noch total aufgewühlt war, setzte sie ein Lächeln auf, als sie kurze Zeit später ein Patientenzimmer betrat, zu dem der Oberarzt sie geschickt hatte.

Blinzelnd blieb sie im Türrahmen stehen.

Avery Johnson, ihre siebenjährige Leukämie-Patientin, saß auf den Schultern ihres Vaters. Ihre Schwester Mya saß auf denen ihrer Mutter. Die Erwachsenen standen an der hinteren Wand am Fenster.

Avery war blass, aber sie lächelte breit. Ihre jüngere Schwester quietschte und wippte aufgeregt.

»Okay, denkt dran, wer als Erster an der Tür ist, gewinnt«, erinnerte Kirk sie.

Seine Frau Beth nickte und sah zu Dani. »Dr. Russell, Sie können unsere Schiedsrichterin sein.«

Avery war unglaublich krank und trotzdem schuf ihre Familie Momente der Unbeschwertheit und Hoffnung für sie. Vielleicht hätten andere Ärzte versucht, sie aufzuhalten, da Avery nicht viel Energie hatte. Aber nicht Dani. Der Anblick der zwei Kinder auf den Schultern ihrer Eltern gab ihr ein Gefühl der Leichtigkeit. In diesem Moment schienen ihre eigenen Probleme belanglos zu sein, selbst wenn sie befürchtete, dass dieses Gefühl nicht lange anhalten würde. »Bin dabei. Ich kann das Rennen auch filmen, wenn Sie möchten.«

Beth lächelte. »Danke.«

KAPITEL 13

Rebecca sah staunend zu, wie sich Peyton an Mark rieb. Um dem Ganzen die Krone aufzusetzen, schnurrte sie auch noch laut. »Was zur Hölle? Hast du Katzenminze in deiner Tasche oder sowas?«

Mark zuckte mit den Schultern. »Muschis lieben mich.«

»O Gott. Verschwinde aus meinem Haus. Ich kann nicht glauben, dass du das laut gesagt hast.« Sie deutete auf die Tür, grinste aber.

Er lachte. »Ich meinte Katzen. Das ist alles.«

Sie musterte ihn von oben bis unten. »Ah ja.«

»Ernsthaft. Ich bin vielleicht Polizist, aber ich muss nicht dem Stereotyp entsprechen und wie einer reden, oder? Seit ich ein Kind habe, versuche ich, auf meine Wortwahl zu achten, sonst würde mich meine Frau bei lebendigem Leib häuten.«

»Klingt nach einer guten Südstaatenfrau.«

»Das ist sie.« Er schob Peyton von sich und stand von der Couch auf. »Okay, Zeit zu gehen.«

»Willst du kein Bier oder sonst etwas? Das ist das Mindeste, was ich tun kann.« Rebecca erhob sich ebenfalls.

Mark hob eine Augenbraue. »Du meinst, du hast noch etwas anderes außer Cola im Kühlschrank?«

Rebecca schnaubte. »Hin und wieder. Manchmal trinke ich sogar Wasser. Sicher, dass du nichts willst?«

»Alles gut. Ich habe dir nur Starthilfe gegeben, keine große Sache.«

»Und bist mir zum Autoteilehändler und nach Hause gefolgt.« Rebecca rollte leicht mit den Augen.

»Das hätte ich für jeden getan. Na ja, außer vielleicht für Emmet, vor allem wenn er mir auf die Nerven geht.«

»Das kann ich auf jeden Fall verstehen. Er ist zu aufgedreht.«

»Genau.« Mark riss zur Betonung die Augen auf und stand kerzengerade mit einem breiten Lächeln im Gesicht.

Rebecca brachte ihn zur Tür. »Danke jedenfalls für die Hilfe. Und danke dafür, dass du der erste Besucher bist, der auf dieser Couch sitzt, seit ich die Plastikfolie abgemacht habe, die meine Tante seit ihrem Einzug draufhatte.«

Er hielt inne. »Entschuldige, was?«

Rebecca lachte leise und winkte ab. »Ich glaube, das ist so eine kulturelle Sache.«

»Okay, wenn du das sagst.«

Ein lautes, kreischendes Miauen ließ Rebecca zusammenzucken.

Eine Sekunde später stieß sich Peyton vom Boden ab und sprang Marks Bein an. Er schrie überrascht auf. »Au, scheiße!«

So viel dazu, dass er auf seine Wortwahl achtete. »Es tut mir so leid.« Sie zog Peyton von Marks Hose weg. Dank ihrer Klauen haftete sie wie Klettband an ihm. »Hat sie die Haut erwischt?«

Peyton huschte davon.

Er lachte leise und sah sich nervös nach dem Biest um. »Ich glaube nicht. Gott, hat die mich erschreckt.«

»Das sehe ich. Katzen scheinen dich wirklich zu lieben.« Rebeccas Stimme triefte vor Sarkasmus.

»Ja, aber wenn sie mich auf diese Weise lieben, muss ich sie auf die schwarze Liste setzen, direkt neben Clowns.«

Rebecca presste die Lippen zusammen, um ein Lachen zu unterdrücken.

»Mach nur«, seufzte Mark. »Sag es.«

Sie lachte. »Du weißt schon, dass Clowns Menschen glücklich machen sollen, richtig?« Rebecca öffnete ihm die Tür.

»Sie sind furchteinflößend und niemand kann mir etwas anderes erzählen.« Er erschauderte.

»Na gut. Also sehen wir uns morgen früh?«

Mark blieb an der Fliegengittertür stehen und warf einen Blick über seine Schulter. »Scheiße, ich weiß nicht. Vielleicht brauche ich jetzt doch ein Bier.«

Rebecca rollte mit den Augen. »Verschwinde aus meinem Haus.«

Er lächelte. »Schönen Abend noch.« Beim Heraustreten sagte er dann: »Oh, sieht aus, als bekommst du noch mehr Gesellschaft.«

Sie musste ihn falsch verstanden haben. Rick arbeitete heute länger. Verwirrt sah sie zur Einfahrt hinaus. Dort stand Danis Wagen und sie saß hinter dem Steuer. Rebecca war von der Vielzahl von Emotionen, die sich in ihr breitmachten, fast überfordert. Da war Erleichterung, Vorfreude, Hoffnung und Resignation. Irgendwie eine Mischung aus allem. Und der Ausdruck auf Danis Gesicht beruhigte ihre Nerven kein bisschen. Wie bei ihrem ersten Besuch war ihr Gesichtsausdruck entschlossen starr und ihre Augen funkelten.

Mark berührte ihren Arm. »Alles in Ordnung?« Sie sah ihn an und er erwiderte ihren Blick neugierig und besorgt.

Rebecca wandte sich ab. »Äh, ja. Du solltest besser gehen.«

Mark antwortete nicht.

Dani knallte die Autotür zu und kam schnell auf sie zu. Sie trug ihre Arbeitskleidung und ihre Haare waren offen und zerzaust, als wäre sie wiederholt mit den Händen hindurchgefahren.

Ihre Blicke trafen sich.

Ja, Dani wirkte so aufgebracht wie bei ihrem letzten Besuch, aber irgendetwas war anders. Erst als sie näherkam, konnte Rebecca es spüren – es war, als ob sich eine Art elektrische Spannung um Dani aufgeladen hatte. Sie schluckte und sah zur Straße. Niemand da. Wann war Mark gegangen?

»Wir müssen reden.« Dani blieb eine Armlänge vor ihr stehen.

Sie war nur wenige Zentimeter größer als Rebecca, aber in diesem Moment fühlte es sich nach sehr viel mehr an. Rebecca mochte das Gefühl überhaupt nicht. »Wenn du hergekommen bist, um zu streiten, hätten wir das auch telefonisch machen können. Bei der ersten Beleidigung hättest du mit dem Freizeichen gesprochen, aber trotzdem …«

Dani ballte die Hände an den Seiten zu Fäusten. »Warum musstest du zurückkommen?«

Es wäre einfach gewesen, alles auf den Tod ihrer Großtante zu schieben. Aber es ging um so viel mehr. Rebecca seufzte. »Ich musste es einfach.«

»Schön für dich, aber ich bin ein gottverdammtes Wrack!« Danis Augen funkelten wild und ihr Gesicht war rot. »Der Typ, der gerade gegangen ist, weiß er, was du Menschen antust?«

Rebecca stellten sich die Nackenhaare auf. »Wovon in aller Welt redest du? Er ist mein Arbeitskollege!«

Dani blinzelte und stolperte über ihre eigenen Worte. »Okay … Aber –«

»Und erwarte bloß nicht, dass ich die Verantwortung für all den Mist übernehme, der in den letzten vier Jahren in deinem Leben passiert ist.« Rebecca warf die Hände in die Luft. »Ich habe dir gesagt, dass ich nicht mit dir streiten werde. Wenn du reden willst, komm rein. Ich werde das nicht im Vorgarten machen.« Sie packte Danis Arm. »Komm schon.«

Dani riss ihren Arm zurück, ihre Augen weit aufgerissen.

Rebeccas Fingerspitzen kitzelten. Sie ballte die Hand zur Faust und sah Dani fest an. »Ich bin nicht dumm. Ich weiß, warum du hier bist. Anfangs habe ich mir irgendwie dieselbe Frage gestellt, die dich wahrscheinlich zerreißt: Wie kann ich jemanden immer noch wollen, der mir wehgetan hat?« Rebecca trat näher. »Du tust es einfach. Das ist die einzige Antwort, die mir eingefallen ist.« Gott, es fühlte sich gut an, zumindest einen Teil davon endlich laut auszusprechen. Rebecca wusste mittlerweile, dass sie nicht über Dani hinweg war, aber diesen letzten Teil behielt sie für sich.

Dani trat einen Schritt zurück, drehte sich aber nicht um oder rannte davon. Sie verschränkte die Arme vor der Brust. Sekunden später marschierte sie an Rebecca vorbei zum Haus.

Rebecca gab ihr Zeit, bevor sie folgte. Als sie ins Wohnzimmer kam, ging Dani vor der Couch auf und ab. Peyton lag auf dem Polster und beobachtete sie misstrauisch.

Rebecca setzte sich und wartete darauf, dass Dani alles leugnete.

»Alles lief, wie es sollte.« Dani blieb stehen und sah zu ihr hinab. »Du warst der Meinung, dass meine Karriere an erster Stelle stand, also habe ich sie auch an die erste Stelle gesetzt. Nun tauchst du auf und ich bin so … verdammt wütend die ganze Zeit.«

Rebecca schnaubte. »Ich lasse mir von dir nicht die Schuld dafür geben. Ich habe dich verlassen, aber es ist ja nicht so, als ob du nicht selbst auch eine Teilschuld daran tragen würdest, dass du unglücklich bist.«

Dani begann wieder, ruhelos durch den Raum zu wandern.

»Und glaubst du nicht, dass du vielleicht die ganze Zeit wütend warst, es aber erst gefühlt hast, als du dich auf das echte Leben konzentriert hast?«

»Willst du mich verarschen? Bist du jetzt meine Seelenklempnerin?«, fragte Dani.

»Das habe ich nie behauptet.«

»Scheint aber so.«

Rebecca fuhr sich mit der Hand über die Stirn. »Wir sind keine Kleinkinder. Wir sollten eine normale Unterhaltung führen können. Das haben wir früher auch geschafft. Es gab eine Zeit, in der du die einzige Person warst, mit der ich reden wollte. Und eine Zeit, als wir überhaupt nicht reden mussten, um uns zu verstehen.«

Sie starrten einander an. Rebecca sah, wie sich etwas in Danis Blick veränderte. Ein Funke, der ihr so vertraut war, der etwas zwischen ihnen entflammen konnte. Danis Brust hob und senkte sich schnell, und Rebecca fühlte sich ebenso atemlos.

»Hör auf! Halt den Mund!« Dani machte ein paar Schritte auf sie zu. Ihr Gesicht war noch immer gerötet und sie schien am ganzen Körper zu zittern.

Dani ragte über ihr auf, aber sie fühlte sich nicht bedroht. Rebecca fühlte sich lebendig. Irgendetwas passierte hier. Sie wusste nur nicht, wie genau es enden würde. Rebecca hatte die Wahl, sich zurückzuziehen oder einen Schritt nach vorn zu wagen.

»Du leugnest also nicht, was du fühlst?«

Dani gab einen frustrierten Laut von sich, der wie eine Mischung aus Stöhnen und Knurren klang.

»Es tut mir leid, dass ich dich verletzt habe«, sagte Rebecca leise und sah zu Dani auf. Diese neue Taktik war riskant. Sie machte sich angreifbar und vielleicht würde Dani diesen Moment der Schwäche nutzen, anstatt sich selbst zu öffnen.

»Hör auf. Hör einfach auf.« Danis Lippen bebten.

Rebecca erkannte Danis Verwirrung und Angst. »Nein, ich kann nicht –«

Dani schob ihre Hand in Rebeccas Haare, setzte sich auf ihren Schoß und drückte ihre Lippen auf Rebeccas.

Rebecca keuchte überrascht und stöhnte auf, als Danis Zunge über ihre glitt. Ihr wurde schwindelig. Sie wurde von einer verblüffenden Erregung überwältigt. Drängend erwiderte sie den Kuss.

Dani küsste sie hart und intensiv, fast so als hätte sie Angst. Sie zog sich kurz zurück, um Rebecca Raum zu geben, sie von sich zu stoßen, nur um sie dann noch inniger zu küssen, als das nicht geschah. Vor allem küsste Dani sie, als wäre sie am Verhungern. Sie wimmerte jedes Mal, wenn sich ihre Zungen berührten.

Rebecca ließ sich nicht lange bitten. Sie war ebenfalls hungrig – und genauso ängstlich. Sie schlang die Arme um Dani und versuchte, ihre Hüften nach unten zu ziehen.

Dani erhob sich stattdessen und kniete sich vor sie. Sie drückte Rebeccas Beine auseinander.

Rebeccas Brust brannte. Alles in ihr fokussierte sich auf Dani, ihren Blick, ihre Berührungen.

Danis Haare waren offen, zerzaust und wild. Sie sah sie mit vor Lust geweiteten Pupillen an. Ihre Lippen waren geschwollen und feucht. Der Moment zwischen ihnen dehnte sich aus, die Spannung war praktisch greifbar.

Dann streckte Dani die Hand aus und versuchte Rebeccas Hose zu öffnen.

Rebecca hob die Hüften, als Dani ihr die Hose über die Beine zog und die Unterwäsche gleich mitnahm. Sie hatte keine Ahnung, wo alles landete, nur, dass sie davon befreit war.

Dani starrte zwischen Rebeccas Beine. Ihr Blick war so intensiv, dass er beinahe einer Berührung glich. Rebecca spreizte ihre Beine weiter und schob Dani ihre Hüfte entgegen. Dani legte ihre Hände fest auf die Innenseite von Rebeccas Schenkeln. Dann beugte sich Dani vor und leckte sie.

Rebecca stöhnte auf.

Die Bewegung von Danis Zunge an Rebeccas Scheide spiegelte die Wut, die Angst und den Hunger ihrer Küsse wider. Sie war erbarmungslos. Jede Bewegung war gierig, gezielt und dazu gedacht, Rebecca in den Wahnsinn zu treiben.

Sie drängte sich Danis Zunge entgegen. Und als Dani in sie glitt, verlor Rebecca sich in dem Gefühl. »O Gott!«

Danis Mund war schon immer auf mehr als eine Art und Weise tödlich gewesen.

Rebecca packte Danis Kopf mit beiden Händen und führte sie dorthin, wo sie sie am meisten brauchte. Als sie kam, tat sie es mit Danis Namen auf ihren Lippen.

Nachdem sie sich abrupt von ihr gelöst hatte, kletterte Dani auf ihren Schoß.

Rebecca wimmerte protestierend, da sie innerlich noch immer bebte und ein paar Momente brauchte, um irgendwie wieder zu sich zu kommen. Sie versuchte, die Arme um Dani zu schlingen, aber Dani ließ es nicht zu. Rebecca runzelte die Stirn und war kurz davor, ihre Empörung zum Ausdruck zu bringen, als sich Dani zurücklehnte und stöhnte.

Rebecca sah nach unten, fasziniert von dem Anblick, wie Danis Hand in der Hose ihrer Krankenhauskleidung verschwand und sich dort bewegte. Danis Stöhnen war schmutzig, rau, laut und heiß.

Rebeccas Mund wurde trocken. »Lass mich …« Erneut griff sie nach Dani, wurde aber von Danis freier Hand aufgehalten. Rebecca ergab sich in ihr Schicksal, nur Zuschauerin zu sein. Danis Geräusche und ihre kreisenden Hüften auf Rebeccas Schoß machten das wirklich nicht einfach. Dani hatte die Augen geschlossen, den Kopf zurückgelegt und ihr Mund stand offen.

Rebeccas Hüften hoben sich wie von selbst. Sie war so erregt. Und wer zwang sie, nur Zuschauerin zu sein. Sie schob ihre Finger zwischen ihre eigenen Beine und rieb in festen, kleinen Kreisen über ihre immer noch empfindliche Klitoris. Danis eindringliches Keuchen brachte Rebecca dazu, den Kopf wieder zu heben. Ihre Blicke trafen sich.

»Fuck!«, schrie Dani und ihr ganzer Körper spannte sich an. Sie stöhnte langgezogen.

Rebecca kam ganz plötzlich, überraschend. Ihr Körper brannte und zitterte und sie spürte bloß noch Hitze, feuchte Haut und ihren Orgasmus.

Minuten vergingen, in denen Rebecca bloß auf der weichen Couch lag, Dani auf sich. Sie wollte sich nicht bewegen, doch sie zwang sich schließlich, den Kopf zur Seite zu drehen.

Peyton trat in ihr Sichtfeld. Sie hatte die Ohren angelegt und ihr finsterer Blick war nahezu mörderisch.

Rebecca schnaubte. Dann verwandelte sich das Schnauben in ein Lachen.

Dani regte sich und schob sich die Haare aus dem Gesicht. Eine Sekunde lang war ihr Gesichtsausdruck zufrieden und genüsslich. Dann weitete sie die Augen und Angst schlich sich in ihren Blick.

Sie sprang auf und legte sich eine Hand auf den Mund. Ihre Hand zitterte genauso, wie es ihr Körper ein paar Minuten zuvor getan hatte. Dani drehte sich um, zog ihre Hose hoch, rannte zur Tür und sah nicht zurück.

KAPITEL 14

Red mit mir. Ich weiß, dass du es willst.

Dani stopfte das Handy wieder in ihre Hosentasche und drückte vehement auf den Knopf des Fahrstuhls, obwohl er bereits leuchtete. Wann immer ihr Handy piepte oder vibrierte, konnte sie sich nicht davon abhalten, die Nachrichten zu lesen, obwohl sie wusste, von wem sie waren. Selbst nach zwei Tagen machte ihr jede Nachricht von Rebecca das Atmen schwer und sorgte dafür, dass ihre Brust wortwörtlich schmerzte.

Bei der Erinnerung an das, was sie getan hatte, wurde ihr gesamter Körper heiß. Das Verlangen, die Verzweiflung, die sie bei Rebecca überkommen hatten, machten sie wahnsinnig. Es war, als hätte ein primitiver Instinkt die Kontrolle übernommen.

Dani schloss die Augen und versuchte, sich zu beruhigen. Doch stattdessen wurde sie bloß erneut von den Bildern dieser Nacht überfallen. Sie trat ein wenig zur Seite und hoffte, dass niemand bemerkte, dass sie zitterte. Verzweifelt atmete sie ein paar Mal tief durch und begann endlich, sich ein wenig ruhiger zu fühlen.

Rebecca hatte immer noch Einfluss auf sie, und es hatte keinen Sinn, das zu leugnen.

Aber sie durfte dem, ihr nicht verfallen. Egal, wie gut es sich für einen kurzen Moment angefühlt hatte.

Rebecca halb nackt auf der Couch zurückzulassen, war impulsiv und zweifellos verletzend gewesen, aber sie hatte verschwinden müssen. Dani war sich nicht sicher, was sie sonst als Nächstes getan hätte.

Ihr Abgang hätte ausreichen müssen, um den seltsamen Tanz zu beenden, in dem sie gefangen gewesen waren. Rebeccas Anrufen und Nachrichten nach zu urteilen war das aber nicht der Fall, also entschied Dani sich für eine andere Taktik – Vermeidung. Dani war in der

Vergangenheit genug verletzt worden und sie hatte nicht vor, in einem weiteren, endlosen Kreislauf des Schmerzes gefangen zu sein, egal, wie sehr sich Rebecca geändert hatte. Angst überschattete jegliche Hoffnung und es schien ihrer geistigen Gesundheit nicht förderlich zu sein, sich zwei Mal von derselben Frau vernichten zu lassen. Ihr Verlangen nach Rebecca musste nun befriedigt sein.

Dani versuchte, sich selbst davon zu überzeugen, dass sie ein Mindestmaß an Kontrolle über sich zurückbekommen hatte. Die Tatsache, dass sie ihre verwirrenden Emotionen mit tiefen Atemübungen überwinden konnte, half enorm.

Als der Fahrstuhl kam, fühlte sich Dani fast wieder so, als ob sie diesen Tag souverän angehen konnte. Um sie herum stand eine Gruppe Menschen, die ebenfalls in den Fahrstuhl wollten. Dani trat ein und stellte sich so nah wie möglich an die Knöpfe. Irgendjemand hatte schon den Knopf für ihre Etage gedrückt. Sie entdeckte Sandra. Dani winkte leicht und untermalte die Geste sogar mit einem Lächeln.

Sandra nickte und wandte den Blick ab.

Ihre Reaktion war gerechtfertigt, aber Dani hatte sich entschuldigt und darüber hinaus wusste sie wirklich nicht, was sie noch tun sollte, um das, was sie gesagt hatte, wiedergutzumachen. Vielleicht brauchte Sandra Zeit. Dani kannte sie nicht gut genug, um sie wirklich einschätzen zu können. Vielleicht war das Teil des Problems? Dagegen konnte sie nichts machen. Berichtigung: Dagegen *wollte* sie nichts machen.

Der Fahrstuhl erreichte das nächste Stockwerk. Einige Leute, darunter auch Sandra, stiegen aus und andere wiederum ein. Als sie nach drei weiteren Stopps die Pädiatrie erreichte, ging sie zu Jacobs Zimmer. Sheri stand davor und telefonierte. Langsam näherte sich Dani, da sie nicht unterbrechen oder stören wollte, aber Neugier gewann die Oberhand.

Sheri hatte das Gesicht verzogen und gestikulierte angeregt mit der geballten Faust. »Er hat Krebs und leider dauert die Behandlung länger als einen Monat.« Sheris Stimme war, abgesehen von dem leichten Sarkasmus, nahezu angestrengt ruhig.

Sheri sah auf und fing Danis Blick ein, scheuchte sie aber nicht weg. »Ja, ich halte Sie auf dem Laufenden.« Sie legte auf und wandte sich an Dani. »Das war mein Boss.«

»Oh, ich wollte nicht stören. Ich wusste nicht, dass Sie –«

»Sie wussten was nicht? Dass ich arbeite? Glauben Sie, dass alle Alleinerziehenden dem Staat auf der Tasche liegen? Oder nur alle alleinerziehenden Schwarzen?«

Dani hob eine Hand. »Ist mir nie in den Sinn gekommen.«

Sheri seufzte laut. »Hören Sie, es tut mir leid. Das haben Sie nicht verdient. Ich bin auf mein Kind krankgeschrieben und er hatte die Frechheit, mich zu fragen, ob es Jacob bald besser geht und ich zurückkomme, bevor die zwölf Wochen um sind.«

»Oh, hört sich nach einem Idioten an«, sagte Dani mitfühlend.

»Ich würde eher das Wort ›Arschloch‹ benutzen.«

Dani hatte den Eindruck, dass Sheri reden wollte, also hakte sie weiter nach. »Was machen Sie beruflich?«

»Ich bin Projektmanagerin im Einzelhandel bei *Paulson's Retail Solutions*.«

»Oh, schön.«

Sheri grinste sie an, doch ihre Augen waren traurig. »Ich sollte die Stelle meines Bosses haben. Er hat keine Ahnung, was er tut. Ich habe lange Zeit dafür gesorgt, dass er gut dasteht, obwohl er ein schickes College besucht hat.« Sie atmete tief ein und dann zittrig wieder aus. »All die Stunden, die ich investiert habe … Aber die Tatsache, dass er die Beförderung erhalten hat, war nach Bryans Tod nicht mehr wichtig.«

»Was tun Sie, wenn Ihre Krankschreibung ausläuft?«

»Darüber mache ich mir keine Sorgen, auch wenn sie mich nach den zwölf Wochen rauswerfen.« Sheri zuckte mit den Schultern. »Tom ist völlig inkompetent und ich bin sicher, dass jeder, den sie einstellen, schreiend das Weite suchen wird. Sie werden mich anflehen, zurückzukommen. Oder ich werde mir etwas Besseres suchen.«

»Gut durchdacht.«

Sheri nickte. »Das denke ich auch. Manchmal glaube ich, dass er versucht, das Stereotyp der wütenden Schwarzen aus mir herauszulocken, aber den Gefallen tue ich ihm nicht. Ich nehme kein Blatt vor den Mund, aber ich weiß, wie ich mich professionell zu verhalten habe. Aber wie auch immer, ich wollte Sie da nicht mitreinziehen.«

»Schon in Ordnung.« Dani winkte ab. »Aber ich habe gute Nachrichten für Sie. Der Tumor wird immer kleiner. Ich arbeite daran, die Reduktionsrate zu bestimmen, die im Verlauf der Chemo langsamer oder schneller werden könnte. Sein Behandlungsplan ändert sich dadurch allerdings nicht: Chemo und dann Operation.«

»Das ist gut zu wissen … größtenteils.« Sheri lächelte und die Traurigkeit in ihrem Blick war fast verschwunden. »Aber ich habe eine Frage.«

»Okay?« Dani mochte es nicht, dass Sheri den Operationsteil ihrer Aussage ignoriert hatte. Sie wollte sie drängen, entschied sich aber dagegen. Vielleicht würden handfeste Beweise den Schock abmildern.

»Warum sehe ich Sie tagsüber viel öfter als den Rest des Teams?«

Dani sah auf ihre Füße und dann wieder nach oben. »Ich habe keine enge Verbindung zu meinen Kollegen, aber bei Patienten und Familien ist das eine andere Sache. Ich verbringe gern so viel Zeit wie möglich mit ihnen.« Es gab eine Menge Möglichkeiten, die Frage irgendwie zu beantworten, aber Dani wollte ehrlich sein.

Sheri sah sie einen Moment lang schweigend an. »Ja, das ist mir aufgefallen. Wenn Sie mit diesen Ärzten kommen, die wie Teenager aussehen, geben die Ihnen viel Raum.« Sie zuckte mit den Schultern. »Aber ich nehme an, dass es gut für uns ist, Sie so oft zu sehen.« Sie löste sich von der Wand. »Kommen Sie rein. Er hat nach Ihnen gefragt.«

Für einen Moment war Dani von der Aussage verblüfft, doch dann wurde sie von Jacob abgelenkt, der ihren Namen rief.

Rebecca starrte ihr Handy an. Immer noch keine Antwort von Dani. Irgendwann nahm sie das Handy vom Schreibtisch und hielt es stattdessen in ihrem Schoß fest. Sie fühlte sich bereits erbärmlich und wollte nicht, dass jemand Notiz davon nahm, wie sie das Handy nicht aus den Augen ließ. Das alles passte nicht zu ihr.

Vor vier Jahren, als sie noch um kleine Häppchen von Danis Aufmerksamkeit gefleht hatte, wäre Rebecca von diesem Schweigen am Boden zerstört gewesen. Nun fühlte sie sich nur noch unangenehm an diese Zeit erinnert.

Aber schon dieser Anflug der alten Rebecca machte sie wütend. Sie hatte in der Vergangenheit viel eingesteckt. Aber ein Fußabtreter war sie damals nicht gewesen und würde es heute noch weniger sein. Sie hatte einen Haufen Nachrichten geschrieben und Anrufe hinterlassen. Jetzt hatte sie es wirklich langsam satt. Tatsache war, dass jedes Mal, wenn Dani sie abwies, ein kleiner Teil von Rebeccas Geduld und Verständnis starb. Es war, als würde jemand langsam die Hitze unter einem Topf Wasser erhöhen. Ihre Wut köchelte, würde aber bald überkochen. Größtenteils richtete sich das Gefühl gegen Dani, weil sie sie genommen und halb nackt zurückgelassen hatte. Die übrige Wut richtete sich gegen sie selbst.

Als sich Dani praktisch auf sie gestürzt hatte, war Rebecca in ihr und in dem Moment versunken. Das Problem? Sie wusste, dass sie es wieder tun würde.

Wie bescheuert konnte man sein? Dass Dani sie nach vier Jahren berührt hatte, war ein Fehler gewesen. Aber einer, der sich verdammt gut angefühlt hatte. Und sie könnte sich selbst dafür ohrfeigen, dass sie Dani jetzt noch mehr wollte. Das alles jagte ihr eine Heidenangst ein.

Der Schmerz, den sie in der Vergangenheit erlitten hatte, war wie ein lebendiges, atmendes Wesen, das sich auch in ihrer Gegenwart breitmachen konnte. Das wollte sie nicht, aber als wäre ihr Leben zu einem kosmischen Witz geworden, begehrte sie Dani. Was sagte das über sie? War sie gierig nach Bestrafung oder einfach nur total verkorkst, weil sie nicht über sie hinwegkam?

Wenn sie wieder zusammenkämen und alles den Bach runterging, würden sie sich dieses Mal gegenseitig umbringen? Gütiger Gott, was für eine Art zu sterben! Es gab einfach viel zu viele Fragen ohne Antworten, aber sie hatte nicht vor, einfach aufzugeben.

Nicht dieses Mal.

Sie würde standhaft bleiben.

Rebecca bewegte ihre Daumen schnell über die Tastatur.

Es ist passiert, egal, wie sehr du mich ignorierst. Ich gehe nicht wieder weg, Dani.

Sie wusste, dass auch diese Nachricht unbeantwortet bleiben würde, aber sie zog ein wenig Befriedigung aus dem Wissen, dass Dani ihre Worte dennoch lesen würde.

Jemand tippte ihr auf die Schulter und Rebecca zuckte zusammen.

Mark lehnte an ihrem Tisch. »Okay, du quasselst zwar nicht permanent wie Emmet, aber in den letzten Tagen warst du auffällig still.«

Rebecca schob das Handy in ihre Hosentasche. »Ich habe nur viel um die Ohren.«

»Wenn du dein Handy noch länger anstarrst, wirst du blind. Ich sag's nur.«

Rebecca sah ihn an und erwiderte mit todernstem Gesichtsausdruck: »Das passiert nur bei Masturbation.«

Er legte den Kopf schräg und umfasst sein Kinn mit einer Hand. »Du meinst, wenn das Handy im Vibrationsmodus ist.«

Sie schüttelte den Kopf. »Du brauchst Hilfe.«

»Hin und wieder, ja. Da muss ich dir zustimmen.« Mark sah sie an und wartete.

Rebecca war nicht sicher, ob und wie viel sie ihm erzählen sollte. Vielleicht wollte ein Teil von ihr die Geschichte für sich behalten und sichergehen, dass alles alleine in ihre Erinnerung eingebrannt war – jedes Geräusch, jede Berührung, einfach alles.

Mark runzelte die Stirn. »Na ja, wenn du drüber reden willst, sag Bescheid.«

»Nein, entschuldige. Ich war eine Sekunde in Gedanken. Ich habe Frauenprobleme.«

Er wand sich sichtlich. »Oh.«

Rebecca lachte leise. »Nein, nicht diese Art. Himmel, ich wünschte, es wäre so einfach.«

»Ohhh!« Er riss die Augen auf. »Du meinst Frauen… Frauenprobleme?«

»Ja, die.«

»Hat die Dame in deiner Einfahrt dabei eine Rolle gespielt?« Mark verschränkte die Arme vor der Brust.

»Sie spielt die Hauptrolle.«

»Cool. So ein nettes Mädchen von nebenan ist auch mein Typ. Oder besser, Frau von nebenan. Aber meine ist blond.«

Rebecca sah ihn finster an.

»Ich weiß, dass es nicht darum geht, also sieh mich nicht so an.« Mark räusperte sich. »Also, was ist los?«

So wie sich ihre Arbeitsbeziehung entwickelt hatte, wusste sie, dass sie ihm vertrauen konnte. Er war eine angenehme Überraschung. Immer da, wenn man ihn brauchte und das, ohne großes Aufheben darum zu machen. Ihre Arbeitsbeziehung war schon eher eine Freundschaft. Da konnte sie auch den letzten Schritt gehen und ihm erzählen, was sich ereignet hatte. Vielleicht konnte er ihr tatsächlich helfen. »Letztens ist etwas Großes passiert.« Gott, das war die gewaltigste Untertreibung der Geschichte, aber Rebecca wusste nicht, wie sie das, was passiert war, sonst beschreiben sollte. Ihr Magen zog sich zusammen.

»Okay.«

»Jetzt ruft sie mich nicht zurück. Wir haben eine Vorgeschichte und nicht alles davon war gut.«

Mark hob einen Finger und ging schnell zum Kühlschrank, um eine Cola zu holen. Auf dem Rückweg griff Mark nach seinem Schreibtischstuhl und zog ihn zu Rebeccas Schreibtisch. Er öffnete die Cola und reichte sie ihr. »Ich glaube, dass ich mich dafür setzen sollte und dass du Zucker brauchst. Jetzt erzähl weiter.«

»Okay, also … Ich habe ihr Handy bombardiert. Mit Nachrichten und Anrufen.«

Mark brummte und sah sie weiter an.

»Ich habe nichts Schlimmes gesagt«, fügte Rebecca hinzu, weil sie das Gefühl hatte, sich verteidigen zu müssen.

Er zuckte mit den Schultern. »Vielleicht braucht sie etwas Abstand.«

Rebecca schüttelte den Kopf. »Ich kann sie nicht davor weglaufen lassen.«

»Hat das, was du bis jetzt getan hast, geholfen?«

»Na ja, nein.«

»Hör zu, ich behaupte nicht, alles über Frauen zu wissen. Aber ich bin seit fast zwanzig Jahren verheiratet und ich weiß, dass man einer Frau Raum geben muss, wenn sie ihn braucht. Sonst wird es nur schlimmer. Das ist gesunder Menschenverstand. Gib ihr einen Tag oder so.«

Das war ein bitterer Rat. Rebecca hatte anfangs darüber nachgedacht, auf Abstand zu gehen, aber das widersprach jedem ihrer Instinkte. Aber vielleicht waren ihre Instinkte in dieser Sache zu sehr an ihre Gefühle für Dani gebunden. Sie nahm einen großen Schluck Cola und stellte die Flasche dann auf den Tisch. »Ich weiß nicht so recht, Mark.«

»Du hast gesagt, ihr hättet eine Vorgeschichte? Und zumindest ein Teil davon war gut?«, fragte er.

»Ja, als es zwischen uns gut lief, lief es *wirklich* gut.« Rebecca hielt inne und versuchte, die richtigen Worte zu finden. »Meine Großtante hat für mich getan, was sie konnte, aber meine Beziehung zu ihr, das Leben mit ihr war so trostlos, als wäre ich in einer emotionalen Wüste aufgewachsen. Als ich mit Dani zusammen war, hat es sich angefühlt, als hätte ich endlich Wasser gefunden und damit auch ein Leben. Als wäre jeder Tag vor ihr nur eine blasse Fata Morgana gewesen.«

Mark blinzelte. »Verdammt.«

»Ja, ich habe alles getan, um dieses Gefühl aufrechtzuerhalten, aber Dani hat sich irgendwann verändert. Genau wie ich. Und keine von uns hat sich damals zum Guten entwickelt.«

»Also gib ihr Raum und erinnere sie danach an die guten Zeiten.« Mark beugte sich vor. »Der schlechte Mist sorgt oft dafür, dass man alles andere vergisst.« Er räusperte sich und wandte kurz den Blick ab.

»Klingt, als hättest du persönliche Erfahrung damit?«

»Ich habe gesagt, dass ich seit fast zwanzig Jahren verheiratet bin. Nicht alles lief glatt. Mein Leben besteht nicht nur aus Einhörnern und Regenbögen, weißt du.«

Das konnte sie glauben, denn das tat es bei niemandem.

»Willst du sie zurück?«

Rebecca trank noch einen Schluck und leckte sich dann die Lippen. »Manchmal. Ich will glauben, dass unter all dem komplizierten Kram noch immer die Frau ist, die ich kenne.«

Mark lächelte. »Also ist das ein Ja. Man muss nicht immer perfekt sein, um sich zu lieben.«

»Das weiß ich. Das ist nicht neu für mich.« Rebecca kratzte am Etikett der Flasche und pulte ein Stück ab.

»Ich verstehe das, aber die Frau steckt dir im Herzen fest, oder?«

»Das ist nicht das beste Bild.«

»Stimmt aber trotzdem.«

»Seit unserer Trennung hatte ich auch was mit anderen Leuten. Ich hatte sogar ein oder zwei Beziehungen, aber ich kam trotzdem nicht darüber hinweg, was wir uns gegenseitig angetan haben. Ich dachte, das wäre alles. Also ja, *feststecken* passt ganz gut zu der Situation.«

»Darf ich dich etwas fragen?«

»Was denn?«

»Was, wenn die Person, die du meinst noch immer zu kennen, nicht mehr existiert?«

Rebecca schüttelte den Kopf. »Im Moment weiß ich nur, dass mich etwas zu ihr hinzieht und es ist zu stark, um nur der Schatten der Vergangenheit zu sein.«

Beide hoben den Kopf, als Emmet den Raum betrat. Er setzte sich und sah zwischen Mark und Rebecca hin und her. »Warum seid ihr auf einmal so still? Habt ihr über mich geredet?«

»Du hast mich erwischt.« Mark grinste. »Das ist alles, was ich in meiner freien Zeit mache.«

Emmet sah ihn finster an.

Rebecca rollte mit den Augen. Diese Jungs wuchsen ihr wirklich ans Herz.

Mark rollte seinen Stuhl wieder an seinen Tisch, fuhr den Computer hoch und tippte auf der Tastatur herum.

Rebecca dachte darüber nach, was er gesagt hatte. So hart es auch war. Er hatte recht und sie genug gesunden Menschenverstand, um das zu erkennen.

KAPITEL 15

»Also, ich habe Sie, seit Sie bei uns angefangen haben, nicht nur nicht an der kurzen Leine gelassen, sondern Ihnen genug Seil und Zeit gegeben, um sich entweder zu erhängen oder Expertin im Seilspringen zu werden. Nach dem, was ich gesehen und gehört habe, sind Sie mittlerweile sogar Meisterin im Double Dutch.« Lieutenant Benz nickte Rebecca zu.

Rebecca musste über den Vergleich lachen. Ja, das Revier hatte manchmal eine gewisse Ähnlichkeit mit dem, was auf einem Schulhof passierte. Und als Kind hatte sie sich in Schulpausen beim Double Dutch, der Königsdisziplin des Seilspringens, bei der zwei lange Seile in gleichmäßigem Tempo in die entgegengesetzte Richtung geschwungen werden, wirklich gut geschlagen. Der Vergleich hinkte also wirklich nicht. »Ja, es läuft gut.« Tatsächlich lief es mit der Arbeit um einiges besser, als sie erwartet hatte.

Benz hob eine Augenbraue. »Wie ich sehe, reden Sie immer noch zu viel.«

»Schlimmer als Emmet.« Rebecca grinste.

Benz lächelte. »Ich muss Sie fragen, obwohl die Antwort ziemlich offensichtlich zu sein scheint: Macht Ihnen hier jemand Probleme?«

Rebecca schüttelte den Kopf. »Nein. Alle sind super, aber Mark und ich ergänzen uns einfach am besten.«

»Mir ist aufgefallen, dass Sie sich vor allem an ihn wenden, aber heute werden Sie ohne ihn auskommen müssen. Er hat sich aus persönlichen Gründen freigenommen.«

Rebecca schluckte die Enttäuschung hinunter. »Das ist schade, aber ich komme klar.«

»Gut zu wissen. Jetzt an die Arbeit.«

Rebecca erhob sich und rief Mark auf dem Weg zurück zu ihrem Schreibtisch an.

»Ja?«, antwortete er nach dem dritten Klingeln.

»Hey. Wollte mich nur nach dir erkundigen.«

»Ob du es wissen willst oder nicht, ich habe Erbrochenes im Haar.«

Der Mann hatte kaum noch Haare auf dem Kopf. Wie um alles in der Welt hatte er das geschafft? »Reizend. Soll ich lieber nicht fragen, wie das passiert ist?«

Mark lachte leise. »Ist nicht meins. Mein Kind ist krank. Sheila hat etwas Wichtiges auf der Arbeit zu erledigen und die Großeltern sind im Urlaub. Also habe ich mir freigenommen. Ich habe genügend Urlaubstage, da kann ich sie auch für einen guten Zweck nutzen.«

»Uhhh, Daddy.« Das Stöhnen seiner kleinen Tochter im Hintergrund war schwer zu überhören.

»Hätte nicht gedacht, dass mein Badezimmerfußboden so gemütlich ist. Ich glaube, ich bleibe hier noch eine Weile sitzen. Danke für den Anruf. Ich melde mich später, okay?«

»Ja, pass auf dich auf. Und damit du es weißt, ich folge deinem Rat bei meinem Frauenproblem.«

»Gut. Ich hoffe, es klappt und nur, damit *du* es weißt, du kommst dieses Wochenende zum Essen. Sheila will dich kennenlernen.«

Rebecca schluckte, zögerte aber nicht. »Ich werde da sein.« Sie legte auf und sah auf ihr Handy. Seit gestern Mittag hatte sie Dani keine Nachricht mehr geschrieben oder sie angerufen. Das durchzuhalten war um einiges schwerer gewesen, als sie gedacht hatte, vor allem da sie nicht aufhören konnte, an sie zu denken. Und trotzdem hatte sie es irgendwie geschafft. Rebecca seufzte. Bis jetzt herrschte von Dani aus absolute Funkstille, aber fürs Erste würde sie das akzeptieren.

»Wells?«

Rebecca drehte sich auf ihrem Stuhl um und sah in Alvins Richtung. »Was gibt's?«

»Der Dorset-Fall, der nicht wirklich ein Fall war.«

Sie setzte sich aufrecht hin. »Was ist damit?«

»Ich habe einen Anruf von einem Streifenpolizisten bekommen, der auf ihren Notruf reagiert hat. Es ist gerade ein Fall geworden. Sie wollte das Kind von der Schule abholen und hat herausgefunden, dass der Vater ihn knapp zwei Stunden vorher mitgenommen hat. Hört sich alles sehr eindeutig an. Sie hat ihren Ex-Mann auf dem Handy angerufen. Er ist rangegangen, hat sie bedroht und ihr gesagt, dass sie das Kind nie wiedersehen wird. Außerdem hat sie gehört, wie ihr Sohn im Hintergrund geweint hat.«

»Was? Sie sollten bald wieder vor Gericht, um sein Sorgerecht anzufechten. Er hat nur jedes zweite Wochenende bekommen, aber er hat sie in der Zeit dazwischen regelrecht gestalkt.« Vielleicht wusste er, dass er dieses Mal verlieren würde.

Das Tippen im Hintergrund verstummte. Rebecca sah in Emmets Richtung. Er hörte stumm zu.

Alvin zuckte mit den Schultern. »Es ist, was es ist.«

Ein ungutes Gefühlt breitete sich in Rebeccas Magen aus. »Alles klar, versuchen wir, ihn zu schnappen. Hoffen wir, dass er das Gebiet noch nicht verlassen hat.«

Emmet nahm sein Telefon. »Okay, ich gebe eine Meldung für die Medien raus. Wir wissen, dass es eine Entführung durch ein Elternteil ist, also verzichte ich darauf, das GBI zu informieren. Dann …« Er begegnete Rebeccas Blick und verstummte.

»Ich weiß. Ich weiß, dass das GBI vielleicht nichts tun kann.«

Das *Georgia Bureau of Investigation* mischte sich als unabhängige Ermittlungsbehörde normalerweise nicht in Entführungsfälle durch Elternteile ein. Und das bedeutete, dass es keinen Levi's Call geben würde, die regionale Version des AMBER-Alerts. Aber wenn das Kind in akuter Gefahr war, konnten sie zusätzliche Hilfe anfordern.

Rebecca wandte sich wieder an Alvin. »Haben sie gesagt, ob er verängstigt klingt?«

Er überflog seine Notizen. »Nein, nur, dass er weint. Und dass er zu seiner Mom will.«

»Scheiße«, sagte Rebecca laut.

»Ja, wir sollten also schnell alles über seinen Vater ausgraben. Der Kerl scheint nicht allzu clever zu sein. Vielleicht ist das vorbei, bevor es wirklich angefangen hat.« Alvin erhob sich und sah Rebecca an. »Kommst du mit? Ich will in seiner Wohnung nachsehen und mit den Nachbarn sprechen.«

»Auf jeden Fall.«

Im Parkhaus warf Alvin ihr die Schlüssel zu. Als sie den Motor anließ, schüttelte er den Kopf. »Ich hasse, wenn Familienmist so hässlich wird.«

Sie hätte es nicht besser ausdrücken können. Vielleicht würde ihnen seine schonungslose Art in diesem Fall helfen. Arschloch oder nicht, Rebecca war froh, ihn dabei zu haben.

»Wenn wir etwas herausfinden, spielst du den guten Cop?«, fragte Alvin.

Rebecca lächelte. »Und du spielst den wütend problematischen Cop?«

Alvin schnaubte.

Jacob lachte und das Geräusch, so schwach es auch war, entlockte Dani ein Lächeln. Sie ließ sich dadurch aber nicht davon ablenken, den Typen zu verprügeln, den sie aus dem Mustang gezogen hatte. War es falsch, dass sie es genoss, dem Fahrer in den Hintern zu treten? Immerhin war es nur ein Videospiel, aber *GTA V* hatte durchaus eine beruhigende Wirkung. Sirenen erklangen, also setzte Dani ihren Charakter in das gestohlene Auto und fuhr davon. Sie schlingerte und krachte gegen Gegenstände und Menschen.

Jacob lachte hysterisch.

Dieses Spiel mit ihm zu spielen war vollkommen unangemessen, aber wer würde sie schon verraten?

»Doktor D, Sie sind echt schlecht darin.«

Dani bewegte ihren ganzen Körper mit dem Controller. »Ja, das stimmt wohl. Willst du für mich übernehmen?«

Er nickte und Dani reichte ihm den Controller. Das Auto fuhr wieder gerade, sobald der Experte hinterm Steuer saß. »Meine Oma kam heute zu Besuch. Sie ist die Mom meines Dads.«

Dieses Kind könnte wirklich Präsident sein. Wie war es in der Lage, sich auf das Spiel zu konzentrieren und gleichzeitig zu reden? »Wenn ich mich recht erinnere, kommt sie jede Woche, oder?«

»Ja. Meine Ma verlässt immer das Zimmer, wenn sie da ist.«

Nun, das hatte er ihr noch nicht erzählt. »Sie nutzt diesen Moment sicher, um sich eine Auszeit zu gönnen.«

»Das ist es nicht. Sie haben sich früher oft angeschrien. Ich glaube, sie tun so, als würden sie sich mögen. Ich bin nicht blöd. Es ist besser, wenn ihre Mom und ihr Dad zu Besuch kommen.«

Sie hatte mehr als einmal Lachen aus seinem Zimmer gehört, als Sheris Eltern vorbeigekommen waren. »Warum?«

»Weil sie dann glücklicher ist.«

Ein sehr kluger Junge.

Jacob pausierte das Spiel und sah flüchtig zu seiner Zimmertür. »Doktor D?«

»Hm?«

»Werde ich sterben wie mein Daddy?«

»Nein, wirst du nicht.« Dani sah ihm fest in die Augen. Sie würde alles dafür tun, dieses Versprechen zu halten.

Jacob nickte und widmete sich wieder seinem Spiel. »Danke.«

»Sehr gern geschehen. Das machen Ärzte so.«

»Nicht dafür. Weil Sie bei mir bleiben, während Ma etwas zu essen holt. Das müssten Sie nicht.«

Nein, musste sie nicht, aber Dani wollte es.

Kurz darauf kam Sheri mit einem Styroporbehälter in der Hand zurück. »Danke«, sagte sie zu Dani.

Dani lächelte. »Kein Problem.«

»Sie ist echt schlecht in *GTA*, Ma.«

Sheri lachte leise. »Ich bin auch nicht die Beste darin.«

»Neeeein, du bist viel besser als sie«, betonte Jacob.

Dani erhob sich. »Und damit mache ich für heute Schluss. Wir sehen uns morgen.«

»Gute Nacht, Dr. Russell.« Sheri lächelte und begann, ihren Salat zu essen.

Nachdem Dani ihre Sachen aus dem Spind geholt hatte, ging sie zum Fahrstuhl. Sie hätte die Treppe nehmen können, hatte aber keine Energie mehr für so viel körperliche Anstrengung. Sie fühlte sich sogar zu erschöpft zum Denken. Was an und für sich nicht schlecht war.

Allerdings war das wohl eher ein Wunsch gewesen und nicht die Realität. Wie immer, wenn sie sich nicht gerade aktiv beschäftigte oder bei einem Patienten war, drängte sich Rebecca in ihre Gedanken. Etwas, wovor Dani sich gleichzeitig fürchtete, es aber auch genoss.

Seit zwölf Stunden hatte sie keine Nachrichten oder Anrufe mehr erhalten. Dani hätte erleichtert sein sollen, aber stattdessen war sie nervös und machte sich Gedanken, warum auf einmal Funkstille herrschte.

Als der Fahrstuhl kam, stiegen ein paar Leute aus und gaben den Blick auf Rick und Sandra frei. Sie standen nah beieinander und waren in ein Gespräch vertieft. Dani zögerte nicht und stellte sich neben sie. Rick sah auf und Dani grinste die beiden an.

»Hey.«

»Was gibt's? Gehst du nach Hause?«, fragte Rick.

Sandra wandte sich ab.

Dani nickte. »Ich bin am Ende.«

»Das sehe ich, aber du solltest trotzdem mit uns etwas trinken gehen. Vielleicht die Wogen zwischen euch glätten?« Er deutete mit dem Kopf auf Sandra, die ihn daraufhin mit dem Ellbogen anstieß.

Dani blinzelte. Mit Sandra aussprechen? Sie hatte wirklich keine Energie mehr für irgendwas und auch wenn sie einmal miteinander intim geworden waren, war Sandra eigentlich nichts weiter als eine flüchtige Bekannte. »Nein danke.«

Rick rollte genervt die Augen.

Sie schwiegen, während sich die anderen Leute im Fahrstuhl unterhielten. Dani war die erste der drei, die den Fahrstuhl verließ, als sie das Parkhaus erreichten. Sie hörte, wie Rick Sandra etwas zuflüsterte, ignorierte die beiden aber.

Kurz darauf erschien er neben ihr. »Dani, warte.«

Sie schüttelte den Kopf. »Du hättest deine Pläne meinetwegen nicht ändern müssen. Mir geht's gut.«

»Habe ich nicht. Ich habe Sandra gesagt, dass wir uns im *Bartaco* treffen.«

»Oh, warum –«

»Ist Sandra deine Zeit nicht wert?«

Gott, hatte er ihre Gedanken gelesen?

»Was meinst du, wie lange wird es dauern, bis du mich auch so behandelst?«

Dani blieb stehen und sah ihn an. »Das würde ich nie tun.«

»Genau das hast du getan, als Becca zurückgekommen ist.« Er verschränkte die Arme über der Brust.

»Das war etwas anderes und ich dachte, wir hätten das hinter uns gelassen.«

»Haben wir, aber jetzt fällst du in dieses Muster zurück.«

»Nicht dir gegenüber.« Dani trat einen Schritt auf ihn zu. Woher kam das alles plötzlich? Er wusste doch, dass sie gerade viel im Kopf hatte.

»Manchmal ist das egal.«

»Zwischen uns ist alles … okay. Richtig?« Dani versuchte, sich ihre Panik nicht anhören zu lassen.

»Alles prima, aber scheinbar bin ich in letzter Zeit nichts anderes mehr als ein Puffer zwischen dir und Becca. Ich habe meinen eigenen Mist und muss das klären, ohne von euch eingenommen zu sein.« Rick trat kopfschüttelnd zurück. »Wir sehen uns zu Hause.« Er drehte sich um und ging weg.

Sie blieb stehen, während er sich zwischen den Autos hindurchschlängelte. Dani wollte nach ihm rufen und sagen, dass er recht hatte – aber gleichzeitig lag er auch falsch. Warum war alles so furchtbar kompliziert?

Sie wünschte sich bloß, gar nicht mehr über irgendwen oder irgendwas nachdenken zu müssen.

Dani wurde vom Piepen ihres Handys aus dem Schlaf gerissen. Sie atmete tief durch und blinzelte ein paar Mal. Gerade als sie der Schlaf wieder überwältigte, piepte ihr Handy erneut.

Sie stöhnte und tastete nach ihrer Brille. Es war nicht das Krankenhaus, die würden ihr keine Nachricht schreiben. Danis Gedanken wanderten zu Rick. Sie schob sich die Haare aus dem Gesicht und setzte ihre Brille auf. Ihr Atem stockte, als sie die Nachricht las.

Du bist einer der wenigen Menschen, bei denen ich das Gefühl hatte, dazuzugehören.

Es war Rebecca. Plötzlich war Dani hellwach. Ihr Herz hämmerte in ihrer Brust und bevor sie wusste, was sie tat, schrieb Dani zurück.

Warum bist du noch wach?

Rebecca schrieb eine Weile nichts und Dani fragte sich, ob sie zu geschockt war, weil sie eine Antwort bekommen hatte.

Habe einen Fall. Bin gerade nach Hause gekommen.

Dani schloss die Augen, als Erleichterung in ihrem Inneren mit Vorsicht und einer ganzen Reihe weiterer Emotionen kämpfte. Unter anderem Verlangen. Dani atmete einmal tief durch und tippte dann.

Hast du das Kind gefunden?

Noch nicht. Es ist eine Entführung durch ein Elternteil. Kann ich dich anrufen?

Sie starrte die Worte an. Plötzlich hatte sie große Angst davor, was Rebeccas Stimme mit ihr anstellen würde. Dani brauchte eine Ewigkeit, um ihre Antwort zu tippen.

Nein.

Dani wünschte sich fast, dass Rebecca das Nein nicht akzeptieren würde.

Okay.

Dann erschienen die drei Punkte. Offensichtlich hatte Rebecca mehr zu sagen.

Bist du allein?

Dani runzelte die Stirn. Sie hatte nicht gehört, dass Rick nach Hause gekommen war. Suchte Rebecca nach ihm?

Ja, warum?

Mehr Punkte. Die Sekunden verstrichen unendlich langsam.

Kann ich vorbeikommen?

Gott. Danis Magen zog sich zusammen und sie atmete zitternd aus. Was sollte das? Und was sollte sie sagen?

Ich muss morgen früh arbeiten. Muss jetzt schlafen.

Sie leckte sich über die Lippen und starrte auf das Handy. Sie wartete einige Minuten, erhielt aber keine weitere Nachricht. Der Zwiespalt zwischen dem, was sie wollte und nicht wollte, tobte in ihr. Doch sie konnte nicht leugnen, dass sie enttäuscht war.

KAPITEL 16

Dani stellte eine Verbindung zwischen ihrem iPad und den Monitoren her, damit das ganze Team die neuesten MRT-Ergebnisse sehen konnte. Sie sah ihre Kollegen an. »Der Tumor ist beträchtlich zurückgegangen. Er hat noch zwei Behandlungen vor sich. Der Tumor wird also noch kleiner und leichter zu entfernen sein. Für den bereits verursachten Schaden wird er aber trotzdem die Nephrektomie und anschließend die zusätzliche Chemotherapie brauchen, um die Rekursion zu reduzieren.«

»Ja, ich stimme zu«, sagte Dr. Meda. »Unterstützende Behandlung nach der Operation ist ein Muss. Wie, denken Sie, wird Sheri auf diese Nachrichten reagieren?« Er lehnte sich auf seinem Stuhl zurück.

»Nicht gut. Sie wird wütend auf uns sein, was in dieser Situation normal ist. Größtenteils auf mich, weil ich diejenige bin, die sie am meisten sieht. Aber sie wird akzeptieren, dass eine OP die einzige Wahl ist. Sie wusste das von Anfang an. Jetzt wird sie sich damit auseinandersetzen müssen.«

»Sie sind das Gesicht des Teams, aber Sie sind damit nicht allein«, mischte sich eine andere Assistenzärztin, Dr. Luft, ein. »Ich weiß, dass Sie gern vor und nach den Routinerunden selbst noch einmal herumgehen. Ich begleite Sie gern auf diesen Runden und nehme etwas Druck von Ihnen.«

Dani schüttelte den Kopf. »Nein, das hätte wahrscheinlich den gegenteiligen Effekt. Es ist in Ordnung, ich komme damit klar. Aber danke.« Sie sah ihr dabei bewusst in die Augen.

Dr. Luft lächelte schmal. »Ich helfe gern.«

Dr. Meda nickte. »Gut. Also, Dr. Russel, glauben Sie, dass Sheri wegen des Vorfalls mit ihrem Mann zusätzliche psychologische Unterstützung braucht?«

»Ich weiß es noch nicht. Wenn sie nicht mit mir redet, glaube ich nicht, dass sie sich irgendjemand anderem anvertrauen wird.«

»Warten wir ab, bis wir die Scans nach der nächsten Behandlung haben. Ich will, dass sie den Fortschritt mit eigenen Augen sehen kann, um ein besseres Verständnis davon zu bekommen. Vielleicht wird das die voraussichtliche Spannung lockern. Trotz des emotionalen Tumults, den diese Operation auslösen wird, wird es Jacob danach besser gehen und er hat gute Chancen auf ein gesundes Leben.« Dr. Meda sah Dani an.

Nachdem sie aus erster Hand erfahren hatte, dass Sheri nichts von der Operation wissen wollte, stimmte Dani dem Abwarten aus ganzem Herzen zu. Sie hatte bereits angefangen, sich mental auf eine mögliche Konfrontation vorzubereiten. Sheri und sie waren keine Freunde, aber zwischen ihnen wuchs trotzdem eine Verbindung aus gegenseitigem Respekt, die sich über die professionellen Grenzen hinweg ausbreitete.

»Dr. Russell, wir gehen noch ein paar Fälle durch und ich glaube, es wäre vorteilhaft, Sie für absehbare Zeit in diesem Team zu belassen.«

Gott, sie liebte es, im letzten Jahr zu sein. Dank ihrer Wahlfächer und der Rotationen in der Unterspezialisierung würde sie nun den Großteil ihrer Zeit hier in der Onkologie verbringen können. Dani nickte Dr. Meda kurz zu und richtete ihre Aufmerksamkeit auf die nächsten Fallakten.

Am Ende des Meetings blieb Dani noch, als die meisten des Teams den Raum verließen. Sie hob den Blick, als jemand an sie herantrat.

Dr. Luft lächelte sie an. »Jacob spricht viel von Ihnen. Sie haben eine tolle Verbindung zu ihm.«

Sollten nicht alle Kinderärzte in der Lage sein, gut mit Kindern umzugehen? Dani schwieg.

»Mrs. Cook scheint mich kaum zu tolerieren. Vielleicht würde sie etwas freundlicher werden, wenn ich Sie auf Ihren nächsten Besuchen begleite?«, fragte sie erneut.

Mit anderen Worten, sie wollte von ihrer guten Beziehung mit Sheri profitieren. Wahrscheinlich hatte sie das von Anfang an gewollt. Warum sagte sie es dann nicht? Dani hätte sie mehr respektiert, wenn sie es nicht so aussehen lassen wollte, als würde sie Dani einen Gefallen tun.

Dani öffnete den Mund, um ihr zu antworten, konnte aber praktisch hören, wie Rick sie dafür ausschimpfte, wie sie andere Menschen behandelte. Sie presste die Lippen zusammen. Ihr lag etwas Verletzendes auf der Zunge. In diesem Moment entschied sie sich jedoch dagegen.

Sie wollte sich bessern. »Ich denke darüber nach und melde mich bei Ihnen.«

Dr. Luft lächelte noch breiter. »Danke, das weiß ich zu schätzen.« Sie streckte die Hand aus, zog sie aber schnell wieder zurück und schob sie stattdessen in ihre Tasche. Sie nickte Dani zu, drehte sich dann um und ging.

Dr. Meda lachte leise. »Nun, das war ein heldenhafter Versuch, Dr. Luft einen Knochen zuzuwerfen. Sie kann gut mit Kindern, hat aber Probleme mit den Eltern.«

»Ich habe nur gesagt, dass ich darüber nachdenke.«

»Ja, nun, dann überlasse ich Sie jetzt Ihren Überlegungen. Aber ich glaube, dass Dr. Luft viel besser wäre, wenn Sie als ranghöhere Assistenzärztin ihr eine Chance geben.« Dr. Meda grinste.

Rebecca und Mark warteten darauf, dass ihnen jemand die Tür öffnete. Durchs Fenster entdeckte sie Mrs. Dorset, die sich so langsam bewegte, als würde ein Gewicht auf ihren Schultern lasten. Rebecca konnte sich gut vorstellen, dass die Situation im Moment so war, als drohte das Universum über ihr einzustürzen.

Schließlich öffnete Mrs. Dorset die Tür. Sie war blass und hatte dunklen Ringen unter den Augen. Sie blinzelte heftig, als hätte sie die Sonne eine Weile nicht gesehen. Ihre Haare standen in alle Richtungen ab und sie trug noch immer ihren Schlafanzug, obwohl bereits Nachmittag war. »Haben Sie …?« Ihre Lippen bebten, als sie sprach.

»Nein, wir wollten nur nach Ihnen sehen und Sie auf den neuesten Stand bringen«, sagte Rebecca mit ruhiger Stimme.

»Das hätten Sie per Telefon machen können!«

Mark trat vor. »Mrs. Dorset …«

»Nennen Sie mich nicht so. Ich hasse diesen Mann und ich hasse es, seinen Nachnamen zu tragen. Nennen Sie mich einfach Gwen.« Sie trat zur Seite. »Und Sie können reinkommen.«

Drinnen sah es aus, als hätte ein Hurrikan seine Schneise durch das Wohnzimmer und die Küche gezogen.

Gwen zuckte mit den Schultern. »Ich habe nach Anhaltspunkten gesucht. Ich dachte, mein Ex hätte vielleicht etwas Hilfreiches hiergelassen. Er hat sich immer um alles selbst gekümmert und ich weiß nicht, ob er noch mehr Freunde hatte neben den wenigen, die ich kennengelernt habe. Wir hatten nie viele Rücklagen und ich wusste nicht, was er mit dem Geld angestellt hat, das wir hatten …«

Mark nahm Papiere von der Couch und legte sie auf den Couchtisch, ehe er sich setzte. »Haben Sie etwas gefunden?«

Gwen schüttelte den Kopf. »Ich habe versucht, ihn anzurufen, aber sein Handy ist entweder leer oder ausgeschaltet.«

»Das wissen wir«, sagte Rebecca. »Aber durch die letzten Daten seines Anschlusses wissen wir wenigstens, dass er noch in Georgia ist.«

»Soll ich mich dadurch jetzt besser fühlen?«

Gwen half es vielleicht nicht viel, aber Rebecca gab es etwas Zuversicht. »Wir tun alles, was wir können.«

»Nein, tun Sie nicht. Warum ist das FBI oder sonst jemand nicht auf der Suche?«

Mark beugte sich vor. »Mrs. Dorset … Gwen, wir haben bereits darüber gesprochen. In Fällen, bei denen Eltern die Entführer sind und es keinen klaren Beweis gibt, dass Shane in Gefahr ist –«

»Er ist kein Elternteil!«

»Ich stimme Ihnen zu. Ich habe selbst ein Kind, also kann ich Ihre Sorge nachempfinden, aber unsere Ressourcen sind begrenzt. Im Moment durchkämmen wir einen Radius von fünfzehn Kilometern um den letzten Standort seiner Handyaktivität herum. Es wird etwas dauern. Wenn er sein Handy wieder anschaltet, sind wir bereit.«

»Das haben Sie alles schon gesagt. Sie erzählen mir nichts Neues.«

»Ich weiß, dass es sich so anhören muss, aber es ist wichtig, alles durchzusprechen. Glauben Sie, er hat sich die Zeit genommen, ein Wegwerfhandy zu kaufen?«, fragte Rebecca.

»Ich weiß es nicht. Er ist nicht dumm, aber auch kein Genie.«

Rebecca nickte. »Okay, wir überprüfen die Läden in der Nähe seines Wohnorts und geben sein Foto herum, um alles abzudecken.«

Gwen sah Mark an. »Mein neuer Anwalt versucht, meinem Ex-Mann das Sorgerecht entziehen zu lassen. Ich weiß, dass es nicht morgen passieren wird, aber falls er es schafft, wird daraus eine richtige Entführung, oder?«

Richtige Entführung. Rebecca mochte nicht, dass das Gesetz diese Abgrenzung vorsah. Ihrer Meinung nach war es immer eine Entführung, wenn ein Kind unrechtmäßig festgehalten wurde. »Ja, aber das müsste so schnell wie möglich geklärt werden.« Sie durften die zusätzlichen Kräfte nicht über einen längeren Zeitraum für eine Familienentführung einspannen. Sie war überrascht, dass sie überhaupt die Handvoll Helfer bekommen hatten.

»Gwen, ich mache Ihnen nur ungern Umstände, aber könnte ich etwas Wasser bekommen?«, fragte Mark.

Sie nickte. »Möchten Sie auch etwas trinken, Detective Wells?«

»Nein danke. Im Moment nicht.«

Als sie allein waren, wandte sich Rebecca an Mark und flüsterte: »Glaubst du, dass dein Anwaltsfreund mit dem Sorgerechtsproblem wirklich helfen kann?«

»Das hängt von dem Richter an. Ich bin sicher, du weißt, wie diese Familienfälle laufen können. Selbst wenn er jemanden erwischt, der zuhört, passiert nichts in der Justiz auf die Schnelle.«

»Ja, ich wünschte nur, wir hätten von Anfang an mehr für sie tun können. Sie hat es kommen sehen und hat um Hilfe gebeten. Das passiert nicht oft.«

»Wir haben getan, was wir konnten. Trotzdem ist es scheiße gelaufen. Ich werde so viel Energie in den Fall investieren, wie ich kann.«

Rebecca begegnete seinem Blick. »Bin dabei. Denkst du, Benz wird uns abziehen?«

»Früher oder später schon, vor allem wenn etwas anderes mit hoher Priorität reinkommt.«

Sie rollte mit den Augen.

»Ja, genau«, stimmte Mark grimmig zu.

»Ich brauche ein paar gute Nachrichten«, sagte Mark. »Sag mir, dass du gute Neuigkeiten für mich hast! Wir hatten kaum Zeit, über etwas anderes als die Arbeit zu reden.«

Rebecca bog rechts ab. »Hör auf, so schnell zu reden. Du hörst dich schon wie Emmet an.«

Mark sah sie finster an. »Du weißt, worauf ich hinauswill.«

»Ich habe ihr heute Morgen geschrieben. Habe noch nichts gehört. Vielleicht höre ich später noch etwas, aber eine Unterhaltung ist noch lange kein Garant für mehr.«

»Man kann nie wissen.« Mark zuckte mit den Schultern.

»Ich will sie auch nicht nerven. Wenn es nur so geht …« Rebecca beendete den Satz nicht.

»Diese negative Einstellung wird dich nicht weiterbringen.«

»Ich will mir bloß nichts vormachen, das ist nicht meine Art.« Rebecca fröstelte und drehte die Heizung auf.

»Ach, das hätte ich bei dir nie vermutet«, sagte er trocken.

»Sind wir inzwischen beste Freundinnen oder sowas, dass du mich in- und auswendig kennst?«

»Nein, aber ich sehe mich selbst als metrosexuell.« Er rieb über seinen Kopf.

Rebecca lächelte. »Ich glaube nicht, dass es das bedeutet, was du denkst.«

»Sicher doch.«

»Ich kann dir eine Definition schicken, wenn du mir nicht glaubst.« Rebecca konnte sich einfach nicht zurückhalten. Das Geplänkel mit Mark machte Spaß und sie brauchte definitiv mehr Freude in ihrem Leben.

»Du fährst.«

»Sprachfunktion.«

»Du hast heute echt viel zu sagen.« Mark sah aus dem Fenster. »Wer beschwört jetzt Emmet herauf?«, flüsterte er, aber sie konnte ihn trotzdem noch hören.

»Ich beantworte nur deine Frage.«

»Wenn du nicht über dein Liebesleben reden willst, sag es einfach.«

»Wenn ich nicht wollen würde, hätte ich es nicht getan. Und fühlt es sich nicht komisch an, so etwas auszusprechen?«

Mark zog eine finstere Miene und betonte langsam: »Metrosexuell.« Dann drehte er die Heizung ab.

Rebecca lächelte.

»Ich bin froh, dass ich dafür sorgen konnte, dass *du* dich gut fühlst«, grummelte er.

»Denkst du immer noch an den Dorset-Fall?«

Mark schwieg. »Hm, nicht wirklich.«

»Gern geschehen.«

»Denkst du immer noch an deine Frau von nebenan?«

Rebecca fuhr auf die Interstate. »Wenn mich kein Fall beschäftigt, dann ja, die ganze Zeit.«

»Ich wette, dass sie dasselbe Problem hat.«

Wenn sie an die Nacht zuvor dachte, war Rebecca auch seiner Meinung. Selbst über das Handy hatte das, was auch immer es genau war, zwischen ihnen eine besondere Dynamik.

»Hast du irgendwelche speziellen Wünsche fürs Abendessen am Samstag? Ich dachte mir, ich könnte ein paar Steaks grillen, wenn das Wetter schön ist.«

»Solange sie gewürzt sind, ist es in Ordnung. Soll ich etwas mitbringen?«

»Warum sollten sie nicht gewürzt sein? Ich bin vielleicht nicht aus dem Süden, aber ich mag kein langweiliges Essen.«

»Gut zu wissen. Also, muss ich was mitbringen?«

»Nein. Wir haben genug Erwachsenengetränke und zuckriges Zeug für die Kinder, darunter auch Cola. Sheila kann es übrigens nicht erwarten, dich kennenzulernen.«

Rebecca räusperte sich. »Ich habe das noch nie gemacht.«

»Was?«

»Die Familie von Arbeitskollegen kennengelernt, Zeit mit ihnen verbracht. Du weißt schon, das volle Programm.«

Mark schwieg für einen Moment.

Rebecca fragte sich, ob sie etwas Falsches gesagt hatte. Als sie an einer roten Ampel hielt, drehte sie den Kopf. »Du bist still geworden.«

»Ja, ich dachte, du bräuchtest nach dem ganzen Reden eine Pause.«

Dieses Mal sah sie ihn finster an.

Mark lachte leise. »Nein, aber ernsthaft. Ich verstehe das. Emmet und Alvin sind nette Kerle und ich arbeite gut mit ihnen. Aber wir beide haben etwas anderes … Etwas Besseres.«

Sie nickte. »Ja, ganz genau.«

Dani lag seit weniger als zehn Minuten im Bett und war kurz davor, einzuschlafen. Rick war nach Hause gekommen und so höflich gewesen, ihr eine gute Nacht zu wünschen, bevor sie sich hingelegt hatte. Heute Nacht war es kälter, also war sie mit einer zusätzlichen Decke ins Bett gegangen. Nun hatte sie es gemütlich und ihr war warm.

Ihr Handy vibrierte einmal laut auf dem Nachttisch. Sie starrte es an, ohne sich zu rühren. Für einige Augenblicke war es die einzige Lichtquelle im Zimmer, ehe das Display wieder dunkel wurde.

Mit Einschlafen war es erst einmal vorbei. Bei der Überlegung, wer ihr um diese Zeit schreiben würde, beschleunigte sich ihr Herzschlag und plötzlich war es viel zu heiß unter den Decken, aber zugleich überkam sie Gänsehaut. Dani schloss demonstrativ die Augen.

Wie oft hatte sie inzwischen Rebeccas Nachrichten auf ihrer Mailbox abgehört und ihre Nachrichten gelesen? Wenn sie allein war, wurde sie schwach. Sie hatte es satt, ihre verwirrenden Gefühle und ihre Willensstärke zu hinterfragen, also zog sich Dani die Decken über den Kopf, um alles auszublenden.

Ihr Handy vibrierte erneut. Das Geräusch war gedämpft, aber nicht zu überhören und selbst durch die Decken konnte sie das Licht des Displays sehen. Dani schob die Decken weg und nahm ihre Brille und das Handy.

Erinnerst du dich, als wir das erste Mal zusammen nach New Orleans gefahren und im French Quarter gelandet sind? Wir waren im Club Oz *auf dem Balkon?*

Sie las die erste Nachricht zweimal, bevor sie zur nächsten überging.

Diese zwei betrunkenen Stripperinnen haben versucht, für uns zu tanzen. Eine von ihnen wollte uns zeigen, wie biegsam sie ist und ist umgekippt.

Dani biss sich auf die Lippen, um nicht laut zu lachen.

Das war im Café Lafitte *und das weißt du.*

Sie musste nicht lange warten.

Stimmt. Habe ich dich geweckt?

So halb.

Ich hätte nicht gedacht, dass du antwortest. Heute Morgen hast du das nicht getan.

Ist das wichtig?

Ich denke nicht.

Warum machst du das?

Dani musste fragen, auch wenn sie fürchtete, dass ihr die Antwort nicht gefallen würde.

Weil ich will.

Danis Hand zitterte, als sie zurückschrieb.

Warum tust du so, als wäre zwischen uns alles gut gewesen?

Ich habe nichts vergessen.

Es gab eine Million Dinge, die Dani auf diese Aussage antworten wollte. Als sie tippte, kam jedoch etwas anderes dabei heraus.

Bist du nicht wütend, weil ich dich letztens so zurückgelassen habe?

Ich bin sauer auf dich und auf mich.

So verhältst du dich nicht. Warum schreibst du mir?

Drei Punkte erschienen. Und verschwanden wieder. Ein paar Sekunden später tauchten sie wieder auf.

Weil ich will. Egal, was mit uns passiert, ich werde es trotzdem tun.

Die Worte standen dort schwarz auf weiß. Sie konnten nicht zurückgenommen werden. Fasziniert starrte Dani sie an. Einen Moment lang fühlte sie nichts und im nächsten Moment wurde sie mit so vielen Emotionen bombardiert, dass sie nicht alle benennen konnte. Dani ertrank in ihnen und hatte Angst, dass sie irgendwann nicht mehr an die Oberfläche zurückkehren konnte.

Sie hatte Rebecca definitiv nicht aus ihrem Kopf bekommen. All die Jahre hatte sie weiter in ihrem Herzen gewohnt, bloß so gut versteckt, dass Dani tun konnte, als ob sie nicht mehr da wäre.

Danis Finger schwebten über dem Display, als sie überlegte, was sie schreiben sollte. Eine Stimme in ihrem Kopf schrie sie an, Rebecca wieder zu ignorieren, aber das fühlte sich nicht richtig an. Nichts fühlte sich wirklich richtig an im Moment.

Die Punkte erschienen wieder im Chat.

Nacht. Wir reden morgen.

Dani seufzte.

Gute Nacht.

KAPITEL 17

»Lass mich klarstellen, ob ich das richtig verstehe«, setzte Rick an. »Wir haben in der letzten Woche kaum Zeit miteinander verbracht und jetzt, wo ich an einem Samstag ausnahmsweise ein paar Stunden frei habe, versetzt du mich? Obwohl ich Cola mitgebracht habe?« Er hob den Sechserpack hoch.

»Danke für die Cola. Ich kann nie genug haben, aber ja, das trifft es auf den Punkt.«

»Ich wollte anbieten, *Die Sommerinsel* mit dir zu schauen. Ich brauche etwas, um meinen Kopf freizukriegen. Ich war heute Mittag mit Jason im Kino und habe *All Eyez on Me* gesehen. Nicht so schlecht wie *Soul Plane*, aber wir sollten in Zukunft vorher erst die Bewertungen lesen, um uns so etwas zu ersparen.«

»Ihr habt hinterher Basketball gespielt, oder?«

»Ja, warum?«

Rebecca musterte seine durchgeschwitzten Kleider und grinste. »Habt ihr gewonnen?«

Rick sah sie mit verengten Augen an. »Halt die Klappe.«

»Verstehe. Wie geht's Jason?«

»Alles beim Alten. Er hat nach dir gefragt. Wollte wissen, ob du Lust hast, ihn zu treffen.« Rick wackelte mit den Augenbrauen.

»Nein, definitiv nicht.« Sie lachte. »Hört sich nach einem langen Tag an. Freust du dich nicht, dass ich zur Abwechslung mal etwas vorhabe?«

Rick warf sich auf die Couch. »Etwas vorhaben? Sehr vage.« Plötzlich richtete er sich auf und sah sie eindringlich an. »Versuchst du, mir zu sagen, dass du ein Date hast?«

Rebecca schnaubte. »Nein. Ich bin zum Abendessen bei einem Arbeitskollegen eingeladen.«

»Das könnte ein Date sein.«

»Nein, er ist ein Er.«

»Könnte trotzdem ein Date sein.« Rick stellte die Cola auf den Couchtisch.

»Ich lerne seine Frau und seine Kinder kennen.«

Rick blinzelte. »Moment. Also bist du mit deinem Kollegen befreundet?«

»Ich versuche es.« Rebecca räusperte sich. Das alles fühlte und hörte sich komisch an, wenn man es laut aussprach.

Er lächelte. »Gut, damit kann ich leben. Es ist gut für dich.«

Rebecca setzte sich neben ihn. »Das denke ich auch. Ich bin sicher, Dani hätte dich liebend gern ganz für sich allein.«

Rick runzelte die Stirn und fuhr sich mit einer Hand über seinen kahlen Schädel. »Sie ist im Krankenhaus und macht eine Doppelschicht, aber sonst, na ja, vielleicht.«

»Was ist los?«

Er zuckte mit den Schultern. »Bin nicht sicher, wie viel ich sagen sollte.«

Ja, das konnte Rebecca gut nachvollziehen. Sie wollte ihm so gerne erzählen, was zwischen Dani und ihr passiert war, ihn aber auch nicht wieder in ihre Situation hineinziehen. »Wenn es nicht nur allein ihr Mist ist und dich auch betrifft, schieß los.«

»Das habe ich auch gesagt.« Rick schüttelte seufzend den Kopf. »Die Art, wie sie die Leute behandelt, ist einfach …«

»Was meinst du?«, fragte Rebecca.

»Es ist nicht so schlimm, wie sie sich bei dir verhält.«

»Okayyy.«

»Abgesehen von ihren Patienten gibt es im Krankenhaus eine Handvoll Leute, mich eingeschlossen, mit denen sie tatsächlich redet. Ansonsten läuft sie rum, als würden alle anderen stinken.«

»Wirklich?« Rebeccas fiel es schwer, das zu glauben. »Du hast ja schon gesagt, dass sie nicht viele Freunde hat, aber ich kann mir nicht vorstellen, dass sie so ist.«

»Warum nicht? Du hast es selbst erlebt.«

Rebecca schluckte, als sie sich an die Hitze in Danis Blick bei ihrer letzten Begegnung erinnerte. »Ich habe sie verletzt.«

»Das ist keine Entschuldigung. Vor allem weil es im Moment noch schlimmer ist als sonst.«

Rebeccas Magen zog sich zusammen. »Versuchst du, mir zu sagen, dass es meine Schuld ist?«

»Ich sage nur, dass sie sich nicht einbilden soll, sie könnte andere so behandeln, nur weil sie verletzt ist.«

Sie starrte ihn einen Augenblick lang an und er erwiderte ihren Blick unbeeindruckt. Ein winziger Hauch von Sorge breitete sich in ihr aus und dämpfte die Hoffnung, die sich aufgebaut hatte. Egal, wie viele Rückschritte Dani gemacht hatte, Rebecca musste glauben, dass sie im Inneren, im Kern, noch immer die Dani war, die sie kannte. Sie musste nur die Mauern überwinden, die sie umgaben. »Du hast recht. Aber ist zwischen *euch beiden* alles in Ordnung?«

Rick zuckte mit den Schultern. »Manchmal. Aber dann sehe ich, wie sie sich anderen gegenüber verhält und ich bin mir nicht mehr sicher, ob ich mit ihr in Verbindung gebracht werden will. Ich meine, einige dieser Leute sind meine Freunde, Menschen, die mir wichtig sind.«

»Verstehe ich. Hast du versucht, mit ihr darüber zu reden?«

»Ja, aber sie hört nicht richtig zu oder nimmt sich nicht die Zeit, darüber nachzudenken. Ich glaube, dass ich es ihr eher zeigen als erklären muss …«

»Was meinst du?«

Er atmete langgezogen aus. »Ich habe versucht, mich aus eurem Chaos rauszuhalten. Diese Woche war das relativ leicht, aber jetzt werde ich schon wieder reingezogen. Hat nicht viel gebraucht. Ich glaube, dass ich Abstand von alldem brauche.«

»Es tut mir leid. Ich wollte nicht –«

»Ich weiß. Du wusstest es nicht.«

Rebecca drückte seine Hand. »Tu, was du tun musst. Ich mache dir keine Vorwürfe. Trotzdem gebe ich mein Bestes, dich als Freund zu behalten. Es gibt eine Million andere Dinge, über die wir reden können.« Er musste nichts von dem Hass-Sex wissen oder dass Dani und sie sich Nachrichten geschrieben hatten, egal, wie gern sie das mit ihm durchgesprochen hätte.

»Bist du dir sicher?«

Einige Sekunden lang schwiegen sie. Dann lachte Rick.

Was zur Hölle? In ihrem Leben gab es mehr als Dani, selbst wenn es sich manchmal nicht so anfühlte. Rick eine Atempause zu verschaffen könnte schwieriger werden, als sie gedacht hatte.

Ein Handy klingelte.

»Das bin ich.« Rick griff in seine Tasche und betrachtete das Display. »Gut, dass ich meine Klamotten mitgebracht habe. Kann ich hier duschen? Sandra hat mit jemandem getauscht, um früher Feierabend zu machen. Ich muss sie abholen für unsere ... Sache. Ist also nicht so schlimm, dass ich auch ein paar Stunden früher Zeit habe als gedacht.«

»Eure Sache? Und wer ist Sandra? Der Name kommt mir bekannt vor.«

Rick lachte. »Ich glaube, ich habe sie vor etwa sechs Monaten erwähnt. Wir hatten was miteinander.«

»Okay, ja, ich erinnere mich. Aber was ist diese *Sache*?« Rebecca war unglaublich neugierig.

»Es ist ein Date. Ich versuche, etwas Besonderes zu machen. Sie damit überraschen, dass ich tatsächlich mehr mit ihr vorhabe als eine schnelle Nummer im Bereitschaftszimmer.«

»Oh, wie romantisch.«

Er zuckte erneut mit den Schultern. »Ich habe ihr von der Northwestern erzählt und sie ist trotzdem interessiert. Also werden wir sehen.« Rick ging zur Tür. »Ich hole meine Sachen.«

»Okay.« Etwas streifte ihren Knöchel und Rebecca sah hinunter zu Peyton. »Wo hast du dich den ganzen Tag versteckt?«

Sie beugte sich nach unten und wollte Peyton hochheben, doch ihre Katze fauchte gleich und rannte davon. »Na schön. Ist ja nicht so, als ob ich eine Umarmung bräuchte oder so.«

Dani hätte das Krankenhaus vor ein paar Stunden verlassen können. Tat sie aber nicht, denn wozu auch?

Als sie zum Schwesternzimmer ging, sah sie Sandra. Sie war keine regelmäßige Besucherin auf der Station, hatte aber offensichtlich im ganzen Krankenhaus Freunde. Dani bemühte sich, höflich zu sein und die Unterhaltung zwischen Sandra und der leitenden Krankenschwester Jennifer nicht zu stören.

»Was machst du auf dieser Etage? Und dann auch noch so schick angezogen«, sagte Jennifer.

»Da Hope und die anderen beschäftigt waren, nehme ich mit dir und Nat vorlieb, während ich auf meine Mitfahrgelegenheit warte«, antwortete Sandra.

»Stimmt etwas mit deinem Auto nicht? Nat hat in einer halben Stunde Feierabend. Sie kann dich mitnehmen.«

»Das würde sie sicher, aber diese Mitfahrgelegenheit ist etwas Besonderes. Er ist schon unterwegs.« Dani hörte das Lächeln aus Sandras Stimme heraus.

Jennifers Lachen klang irgendwie schmutzig.

Dani hatte genug gehört. Offensichtlich taten sie so, als wäre sie gar nicht hier. Sie räusperte sich.

Jennifer sah in Danis Richtung. »Ja, Dr. Russell?«

»Mir fehlen Laborberichte.«

»Könnten Sie etwas genauer sein?« Obwohl Jennifers Stimme ruhig klang, blitzte etwas in ihren Augen auf. Vielleicht Verärgerung?

Dani versuchte, ihrer Stimme einen freundlichen Klang zu geben. »Ja, Stevens und Roper.«

»Oh, die sollten im System sein. Ich habe die Berichte schon vor einer Weile bekommen.«

»Sind sie nicht. Kann ich bitte die Ausdrucke sehen?«

Jennifer nickte und wandte sich ab.

Dani sah zu Sandra und stellte fest, dass sie sie anstarrte. Für einen Augenblick hielten sie Blickkontakt, dann sah Dani weg.

»Taxi ist hier.«

Ricks Stimme zu hören, war keine Überraschung. Sie hatte schon vermutet, dass er Sandras Mitfahrgelegenheit war.

Jennifer reichte Dani die Laborberichte, wandte sich allerdings bereits an Rick. »Sie kommt nicht mit, wenn sie selbst zahlen muss.«

»Kein Kommentar.« Rick grinste.

Es war nicht die beste Idee, eine so zweideutige Unterhaltung mitten am Tag in der Öffentlichkeit zu führen. Dani runzelte die Stirn, sagte allerdings nichts.

Sandra ging zu Rick. »Du hättest mir einfach schreiben können. Ich wäre rausgekommen.«

»Kein Problem.« Ricks Lächeln war breit und herzlich.

Dani stand vor dem Empfang des Schwesternzimmers und wartete auf irgendeine Art von Begrüßung oder dass Rick sie zur Kenntnis nahm. Unwillkürlich zerknüllte sie die Papiere in ihrer Hand. Je länger Rick brauchte, desto mehr schmerzte es. Plötzlich erkannte sie, dass Rick recht gehabt hatte. Zwischen ihnen war nicht alles in Ordnung, egal, wie oft sie sich bei ihm entschuldigt hatte.

Schließlich sah er in ihre Richtung. »Hey, hast du einen guten Tag?«

Small Talk? Er versuchte, hohlen Small Talk mit ihr zu betreiben, als würden sie sich überhaupt nicht kennen? »Ganz gut.« Dani wusste nicht, warum sie mitspielte.

Jemand rief Sandras Namen und sie drehte sich um. Dann sagte sie zu Rick: »Gib mir eine Sekunde.« Ihre Hand berührte seine.

Rick drückte ihre Hand. »Beeil dich.« Dann ließ er sie los. Die Blicke, die Sandra und Rick teilten, waren voller Zuneigung.

Dani stand der Mund offen. Rick *mochte* Sandra. Oder zumindest war es der Beginn von so etwas. Dani fühlte sich, als würde ihr gesamter Körper in sich zusammenfallen, als hätte ihr jemand die Luft rausgelassen. Es war ein erdrückendes und ungutes Gefühl. Kein Wunder, dass er wütend auf sie war. Schuldgefühle quälten sie. Gott, sie musste etwas tun. Sie ging auf ihn zu. »Kann ich kurz mit dir reden?«

Er musterte sie von oben bis unten. »Ich habe gerade keine Lust auf Drama und du siehst aus, als hättest du eine Menge davon«, flüsterte Rick.

Sie trat näher heran. »Bitte?«

Rick wandte den Blick ab und nickte. »Gib mir eine Minute und dann geh voraus.« Er ging den Flur entlang zu Sandra, die mit einer Krankenschwester sprach. Rick legte seine Hand auf ihren Rücken und beugte sich vor, um ihr etwas ins Ohr zu flüstern. Sandra sah erst zu Dani und dann zurück zu Rick, ehe sie nickte.

Dani fühlte ein Stechen in ihrer Brust. Sie ging zum Aufenthaltsraum und hoffte, dass er leer war und Rick ihr folgte.

Der Raum war nicht leer. Drei Assistenzärzte sahen auf, als sie die Tür öffnete.

»Geht.« Ein paar Sekunden später fügte sie hinzu: »Bitte.« Nachdem sie gegangen waren, drehte sich Dani um.

Rick beobachtete sie eindringlich. »Was ist los?«

Dani verschränkte die Arme vor der Brust. »Es tut mir leid. Ich wusste es nicht.«

»Wovon redest du?«

»Sandra … Was ich zu ihr gesagt habe …« Sie ging einen Schritt auf ihn zu.

Ricks Augen weiteten sich leicht. Dann schnaubte er. »Warum entschuldigst du dich dafür bei *mir*?«

»Sie ist dir wichtig. Ich hätte sie nie –«

»Wie Müll behandelt?«

Dani presste die Lippen zusammen und wandte den Blick ab.

»Was? Sie ist kein Niemand mehr für dich?«

Ricks Worte brannten.

»Lass mich dir eine Frage stellen, die du möglicherweise leichter beantworten kannst: Tut es dir leid, dass du dich ihr gegenüber scheiße verhalten hast, weil man das nicht macht? Oder tut es dir nur leid, weil du jetzt gemerkt hast, dass sie mir etwas bedeutet?«

»Ich bin nicht sicher. Ist es wichtig? Es ist ja nicht so, als hätte ich gewusst, dass zwischen euch wieder etwas läuft.«

»Ja, nun, es ist neu und dieses Mal vielleicht ernster.« Nun war es Rick, der den Blick abwandte.

»Warum hast du es mir nicht erzählt?«

»Irgendetwas zwischen uns ist anders und noch dazu bist du gerade nicht du selbst. Es hat sich einfach nicht richtig angefühlt.«

War das der Grund, warum sie ihm nicht erzählt hatte, was zwischen ihr und Rebecca passiert war? Dani wünschte, es wäre so einfach. Da stand sie nun und dachte schon wieder nur an sich selbst. Schamgefühl brach über sie herein. »Es tut mir so leid. Ich wollte nicht … Ich wusste nicht …« Sie sah auf ihre Schuhe hinab. »War ich wirklich so schlimm?« Ihre Stimme war schwach und zittrig.

Rick schlang die Arme um sie.

Sie versteifte sich leicht, gab dann auf und schmiegte sich dann an ihn, sodass sie das Gesicht an seine Brust drücken konnte. Dani erwiderte seine Umarmung.

»Ja, warst du.«

Dani kniff die Augen zusammen, um nicht zu weinen. »Ich wollte das nicht. Gott, du musst mich langsam hassen.«

»Nein, niemals, aber ich mag dich gerade nicht so sehr wie sonst.« Rick drückte ihr einen Kuss auf den Kopf. »Es ist, als würdest du dich an allen rächen wollen, bevor sie dir irgendetwas antun.«

»Das kann ich ändern.« Sie sah zu ihm auf.

Rick wirkte nicht überzeugt. Sein Blick war traurig.

»Wirklich«, wiederholte Dani, aber sie klang nicht sicher. Sie hatte nie vorgehabt, jemanden zu verletzen. Sie hatte nur versucht, sich selbst zu schützen. Am Anfang schien ihr das so logisch. Jetzt war es offensichtlich, dass sie keine Ahnung hatte, was sie tat.

»Das hoffe ich.«

Sie auch. »Erklärst du es Sandra? Ich weiß nicht, ob sie es verstehen wird.« Dani hielt inne. »Ich verstehe mich selbst kaum.«

Rick schüttelte den Kopf. »Das ist nicht meine Aufgabe.«

»Ich weiß nicht, was ich zu ihr sagen soll. Ich habe mich schon entschuldigt.« Dani versuchte nicht einmal, den flehenden Unterton aus ihrer Stimme herauszuhalten.

»Wenn es so weit ist, wirst du schon wissen, was du sagen musst, denke ich.«

»Das ist nicht sehr hilfreich.« Seine fehlende Unterstützung war frustrierend.

Rick grinste schief. »Entschuldige, ich glaube, dass ich dir hier keine große Hilfe sein kann.« Sein Gesichtsausdruck wurde wieder ernst.

Dani nickte. »Ist zwischen uns –«

»Frag nicht, denn du weißt, dass es nicht so ist. Aber zumindest haben wir darüber geredet.«

»Es tut mir leid.« Dani konnte nicht aufhören, diese Worte zu wiederholen.

»Ich weiß, aber du musst es auch zeigen. Du kannst nicht so weitermachen.«

Dani nickte und trat einen Schritt zurück, doch Rick folgte ihr und zog sie erneut in eine feste Umarmung. Sie konnte kaum atmen, aber in seinen Armen war das in Ordnung. Was würde sie tun, wenn er tatsächlich fortging? Dani schloss die Augen. Sie musste anfangen, seine Karrieremöglichkeit nicht mehr auf sich zu beziehen.

»Ich sollte besser gehen.« Rick drückte ihr noch einen Kuss auf den Kopf.

»Okay.«

Selbst nachdem er gegangen war, stand Dani weiter mitten im Aufenthaltsraum. Ein Teil von ihr wollte Rebecca für all das verantwortlich machen, aber das konnte sie nicht. Es war ihre eigene Schuld und sie hatte keine Ahnung, was sie mit dieser Erkenntnis anfangen sollte.

Rebecca parkte hinter Marks SUV in der Einfahrt. Sie klammerte sich an das Lenkrad und betrachtete das Haus im Ranch-Style mit der malerischen Veranda, die sich um das gesamte Haus zog. Das Grundstück hatte sogar einen weißen Lattenzaun. Es sah aus wie aus einer Vorabendserie im Fernsehen. Sie erwartete, eine Bilderbuchfamilie auf der Couch zu finden, die gemeinsam lachte und Eistee trank.

Als Kind hatte sie davon geträumt, dass eine perfekte Familie sie mit offenen Armen in ihr Leben ließ. Sie hatte lange gebraucht, um zu verstehen, dass dieser Wunsch nie wahr werden würde. Stattdessen hatte sie gelernt, dass jeder, den sie liebte, Teil ihrer Familie werden konnte.

Die Haustür öffnete sich und Mark trat heraus. Er winkte ihr zu und sie erwiderte den Gruß, blieb allerdings im Auto sitzen. Mark kam zu ihr und sie fuhr das Fenster herunter, als er sich nach unten beugte. Mit sanftem, besorgtem Blick musterte er sie einen Augenblick. »Nimm dir so viel Zeit, wie du brauchst. Willst du Gesellschaft?«

»Ja, sicher.«

Er ging zur anderen Seite und dann saßen sie ein paar Minuten schweigend nebeneinander.

»Woher wusstest du es?«

Mark drehte sich zu ihr und lächelte schmal. »Du bist nicht so schwer zu durchschauen, sobald du jemanden an dich rangelassen hast.«

»Gut, dass ich dich ausgesucht habe. Emmet hätte all meine Geheimnisse ausgeplaudert.«

Mark lachte leise. »Damit könntest du recht haben.«

»Ich weiß nicht, was Alvin getan hätte.«

»Dich jeden Tag mit stiller Verurteilung angestarrt?«

Rebecca lachte laut auf. »Nein, er hätte mir ins Gesicht gesagt, was er von mir hält.«

»Wahrscheinlich.«

Sie sah an sich selbst hinab und strich mit einer Hand über ihr Hemd. Rebecca nahm an, dass Hemd und Jeans angemessene Kleidung waren. »Ist das in Ordnung?«

»Womit auch immer du dich wohlfühlst.«

Rebecca nickte. »Okay, wir können nicht den ganzen Abend hier rumsitzen. Ich bin so weit.«

»Gut. Nur damit du es weißt: Kinder sind wie Hunde.« Er hielt warnend den Zeigefinger in die Luft. »Sie springen dich erst begeistert an und dann langweilst du sie, wenn ihnen klar wird, dass du nicht so interessant bist, wie sie dachten.«

Sie warf den Kopf zurück und lachte. »Danke für den Hinweis.«

Mark lächelte und klatschte in die Hände. »Alles klar, legen wir die Steaks auf den Grill. Ich hoffe, du magst Ribeye.«

Rebecca öffnete die Tür. »Ist meine Lieblingssorte.«

»Gute Antwort.«

»Als ich zurückkam, war die Schachtel leer und Emmet verschwunden.«

Sheila legte ihre Gabel ab, lehnte sich in ihrem Stuhl zurück und schob sich die blonden Haare aus dem Gesicht. »Moment. Er hat so schnell vier Eclairs gegessen?«

»Uh, widerlich«, sagte Millie. »Ich mag das cremige Zeug nicht, das rausspritzt.« Ihr Gesichtsausdruck unterstrich den Ekel, der in ihren Worten lag. Sie hatte die Nase gerümpft und die Lippen geschürzt.

»Oh, Schatz, ich könnte dich gerade küssen!« Mark beugte sich zur Seite herunter und schlang die Arme um seine Tochter. »Sag das in ein paar Jahren nochmal.«

»Dad! Du bist peinlich.«

Sheila verbarg ihr Lächeln hinter einer Serviette, aber das amüsierte Funkeln in ihren Augen war nicht zu übersehen. »Ich glaube, Emmet trainiert nur seine Arme und Beine, der Rest ist ihm egal.«

Mark grinste seine Frau an. »Das habe ich auch gesagt!«

Sheila schüttelte lachend den Kopf.

Rebecca kratzte den Rest ihrer gebackenen Kartoffeln zusammen und seufzte wohlig, als sie sie sich in den Mund schob. Sie war pappsatt. Das Steak war genau richtig durch und wunderbar gewürzt gewesen und die gebackene Kartoffel mit dem Maiskolben hatten alles perfekt abgerundet. Noch immer hing der Geruch von glühender Kohle in der Luft, obwohl sie hinten im Garten saßen. Die Sonne strahlte hell. Rebecca musste zugeben, dass sie schon lange nicht mehr so viel Spaß gehabt hatte. Das brachte die Erinnerungen daran zurück, wie nahe sie, Dani und Rick, sich gestanden und wie viel sie miteinander gelacht hatten. Eine Zeit lang waren sie immer füreinander da gewesen.

»Möchtest du noch Cola, Rebecca?«, fragte Sheila.

»Ja, aber ich hole sie selbst. Möchte sonst noch jemand etwas?« Rebecca stand auf.

»Kann ich noch Sprite haben?« Millie reichte Rebecca ihren Becher.

»Kein Problem.«

Mark hob sein Bier. »Ich bin versorgt.«

»Für mich nichts mehr.« Sheilas Weinglas war fast leer, aber es war nicht ihr erstes.

Rebecca hielt sich nicht lange in der Küche auf. Alles war leicht zu finden. Als sie wieder durch die offenen Doppeltüren in den Garten trat, hielt sie einen Moment inne und beobachtete Mark und seine Familie. Er hatte die Arme wieder um Millie geschlungen, aber dieses Mal umarmte sie ihn ebenfalls. Sheila trank ihren Wein aus, während sie die beiden sanft anlächelte.

In dem Moment sah Mark auf und begegnete Rebeccas Blick. Er legte den Kopf schräg und formte mit den Lippen: »Alles in Ordnung?«

Sie nickte. Sie vermisste ihre Familie und egal, wie lange es dauern würde, sie wollte sie wieder zusammenbringen.

Sheila, Mark und Millie waren etwas Besonderes. Und in ihr breitete sich eine wohlige Wärme aus, als ihr klar wurde, dass sie auch noch Neuzugänge in ihre Wahlfamilie aufnehmen konnte.

Rebecca starrte an die Schlafzimmerdecke, die von der Lampe erhellt wurde. Peyton sprang aufs Fußende des Bettes. Sie lächelte, als die Katze über ihre Beine auf ihrem Körper entlangwanderte und sich schließlich auf Rebeccas Brust niederließ. Dann schien Peyton aber mit der Position doch nicht zufrieden zu sein. Sie erhob sich, drehte sich in alle Richtungen, betastete Rebeccas Bauch mit den Pfoten und legte sich dann langgestreckt über sie – den Kopf auf ihrem Bauch, den Körper über ihre Brust aufwärts.

»Ich will deinen Hintern wirklich nicht im Gesicht haben.«

Peyton ignorierte sie.

»Du bist nachts doch nur so lieb zu mir, weil ich viel Körperwärme abstrahle.«

Die Katze zuckte nicht einmal. Rebecca lachte leise und streichelte Peyton, die langsam einschlief.

Für Rebecca wollte der Schlaf nicht kommen. Zu viel war passiert und sie musste diese Eindrücke erst verarbeiten. Außerdem juckte es ihr praktisch in den Fingern, das Handy in die Hand zu nehmen.

Die spätabendlichen Gespräche mit Dani waren mittlerweile ein vertrautes Ritual geworden und beruhigten sie. Rebecca musste dabei allerdings sehr vorsichtig sein, um Dani nicht zu verschrecken. Sosehr das auch gegen ihren Instinkt ging, bemühte sie sich, ihr Raum zum Atmen zu geben. Locker zu bleiben.

Rebecca setzte sich auf und Peyton miaute protestierend. »Tut mir leid, aber es gibt noch eine andere Dame, mit der ich reden muss.« Sie nahm ihr Handy. Dani war sicher noch im Krankenhaus, aber vielleicht war sie nicht zu beschäftigt. Rebecca würde das Risiko einfach eingehen müssen. Sie war versucht, das Gespräch erneut mit einer gemeinsamen Erinnerung zu beginnen, aber ein nagendes Gefühl in ihrem Bauch sagte ihr, dass sie das heute nicht tun sollte. Stattdessen dachte sie noch einmal an ihre Unterhaltung mit Rick zurück und wusste beinahe augenblicklich, was sie sagen wollte.

Geht's dir gut?

Ein paar Minuten später sah Rebecca, dass Dani eine Antwort tippte. Dann verschwanden die drei Punkte, als würde Dani zögern oder nach den richtigen Worten suchen. Und dann kam eine Antwort.

Ich weiß es nicht.

Eigentlich keine schwierige Frage.

Im Moment weiß ich gar nichts. Ich weiß nicht, ob ich mit dir reden sollte. Ich weiß nicht, ob mich Rick je wieder normal ansehen wird. Ich weiß nicht mehr, was ich tue.

Rebecca blinzelte. Eine solche Explosion an Worten und Emotionen hatte sie nicht erwartet. Dani war aufgewühlt und Rebecca hatte keine Ahnung, ob das gut oder schlecht für ihre Annäherung war. Mit diesen Gedanken im Hinterkopf, wählte sie ihre Worte mit Bedacht.

Konzentrier dich vielleicht auf das, was du weißt.

Ich weiß, dass ich dir das alles wahrscheinlich nicht aufbürden sollte.

Warum nicht?

Weil wir sind, wer wir sind, und tun, was wir tun?

Rebecca antwortete schnell, denn sie hatte das Gefühl, dass jedes Zögern dafür sorgen würde, dass Dani sich zurückzog.

Wir versuchen nur, neutralen Boden zu finden.

Ich weiß nicht, ob das möglich ist.

Rebecca antwortete sofort, denn was Dani geschrieben hatte, glaubte sie keine Sekunde.

Schwachsinn. Als ich zurückgekommen bin, wolltest du mir die Augen auskratzen.

Woher weißt du, dass ich das nicht immer noch will?

Ich mag dich auch nicht immer, schon vergessen?

Du kennst mich nicht.

Ich möchte das aber gerne.

Ein paar Sekunden später antwortete Dani:

Ich kann das jetzt nicht. Ich bin auf der Arbeit und muss mich auf das hier konzentrieren.

Rebecca verlor sie. Sie musste etwas tun.

Geh noch nicht, ich habe nichts dagegen, wenn wir das Thema wechseln.

In Ordnung.

Rebeccas Daumen bewegten sich schnell und in jedes Wort, das sie schrieb, legte sie einen kleinen Teil ihres Herzens.

Ich war heute bei meinem Partner und seiner Bilderbuchfamilie zum Barbecue eingeladen. Anfangs war es schwer, überhaupt aus dem Auto zu steigen und mich auf diese Freundschaft einzulassen, aber er hat mir geholfen, mich zusammenzureißen. Ich habe richtig gelacht und das habe ich schon seit einer Weile nicht mehr getan. Sie sind gute Menschen und sie haben mir ihr Zuhause geöffnet. Das habe ich noch nicht oft erlebt, weil ich niemandem die Chance dazu gegeben habe. Ich will in der Lage sein, mehr Chancen wie diese zu ergreifen.

Minuten vergingen ohne ein Wort, bis Rebecca sah, dass Dani wieder schrieb.

Du hast dich verändert. Das wusste ich bereits, als wir das zweite Mal wieder miteinander geredet haben. Willst du einen Witz hören? Es ist wirklich gut.

Okay???

Ich habe das Gefühl, dass unsere Rollen vertauscht sind. Ich habe mich verschlossen und du hast dich geöffnet.

Rebecca starrte die Worte einen Moment lang an, bevor sie antwortete.

Es muss nicht so sein, dass nur eine von uns offenherzig sein darf.

Ich bin nicht sicher, wie es sein muss. Aber ich habe Visite, also muss ich wirklich los.

Okay.

Rebecca wartete ab, ob Dani noch eine Verabschiedung schicken oder trotzdem weiterschreiben würde. Sie wünschte es sich. Das Verlangen, Dani anzurufen und ihre Stimme zu hören, war beinahe überwältigend - aber sie widerstand, denn ihr war bewusst, dass sie damit im Moment zu weit gehen würde.

Doch sie hatte das Gefühl, mit dieser Unterhaltung einen weiteren Schritt getan und ein besseres Verständnis für die neue Dani entwickelt zu haben. Danis Mauern waren höher und dicker als gedacht. Rebecca würde ihr Bestes geben, sie zu durchbrechen, aber letztendlich war es Dani, bei der die Entscheidung lag, sich auf sie und auf das, was zwischen ihnen sein könnte, einlassen zu wollen.

KAPITEL 18

Strapaziert. Das war das einzige Wort, das Dani einfiel, um ihre derzeitige Situation zu beschreiben. Die Luft um sie herum schien schwer und zäh und sie hatte Schwierigkeiten, sich aufrecht zu halten. Mental ausgelaugt war sie bereits seit einiger Zeit und nun auch auf dem besten Weg, ihren Körper überzustrapazieren. Sie hatte die letzten Tage unglaublich viele Überstunden gemacht und gehofft, dass dies dafür sorgen würde, Rebecca aus ihrem Kopf und ihren Emotionen zu vertreiben.

Natürlich hatte dies nicht funktioniert. Scheinbar glaubten die Schuldgefühle, die sie mit sich herumtrug, nicht an eine Pause.

Die Bilder auf ihrem iPad verschwammen vor ihren Augen. Dani blinzelte und versuchte, sich zu konzentrieren, was ihr allerdings nur halb gelang. Aber vielleicht war dies Teil ihrer Strafe. Sie hatte Menschen verletzt. Sie fragte sich, wie viele es im Lauf der Jahre gewesen waren. Über einen sehr langen Zeitraum hatte sie sich in einem Zustand gespielter Gleichgültigkeit befunden, aber innerlich genau gewusst, was sie tat. Sie hatte einen Puffer zwischen sich und allen anderen erschaffen, weil es so leichter für sie war. Mittlerweile war ganz klar, dass das alles nicht funktioniert hatte.

»Dr. Russell?«

Dani zuckte zusammen und hob den Blick. »Ja?«

Betty musterte sie, ebenso wie ein paar andere Krankenschwestern in der näheren Umgebung. Dani hatte den Eindruck, dass Betty mehr als einmal versucht hatte, ihre Aufmerksamkeit zu erregen.

»Brauchen Sie etwas? Sie stehen seit zehn Minuten einfach nur da.«

Sie räusperte sich. »Ich wollte nur sichergehen, dass alle Berichte hochgeladen sind, bevor ich meine Runde drehe.«

Betty warf einen skeptischen Blick auf das iPad in Danis Hand, dessen Display bereits die aktuellen Akten zeigte. »Gut. Falls Ihnen noch Dokumente fehlen sollten, sagen Sie Bescheid.«

Dani nickte und wartete. Sie hatte das Gefühl, dass Betty noch etwas sagen wollte. Dani war ihr gegenüber immer höflich gewesen. Sie hatten miteinander gelacht und gescherzt, aber das hatte alles eher einen praktischen Hintergrund gehabt. Jeder wusste, dass es keine gute Idee war, es sich mit der Oberschwester der Pädiatrie zu verscherzen. Nicht einmal diese Nettigkeiten von Dani waren also selbstlos gewesen. Gott, wie erbärmlich war sie?

Betty stützte sich mit den Ellbogen auf den Tisch. »Alles in Ordnung?«, flüsterte sie und streckte die Hand nach Danis Arm aus.

Dani wich instinktiv zurück. »Tut mir leid, ja, ich bin nur müde.«

»Okay, wenn Sie sicher sind.«

»Bin ich. Ich sollte mir wahrscheinlich einen Kaffee und ein Sandwich holen. Das könnte ein wenig helfen. Ich kann mich nicht daran erinnern, heute Morgen etwas gegessen zu haben.«

»Oh.« Betty nickte. »Gute Idee. Sie sollten vielleicht gleich runtergehen. Um diese Zeit ist dort unten die Hölle los.«

Mit perfektem Timing knurrte Danis Magen. Ihr Gesicht wurde heiß. Ein kleiner Ausflug in die Cafeteria war wirklich angebracht, vor allem da sie sich nichts von zu Hause mitgebracht hatte. Unterzuckerung war etwas, das sie nicht auch noch gebrauchen konnte.

»Kann ich Ihnen etwas mitbringen?« Dani versuchte angestrengt, fröhlich zu klingen, war sich aber nicht sicher, ob ihr dies gelang. Sie zwang sich zu einem Lächeln.

»Nein, aber danke.«

»Bin gleich wieder da.«

Völlig in Gedanken versunken stand Dani in der Kassenschlange der Cafeteria, um ihr Sandwich zu bezahlen.

Jemand berührte ihren Arm.

Überrascht zuckte sie zurück.

»Hey, ich bin's nur. Ich habe dir gewunken und versucht, mich bemerkbar zu machen, seit du reingekommen bist.« Rick sah sie stirnrunzelnd an.

»Tut mir leid, ich hatte es eilig.«

»Himmel, deine Augenringe reichen ja bis zu den Knien. Hast du geschlafen, seit ich dich das letzte Mal gesehen habe?«

Sie zuckte mit den Schultern und wandte sich zum Ausgang.

Rick hielt sie am Ellbogen fest. »Dani?«, fragte er besorgt.

»Ich dachte, du würdest nicht mit mir reden.«

»Na ja, ich dachte, du bräuchtest Zeit zum Nachdenken, nachdem wir so offen miteinander gesprochen haben.«

»Das ist zwei Tage her.« Dani sah auf seine Hand hinab und hoffte, dass sie nicht anklagend klang.

Rick ließ nicht locker. »Ich habe bei Sandra geschlafen, aber nicht, weil ich dich ignorieren wollte.«

»Es h-hat sich so angefühlt.« Dani konnte die Emotionen nicht aus ihrer Stimme heraushalten.

»Himmel, Dani, was auch immer zwischen uns los ist, wir sind Freunde. Ich würde dich nicht einfach so absägen. Es tut mir leid. Ich dachte, du würdest anrufen, wenn du mich wirklich brauchst.«

Dani versuchte, den Kloß in ihrer Kehle hinunterzuschlucken. »So schlimm war es zwischen uns noch nie. Ich war nicht sicher.«

»Jetzt weißt du Bescheid. Verstanden?«

Sie nickte.

Rick schüttelte den Kopf. »Du siehst beschissen aus.« Er zog sie aus der Schlange zur Seite und in eine ruhige Ecke. Er hatte besorgt das Gesicht verzogen. »Es tut mir nicht leid, was ich gesagt habe.«

»Muss es auch nicht. Du hattest recht, ich bin mir bloß nicht sicher, was ich als Nächstes tun soll. Eine Rundmail verschicken und mich bei allen entschuldigen, mit denen ich in den letzten Jahren Kontakt hatte?«

Er drückte ihre Hand. »Kann ich dir nicht sagen. Aber einzusehen, dass dein Verhalten scheiße war, ist ein guter erster Schritt. Der Rest wird folgen.«

»Das hoffe ich.« Dani erwiderte den Druck. »Ich wollte dich nicht in mein Selbstmitleid reinziehen.«

»Ja, nun, dann hör mit dem Mist auf.«

»Sollte ich wahrscheinlich.« Dani musste das Thema wechseln – nicht nur für sich, sondern auch für Rick. »Wie läuft es denn mit Sandra?«

Rick riss ein wenig die Augen auf. »Ähm, gut bis jetzt. Hör mal, wir müssen nicht –«

»Doch, sollten wir.«

»Okay, ich werde aber trotzdem weiter über dich sprechen.«

»Ich will nicht, dass du dir Sorgen um mich machst.«

»Das kann ich nicht ändern. Es ist, wie es ist. Außerdem geht es hier um *dich* und nicht um dich und Becca.« Rick zuckte mit den Schultern.

Dani seufzte. »Schön. Ich habe Angst. Es ist, als wäre ich mein eigener böser Zwilling geworden. Und ich frage mich, ob das jetzt die Person ist, die ich bin.«

»Schwachsinn. Das glaube ich nicht.«

»Aber ich weiß nicht mehr, wie ich jemand anderes sein soll.«

»Gott, ich kann nicht glauben, dass ich das jetzt sage, aber erinnerst du dich daran, wie Becca früher war? Wenn sie es schafft …« Rick beobachtete sie aufmerksam, als würde er erwarten, dass sie bei der Erwähnung von Rebeccas Namen explodierte.

Ja, Dani konnte sich zu gut daran erinnern. Bei Rebecca hatte es kein Zwischending gegeben – entweder war sie überglücklich oder richtig sauer gewesen. Es war seltsam, diese Unterhaltung mit Rick nach ihrem letzten Gespräch mit Rebecca zu führen. »Du redest, als wäre sie plötzlich eine Heilige.«

Rick starrte sie an.

Dani wandte den Blick ab. Sie würde sich nun wirklich zusammenreißen. »Entschuldige.«

»Ja, Entschuldigung angenommen, aber du weißt, was ich sagen will.«

Schade, dass Becca noch nicht zu sich gefunden hatte, als sie noch zusammen gewesen waren. Dani verkniff sich den Kommentar. »Ja.«

»Du kannst mir vertrauen, dass ich nicht versuche, euch zu verkuppeln oder so, aber wen kennst du sonst noch, der ähnlichen Mist durchgemacht hat?«

Einen Moment lang versteifte sich Dani und starrte ihn an. Wusste er etwas? Sie war erleichtert, als er nicht weiter nachbohrte. »Ich bin mir nicht sicher, ob das eine gute Idee ist.« Sie war nicht bereit, ihre Beziehung oder Freundschaft zu Rebecca weiter zu vertiefen.

»Ja, ich auch nicht, aber ich glaube, dass es sich lohnt, darüber nachzudenken.« Rick legte den Arm um sie. »Ich weiß, dass ich das schon gesagt habe, aber du siehst wirklich erschöpft aus.«

Erschöpft war die Untertreibung des Jahrhunderts. Sie war todmüde und entkräftet. Dani lehnte sich an ihn und war dankbar, jemanden in ihrem Leben zu haben, der innerlich und äußerlich so solide war.

Obwohl es ihr wirklich nicht gut ging und es so viel gab, über das sie sich klar werden musste, musste Dani all das beiseiteschieben, um die Ärztin und Person zu sein, die ihre Patienten brauchten. Bei den Visiten gelang es ihr irgendwie zu lachen, zu ermutigen und so präsent wie immer zu sein. Zumindest das hatte sich nicht geändert.

Als Dani an Jacobs Tür klopfte, konnte sie sich ein Lächeln nicht verkneifen.

Jacob blinzelte sie schläfrig an.

Sheri nickte ihr zu, als sie eintrat. »Er ist gerade aufgewacht.«

»Dann habe ich ein ja tolles Timing.«

»Auf jeden Fall.« Sheri seufzte. »Obwohl es die letzte ist, freut er sich nicht sonderlich auf die nächste Behandlung. Ich kann das verstehen, aber ich habe versucht, ihn aufzumuntern.«

»Die Medizin macht mich so müde.« Jacob verschränkte die Arme vor der Brust und sah auf seine Bettdecke.

Dani sah zu ihm hinab. »Erinnerst du dich, was ich dir darüber erzählt habe?«

Jacob nickte. »Ja.«

»Was habe ich gesagt?«

Endlich sah er sie an. »Die Medizin tötet das schlechte Zeug und ein bisschen was von den guten Sachen. Deshalb werde ich so müde.«

»Ich weiß, dass es sich nicht gut anfühlt, aber du hast es so weit geschafft. In dir steckt noch viel mehr Kraft. Du bist nicht der Typ, der aufgibt, oder?«

Er lächelte schmal. »Nein.«

Dani beugte sich hinunter und flüsterte: »Kann ich dir ein Geheimnis verraten?«

Jacobs Lächeln wurde breiter, als er zwischen seiner Mutter und Dani hin und her sah.

Sheri rollte mit den Augen, scheiterte aber, ihr Grinsen zu verbergen.

»Du bist krank, also darfst du dich beschweren. Erwachsene sind viel schwächlicher. Die jammern manchmal sogar wegen eines kleinen Splitters im Finger.«

Sheri und Jacob lachten. Dann riss Jacob die Augen auf. »Ma, ich hätte fast das Bild vergessen. Darf ich es ihr zeigen?«

»Ja, Schatz. Warte kurz.« Sheri lächelte, doch ihre Augen wirkten traurig.

Schweigend trat Dani einen Schritt zurück und wartete.

»Mein Dad hatte eine Glatze. Ma sagt, dass ich jetzt mehr denn je wie er aussehe, weil ich auch keine Haare mehr hab.«

Sheri nahm das Handy aus ihrer Tasche und reichte es an ihren Sohn weiter. Er brauchte nur ein paar Sekunden, um zu finden, was er suchte, dann hielt er das Handy hoch. »Sehen Sie?«

Dani sah das Bild von Vater und Sohn an. »Oh, das ist toll.«

Jacob lächelte strahlend. »Es ist mir egal, ob sie jemals nachwachsen. Kann ich die Medizin heute schon nehmen?«

Die Widerstandsfähigkeit von Kindern raubte ihr manchmal wirklich den Atem. »Nein … Aber behalt diese Einstellung.«

»Mach ich.«

Das glaubte sie ihm sofort. »Ist es in Ordnung, wenn ich dich umarme?«

Er nickte, sein Lächeln noch genauso breit.

Dani schlang locker die Arme um ihn, aber Jacob hatte diese Zurückhaltung nicht. Er drückte sie fest.

»Es tut mir leid, wenn ich zu schmalzig bin«, sagte Dani, als sie sich zurückzog.

»Schon in Ordnung. Ma ist manchmal auch so.«

Ein Blick auf Sheri verriet, dass ihr Tränen in den Augen standen, doch auch sie lächelte dabei.

Jeden Tag sah Dani, wie Kinder die schrecklichsten Schicksalsschläge durchstanden und selbst dann noch lächelten, wenn die Prognose nicht gut war. Daran wollte sie sich ein Beispiel nehmen. »Ich habe gehört, dass du gut mit Dr. Luft auskommst.«

»Ja, sie ist witzig, aber sie hat Angst vor Ma.« Jacob rollte mit den Augen.

Dani sah zu Sheri. »Angst hin oder her, was denken Sie?«

»Sie sieht aus wie eine Zwölfjährige. Das denke ich.« Sheri zuckte mit den Schultern.

»Da haben Sie recht. Jacob hat nur noch eine Behandlung vor sich. Ich glaube aber, dass er mehr dauerhafte Unterstützung braucht, als wir beide ihm geben können. Also werde ich Dr. Luft von jetzt an zu meinen zusätzlichen Besuchen mitbringen.« Dani hielt inne. »Wenn das in Ordnung ist.«

Sheri starrte sie an und nickte dann langsam. »Wenn Sie es für eine gute Idee halten, komme ich damit klar.«

»Gleich morgen?«, fragte Jacob. Er hüpfte praktisch im Bett.

»Ja, gleich morgen.«

Wenige Minuten später verließ Dani Jacobs Zimmer und ging zu ihrem nächsten Patienten. Wenn Dani das Gefühl von Frieden, Selbstbewusstsein und das allgemeine Hochgefühl, das sie so oft im Krankenhaus überkam, einfangen und überallhin mitnehmen könnte, wäre ihr Leben ein Kinderspiel.

Unweigerlich wanderten ihre Gedanken wieder zu Rebecca. Es gab nichts, was sie dagegen tun konnte. Ihre Situation war wirklich ironisch. Hatte Rebecca sich damals so gefangen gefühlt wie Dani gerade, während Dani sie einfach für mürrisch gehalten hatte? Vielleicht war sie wirklich ein Beispiel dafür, dass sich Menschen positiv verändern konnten, wie Rick angedeutet hatte. Dani hatte es gesehen, es gefühlt. Bis jetzt war es Rebecca gewesen, die Kontakt gesucht, sich geöffnet und verletzlich gemacht hatte.

Dani war nicht sicher, ob sie das auch konnte. Sie war sich noch nicht mal sicher, ob sie es überhaupt wollte. Im Moment war es ihr einziges Ziel, das kleine bisschen Hochgefühl auszunutzen, das sich eingestellt hatte, und den Rest des Tages damit durchzustehen.

Rebecca sah von ihrem Computer auf, als Alvin an ihren Tisch trat und sich einen Donut aus der Schachtel nahm. Überraschenderweise verschwand er nicht einfach wieder wortlos. »Woran arbeitest du?«

»Dorset-Fall.« Sie hatten nichts Neues, aber es konnte ganz sicher nicht schaden, alles noch einmal durchzugehen, für den Fall, dass sie irgendetwas übersehen hatten.

Alvin seufzte.

Sie war heute wirklich nicht in der Stimmung für seinen Missmut, gab aber ihr Bestes, ihn das nicht merken zu lassen. Ihr privater Ballast gehörte nicht hierher. »Was?«

Er zuckte mit den Schultern. »Du weißt, was ich davon halte. Sobald wir wussten, dass das Kind nicht in Gefahr ist …«

»Shane. Sein Name ist Shane.«

»Ja, das weiß ich, aber er ist bei seinem Vater.« Alvin biss von dem Donut ab.

»Der ein Missbrauchstäter und Entführer ist.« Rebecca spürte Emmets und Marks Blicke auf sich.

»Aber er hat dem Kind … Shane, nie wehgetan.«

»Entschuldigt das deiner Meinung nach die Tat?« Sie sah ihn finster an.

Er erwiderte ihren Blick, ohne zu zucken. »Ich will nur sagen, dass es einen Grund gibt, warum das GBI und andere Behörden nicht in solche Fälle einbezogen werden. Himmel, es ist sogar schwer, einen Richter dafür ins Boot zu holen.«

»Das weiß ich«, knurrte Rebecca förmlich. Alvins Denkweise war nicht ungewöhnlich, aber das hieß nicht, dass sie sie akzeptieren musste. »Aber dieses Kind hat Angst und er ist nicht da, wo er sein will. So viel wissen wir. Außerdem braucht dich das nicht zu kümmern, da es nicht dein Fall ist.«

Alvin nickte. »Ja, aber es wird auch nicht viel länger dein Fall sein. Benz wird dir nur einen begrenzten Spielraum geben.« Sein Tonfall war nüchtern, ebenso wie sein Gesichtsausdruck.

Rebecca sah zu Mark, dessen Gesichtsausdruck ihre Gedanken spiegelte. »Danke für die überflüssige Erklärung.«

Alvin war diese Art von Typ, der sich ein Puzzleteil ansah, erkannte, dass es nicht passte und allen anderen erklären wollte, dass sie ihre Zeit verschwendeten, wenn sie trotzdem eine Lösung suchten. Rebecca konnte seine Herangehensweise an manchen Tagen akzeptieren oder schätzen. Heute jedoch nicht.

Er aß seinen Donut auf und ging wieder zu seinem Schreibtisch.

Rebecca rief ein paar andere ihrer offenen Fälle auf. Sie würde sich später mit frischem Blick noch einmal dem Dorset-Fall widmen. Die Zeit verging heute unendlich langsam. Rebecca sah immer wieder auf die Uhr an ihrem Computer. Irgendwann griff sie nach ihrem Handy. Sie brauchte eine Ablenkung.

Es gab keine Nachricht von Dani. Rebecca war nicht wirklich überrascht. Ihre letzte Nachricht war ein paar Tage alt. Als Rebecca das erste Mal klar geworden war, dass sie ignoriert wurde, hatte sie sich den Kopf darüber zerbrochen und war jede ihrer Unterhaltungen durchgegangen, um herauszufinden, ob sie etwas gesagt hatte, das Dani verschreckt hatte. Es hatte nicht lange gedauert, um zu begreifen, dass sie nicht so denken sollte. Also schrieb sie trotzdem weiter, obwohl der Frust wuchs. Jedes Mal, wenn sie auf »Senden« drückte, machte sich Rebecca verletzbar, was nicht gerade einfach war. Aber eine von ihnen musste es tun.

Es war nicht so, dass Rebecca keine Angst hatte. Die Möglichkeit, dass dieser ganze Versuch der Annäherung scheiterte, war sehr real. Doch trotz des Schmerzes, den sie empfand, wenn Dani sie ignorierte oder etwas schrieb, das verletzend war, hoffte Rebecca weiter, dass alle ihre Bemühungen sich letztendlich lohnen würden.

Entschlossen schrieb sie ihre nächste Nachricht.

Willst du wissen, warum ich Polizistin geworden bin? Anfangs wusste ich es auch nicht so genau, aber ich habe festgestellt, dass ich Disziplin und einen Sinn im Leben brauche. Du hattest beides. Ich habe beim Militär angefangen, wollte aber nicht nach Übersee. Zur Polizeiakademie zu gehen hat mir geholfen, mein Leben in den Griff zu bekommen.

Rebecca wartete nicht auf eine Antwort, die sie vermutlich nicht bekommen würde, sondern steckte ihr Handy weg. Sie teilte Dani diese kleinen Anekdoten mit, um ihr die Chance zu geben, die Person kennenzulernen, die Rebecca jetzt war. Sie hatte die Hoffnung, dass Dani irgendwann dasselbe tun würde.

Ihr Handy klingelte und sie erschrak. Dann sah sie allerdings, dass es Gwen Dorset war. »Ist alles in Ordnung?«

»Er hat mich angerufen.« Gwen war außer Atem. Im Hintergrund ertönte eine Hupe.

»Wer hat Sie angerufen?« Rebecca setzte sich mit einem unguten Gefühl auf. »Gwen, wo sind Sie?«

»Mein verfickter Ex-Mann hat angerufen. Was denken Sie denn? Der Anruf kam nicht von seinem Handy. Ich wäre fast nicht rangegangen.«

»Okay, sagen Sie mir alles, auch, wo Sie gerade sind.«

»Er will, dass wir wieder eine Familie sind. Er sagt, wenn ich zu ihm zurückkomme, würde er sich mir und Shane gegenüber anständig verhalten.«

Rebecca erhob sich und schnippte mit den Fingern in Marks Richtung. *Nachverfolgen*, formte sie mit den Lippen. »Ich weiß, dass Sie ihm glauben wollen.«

»Ich bin nicht dämlich! Er wird nicht aufhören, bis jemand ihn dazu zwingt.«

Mark forderte Rebecca mit einer Handbewegung auf, das Telefonat in die Länge zu ziehen. Sie legte das Handy ab und schaltete den Lautsprecher an. »Hören Sie mir zu. Sie haben jedes Recht, aufgebracht zu sein, aber einen kühlen Kopf zu bewahren ist der beste Weg, Shane zu helfen.«

»Das tue ich! Ich werde nicht zu ihm zurückgehen. Das kann ich nicht. Aber was für ein Leben ist das für Shane, wenn er ständig Angst haben muss, dass sein Dad ihn entführen wird?«

»Gwen, Sie müssen uns nur den Standort geben und dann hat alles ein Ende.«

»Nein, hat es nicht. Sie werden nichts tun.«

»Er hat ein Verbrechen begangen.«

»Sie und Ihr Partner haben mir gesagt, dass das niemanden interessiert, weil er bei seinem Vater ist. Eine Bewährungsstrafe wird ihn nicht auf Dauer fernhalten. Ich kümmere mich jetzt selbst um ihn.«

»Wer ist für Shane da, wenn Sie verhaftet werden?«

Gwen schwieg ein paar Sekunden. »Er hat Familie.« Sie weinte. »Menschen, die ihn lieben. Sie werden ihn gut behandeln. Sie werden ihn großziehen.«

»Das ist *Ihr* Job.« Rebecca sagte das Erste, was ihr in den Sinn kam.

»Ihn zu schützen ist auch mein Job.« Sie legte auf.

»Gwen?«, fragte Rebecca. »Scheiße.« Sie sah Mark an.

»Wir haben es. Sie hat ihr Handy nicht ausgeschaltet, also werden wir ihren genauen Standort bestimmen können.«

»Sie will, dass wir ihr folgen«, mischte sich Alvin ein.

Rebecca stimmte ihm zu. Vielleicht würde sie noch eine Chance bekommen, mit ihr oder dem Ex-Mann zu reden. »Ruf Verstärkung.«

Als Rebecca und Mark an dem Haus ankamen, leuchtete überall Blaulicht, das dem späten Nachmittagshimmel einen unheimlichen Schein verlieh. Die Nachbarn standen auf ihren Veranden und sahen sich das Schauspiel an.

Rebecca parkte und sprang aus dem Wagen, ohne auf Mark zu warten. Obwohl ihre Polizeimarke sichtbar um ihren Hals hing, hielt sie sie hoch, damit die anderen Polizisten sie sehen konnten.

Rebecca fluchte unterdrückt, als sie sah, dass einer der Uniformierten gerade eine Decke um Shane legte. Sie schnappte sich den nächsten Polizisten. »Was ist los?«

»Die Mutter hat den Jungen rausgehen lassen. Sie ist drin.«

»Wer hat die Leitung?«

Der Officer deutete auf die Polizeiwagen und Polizisten, die an der Seite standen. »Fragen Sie nach Sergeant Pike.«

»Du solltest sie anrufen.«

Rebecca drehte sich zu Mark um. »Das ist der Plan. Ich will nur Pike erst sagen, was ich vorhabe.«

Mark nickte. »Geh voran.«

Kurz darauf wählte Rebecca Gwens Nummer. Sie hatte keine Erfahrung mit potenziellen Geiselnahmen, aber die Ermittler waren bereit, ihr aufgrund ihrer Verbindung zu Gwen eine Chance zu geben. Sie hatte aber nur einen Versuch.

»Ja?«, sagte Gwen nach dem zweiten Klingeln.

»Shane ist in Sicherheit, aber er hat Angst.« Rebecca hatte nicht mit dem Jungen gesprochen, aber er war das einzige Druckmittel, das sie hatten.

»Hilfe! Sie hat eine Waffe. Dieses Miststück ist verrückt!«, schrie ein Mann im Hintergrund.

Rebecca schloss die Augen. Die potenzielle Geiselnahme war gerade zu einer echten geworden. »Gwen, die Sache ist ernst. Ihr Sohn wird eines

Tages im Internet darüber lesen. Wollen Sie, dass er denkt, dass Sie eine Mörderin sind? Wie wird ihn das Ihrer Meinung nach beeinflussen?« Sie hielt kurz inne und atmete tief durch, bevor sie sagte: »Das ist vielleicht nicht dasselbe, aber meine Mom starb, als ich noch sehr jung war. Ich erinnere mich nicht wirklich an sie, aber ich weiß, dass sie eines Tages plötzlich weg war. Ich habe … hatte Familie, aber niemand wollte mich. Meine Großtante hat mich aufgenommen und ihr Bestes gegeben. Ich bin ihr auf ewig dankbar, aber letztendlich war sie nicht meine Mutter.«

Gwen schluchzte. »Ich –« Sie schrie.

Dann war ein weiterer Schrei zu hören und die Leitung brach ab.

»Verdammt! Ich glaube, er hat sich auf sie gestürzt.«

Ein einzelner Schuss ertönte im Haus.

Rebecca wählte erneut Gwens Nummer.

»Gehen Sie von hinten rein!«, bellte Pike.

»H-hallo?«

»Moment! Ich habe sie am Telefon!«, rief Rebecca.

»Warten«, befahl Pike seiner Einheit.

»Gwen, geht es Ihnen gut?«

»Ja, es war ein Unfall. Die Waffe ist losgegangen …«

»Lebt er noch?« Rebecca schluckte.

»Ja, die Kugel hat sein Bein getroffen.«

Gott sei Dank. »Gwen …«

»Ich komme raus.«

Rebecca wollte vor Freude schreien. Die Situation mochte zwar nicht ideal gelaufen sein, aber niemand war gestorben, und das war das Wichtigste. »Okay, gut. Ich sage Bescheid.« Sie beendete das Gespräch und wandte sich an Pike. »Sie kommt raus. Die Sanitäter müssen rein. Der Vater ist verletzt, aber am Leben.«

Pike nickte.

Jemand legte Rebecca eine Hand auf die Schulter. Mark lächelte sie an und sie erwiderte es.

Gwen kam mit erhobenen Händen aus dem Haus.

Rebecca starrte wieder einmal ihre Schlafzimmerdecke an. Peyton schlief tief und fest und hatte sich auf der anderen Seite des Kissens an sie gekuschelt. Alles um sie herum war ruhig, aber Rebecca war zu aufgedreht, um zu schlafen, und zu müde, um noch etwas zu unternehmen. Also hatte sie sich hingelegt, ließ aber die Nachttischlampe an.

Es gab immer noch keine neue Nachricht von Dani.

Sie schluckte ihren Frust hinunter und nahm ihr Handy in die Hand.

Du bist Ärztin und hilfst Menschen. Du machst sie gesund und rettest ihnen sogar das Leben. Ein weiterer Grund, warum ich Polizistin werden wollte, war, dass ich wissen wollte, wie sich das anfühlt. Ich wollte im Leben von anderen etwas bewirken, Gutes leisten. Eine Weile hast du im Zentrum meines Daseins gestanden. Du warst alles für mich. Ich habe lange gebraucht, um zu begreifen, dass es nicht richtig war, so etwas von jemandem zu erwarten. Es tut mir leid, dass ich dir das angetan habe. Ich habe jetzt eine Bestimmung, die größer ist als ich. Fühlt es sich für dich auch so an?

Sie legte ihr Handy zurück auf den Nachttisch, kuschelte sich in ihre Bettwäsche und schloss die Augen.

Dann wurde Rebecca von einem lauten Piepen aus dem Schlaf gerissen. Sie konnte sich nicht einmal daran erinnern, eingeschlafen zu sein. Sie setzte sich auf und nahm ihr Handy. Die Uhrzeit blinkte ihr entgegen – 02:36 Uhr – und darunter eine Nachricht.

Ja.

Lächelnd wollte Rebecca sofort antworten. Doch dann zögerte sie. Sie wollte das Schicksal nicht herausfordern. Dani las ihre Nachrichten und für heute Nacht reichte das.

KAPITEL 19

Rebecca ging mit Rick durch den Flur zu seiner Wohnung. »Danke für die Einladung. Zu Cola und etwas zu essen könnte ich nie Nein sagen. Außerdem war es eine lange Woche und dabei ist gerade mal Mittwoch.«

Rick grinste und zuckte mit den Schultern. »Kein Problem. Wegen der Cola kann ich allerdings nichts versprechen. Ich war in letzter Zeit nicht oft zu Hause.«

Sie stieß ihn mit der Schulter an, aber bei seiner Größe hatte das keinerlei Auswirkung. »Sieh dich nur an. Sie muss wirklich etwas Besonders sein, wenn sie deine Aufmerksamkeit so lange halten kann.«

Er stieß sie ebenfalls mit dem Ellbogen an und Rebecca taumelte. Sie sah Rick finster an.

»Was? Du hast angefangen. Und ja, vielleicht.«

»Du sprichst aber noch von Sandra, oder?« Rebecca sang den Namen nahezu.

»Ja, ich meine Sandra. Ich glaube, ihr solltet euch bald kennenlernen.«

Rebecca blieb stehen und sah ihn an. »Verdammt.«

Rick packte ihren Arm und zog sie weiter. »Komm schon. Nur damit du es weißt, Dani ist zu Hause.«

»Ich weiß. Ich habe ihr Auto gesehen.« Ihr Tonfall wurde weicher.

Rick hielt inne und begegnete ihrem Blick, dann verengte er die Augen. »Ist etwas … Streich das. Ich bin nicht sicher, ob ich es wissen will.«

»Okay, sieh es als gestrichen an.« Rebecca ging voraus, spürte aber seinen Blick auf sich.

Als sie die Wohnung betraten, kam Dani gerade aus der Küche.

»Sieh mal, ich habe einen Streuner mitgebracht.« Rick grinste und Dani lächelte ihn an. Als sie Rebecca sah, verblasste ihr Lächeln.

Rick gab einen Laut von sich, der irgendwo zwischen Schnauben und Brummen lag. »Ich springe unter die Dusche. Ich vertraue darauf, dass ihr euch nicht umbringt.«

»Wir kommen schon klar«, sagte Rebecca, doch ihr Blick ruhte weiter auf Dani.

Dann ging Rick und sie waren allein.

Als sie Dani das letzte Mal gesehen hatte, waren sie auf ihrer Couch gewesen und Dani hatte sich auf ihr gewunden. Rebecca wurde heiß und einen Moment lang hatte sie das Gefühl, nicht atmen zu können. »Hey.«

Dani starrte sie weiter an, doch Rebeccas Augen wanderten zu Danis Brüsten und sie bemerkte, dass sich die Brustwarzen deutlich sichtbar unter dem T-Shirt abzeichneten. Reagierte Danis Körper auf ihr Wiedersehen? Oder lag es bloß daran, dass sie keinen BH trug? Rebecca gefiel ihre erste Theorie besser.

Dani ging wieder zurück in die Küche. »Hey«, rief sie über die Schulter. »Cola?«

In ihrer Stimme und ihren Worten lag dieses Mal keine Feindseligkeit. Vielleicht würde dieser Besuch nicht allzu unangenehm werden.

Rebecca lächelte ein wenig und folgte ihr. »Ich hole sie.«

Schnell drehte Dani sich um. »Äh, nein, aber du kannst ins Wohnzimmer gehen.« Sie verschränkte die Arme vor ihrer Brust.

»Aber ich bin schon hier.«

»Und du kannst genauso gut wieder rausgehen.« Dani deutete auf die Couch.

Sie waren nur eine Armlänge voneinander entfernt. Rebecca ging ein Licht auf und sie trat näher.

Dani wich zurück.

»Was machst du?« Rebeccas Herz machte einen Satz.

»Ist es so falsch, dass ich dich nicht in meiner Nähe haben will?« Danis Gesicht war gerötet.

»Warum?«

»Ich weiß nicht, was los ist. Ich kann mir im Moment selbst nicht vertrauen und ich weiß nicht, ob ich dir vertrauen kann. Außerdem ist bei mir gerade viel los …« Dani verstummte und schüttelte den Kopf.

»Schmecke ich noch gleich, Dani?«

Die Luft im Raum schien sich plötzlich elektrisch aufzuladen. Rebecca genoss das Gefühl dieser Intensität.

Dani riss die Augen auf. »Hör auf … Hör einfach auf. Du kannst nicht einfach in mein Leben platzen und so etwas sagen. Aber alles ist erlaubt, damit du bekommst, was du willst, richtig? So viel zu all diesen *Veränderungen.*« Dani malte übertriebene Anführungszeichen in die Luft.

»Du …« Rebecca presste die Lippen zusammen. Dani brauchte offensichtlich etwas Feingefühl. »Es tut mir leid. Ich wollte dich nur provozieren.«

»Ist dir offensichtlich gelungen. Willst du jetzt eine Cola oder nicht?«

»Ja.«

Dani drehte sich um und öffnete den Kühlschrank.

»Ich dachte, nach den ganzen Nachrichten würde es anders laufen, wenn wir uns wiedersehen.« Rebecca beobachtete, wie sich Dani versteifte und innehielt. »Aber in letzter Zeit warst du sehr kurz angebunden.«

»Ich habe es dir doch gesagt, ich habe viel zu tun.«

»Du fehlst mir. Es hat sich ein wenig so angefühlt, als würdest du mir nachts ins Ohr flüstern.«

Danis Nacken wurde rot und ihre Schultern hoben und senkten sich, als hätte sie Schwierigkeiten beim Atmen.

Rebecca trat näher. »Vielleicht kann ich dir helfen oder zuhören, falls du das brauchst.«

Dani wirbelte herum. »Was hat Rick dir erzählt?« Ihre Wut war zurück, ihr Blick anklagend.

»Was? Nichts. Wovon redest du?« Rebecca hob die Hände und stolperte zurück.

»Nur weil du angeblich ein vollkommen neuer Mensch bist, bist du keine Expertin. Ich weiß nicht, für wen du dich –«

»Nein, du hast recht. Das habe ich auch nie behauptet.«

Dani klappte den Mund zu und wandte den Blick ab. Plötzlich wirkte sie eher verlegen als wütend. Was zur Hölle entging Rebecca hier?

Das Geräusch von Ricks Lachen ließ sie beide zusammenzucken. Er kam mit dem Handy am Ohr ins Wohnzimmer. Er sah zu ihnen und setzte sich dann auf die Couch.

Um Dani etwas Raum zu geben, ging Rebecca ins Wohnzimmer und setzte sich neben ihn.

Dani wollte nichts lieber, als in ihr Zimmer zu gehen und unter ihre Decken zu schlüpfen. Ihr Gesicht verbergen. Der Realität entfliehen. Doch sie hatte es langsam wirklich satt, sich schlecht zu fühlen, also gab sie sich alle Mühe, dagegen anzukämpfen. Außerdem war es dämlich und kindisch, auf Rebecca eifersüchtig zu sein, nur weil sie in der Lage war, ein neues Leben zu beginnen. Und auch wenn ihr das alles klar war, spielten ihre Emotionen weiter verrückt.

Rebecca heute zu sehen hatte Dani umgehauen. Und dann musste sie auch noch die verwirrende Situation zwischen ihnen beiden so direkt ansprechen. Dani entschied sich, sich ausnahmsweise mal erwachsen zu verhalten und nicht davonzulaufen. Sie ging mit einer großen Schüssel Mikrowellenpopcorn und ein paar Dosen Cola ins Wohnzimmer.

Rick sah sie neugierig an, als sie ihm die Schüssel in die Hand drückte und sich neben ihn setzte. Er nickte ihr knapp zu. Sie erwiderte die Geste nicht, aber aus irgendeinem Grund erleichterte sie seine Ermutigung.

»Das ist eine nette Vorspeise. Aber da wir praktisch keine Vorräte mehr haben, werden wir wohl etwas zu essen bestellen müssen, um nicht zu verhungern.« Er sah erst Dani und dann Rebecca an. »Pizza oder Chinesisch?«

»Ich bin nicht wählerisch«, sagte Rebecca und Dani antwortete gleichzeitig: »Chinesisch.«

»Also Chinesisch. Bestell für uns, Dani. Da Becca unser Gast ist, darf sie aussuchen, was wir uns ansehen.«

»Sie ist nicht –«, wollte Dani widersprechen.

»Sie lebt nicht in dieser Wohnung, also ist sie ein Gast.«

Dani schloss den Mund. Das war ein Argument. Da sie ihr Handy in der Küche gelassen hatte, nahm sie Ricks. Praktischerweise hatte er das Restaurant abgespeichert, in dem sie normalerweise bestellten.

Rebecca beugte sich vor und sah Dani an. »Habt ihr eine Karte da?«

»Ich weiß, was du magst.«

Ihre Blicke trafen sich und Danis Magen flatterte. Sie wandte den Blick ab. »Kung-Pao-Hühnchen, extrascharf, mit Gemüse Lo Mein.«

»Ja, das stimmt.« Rebecca lehnte sich wieder zurück und wandte sich an Rick. »Was steht zur Auswahl?«

»*Law & Order: SVU*?«

»Gott, nein. Nicht jetzt.«

»*Grey's*? *Lucifer*?«, fuhr er fort.

»Nein.«

Rick zählte noch ein paar Sendungen auf, während Dani im Restaurant anrief und ihre Bestellung durchgab.

»Ich habe letzte Woche *Unbreakable* gesehen und musste an dich denken. Der Film ist irgendwo in diesem DVD-Chaos.« Er deutete auf die unsortierte DVD-Sammlung auf dem Receiver.

Rebecca nickte. »Jackson als Bösewicht. Er muss mehr davon drehen.«

Dani hätte beinahe mit den Augen gerollt, so vertraut fühlte sich der Moment an.

»Ich habe den Film jetzt ein paar Mal gesehen und komme immer noch nicht über seine Haare hinweg. Der Mann muss einfach in all seinen Filmen eine Glatze haben, es geht nicht anders.« Rick schüttelte den Kopf. Er klang so empört.

Rebecca lachte. »Das ist schlimmer als die Frisur in *Pulp Fiction*.«

Neben ihnen zu sitzen war, als würde man sich alte Heimvideos ansehen. Rebecca hatte sogar die Hälfte von Ricks Frühlingsrolle gegessen, wie sie es früher getan hatte. Ein Sehnen breitete sich in Danis Brust aus. Sie versuchte, es zu unterdrücken, aber war das nicht Teil des Problems? Dass sie ihre Gefühle unterdrückte? »Das hier ist seltsam.« Die Worte sprudelten aus ihr heraus.

»Gut seltsam oder schlecht seltsam?«, fragte Rick.

Dani versuchte, ihre Worte mit Bedacht zu wählen. »Nicht schlecht, nur … Ich weiß nicht.«

Rick lächelte. »Ja, ich habe das auch vermisst.«

Das Gefühl wurde stärker. »Ich habe nicht gesagt, dass ich –«

»Egal«, unterbrach Rick sie.

»Also ich fühle mich überhaupt nicht unwohl«, mischte sich Rebecca ein.

Dani sah sie finster an.

Rebecca räusperte sich. »Okay, ja, vielleicht ein wenig.«

Rick lachte leise.

»Wieso ist das lustig?« Rebecca funkelte ihn an.

»Shonda Rhimes sollte unsere Geschichte schreiben.« Rick lachte noch heftiger.

»O Gott.« Dani konnte das Lächeln nicht unterdrücken.

»Wir brauchen nur …« Rebecca stimmte in ihre Albernheit ein. »… wir brauchen nur ein Baby.«

Rick bog sich vor Lachen.

Dani sah zu Rebecca und stellte fest, dass sie den Blick nicht abwenden konnte. Rebecca lächelte sie an und Danis Welt schien wieder ein wenig mehr Sinn zu ergeben.

Trotzdem war die Verlockung, wegzurennen, einfach unwiderstehlich. Dani stand auf und nahm ihre Teller. Anstatt gänzlich nachzugeben und in ihr Zimmer zu verschwinden, ging sie in die Küche. Fortschritt. Das musste ein Fortschritt sein.

Sie stellte die Teller in die Spüle und war ganz und gar nicht überrascht, dass Rick hinter ihr auftauchte. »Alles in Ordnung?«, fragte er mit gesenkter Stimme.

»Ich glaube schon. Es war eine Sekunde einfach zu viel. Ich will mich nicht von der Vergangenheit einwickeln lassen. Das ist Teil des Problems.«

»Verständlich, aber ich sehe das vermutlich etwas anders. Wir haben uns einfach an uns gewöhnt … du weißt schon, wie wir jetzt sind.« Er nahm zwei weitere Coladosen aus dem Kühlschrank.

»Ja, vielleicht.« Dani nickte. Er könnte tatsächlich recht haben.

Rick sah über seine Schulter zu ihr, als er die Küche verließ. »Beeil dich. Ich will mit euch beiden reden.«

Als sie ins Wohnzimmer kam, klatschte Rick in die Hände. »Okay, ich habe noch ein paar Neuigkeiten.«

Dani sah Rebecca an. Sie hatte die Augen aufgerissen und Dani fragte sich, ob sie selbst nervös wirkte. »Ich … Wir hören.«

»Ich werde Northwestern zeigen, was ich draufhabe.« Ricks Lächeln war riesig.

Dani sog überrascht die Luft ein und versuchte angestrengt, ebenfalls zu lächeln. Sie freute sich für ihn, aber trotzdem.

Rick sah erst Dani und dann Rebecca an. »Ihr müsst nicht aussehen, als hättet ihr Verstopfung. Ich gehe erst nächstes Jahr. Ich will nicht mitten im Jahr reinschneien und aufholen müssen.«

Dani lehnte sich an seine Schulter. »Du wirst großartig sein.«

»Zweifellos. Was ist mit Sandra?«, fragte Rebecca.

»Ich werde mit euch eine Fernfreundschaft führen, also versuche ich es auch mit der Fernbeziehung.«

»Gut. Aber ich sag dir gleich, ich komme dich nicht im Winter besuchen. Den Schnee kannst du ganz für dich alleine haben.«

Rick lachte leise.

Egal, welche Position sie ausprobierte, Dani konnte nicht schlafen. Gedanken wirbelten durch ihren Kopf, als ob ein Hurrikan darin stattfinden würde. Sie konnte sie nicht stoppen. Dazu kam, dass sich ihr Abend irgendwie unvollständig anfühlte. Dani wusste, was sie brauchte, um ihren Kopf zu beruhigen. Ihre rationale, praktische Seite kämpfte gegen diesen Wunsch, diese Notwendigkeit an, während ein anderer Teil in ihr sie an die kleinen Schritte erinnerte, die sie in Richtung Veränderung gemacht hatte. Sie war müde und wollte einfach nur, dass all das Chaos aus ihrem Leben und ihrem Kopf verschwand.

Dani setzte sich auf und griff ihm Dunkeln nach ihrer Brille. Anschließend schaltete sie die Nachttischlampe ein und nahm ihr Handy.

Es war noch nicht einmal Mitternacht. Rebecca neigte dazu, bis ungefähr ein Uhr morgens zu warten, bevor sie ihr schrieb. Bevor Dani es sich ausreden konnte, schrieb sie eine Nachricht.

Es tut mir leid, was ich über deine Bemühungen gesagt habe, dich zu ändern. Du hast offensichtlich hart an dir gearbeitet.

Minuten vergingen, ohne dass sie eine Nachricht bekam. Dani wartete mehr oder weniger geduldig ab.

Danke, aber ich verstehe wirklich nicht, was dich so wütend gemacht hat.

Dani las die Nachricht ein paar Mal und dachte über ihre Antwort nach, bevor sie tippte.

Es ist kompliziert und schwer zu erklären.

Okay. Wir können über etwas anders reden, wenn du willst. Ich freue mich einfach, von dir zu hören.

Rebeccas Antwort war nicht das, was sie erwartet hatte. Es hatte eine Zeit gegeben, in der Rebeccas Forderungen und ihre Wut vorhersehbar gewesen waren. Von der neuen Rebecca wurde Dani ständig überrascht. Sie zerbrach sich den Kopf darüber, was sie sagen sollte, aber ihr fiel nichts ein.

Zum Beispiel?

Ich könnte Katzenbilder anbieten.

Dani lachte leise.

Bin sicher, dass die fantastisch sind, aber nein danke. Ich kann immer noch nicht glauben, dass du ein Katzenmensch bist.

Ich auch nicht, aber Peyton hat dafür gesorgt. Ich weiß nicht, vielleicht hat sie erkannt, wie einsam ich war.

Dieses seltsame Sehnen, eines der Gefühle, die Dani heute immer wieder verspürt hatte, kehrte verstärkt zurück.

Wie, oder besser noch, warum machst du das?

Was?

Dich öffnen. Hast du vergessen, mit wem du redest?

Dani sah, wie die drei Punkte auftauchten, verschwanden und wiederkamen.

Nein, ich weiß, dass ich mit dir rede und ja, es ist beängstigend.

Warum dann? Ich verstehe es nicht.

Weil ich zugelassen habe, weit mehr zu fühlen als nur die Angst.

Sie starrte Rebeccas Antwort an, ließ sie auf sich wirken. Ehe sie sichs versah, hatte sie schon die Hälfte ihrer Antwort getippt. *Wie hast du …* Dani hielt inne und betrachtete die Worte. Sie wollte mehr wissen, wollte Rebeccas Geheimnis erfahren, damit sie es für sich selbst einsetzen konnte. Trotzdem hatte sie Angst, zu fragen. Sie atmete tief durch und beendete die Nachricht.

Wie hast du es angestellt?

Bist du sicher, dass du es wissen willst?

Dani tippte schnell, bevor sie der Mut verließ.

Ja.

Die nächste Antwort dauerte eine Weile und Dani wartete – nervös, aber auch seltsam euphorisch.

Als ich weggegangen bin und ein neues Zuhause gesucht habe, bin ich eine Weile zur Therapie gegangen. Ich wollte wirklich, dass es funktioniert, aber es war schwer, den richtigen Therapeuten zu finden. Vielleicht habe ich mich einfach in meiner Haut nicht wohlgefühlt. Ich bin nicht sicher, aber ich habe viel von ihnen gelernt. Ich war am absoluten Tiefpunkt. Himmel, ich konnte mich selbst nicht ausstehen, aber ich hatte es satt, ständig wütend zu sein. Es war, als könnte ich schlicht nichts anderes mehr fühlen. Es hat eine Weile gedauert, aber als ich etwas gefunden hatte, das ich an mir mochte, habe ich von da aus weitergemacht.

Rebeccas Worte waren erleuchtend und gleichzeitig herzzerreißend.

Das muss schwer gewesen sein.

Sehr. Ist es in Ordnung, wenn ich frage, warum du das wissen willst?

Ja, denke ich.

Ich frage :)

Schnell tippte Dani die Worte, bevor sie ihre Meinung ändern konnte.

Ich bin auch nicht mehr die Person, die ich war. Aber ich mag diese neue Person nicht. Niemand mag sie.

Fällt mir schwer, das zu glauben.

Ich bin kein netter Mensch. Schon eine Weile nicht mehr. Ich will nicht mehr so sein.

Da, jetzt war es raus. Es war beinahe, als hätte sie die Worte herausgeschrien.

Ich bin sicher, dass Rick die ganze Zeit hinter dir stehen wird.

Das wird er. Das tut er.

Gut.

Ich will die Sache zwischen uns nicht verwirrender machen oder dir etwas vormachen, aber kannst du mir helfen?

Dani konnte nicht glauben, dass sie das gerade gefragt hatte. Sicher war das Ricks Einfluss. Das war für sie in Ordnung, jetzt mehr als jemals zuvor. Die Punkte erschienen wieder. Ihr Herzschlag beschleunigte sich und sie beobachtete das Display, als hinge ihr Leben davon ab.

Darf ich anrufen?

Dani schluckte.

Ja.

Ihr Handy klingelte und Rebeccas Name erschien auf dem Display. Dani atmete zittrig aus und nahm den Anruf an. »Hallo?«

»Hey. Bist du sicher?«

»Nein, aber ich muss etwas unternehmen.« Dani wand sich.

»Ich verstehe das, aber wie du schon sagtest, ich bin keine Expertin. Ich bin nicht sicher, wie …«

»Die letzten Minuten waren ein Anfang.« Dani drückte sich das Handy fester ans Ohr und schloss die Augen.

Sie musste nicht lange auf eine Antwort warten. »Okay … okay. Ich hoffe, ich kann helfen.«

KAPITEL 20

»Gott sei Dank!« Alvin schmiss sich förmlich auf seinen Stuhl.

Rebecca sah zu ihm herüber. »Warum dankst du Gott, wenn du an einem Wochenende arbeiten musst?«

Alvin sah sie finster an, grinste dann jedoch. »Du musstest mir einfach die Stimmung verderben, hm?«

Sie zwinkerte. »Dafür bin ich hier.«

»Mich stört es eigentlich nicht, am Wochenende zu arbeiten«, sagte Emmet.

Rebecca funkelte ihn an. »Gut, du kannst meine nächste Schicht übernehmen und ich esse bei Mark Steaks.«

»Verdammt richtig.« Mark lachte leise. »Auch noch gutes Steak. Als wäre man in einem Steakhouse.«

»Wie selbstbewusst. Nächstes Mal will ich Spargel mit Hollandaise und das sollte besser großartig sein.« Rebecca lehnte sich lächelnd zurück.

Mark zuckte mit den Schultern. »Ich bin sicher, dass Sheila ein Rezept hat.«

»Sag ihr bitte, dass ich sie liebe.«

Er grinste sie an. »Da ich gerade deine Aufmerksamkeit habe, kann ich kurz hinten mit dir reden?«

Interessant. »Sicher.« Rebecca erhob sich.

»Wenn ich nach hinten komme und ihr rummacht, kündige ich.« Alvin hatte den Mund verzogen und angewidert die Nase gerümpft.

»Dann lass es uns tun.« Mark packte Rebecca, aber sie lachte und schlug ihm auf den Arm.

»Würde ich ja, aber ich mag deine Frau lieber«, sagte Rebecca. »Außerdem bin ich sicher, dass es ihn nicht wirklich stören würde, weil er davon lebt, anderen die Stimmung zu vermiesen.«

»Ich bin verdammt gut darin.« Alvin lächelte stolz.

Rebecca rollte mit den Augen, als sie Mark in Richtung der Verhörzimmer folgte und sich schließlich im Flur an die Wand lehnte. »Was gibt's?«

Mark zuckte mit den Schultern. »Ich wollte mich nur erkundigen, wie es dir geht.«

Sie legte den Kopf schräg. »Warum?«

»Dorset-Fall. Du hast gesagt, dass du danach nicht schlafen konntest.«

»Oh, ja, ich war noch nie so mitten im Geschehen. Ich hätte die ganze Sache vermasseln können. Ich weiß, dass Gwen eine Weile in Haft muss, aber ihr Mistkerl von einem Ex ebenso. Vielleicht kann ihr Anwalt sie irgendwie rausboxen.«

»Aber du hast es nicht vermasselt. Das muss ganz schön belastend gewesen sein. Bist du sicher, dass es dir jetzt gut geht?«

Rebecca nickte. »Ja, ich schlafe wieder gut. Ich habe mit Rick rumgehangen und hatte ein wenig Spaß. Dani war auch da. Was ist mit dir?« Sie musterte ihn genau.

»Es hat mich mehr mitgenommen, als ich dachte. Hat einige schlechte Erinnerungen an die Zeit wachgerufen, als Sheila und ich über Scheidung gesprochen haben. Ich erinnere mich daran, dass ich panische Angst davor hatte, sie und auch Millie zu verlieren, vor allem da ich Polizist bin. Ich habe mit Sheila darüber gesprochen. Das hat geholfen. Sie hat mir sogar gesagt, dass ich dich mit der ganzen Sache in Ruhe lassen soll, bis du bereit bist. Du weißt schon … weil du eine Frau bist und ich dich nicht bevormunden soll.«

Sie starrte ihn an. »Ich funktioniere nicht so.«

Mark riss die Hände hoch. »Ich weiß, das habe ich ihr auch gesagt. Aber egal. Ist es mit deiner Ex immer noch unangenehm?«

»Es ist erst zwei Tage her, seit ich sie gesehen habe. Du musst mir mindestens vier geben, damit ich meinen Zauber wirken lassen kann.«

Er lachte.

Rebecca lächelte. »Zumindest haben wir telefoniert … irgendwie. In der einen Minute ist es wie Zähneziehen und in der nächsten nicht mehr. Ich bin einfach da, wenn sie etwas braucht, selbst wenn zwischendurch absolutes Schweigen herrscht.«

»Na ja, das ist besser als nichts.«

Sie schüttelte den Kopf. »Ich weiß nicht. Ich habe das Gefühl, dass sie mehr als das braucht. Aber ich will nichts tun, um alles zu versauen.« Was passierte, war tiefer und vor allem viel wichtiger als bloß der Versuch, Dani zu beeindrucken oder sie einander näherzubringen.

»Ich bin nicht sicher, was du meinst, aber sag ihr das. Vielleicht weiß sie das zu schätzen. Würde mir jedenfalls so gehen.«

»Ja, vielleicht.« Rebecca begegnete seinem Blick.

»Sollen wir uns jetzt küssen, für den Fall, dass Alvin zusieht?« Mark löste sich von der Wand.

Rebecca schlug ihm auf die Schulter. »Du bist überhaupt nicht mein Typ.«

Als Dani den Fahrstuhl verließ, versuchte sie sich selbst Mut zu machen. Was sie vorhatte, war wichtig. Sie musste das tun. Mehr noch, sie musste es nicht nur für Rick tun, sondern weil Sandra es verdiente. Hier war sie nun also und lief durch den Flur im dritten Stock, anstatt sich in der Cafeteria einen Snack zu holen. Vielleicht war sie nicht in der Lage, ihr Verhalten der letzten Monate und Jahre bei allen wiedergutzumachen, die sie beleidigt hatte, aber Sandra war ein wichtiger Startpunkt.

Die Situation lag vollkommen außerhalb ihrer Kontrolle. Sie war die halbe Nacht wach gewesen und hatte hin und her überlegt, was sie sagen sollte. Als sie völlig frustriert gewesen war, hatte ein Telefonat mit Rebecca ein wenig geholfen. Sie hatte zugehört und sie ermutigt. Trotzdem hatte Dani keine wirkliche Ahnung, wie sie das Gespräch mit Sandra beginnen sollte. Sie ging langsamer und versuchte ihr Bestes, um ihre Anspannung abzuschütteln, ehe sie vor dem Schwesternzimmer stehen blieb.

Etliche Krankenschwestern hielten sich dort gerade auf. Auch Sandra, die sich gerade lachend mit einer anderen Krankenschwester unterhielt. Es war Dani schon aufgefallen, dass Sandra viel lachte. Etwas, worum Dani sie beneidete und – hinterher war man immer schlauer – vielleicht war sie deshalb mit ihr ins Bett gegangen.

»Kann ich irgendwie helfen?«

Dani sah die Krankenschwester vor sich an. Sie war so in ihre eigenen Gedanken versunken gewesen, dass sie sie gar nicht bemerkt hatte. »Ähm, ja. Ich möchte nur ein paar Minuten mit Sandra sprechen.«

Als sie ihren Namen hörte, sah Sandra auf und starrte sie an. Ihr Lachen verschwand und wurde von einem Stirnrunzeln ersetzt. Langsam kam sie um den Tresen herum, bis sie vor Dani stand. Dani hatte das Gefühl, dass alle Augen der herumstehenden Krankenschwestern auf ihnen lagen und sich in ihre Haut brannten. »Können wir an einen etwas ungestörteren Ort gehen?«

»Wenn ich Bereitschaftszimmer sage, gibst du mir dann eine Sekunde, um die Ironie zu genießen?« Sandras Frage triefte vor Sarkasmus.

Einen Augenblick lang war Dani verwirrt und dann begriff sie es. Sandra hatte einmal angeboten, sie für eine Wiederholung des One-Night-Stands in ein Bereitschaftszimmer zu schleifen. Hitze schoss ihr ins Gesicht. »Okay, wenn das hilft, aber mir wäre der Aufenthaltsraum lieber.« Dani ging den Flur entlang.

Sie wollte gerade die Tür öffnen, als ihr zwei Leute aus dem Raum entgegenkamen. Sie nickten und lächelten ihr zu. Dani erwiderte die Geste. Da sie zu nervös war, um sich zu setzen, blieb sie mitten im Raum stehen.

Sandra kam herein, verschränkte die Arme vor der Brust und sah Dani mit hochgezogenen Augenbrauen an.

Dani räusperte sich. »Ich habe mich schon entschuldigt …« Nein, nein, das war nicht richtig. Das klang, als würde sie sich verteidigen. »Mir ist zugetragen worden …«

Erneut verstummte sie, bevor sie wieder neu ansetzte: »Es tut mir leid, dass ich deine Sexualität beleidigt habe. Es ist keine Entschuldigung, aber es ging mir zu dem Zeitpunkt schrecklich. Ich habe das an dir ausgelassen und das hast du nicht verdient. Normalerweise schlafe ich nicht mit Leuten, mit denen ich arbeite, aber ich habe die Aufmerksamkeit genossen, die du mir geschenkt hast. Niemand verdient es, so behandelt zu werden. Ich habe nie daran gedacht, wie du dich dabei fühlst. Das tut mir auch leid.« Sie bemühte sich, Sandra in die Augen zu sehen.

»Rick hat dich dazu angestiftet, nicht wahr?« Sandra schnaubte.

»Nein, hat er nicht.«

Sandra musterte sie. »Ich habe nicht lange gebraucht, um herauszufinden, dass du nicht die bist, für die du dich ausgibst. Du bist nicht authentisch.«

Das tat weh. Dani schluckte die Erwiderung herunter, die ihr auf der Zunge lag.

»Aber ich glaube dir, dass das gerade keine falsche Entschuldigung war.«

»War es auch nicht.«

»Ich kenne dich nicht, Dani, und du kennst mich nicht. Rick ist dein bester Freund, wenn ich also will, dass es mit ihm funktioniert …« Sandra zuckte mit den Schultern. »Aber erwarte nicht, dass ab jetzt zwischen uns alles wieder in Butter ist.«

Dani nickte. Sie erwartete nicht, dass sie Freunde wurden. Herzlichkeit war das Beste, worauf sie hoffen konnte.

»Ich gehe jetzt wieder an die Arbeit.« Sandra hatte ihr bereits den Rücken zugewandt.

»Okay.«

Als sie allein war, setzte sich Dani. Das war schwerer gewesen, als sie gedacht hatte, aber sie hatte es geschafft, ohne zusammenzubrechen. Das verbuchte sie als Erfolg.

Rebecca stieg in ihr Auto und schnallte sich an. Anstatt jedoch den Schlüssel ins Zündschloss zu stecken, holte sie ihr Handy heraus und wählte Danis Nummer.

»Hallo?«, antwortete diese etwas außer Atem nach dem dritten Klingeln.

»Bist du beschäftigt?« Rebecca bereitete sich darauf vor, dass Dani schnell wieder auflegen und arbeiten musste.

»Nein, ich bin zu Hause. Ich bin gerade aus der Dusche gestiegen, als ich mein Handy gehört habe.«

»Oh.« Rebecca sah eine nackte Dani vor sich. Nach dem, was sie bis jetzt gesehen hatte, war sie in den letzten vier Jahren noch viel schöner und begehrenswerter geworden.

»Hallo?«

Rebecca räusperte sich. »Entschuldige, ich war abgelenkt. Ist es in Ordnung, wenn ich vorbeikomme? Es gibt etwas, worüber ich mit dir reden möchte.«

Dani schwieg kurz, bevor sie sagte: »Wir reden gerade.«

»Ich weiß, aber ich glaube, dass es besser ist … ich es besser sagen kann, wenn ich es persönlich tue.«

»Becca …«

»Es ist wichtig und hat nichts mit uns zu tun, wenn das hilft.«

»Es gibt kein *uns*«, erwiderte Dani schnell – zu schnell.

»Wenn du das sagst. Ist das ein Ja?« Rebecca starrte aus der Windschutzscheibe und winkte Mark, als er in seinen SUV stieg.

»Du kannst nicht lange bleiben. Ich muss morgen früh raus.«

»Ich werde nicht … Ich komme selbst gerade von der Arbeit, also kein langes Feiern für mich heute Abend.«

»Dann okay.« Dani klang überaus unbeeindruckt.

»Okay, bis gleich.«

Dani legte auf.

Seufzend ließ Rebecca den Motor an. Die Stimmung zwischen ihnen war wirklich besser geworden, aber das war eigentlich nur netter Small Talk. Rebecca wollte mehr, wollte etwas Tieferes. Sie wollte zu dem wahren Kern dessen vordringen, was sie miteinander haben konnten.

Zwanzig Minuten später stand Rebecca vor Danis und Ricks Wohnungstür. Sie hatte Ricks Auto nicht gesehen, also würden sie wahrscheinlich allein sein. Rebecca war von Vorfreude und gleichzeitig von Angst erfüllt. Alles in ihr sehnte sich danach, in Danis Nähe zu sein, aber manchmal konnte Dani, *diese* Dani, unvorhersehbar sein. Rebecca erinnerte sich daran, dass sie ein langfristiges Ziel hatte und die Belohnung am Ende riesig sein könnte. Vielleicht.

Sie klopfte.

Wenig später öffnete Dani die Tür, trat aus dem Weg und machte ihr mehr Platz als nötig.

Trotzdem lächelte Rebecca. Sie war sich sicher, dass die Anziehung zwischen ihnen teilweise dafür verantwortlich war, dass Dani vor Berührungen zurückschreckte. Sie war bestimmt nicht die Einzige, die etwas Elektrisierendes spürte. Als Rebecca an ihr vorbeiging, fing sie Danis Blick ein, der bestätigte, dass sie auf der richtigen Spur war.

Dani hielt ihrem Blick einige Sekunden lang stand, ehe sie wegsah.

Rebeccas Magen zog sich zusammen. Da war etwas zwischen ihnen und gerade eben war es so greifbar, dass sie das Gefühl hatte, es praktisch berühren zu können. Sie ging ins Wohnzimmer und sah eine Colaflasche und ein Glas mit Eiswürfeln auf dem Couchtisch. Diese kleine Geste ließ Rebeccas Herz schneller schlagen. »Oh, danke.«

Dani rollte mit den Augen. »Es ist keine Niere oder so.«

»Könnte es aber sein.« Rebecca lachte und setzte sich aufs Sofa. Sie war nicht überrascht, dass sich Dani ans andere Ende setzte und damit so viel Distanz wie möglich zwischen ihnen herstellte. Sie schenkte sich Cola ein und trank mindestens die Hälfte sofort.

»Es muss wirklich ernst sein.«

»Was? Warum?«, fragte Rebecca.

Dani deutete auf das Glas in ihrer Hand.

War es falsch, dass ihr warm ums Herz wurde, weil Dani sie so gut kannte? »Ja, ist es. Ich will nur nicht, dass du es falsch aufnimmst.«

»Okay, also, was ist *es*?«

»Ich will nicht die sein, die dich runterzieht.«

Dani runzelte die Stirn. »Was meinst du?«

»Was du durchmachst. Es ist ernst und ich will dir nichts vormachen. Ich will, dass du erfolgreich bist, glücklich wirst.«

Danis Augen weiteten sich und sie sprang auf. »Wenn du mir nicht helfen willst …«

Rebecca erhob sich ebenfalls und packte Danis Arm. Gott, es war so, als würde ein Funken sich rasend schnell von ihren Fingerspitzen über ihren ganzen Arm ausbreiten.

Dani sah auf ihre Hand hinab, versuchte aber nicht, sie zurückzuziehen. Ihre Lippen öffneten sich leicht.

Rebecca hatte das Gefühl, dass das Wohnzimmer heißer, kleiner und enger wurde. Wie lange würde es dauern, bis es zwischen ihnen wieder zur Explosion kam, egal, wie sehr Dani leugnen wollte, dass es dieses Feuer zwischen ihnen überhaupt gab? Rebecca hatte Geduld, aber sie war keine Heilige. Gedanklich schaltete sie wieder in einen anderen Gang, was verdammt hart war, und trat einen Schritt auf Dani zu. »Hör mir zu.«

Dani leckte sich über die Lippen und nickte.

Widerwillig ließ Rebecca sie los. Sie rückten näher aneinander heran, bis nur noch eine Armlänge Abstand zwischen ihnen war.

»Ich sage nicht, dass ich nicht helfen will. Ich will es und ich will es richtig machen. Vielleicht hätte ich den richtigen Therapeuten gefunden und mich früher mit meinen Problemen auseinandergesetzt, wenn ich drangeblieben wäre. Du hast aber ganz andere Möglichkeiten. Du arbeitest in einem Krankenhaus. Ich glaube, dass du dir das zunutze machen solltest. Und mich kannst du als Rückendeckung oder Cheerleader betrachten, wenn du das brauchst.«

Dani starrte sie an, als hätte sie drei Köpfe. Ihr Mund klappte auf und sie lief rot an. »Meinst du …« Sie atmete scharf ein. »Du denkst also, dass ich so verkorkst bin, dass ich einen Therapeuten brauche?«

Rebecca würde es nicht schönreden und auch nicht zulassen, dass Dani sie zum Buhmann machte. »Es hat nichts mit Verkorkstsein zu tun. Es geht eher darum, dass du dich offensichtlich überfordert fühlst und jemanden brauchst, der dir hilft, Struktur in alles zu bringen, das schiefläuft. Fühlst du dich so?« Die Entscheidung lag letztlich bei Dani. Rebecca wusste schließlich nur so viel, wie Dani ihr vage anvertraut hatte.

Dani wandte den Blick ab und schluckte so laut, dass Rebecca es hören konnte. Als sie sie wieder ansah, waren Danis Augen glasig und ihr Blick weich. »Ja.«

»Dann denk einfach darüber nach.« Danis Hand war nur wenige Zentimeter entfernt und Rebecca kämpfte nicht gegen das Verlangen an, sie wieder zu berühren. Als sie ihre Finger um Danis Hand schloss, erwartete sie, dass sie zurückzucken würde, aber zu ihrer Überraschung keuchte Dani und erwiderte den Druck. Als Dani sich einige Sekunden später zurückzog, hatte Rebecca das Gefühl, einen Marathon gelaufen und als Siegerin ins Ziel gekommen zu sein.

KAPITEL 21

Dani betrachtete Jacobs neuesten MRT-Scan. »Ich hatte gehofft, etwas anderes zu sehen.«

»Das haben wir alle. Es wäre ein Wunder gewesen, wenn die Chemo die Ergebnisse hervorgebracht hätte, die Sheri sich so sehr gewünscht hat.« Dr. Meda sah sich im Raum um und alle Anwesenden nickten.

»Ich sollte wahrscheinlich mit ihr reden.« Dani sah schnell zu Dr. Meda. Sie wollte ihn nicht beleidigen oder die Teamleitung an sich reißen.

Er nickte lächelnd. »Ich stimme zu. Ich werde Sie zusätzlich unterstützen, vor allem falls Sheri tiefgreifendere Fragen hat.«

Dani sah auf ihr iPad hinunter. Sie war nervös. Ihr Herz raste und es fiel ihr schwer, ruhig zu wirken. Sie wusste, woher diese Unruhe kam. Hatte sie bei dieser Familie eine Grenze überschritten? Sie fühlte sich zu niedergeschlagen. Dani war es wichtig, dass ihr Fall ein gutes Ende nahm. Das war bei allen ihren Patienten so. Aber normalerweise steigerte sie sich nicht derart in die Hoffnung auf gute Ergebnisse hinein.

Danis Bildschirm verschwamm, als eine weitere Welle aus Sorge von ihr Besitz ergriff. Vielleicht machte sich doch langsam ihr verkorkstes Privatleben während ihrer Arbeitszeit bemerkbar. Die Patienten brauchten ihr Mitgefühl, ihr Selbstbewusstsein und wenn nötig ein wenig Verletzlichkeit. Sie wollte keine Mauer hochziehen und sie ausschließen, nur weil sie Angst hatte, verletzt zu werden.

Es klopfte an der Tür zum Konferenzzimmer. Dr. Meda stand auf und führte Sheri hinein. »Guten Tag«, sagte Sheri in die Runde, fing dann Danis Blick auf und lächelte sie an.

Dani erwiderte das Lächeln, so gut sie konnte, und deutete auf den leeren Platz neben ihr. Sobald Sheri saß, legte Dani das iPad zwischen ihnen auf den Tisch.

»Was Sie hier sehen … was wir alle hier sehen, ist eine Sammlung aus Scans, die zeigen, wie Jacobs Tumor auf die Chemotherapie reagiert hat.« Dani vergrößerte einen Teil des Bildes, um den Tumor zu zeigen. »Das ist er vor der Behandlung.«

Sheri atmete schwer aus.

Dani ging jedes Bild langsam durch.

»Er ist geschrumpft.« Sheri schlug die Hände zusammen und lächelte.

»Ja, genau, wie wir es besprochen haben«, stimmte Dani zu.

Jemand räusperte sich. Sie hörte auch Bewegung hinter sich. Alle waren angespannt und unruhig.

»Die letzten beiden Bilder sind die, die Sie sehen müssen.«

»Aber … aber er ist immer noch da«, sagte Sheri mit zitternder Stimme.

»Ja, aber er ist geschrumpft.«

»Nein … nein, nein, nein. Das kann nicht richtig sein.« Sheri schüttelte den Kopf. Ihre Brust hob sich schwer.

»Es tut mir leid«, antwortete Dani mit sanfter Stimme.

Sheri hatte die Augen aufgerissen, die Lippen geschürzt und sah sowohl wütend als auch entsetzt aus.

»Er muss operiert werden, damit wir den restlichen Tumor entfernen können. Jacobs Behandlungsplan hat sich nicht geändert.« Dani hielt Sheris Blick fest.

»Kann er nicht einfach Bestrahlung oder sowas bekommen?«, fragte Sheri.

Dani hatte diese Frage erwartet und sah zu Dr. Meda.

»Nein, an diesem Punkt würde Bestrahlung seinem Körper eher Schaden zufügen, als ihm zu helfen«, sagte Dr. Meda. »Wie wir es hier während der Behandlung besprochen haben, ist die einzig plausible Vorgehensweise eine Operation und danach eine weitere Runde Chemotherapie, um die Rückfallwahrscheinlichkeit zu minimieren. Seine Prognose ist sehr gut, Sheri, das verspreche ich Ihnen.«

Sheri atmete laut. Sie starrte Dr. Meda an, aber Dani fragte sich, ob sie ihn wirklich sah.

Dani folgte ihren Instinkten und berührte Sheris Arm. Es fühlte sich an, als würde ihre Haut vibrieren, aber sie zog sich nicht zurück. »Ich weiß, dass Sie besorgt sind, aber dieses Krankenhaus hat bei Operationen eine hohe Erfolgsquote.«

»Das ist egal. Es besteht immer die Möglichkeit, dass etwas … schiefgeht«, sagte Sheri mit belegter, rauer Stimme.

»Das stimmt, aber was ist die Alternative?« Dani würde sie nicht anlügen. »Ich weiß, dass es schwer ist, aber Sie müssen die richtige Entscheidung treffen.«

Sheri erhob sich und warf dabei fast ihren Stuhl um. »Ich will nichts mehr hören.«

Dani stand ebenfalls auf. »Sher…«

»Hören Sie auf zu reden! Sie haben mich belogen.« Sheri stand nur wenige Zentimeter von ihr entfernt und hielt Dani ihren Zeigefinger vor das Gesicht.

Atemlos, als hätte ihr jemand in den Bauch geschlagen, ging Dani aus dem Weg, als Sheri das Konferenzzimmer verließ.

»Geben wir ihr Zeit. Sie wird der Operation zustimmen«, sagte Dr. Meda hinterher zum Ärzteteam. Die meisten stimmten zu und dann verließen so gut wie alle den Raum. Dr. Meda blieb und Dani stand noch immer wie erstarrt auf derselben Stelle.

»Sie haben diese Reaktion doch erwartet, oder nicht?«

Dani blinzelte ihn an.

Dr. Meda erhob sich und kam zu ihr. »Dr. Russell … Dani, Sie scheinen von alldem erschüttert zu sein. Wenn Sie reden …«

Sie hob eine Hand und unterbrach ihn. »Nein, ich kann das gerade nicht.« Ohne ein weiteres Wort verließ sie den Raum.

Dani gab ihr Bestes, um den Schock, die Angst und den pulsierenden Schmerz in ihr zu unterdrücken, während sie den Flur entlanglief. Als ihr das nicht gelang, suchte sie Zuflucht in einem Bereitschaftszimmer. Das erste war verschlossen, das zweite jedoch nicht. Sie schloss hinter sich ab und lehnte sich an die Tür. Hektisch zog Dany ihr Handy heraus. Ohne nachzudenken, wählte sie Rebeccas Nummer, doch nach dem fünften Klingeln landete sie auf der Mailbox. »Verdammt!«

Rick würde rangehen. Es sei denn, er war gerade im OP.

»Hey, was gibt's?«

»Ich … ich brauche dich.« Danis Stimme zitterte.

»Dani, was ist los?«, fragte Rick noch einmal. Seine Stimme klang erschrocken.

»Bitte? Zweites Bereitschaftszimmer in der Pädiatrie.«

»Bin unterwegs.«

Sie legte auf. Dani wollte wütend auf Rebecca sein, weil sie nicht für sie da war. Aber der rationale Teil in ihr schrie sie förmlich dafür an, überhaupt so einen blöden Gedanken zu haben. Rebecca hatte einen Job. Und sie hatte recht gehabt: Dani brauchte jemanden, der ihr half, ihre Emotionen und alles, was auf sie einprasselte, zu verarbeiten.

Zum wiederholten Mal versuchte Rebecca, Dani anzurufen, aber sie nahm nicht ab. »Was zum Teufel?«

Ihr schossen eine Million Szenarien durch den Kopf, die alles zwischen schrecklich und noch schlimmer abdeckten. Rebecca hatte Danis Anruf verpasst, weil sie gearbeitet hatte. Sie hatte ihr so schnell eine Nachricht geschickt, wie sie konnte, jedoch keine Antwort erhalten. Rebecca hatte es sogar ein paar Mal bei Rick versucht, ihn aber auch nicht erreicht, was sicher damit zu tun hatte, dass er im OP war.

Die Tatsache, dass Dani sie mitten am Tag angerufen hatte, musste etwas bedeuten.

Rebecca ging vor ihrer Couch auf und ab, während Peyton sie schweigend vom Zweisitzer aus beobachtete. »Ich sollte wahrscheinlich einfach zu Hause vorbeifahren und wenn sie da nicht ist, im Krankenhaus nachsehen.« Sie sah Peyton an, als würde sie ihr eine Antwort geben können, aber die Katze gähnte einfach nur.

Peyton hatte recht. Sie musste sich zusammenreißen. Woher zum Teufel kam diese Unruhe? Wahrscheinlich von der kleinen Stimme, die ihr sagte, dass Dani alles zwischen ihnen bereits wieder auf Eis gelegt hatte, weil sie nicht für sie da gewesen war – was ein mehr als dämlicher Gedanke war. Dani versuchte schließlich, die Art und Weise zu ändern, wie sie auf Dinge reagierte, und sich nicht mehr nach alten Mustern zu verhalten. Es gab sicher eine einfache Erklärung für alles.

Endlich klingelte Rebeccas Handy und sie nahm den Anruf sofort an.

»Ist … etwas passiert, weil du mich so oft angerufen und mir geschrieben hast?«, fragte Dani.

Rebecca atmete erleichtert aus und setzte sich neben Peyton, die sie irritiert ansah. »Na ja, du rufst mich normalerweise nicht um diese Zeit an, also habe ich angenommen …«

»Dieser Tag hat sich angefühlt, als würde er niemals enden. Ich habe mein Handy stumm geschaltet und mich auf die Arbeit konzentriert. Dann habe ich vergessen, den Klingelton wieder einzuschalten.«

»Aber es geht dir gut?« Rebecca lehnte sich zurück.

»Irgendwie? Denke ich? Ich komme gerade aus dem Krankenhaus.« Dani hielt inne. »Kann ich vorbeikommen? Es ist nur …« Sie sprach schnell und ihre Stimme brach am Ende.

Rebecca setzte sich auf. »Jetzt machst du mir Angst.«

»Ich glaube, ich habe mir selbst Angst gemacht. Manchmal ist es schwer, mit dir zu reden, nach allem, was passiert ist, aber da du dich bemühst, sollte ich es auch tun.«

Wow. Das kam alles überraschend. Klang aber vielversprechend. »Ja, du kannst vorbeikommen.«

»Okay, danke.«

»Bis gleich.« Rebecca legte auf und starrte ihr Handy an. Die Person am Telefon hatte sich angehört wie die Dani, die sie früher einmal gekannt hatte. Rebecca hoffte, dass sie bald mehr von der alten Dani sehen würde.

Nervös ließ sie ihren Blick durchs Wohnzimmer gleiten und vergewisserte sich, dass alles aufgeräumt war. Wenn ihr in ihrer Kindheit eine Sache eingebläut worden war, dann die, dass der Rest des Hauses ein verdammtes Chaos sein konnte, aber das Wohnzimmer musste immer makellos sein. Rebecca lächelte bei dieser Erinnerung an ihre Tante.

Sie kraulte Peyton hinter den Ohren. Vielleicht waren sie und Dani auf einem guten Weg, Freunde zu werden, was ein riesiger Schritt in die richtige Richtung war – obwohl sie hoffte, dass das nicht der letzte gemeinsame Schritt sein würde.

Zwanzig Minuten später öffnete sie die Tür.

Dani, die direkt von der Arbeit gekommen war, trug noch ihre Arztkleidung und ihr Haar war zu einem Pferdeschwanz gebunden. »Hey, danke.«

»Als hätte ich Nein gesagt.«

Dani drehte sich zu ihr um. »Du hättest es tun können.«

»Nein … wirklich nicht.«

Dani wandte den Blick ab, aber Rebecca sah trotzdem etwas in ihren Augen, das ihr Hoffnung machte. »Willst du etwas trinken? Ich habe Trauben-, aber keinen Apfelsaft.«

»Nein, ich möchte nichts.« Dani setzte sich auf die Couch.

Um ihr etwas Raum zu geben, setzte sich Rebecca an das andere Ende. Ihre Blicke trafen sich erneut.

Peyton sprang auf die Couch und sah Dani finster an.

Dani zuckte überrascht zurück. »Ähm, es ist eine Sie, richtig?«

Rebecca nickte.

»Sie sieht aus, als würde sie mich gleich anspringen.«

»Ja, das macht sie immer. Wenn sie neugierig genug ist, um dich so anzusehen, mag sie dich.«

»Fällt mir schwer, das zu glauben. Als ich das erste Mal herkam, hat es viel Geschrei gegeben. Beim zweiten Mal …«

»Gab es viel Kommen?«

Dani wurde rot.

»Entschuldige, schlechter Witz.« Rebecca hob die Hände. »Mark ist der Einzige, nach dem sie verrückt ist.«

»Ist das jemand, mit dem du …« Dani riss leicht die Augen auf. Ihr Gesicht war immer noch rot.

»Gott, nein.« Wie konnte Dani so etwas überhaupt fragen, nachdem sie Rebecca auf dieser Couch vernascht hatte? »Er ist einer der Jungs aus meiner Einheit.«

Dani sah sie weiterhin stumm an.

»Er erinnert mich ein wenig an Rick.« Als sie die Worte ausgesprochen hatte, wurde Rebecca klar, dass sie nicht ausreichten. »Aber er ist verheiratet und hat eine tolle Familie. Rick hat allerdings auch gleich angenommen, dass ich mit Mark zusammen bin.«

Dani sah auf ihre Hände hinunter und murmelte: »Mir ist nur klar geworden, dass ich nicht viel darüber weiß, was gerade bei dir los ist. Das macht alles so einseitig. Ich bin so ein selbstsüchtiges Arschloch.«

Rebecca korrigierte sie nicht, sondern wartete schweigend.

»Erzähl mir von ihnen.«

»Bist du sicher?« Rebecca bemerkte, dass Dani noch immer verwirrt aussah. »Du musst dich nicht verpflichtet fühlen …«

»Ich will es wirklich wissen.« Dani hielt den Blickkontakt. Ihr Statement wirkte aufrichtig.

Rebecca nickte und begann, von ihrer neuen Einheit zu erzählen.

Als sie fertig war, lächelte Dani. »Klingt wie eine seltsame Mini-Version von *The Breakfast Club*.«

»Wieso?« Rebecca lachte leise.

Dani zuckte mit den Schultern. »Du weißt schon, diese verschiedenen Persönlichkeitstypen. Das Arschloch, der Streber, der beliebte Typ …«

»Wer bin ich dann?« Rebecca befürchtete, die Antwort bereits zu kennen.

»Ich würde sagen, dass du eine Kombination aus allen sein kannst. Die beste Version von ihnen.«

Rebecca konnte nicht verhindern, dass ihr der Mund aufklappte. Sie war geschockt und gerührt. Mit der Aussage hatte sie wirklich nicht gerechnet. Aber Danis Worte machten sie aus irgendeinem Grund auch misstrauisch. Sie riss sich zusammen und räusperte sich. »Warum wolltest du vorbeikommen?«

Dani richtete den Blick wieder auf ihre Hände. »Ähm, ich hatte einen wirklich schlechten Tag, oder zumindest teilweise. Ich habe solche Angst, dass der Mist aus meinem Privatleben in mein Arbeitsumfeld überschwappt, wenn es nicht sowieso schon passiert ist. Deshalb habe ich angerufen und als du nicht rangegangen bist, wollte ich wütend auf dich sein. Ich wollte dir die Schuld geben.« Sie sah zu Rebecca auf. »Aber das ist es nicht. Ich konnte Rick erreichen. Weiß nicht, was ich sonst getan hätte. Da wusste ich, dass du recht hast. Später … habe ich einen Termin bei einem Therapeuten im Krankenhaus gemacht.«

Sprachlos. Rebecca war absolut sprachlos.

»Ich weiß, dass ich dir das auch am Telefon hätte sagen können, aber es hat sich nicht richtig angefühlt. Ich gebe mein Bestes, um herauszufinden, was sich richtig anfühlt, und es dann zu machen und das war eines dieser Dinge. Also, danke.«

»Ich … Gern geschehen.«

Sie starrten einander so lange an, dass es fast unangenehm wurde. Rebecca spürte erneut die knisternde Hitze zwischen ihnen und war so sehr versucht etwas dazu zu sagen. Ihr Bauchgefühl hielt sie allerdings davon ab.

Dani erhob sich. »Ich sollte lieber gehen.«

Rebecca biss sich auf die Zunge, um nicht zu widersprechen. Stattdessen folgte sie Dani zur Tür und hielt diese auf. »Willst du jemanden als moralische Unterstützung bei der Therapie dabeihaben? Zumindest beim ersten Mal?«

»Nein, ich sollte das lieber allein machen.«

Rebecca nickte. »Okay.«

Dani öffnete den Mund, als hätte sie noch mehr zu sagen. Doch dann blinzelte sie, drehte sich um und ließ Rebecca alleine zurück.

KAPITEL 22

Um Dani herum kamen und gingen Assistenzärzte, während sie an einem Tisch im Aufenthaltsraum saß, der mit medizinischen Fachbüchern übersät war. Einige Bücher waren aufgeschlagen und andere hatte sie noch gar nicht beachtet. Mit Hilfe ihres iPads brachte sie sich auf den neusten Stand der Fälle, die Dr. Medas Team überwachte. Sie versuchte, ihre Begeisterung für die Herausforderung eines Patienten mit Ewing-Sarkom und eines anderen mit Rhabdomyosarkom zu steigern.

Dani freute sich zwar generell immer darauf, mit neuen Familien, neuen Persönlichkeiten und verschiedenen Diagnosen zu arbeiten, aber im Moment fiel es ihr schwer, sich zu konzentrieren.

Dauernd musste sie an Rebecca denken und daran, wie sie kaum in der Lage war, den Blick von ihr abzuwenden, wenn diese in ihrer Nähe war. Das war ein guter Grund, warum körperliche Distanz zwischen ihnen ein Muss war. Dani traute sich schlicht und ergreifend selbst nicht. Bei jeder freundlichen Geste von Rebecca spürte Dani, wie ihr Widerstand schwächer und schwächer wurde. Sie wusste, was dieser besondere Ausdruck in Rebeccas Augen bedeutete. Sie hatte ihn oft genug gesehen, als sie noch zusammen gewesen waren. Und sie war hin- und hergerissen zwischen der Freude darüber, dass sie Rebecca nicht egal war, und der Angst, was das alles bedeuten konnte.

Dani seufzte, nahm ein weiteres Buch vom Stapel und versuchte angestrengt, ihre Konzentration wieder auf die Aufgabe vor sich zu lenken.

Dani verließ ein Patientenzimmer und machte sich auf den Weg zu Jacob. Dr. Luft lehnte an der Wand vor seinem Zimmer. Ihr Gesichtsausdruck war angespannt und sie murmelte irgendetwas vor sich hin. Dani hob eine Augenbraue. Selbstgespräche vor dem Zimmer eines Patienten? Interessant.

Als sie Dani sah, kam sie auf sie zu. »Da ich nicht gut mit ihnen klargekommen bin und bei allem, was passiert ist, dachte ich, es wäre besser, wenn ich auf Sie warte. Ich komme nicht gut mit Konfrontationen klar.«

»Verstehe ich. Wirklich, aber unser erster Fehler ist es, das als Konfrontation zu sehen. Es ist keine. Wir wollen alle dasselbe. Irgendwann werden Sie lernen müssen, mit einer breiten Facette an Emotionen von Eltern und Patienten gleichermaßen umzugehen.« Dani sprach sanft, auch wenn sie ihr eigentlich sagen wollte, dass sie offensichtlich den falschen Beruf gewählt hatte. Obwohl sie sich darauf einstellte, ein Minenfeld zu betreten, schritt Dani, ohne zu zögern, in Jacobs Zimmer.

Er wirkte unglaublich erschöpft und konnte kaum die Augen offen halten. Aber sein typisches Lächeln war noch da, wenn auch wesentlich zittriger als sonst. »Doktor D.«

Dani grinste. »Halt durch, es ist fast geschafft.«

Sheri stand neben ihm auf der anderen Seite des Betts und beobachtete sie. Dani hoffte, dass sie sich die Worte auch zu Herzen nahm. Sie waren auf einem guten Weg mit Jacob; allerdings war der Weg noch nicht zu Ende.

Als sie mit Jacobs Untersuchung fertig war, war er eingeschlafen. Sie sah zu Sheri, der noch immer Wut ins Gesicht geschrieben stand. »Können wir Sie eine Minute entführen?«

Sheri nickte nur kurz und folgte ihnen vor die Tür.

Dr. Luft ergriff die Initiative. »Wir, ähm, wollen nur nachfragen, ob Sie schon eine Entscheidung bezüglich Jacobs Operation getroffen haben.«

»Haben Sie irgendwelche Fragen dazu?«, mischte sich Dani ein. »Vielleicht kann ich helfen, einige Ängste zu zerstreuen.« Sie drückte sich das iPad an die Brust und wartete.

Sheri verschränkte die Arme vor der Brust und sah Dani nicht einmal an. Das tat weh. Sheri hatte nur Augen für Dr. Luft und in ihrem Blick lag etwas Herausforderndes. »Wenn ich bereit bin, darüber zu reden, werde ich es tun.«

Dr. Luft trat vor. »Ich weiß, dass das schwer ist …«

Obwohl sie von Dr. Lufts plötzlichem Mut beeindruckt war, legte Dani eine Hand um ihren Arm und hoffte, dass sie dem Wink folgte. Sheri hatte sich deutlich ausgedrückt. »Lassen Sie es gut sein.«

Sie nickte beide und sahen zu, wie Sheri zurück ins Zimmer ihres Sohnes ging.

»Sie hatten recht. Sie ist wütend auf Sie.«

»Ich weiß, aber sie hat Zeit, es zu verarbeiten und sich darüber klar zu werden, was getan werden muss.« Dani war Jacobs vorderste Verteidigungslinie und in Sheris Augen hatte sie ihn im Stich gelassen.

Dani ließ Dr. Luft zurück und ging den Flur entlang. Sie war überrascht, Rick vor dem Schwesternzimmer zu entdecken. »Hey, was machst du denn hier?« Dani lächelte, als Rick sich umdrehte.

»Psst, sag es niemandem. Ich schwänze. Hast du eine Minute?«

»Sicher. Komm mit. Ist alles in Ordnung?« Sie betrachtete ihn, als sie den Flur hinunterliefen.

»Alles beim Alten. Eigentlich bin ich hier, um nach dir zu sehen. Ich dachte, eine Nachricht wäre etwas zu unpersönlich.«

Dani blieb stehen. »Meinst du meinen Therapietermin?« Sie rollte halb belustigt und halb genervt mit den Augen.

Rick lachte leise. »Ernsthaft, das ist eine große Sache.«

»Ich mache keinen Rückzieher, wenn du das denkst.« Dani konnte nichts gegen die plötzlich aufkommende Abwehrhaltung tun.

»Das dachte ich ganz und gar nicht. Ich wollte nur zur moralischen Unterstützung kommen. Freunde machen das doch so, hat man mir gesagt.«

Beschämt über ihre Reaktion, wandte Dani den Blick ab. »Das tun sie und es tut mir leid, dass ich dir an die Kehle gegangen bin.«

»Mach dir keine Gedanken.« Rick legte ihr einen Arm um die Schultern.

Obwohl ihre Freundschaft immer noch nicht die alte war, waren sie auf einem wirklich guten Weg. Rick stand hinter ihr, selbst wenn sie noch nicht vollständig versöhnt miteinander waren. Und das war ein sehr gutes Gefühl.

»Danke.« Dani zögerte kurz und sagte dann: »Du, ähm, hattest recht mit Becca. Sie war diejenige, die eine Therapie vorgeschlagen hat.«

»Es ist schön zu wissen, dass ich manchmal weiß, wovon ich rede.« Rick lächelte.

»Ich weiß, dass du für dein eigenes Wohl lieber neutral, wie die Schweiz sein willst, aber ich dachte mir, dass du es wissen solltest.«

Rick öffnete und schloss den Mund ein paar Mal, als wäre er nicht sicher, was er darauf antworten sollte. »Ach, ich bin eher wie Cleveland. In Cleveland passiert nie etwas.«

Dani sah Rick skeptisch an. »Du hältst dich wirklich für witzig.«

Rick nickte. »Ja. Und Sandra tut das auch.« Seine Augen leuchteten auf.

Es war schön, ihn glücklich zu sehen. »Sie muss das sagen.«

Er stieß sie mit der Schulter an, sodass sie leicht taumelte. »Ich *bin* witzig. Und außerdem stolz auf dich.«

Dani lächelte. Vielleicht war sie auch ein wenig stolz auf sich.

Dani nahm die Treppe zum zwölften Stock, um ein wenig Zeit alleine zu haben, bevor sie jemand völlig Fremdem ihre Seele offenbaren würde. Als sie im zehnten Stock war, blieb sie stehen und lehnte sich an die Wand, um kurz durchzuatmen.

Dani schob die Hände in die Taschen. Als sie ihr Handy ertastete, nahm sie es heraus. Dani entdeckte zwei verpasste Anrufe von Rebecca, einer davon in den letzten fünf Minuten. Außerdem hatte Rebecca eine Sprachnachricht hinterlassen, aber Dani entschied, sie einfach zurückzurufen.

»Hey, ich wollte nur –«

»Es geht mir gut. Versprochen«, schnitt Dani ihr das Wort ab.

»Es ist fast so weit, hm?«

»Ja.«

»Ich habe mir Sorgen gemacht. Ich wollte nicht, dass du denkst, ich hätte es vergessen. Das ist eine große Sache.«

Sie musste die Wärme ignorieren, die sich in ihr ausbreitete. »Rick ist dir zuvorgekommen. Er kam vor etwa einer Stunde zu mir.«

»Dreckiger Mistkerl.« Das Lachen war in Rebeccas Stimme zu hören.

Dani lächelte und Gott, es fühlte sich unglaublich gut und befreiend an. Wann hatte sie sich das letzte Mal so leicht und befreit angefühlt? Ihre Gedanken wanderten und landeten bei einer Erinnerung an Rebecca, wie sie den Kopf zurückgelegt hatte, ihre Pupillen geweitet, und sie stöhnte.

Dani stieß sich von der Wand ab, als ihr der Magen in die Kniekehlen rutschte. »Also, ich sollte besser –«

»Warte. Ich wollte nur sagen, dass du das schaffst. Anfangs ist es seltsam, einer Fremden das Herz auszuschütten, aber wenn sie die richtige Therapeutin für dich ist, wird es leichter.«

»Becca.« Danis Stimme klang sanfter als sie beabsichtigt hatte.

»Ja?«

»Danke.«

»Gern geschehen. Rufst du mich später an und erzählst mir, wie es lief?«

»Okay, mach ich.«

»Viel Glück.« Rebecca legte auf, aber Dani hielt sich das Handy noch etwas länger ans Ohr.

Rebecca legte ihr Handy zurück in die Halterung zwischen den beiden Sitzen und konzentrierte sich dann wieder vollständig aufs Fahren.

»Sieh dich nur an, du strahlst ja wie ein Weihnachtsbaum.« Mark lachte.

»Halt die Klappe.«

»Du machst mir keine Angst. Obwohl ich weiß, dass du mir wahrscheinlich in den Arsch treten kannst, auch wenn du so klein bist.«

Er klang jeden Tag mehr wie Rick, aber Rick mit einem Twist. »Gut zu wissen, dass du dir dessen bewusst bist.«

»Auf jeden Fall.« Er sah sie von der Seite an. »Alsooo, zwischen dir und deiner Ex scheint es besser zu laufen.«

»Wir machen Fortschritte. Ich nehme die Dinge einfach so, wie sie kommen.«

»Ist die Sache, wegen der ihr Schluss gemacht hat, immer noch ein Problem?«

Rebecca schwieg für einen Moment. Sie musste kurz überlegen, wie sie seine Frage beantworten sollte. »Ich weiß nicht. Sie hat für ihren Teil noch keine Verantwortung übernommen. So viel weiß ich.«

»Das stört dich nicht?«

»Manchmal, ja. Es macht mir auch Angst, aber anscheinend nicht genug, um mich von ihr fernzuhalten. Zumindest im Moment.«

Marks Antwort bestand aus einem leichten Brummen.

»Es klingt erbärmlich, wenn ich das alles laut ausspreche.«

Er schüttelte den Kopf. »Nein, tut es nicht. Es macht dich nur hoffnungsvoll und ein bisschen dämlich.«

Überrascht von seiner Antwort, lachte Rebecca auf. »Das gefällt mir viel besser als erbärmlich.«

»Darauf wette ich. Liebst du sie?«

Rebecca zögerte nicht. »Ich könnte es wieder tun, wenn sie mich lässt.«

»Ich hoffe, dass sie das bemerkt.«

»Ich auch.« Rebecca wechselte die Spur, als sie ihre Ausfahrt sah. Diese Worte vor Mark und dem Universum laut auszusprechen, machten ihre Gefühle irgendwie realer.

Marks Handy klingelte und er ging sofort ran. »Detective Strong.«

Rebecca bemühte sich, nicht zu lauschen, was durch die Nähe im Auto nicht so einfach war.

»Ja, danke für das Update.« Er legte auf. »Mensch, das sind zumindest halb gute Neuigkeiten.«

»Was?«

»Der Staatsanwalt ist bereit, den Dorset-Fall zu verhandeln und da der ganze Mist in den Nachrichten war, hat Steve, der Anwalt, von dem ich ihr erzählt habe, einen Richter gefunden, der dem Sorgerechtsplädoyer zuhören will. Hoffentlich werden sie Gwen nicht alle Rechte entziehen. Sie ist das Paradebeispiel für mildernde Umstände.«

»Hoffe ich auch. Wie lautet der Einspruch?«, fragte Rebecca.

»Versuch schwerer Körperverletzung. Aber Steve hat betont, dass sie es getan hat, um ein Verbrechen zu verhindern und der Staatsanwalt hat das akzeptiert. Sie wird ein paar Jahre Bewährung bekommen, weil sie keine Vorstrafen hat.« Mark klang erleichtert.

»Gut. Manchmal gibt es doch noch ein wenig Gerechtigkeit.«

Dani hielt hinter Rebeccas Auto und schaltete den Motor ab. Sie hatte nicht angerufen und sie war nicht sicher, was sie dazu veranlasst hatte, hierherzukommen, anstatt direkt nach Hause zu fahren. Lag es nur daran, dass sie die Neuigkeiten über ihre erste Therapiesitzung teilen wollte? Lag es daran, dass sie Rebecca sehen wollte? Sehr wahrscheinlich eine Kombination aus beidem, gemischt mit ein paar anderen Gründen. Aber Dani war entschlossen, das hier durchzuziehen. Wenn Rebecca sie nicht in ihrem Haus haben wollte, würde sie wieder gehen, aber tief in ihrem Inneren wusste sie, dass sie nicht abgewiesen werden würde. Sie steckte die Schlüssel ein und stieg aus ihrem Auto.

Als sie die Fliegengittertür erreichte, konnte Dani den Fernseher hören. Sie betrat die Veranda und klingelte. Die Geräusche verstummten. Sekunden später öffnete Rebecca die Tür und runzelte die Stirn. »Alles in Ordnung?«

Dani lächelte. »Ja, ich hoffe, ich störe dich nicht.«

»Nein. Bin früher nach Hause gekommen, also sehe ich mir einen Film an, um die Zeit zu vertreiben. Ich hatte gehofft, von dir zu hören, aber so geht es auch.« Rebecca trat zurück und ließ Dani eintreten.

Dani zog ihre Jacke aus und legte sie auf die Sofalehne. Sie sah zum Fernseher. Den Film kannte sie gut. »*Infam*. Ich verstehe immer noch nicht, wie du diesen Film ertragen kannst. Es war praktisch der Beginn des Filmklischees von der toten Lesbe in Filmen.«

»Ich weiß, ich weiß, aber es ist wie ein Zugunfall. Sobald ich ihn einschalte, kann ich nicht aufhören, ihn mir anzusehen. Wenn du eine Weile bleibst, können wir auch etwas anderes schauen, wenn du willst.« Rebecca schob sich so dicht an Dani vorbei, dass dieser ein angenehmer Schauer über den Rücken lief.

»Nein, ist schon in Ordnung.« Dani setzte sich und Rebecca folgte ihrem Beispiel, wobei sie die übliche Polsterlänge Abstand zwischen ihnen einhielt. Dani erwartete, dass sie sich den Film zusammen ansehen würden, aber Rebecca hatte den Blick auf sie und nicht auf den Fernseher gerichtet.

Dani wurde auf einmal sehr warm. Vielleicht war es doch keine so gute Idee gewesen, hier einfach so aufzutauchen. Sie sagte die ersten Worte, die ihr in den Sinn kamen und nichts mit Rebeccas leuchtenden Augen, ihrer weichen Haut oder ihren küssenswerten Lippen zu tun hatten. »Wo ist die Katze?«

Rebecca legte den Kopf schräg und musterte sie, als hätte sie die Frage nicht verstanden. Dann sagte sie: »Ähm, ich bin sicher, dass sie die Klingel gehört hat. Gib ihr ein paar Minuten, dann wird sie neugierig.«

Für einen Moment sahen sie sich schweigend an, dann fuhr Dani beinahe aus der Haut, als Peyton auf das Polster zwischen ihnen sprang. Rebecca lachte leise und Dani nutzte den Moment, um durchzuatmen. »Du kannst den Film laufen lassen, wenn du willst.«

Rebecca kraulte Peyton hinter den Ohren, sodass sie laut schnurrte und als sie mit der Hand über ihren Rücken strich, wölbte sich die Katze der Berührung entgegen.

Dani war fasziniert. Rebecca sagte etwas, aber Dani war nicht sicher, was es war. »Entschuldige, was?«

»Ich sagte, ich habe meine Meinung geändert. Ich will nicht weiterschauen.« Rebecca lächelte und es war fast so, als ob dieses Lächeln ein Licht in Danis Herz schickte. »Und ich habe dich gefragt, wie deine Sitzung war.«

Sie hatte all das nicht mitbekommen? »Oh, sie war … anders.«

»Ist das gut oder schlecht?«

»Na ja, sie hat anfangs so breit gelächelt, dass es mich ein wenig verstört hat.«

Rebecca blinzelte und lachte dann so laut, dass Peyton wegrannte.

Dani biss sich auf die Unterlippe, um ein Lächeln zu unterdrücken. »Ich habe sie gebeten, es zu lassen. Dann hat sie gelacht und sich entschuldigt.«

»Das denkst du dir nur aus.«

Dani legte sich eine Hand auf die Brust. »Ich schwöre bei Gott.«

»Tja, das ist mal ein Anfang mit einem Knall.«

»Ich weiß. Ich habe das Gefühl, dass sie es absichtlich getan hat, um zu sehen, ob ich etwas dazu sage.«

»Es hat funktioniert.«

»Ja und danach lief es wie geschmiert.« Dani zuckte mit den Schultern.

»Du magst sie also?«

»Ich glaube schon. Sie hat mich gebeten, sie bei ihrem Vornamen zu nennen, nein, den Spitznamen sogar. *Patti* und ich sind also schon beste Freunde.«

Rebecca warf den Kopf zurück und lachte noch lauter.

Es war nicht so, als hätte Dani das nicht schon hunderte, vielleicht tausende Male gesehen, aber *dieses* Mal fesselte es ihre Aufmerksamkeit wie nie zuvor. Rebeccas haselnussbraune Augen glühten vor Belustigung und sie hatte die Nase leicht gekräuselt, während sie weiter leise lachte.

»Ich kann mich nicht daran erinnern, wann wir das letzte Mal so geredet haben.«

»Ich schon«, erwiderte Rebecca leise.

Der Moment war irgendwie beängstigend, aber nicht so sehr, dass Dani das Gefühl hatte, weglaufen zu müssen. Sie erzählte einfach weiter von ihrem ersten Termin bei der Therapeutin. Als sie fertig war, war der DVD-Player in den Ruhemodus übergegangen.

»Ich sollte besser gehen.« Dani stand auf.

Rebecca folgte ihrem Beispiel und ließ Dani vorgehen.

Dani öffnete die Tür, trat auf die Veranda und drehte sich dann langsam zu Rebecca um.

»Weißt du, du hättest mir das alles auch übers Telefon sagen können.« Rebecca verschränkte die Arme vor der Brust, während ein angenehmer Wind aufkam. Ihr Blick war sanft und aufmerksam.

»Das wollte ich nicht. Also danke.« Ohne nachzudenken, trat Dani einen Schritt näher und drückte ihre Lippen auf Rebeccas Wange.

Rebecca bewegte sich leicht, drehte den Kopf. Das brachte ihre Lippen einander gefährlich nah.

In Danis Wahrnehmung blieb kurz die Zeit stehen und erwachte dann binnen Sekunden wieder zum Leben. Sie brauchte etwas, woran sie sich festhalten konnte, also packte sie den Saum von Rebeccas Shirt.

Rebeccas Brust hob und senkte sich schwer und in diesem Moment wurde Dani klar, dass ihr abgehacktes Atmen das einzige Geräusch war. Hitze sammelte sich in ihrem Bauch. Danis Körper entwickelte ein Eigenleben und sie zog Rebecca an ihrem Shirt zu sich.

Rebecca atmete tief ein und zitternd wieder aus. »Du solltest besser gehen.«

Dani hörte, was Rebecca sagte, verstand es aber nicht. Sie wollte, dass sie sich so nah waren, fühlte sich auch angespannt und gierig, oder?

Rebeccas Augen schienen dunkel und sie schluckte auffällig.

Dani war versucht, ihren Instinkten nachzugeben, wie sie es schon einmal getan hatte, aber Rebecca trat zurück.

Danis Selbstbewusstsein fiel in sich zusammen. Sie ließ die Hände sinken, trat zurück und richtete den Blick nach unten.

»Nein.« Rebecca nahm ihre Hand. »Zieh dich nicht einfach so zurück. Ich will sicher sein, dass du nicht nur auf einem Hoch bist, nach allem, was heute passiert ist. Dass du wirklich *mich* küssen willst und nicht die Person, die du vor vier Jahren kanntest.«

»Okay.« Dani nickte. Die Zurückweisung schmerzte immer noch, obwohl ein Teil von ihr die Gründe dahinter verstand.

Rebecca drückte ihre Hand, bevor sie losließ. »Ich glaube nicht, dass du je verstehen wirst, wie … schwer das war.« Sie klang heiser.

Vielleicht. Vielleicht aber doch. »Ich gehe besser.« Dani wandte sich ab.

»Dani?«

Sie sah Rebecca über ihre Schulter hinweg an. »Es ist in Ordnung.«

In diesem Moment war nichts in Ordnung, aber vielleicht … vielleicht würde es das ja noch werden.

KAPITEL 23

Rebeccas Handy vibrierte auf dem Schreibtisch. Sie beendete den angefangenen Satz in ihrem Bericht, bevor sie danach griff. Es war eine Nachricht von Dani. Sie war so unendlich glücklich darüber, dass Dani trotz allem, was vor zwei Tagen passiert war, ihre Anrufe und Nachrichten noch las und beantwortete.

Sie bereute es nicht, auf Danis Avancen nicht eingegangen zu sein, hatte aber erwartet, dass diese Entscheidung Nachwirkungen haben würde. Und sie hatte recht behalten. Zwischen ihnen herrschte eine gewisse Unbeholfenheit, die selbst bei kürzeren Telefonaten für ausgedehntes Schweigen sorgte. Sie hatten noch nicht weiter über das gesprochen, was an dem Abend passiert und vor allem auch nicht passiert war. Aber Rebecca hatte vor, es anzusprechen. Sie würde Dani Raum geben, jedoch nicht zulassen, dass unter den Tisch gekehrt wurde, was hätte sein können. Hatte sie Angst, dass die Unterhaltung sie in ihrer Beziehung zurückwerfen würde? Ja, hatte sie, aber das ließ sich beheben. Eine spätere Implosion jedoch? Vielleicht nicht so sehr.

Sandra hat heute mit mir gesprochen.

Sie entsperrte ihr Handy und schrieb zurück.

Ricks Sandra?

Ja, wir standen nicht auf dem besten Fuß, aber das war meine Schuld.

Das hatte Rick also damit gemeint, dass Dani Menschen verletzte, die ihm wichtig waren.

Hört sich an, als würde sich die Sache zwischen ihnen gut entwickeln.

Ich bin froh. Ich glaube, er mag sie wirklich.

Rebecca seufzte.

Ich auch. Anfangs war es seltsam zu wissen, dass wir mit derselben Frau Sex hatten.

Rebecca blinzelte. Es war, als säße sie in einem Auto, das mit quietschenden Reifen an einer roten Ampel hielt. Und sie stellte fest, dass das, was sie fühlte, Eifersucht war.

Wir waren nicht zur selben Zeit mit ihr zusammen.

Okay.

Tut gut, sich zu versöhnen. Das war bis jetzt das Highlight meines Tages. Was ist mit dir?

Meins ist es, mit dir zu reden.

Sie starrte ihr Handy an.

Nichts passierte. Vielleicht starrte Dani ihr Handy ebenfalls an und überlegte, was sie sagen sollte. Schließlich kam doch noch eine Antwort.

Meine Mittagspause ist vorbei. Ich muss mich noch auf den neuesten Stand bringen.

Enttäuschung ähnelte dem Geschmack von verbranntem Essen. Rebecca hatte das vor einer Weile herausgefunden.

Okay. Reden wir später?

Ich ruf dich an, wenn ich nach Hause komme.

Rebecca legte das Handy mit dem Display nach unten auf den Tisch. *Hoffnungsvoll und ein bisschen dämlich.* Sie hatte Marks Worte nicht vergessen. Im Moment gab sie sich mit Krümeln zufrieden, weil Dani viel um die Ohren hatte. Aber Rebecca wusste, was sie wollte – Dani und eine Chance, es dieses Mal richtig zu machen. Das hatte sie Dani gegenüber noch nicht klargemacht, was wahrscheinlich ein Fehler war. Beängstigend war allerdings, dass sie keine Ahnung hatte, was Dani wollte, und sich fragte, ob Dani es überhaupt selbst wusste.

Rebecca starrte ihren Monitor an, doch der Text verschwamm vor ihren Augen. Obwohl sie panische Angst vor Danis Antwort hatte, wusste Rebecca, dass es wichtig war, auf einer Antwort zu bestehen und darauf zu hoffen, dass Dani sich genug verändert hatte. Oder zumindest bereit war, es zu versuchen. Zuerst musste Dani allerdings zugeben, dass sie auch ihren Teil dazu beigetragen hatte, wie sie damals auseinandergegangen waren.

Mark berührte im Vorbeigehen ihre Schulter.

Rebecca versteifte sich unwillkürlich.

Sein Stuhl knarzte, als er sich setzte. »Alles in Ordnung?«

Nein, war es nicht. Rebecca antwortete ihm nicht.

»Becca?«

Rebecca riss den Kopf nach oben. Sie begegnete seinem Blick, korrigierte ihn aber hinsichtlich ihres Namens nicht. Es klang inzwischen auch richtig, wenn es aus seinem Mund kam. »Ja?«

»Willst du reden oder so? Wir haben den Raum so gut wie für uns.«

Sie musste reden, aber nicht mit ihm. Es gab nichts, was Mark sagen oder tun konnte. »Nein, im Moment nicht.«

Er sah sie noch etwas länger an, ehe er nickte und sich abwandte.

Dani musterte den Inhalt des Kühlschranks und nahm sich den Rest der Pasta, die vom Mittagessen übriggeblieben war. Die Wohnung war still und trostlos – wie immer, wenn Rick nicht da war. Allerdings fühlte Dani sich heute noch einsamer als gewöhnlich. Da sie mittlerweile wieder besser miteinander klarkamen, vermisste sie Rick auch mehr.

Vielleicht war es nicht gut, immer und immer wieder alles in ihrem Kopf durchzugehen und sie brauchte ein vertrautes Gesicht um sich.

Dani seufzte. Sie musste nur zum Telefon greifen. Rebecca könnte sie zum Lachen bringen, wäre ganz sicher bereit zum Quatschen. Und danach würde sie sich vielleicht nicht mehr so einsam fühlen.

Dani stellte den Behälter mit den Nudeln in die Mikrowelle und nahm sich eine Gabel. Sie zögerte Rebecca anzurufen, weil sie jedes Mal, wenn sie mit ihr sprach, die Zurückweisung wieder klar und deutlich vor sich sah und in sich fühlte. Dani verstand Rebeccas Gründe, aber das hieß nicht, dass sie ihr gefielen. Diese ganze Sache zwischen ihnen hatte das Potenzial, übertrieben kompliziert zu werden.

Ein großer Teil von ihr wollte, dass die Beziehung zu Rebecca auf freundschaftlicher Basis blieb, einfach weil der Gedanke beängstigend war, dass sie irgendwann wieder etwas anderes sein könnten. Ihr war allerdings auch klar, dass ihr Verhalten nicht dazu beigetragen hatte, dass alles nur eine reine Freundschaft war. Warum hatte sie zugelassen, dass ihre Emotionen ihren Verstand beherrschten? *Als hätte ich eine Wahl.* Die Stimme in ihrem Kopf war überhaupt nicht hilfreich.

Die Mikrowelle piepste und Dani nahm den Behälter mit einem Geschirrtuch heraus. Gerade als sie aus der Küche ins Wohnzimmer ging, klopfte es an der Tür. Dani stellte ihr Essen auf den Tisch. Ihr Herzschlag beschleunigte sich. Natürlich war es möglich, dass es nur einer der Nachbarn war, der irgendetwas brauchte. Aber vielleicht …

Dani fragte durch die geschlossene Tür: »Wer ist da?«

»Ich bin's.«

Rebecca. Dani öffnete die Tür.

Rebecca stand vor ihr. Ihre Kiefermuskeln waren angespannt und ihr Blick eindringlich und entschlossen. Danis Magen zog sich zusammen. Rebecca war immer in Höchstform, wenn sie so aussah. Als hätte sie etwas zu beweisen.

Dani trat zur Seite, um sie reinzulassen.

»Ich weiß, ich hätte anrufen sollen, aber wir müssen reden.«

Das war es dann wohl mit dem Abendessen. »Okay.« Sie sah Rebecca prüfend an. »Cola?«

Rebecca nickte. »Bitte.« Anstatt sich zu setzen, folgte sie Dani in die Küche. »Entschuldige, dass ich dich beim Essen störe, es riecht wirklich gut. Aber es ist wichtig.«

Rebeccas Blick war so intensiv wie eine Berührung.

Dani nickte und öffnete den Kühlschrank. »Geht es um letztens?«

»Ja.« Rebeccas Stimme war leise und klang näher als noch vor ein paar Sekunden. Dani nahm eine Cola aus dem Kühlschrank, drehte sich um und trat unwillkürlich einen Schritt zurück, als sie feststellte, dass Rebecca nur wenige Zentimeter von ihrem Gesicht entfernt war. Wenn sie so nah war, konnte Dani nicht atmen. Sie lächelte und ging zum Schrank, um ein Glas zu holen und damit ein wenig Zeit zu schinden.

»Lauf nicht vor mir weg.« Rebecca packte Danis Arm und ihre Stimme zitterte dabei leicht.

Dani stellte die Cola auf die Anrichte und drehte sich zu Rebecca. »Ich wollte dir nur ein Glas holen.« Sie schluckte und versuchte, das Brennen in ihrer Magengegend zu ignorieren.

Rebecca sah aus, als würde in ihr ein Krieg toben. Ihr Gesichtsausdruck blieb düster, fokussiert. Ihre Lippen bebten, als wollte sie etwas sagen, das einfach nicht über ihren Lippen gehen wollte.

»Ich höre dir zu«, flüsterte Dani.

Langsam trat Rebecca näher.

Dani wich einen Schritt zurück und stieß mit dem Rücken gegen die Anrichte.

»Dani, ich …« Rebecca hielt inne und sah auf ihre Lippen.

Ihre Atmung stockte. Dani krallte sich an den Rand der Anrichte. Zwischen ihnen war nur noch wenig Platz.

»Ich glaube wirklich nicht, dass du eine Ahnung hast, wie schwer es war, dich vor zwei Tagen abzuweisen. Oder wie schwer dieser Moment ist.«

Danis Gedanken und Emotionen waren am Überkochen. Warum kämpften sie beide eigentlich gegen diese Anziehung? Vielleicht sollten sie einfach nachgeben. Wenigstens einmal. Und dann würde das, was auch immer zwischen ihnen war, verglühen und sie wären frei. »Das muss es nicht sein.«

Rebecca keuchte.

Für einen Moment schien die Zeit langsamer zu laufen. Dann trat sie einen Schritt nach vorne und ihre Lippen berührten sich. Sie stöhnte auf, fühlte Rebeccas Zunge.

Rebecca drückte sie gegen die Anrichte. Ihre Hände zogen an Danis T-Shirt. Als Rebecca endlich ihre Haut berührte, erschauderte Dani. Rebecca wusste genau, was sie tat. Als ihre Fingerspitzen endlich über Danis Brüste glitten, stöhnte Dani auf, ein Geräusch, das von dem folgenden Kuss gedämpft wurde.

Dani packte Rebeccas Schultern. Als diese mit den Händen über ihre Brüste glitt, löste Dani sich aus dem Kuss. Ihr Atem ging schnell. Die Berührungen, die Intimität … alles war fast zu viel. Aber sie wollte noch mehr.

Als Rebecca mit Danis Nippeln spielte, während sie mit den Lippen über ihren Hals glitt, zog es fast schmerzhaft zwischen Danis Beinen.

Rebecca schob Danis Shirt nach oben, doch ihr Mund glitt nach unten, streifte ihren linken Nippel, ehe sie ihn vollständig in den Mund nahm und saugte.

Dani stöhnte laut vor Lust.

Rebecca ließ ihre Zunge kreisen, ehe sie sanft ihre Zähne einsetzte.

Hitze breitete sich in Dani aus, sammelte sich tief in ihrem Inneren und schien aus ihr herausbrechen zu wollen. Sie konnte die Beine nicht zusammenkneifen, weil Rebecca dazwischenstand, also kreiste sie hilflos die Hüften.

Wie aus dem Nichts fühlte sich Dani auf einmal verletzlich. Ihre Reaktion auf das, was Rebecca mit ihr anstellte, machte Dani Angst. Sie musste etwas Kontrolle zurückgewinnen. Entschieden schob sie eine Hand in Rebeccas Haare und zog sie weg von ihrer Brust.

Rebecca runzelte die Stirn. Sie sah aus, als ob sie nicht ganz verstand, was gerade passierte. Und sie war einfach hinreißend. Heiß. Perfekt.

Dani führte erneut ihre Lippen zusammen, während Rebecca weiter mit den Händen über Danis Oberkörper strich. Jede Berührung hinterließ brennende Spuren. Als sich ihre Finger wieder um Danis Brüste schlossen, schob Dani Rebecca ein Stück weg und drehte den Spieß um, indem sie ihre Positionen tauschte.

Unbeeindruckt ließ Rebecca ihre Hände unter Danis Jogginghose gleiten und umfasste grob ihren Po. Dani stöhnte. Sie war kurz davor, sich einfach fallen zu lassen, Rebecca die Oberhand zu lassen. Dann besann sie sich und umfasste Rebeccas Hände. Sie drückte sie gegen die Anrichte, bedeutete Rebecca stumm, die Hände dort zu lassen.

Rebeccas Pupillen waren geweitet. Sie blinzelte heftig und atmete schwer. »Wa… was machst du? Ich muss …«, sagte Rebecca mit rauer Stimme.

Dani versuchte, sie mit einem Kuss zum Schweigen zu bringen. Vorsichtig biss sie in Rebeccas Unterlippe und strich mit der Zunge darüber. »Lass mich …«

Rebecca wimmerte. Erneut schlang sie die Arme um Dani, als würden sie dort hingehören. Ihre Berührung war fest, verlangend und fast ein wenig verzweifelt.

Dani wollte in der Berührung versinken, blieb aber hart und schob Rebeccas Hände wieder zur Arbeitsplatte.

Mit einem verwirrten Gesichtsausdruck sah Rebecca sie an. »Dani?«

»Psst.«

»Nein … nein«, erwiderte Rebecca.

Dani schluckte.

»In dieser Nacht auf meiner Couch wolltest du mich einfach so sehr, oder? Aber gleichzeitig wolltest du mich nicht.«

Was Dani jetzt wollte, war zurückzuweichen, aber Rebecca umfasste ihre Arme und ließ das nicht zu.

»Du lässt dich nicht von mir anfassen«, flüsterte Rebecca ungläubig.

Unfähig, sie weiter anzusehen, senkte Dani den Blick. Sie wusste nicht, was sie sagen sollte.

»Was für eine Scheiße ist das? Sieh mich an.«

Zögernd folgte Dani der Aufforderung.

»Wie kann das für dich in Ordnung sein?« Rebeccas Augen waren groß und voller Wut und Schmerz.

»Ich …« Dani hielt inne und räusperte sich.

»Ist es, weil ich gegangen bin? Weil ich dir wehgetan habe?«

Sie sah nach unten.

»Tu das nicht. Sieh mich an, bitte.«

Noch nie war ihr etwas so schwergefallen. Aber schließlich sah sie Rebecca wieder in die Augen.

»Du hast uns damals aufgegeben«, sagte Rebecca. »Du weißt, dass es so ist. Es gab keinen Grund, zu bleiben. Ich konnte nicht alles allein machen.«

Tränen brannten in Danis Augen.

»Du hast nicht mehr zugehört, keine Balance für uns mehr gefunden. Ich war dir nicht mehr wichtig. Ich weiß, welche Rolle ich dabei gespielt habe, wie ich mich verhalten habe, aber ich bin hier nicht die Böse. Das waren wir beide.« Rebeccas Blick war zwar wütend, aber ihr Tonfall war nicht grausam, sondern eher nüchtern.

Dani schüttelte den Kopf. Schuldgefühle stiegen in ihr auf. »Nein, da ist –«

»Doch«, unterbrach Rebecca sie. »Und wenn du das nicht akzeptieren kannst, woher soll ich dann wissen, dass es nicht wieder dazu kommt?« Rebecca legte sich eine Hand auf den Mund. Dani erwartete ein Schluchzen, doch ein paar Sekunden später nahm Rebecca die Hand wieder herunter. »Ich habe diese Frage gemieden, aber ich kann es nicht mehr. Ich will nicht nur einen schnellen Fick. Ich will sehen, wohin all diese Gefühl führen. Ich weiß, dass es dumm und gefährlich ist, aber ich kann nicht anders.« Rebeccas Lippen bebten, als sie lächelte. In ihren Augen schimmerte Traurigkeit.

Noch nie hatte Dani sich so hilflos und so überwältigt gefühlt, während gleichzeitig ihr ganzer Körper von einer seltsamen Wärme erfüllt wurde.

»Ich bin nicht sicher, was du von mir willst«, fuhr Rebecca fort. »Ich glaube nicht, dass du es selbst weißt. Aber du musst es herausfinden. Ich war vor vier Jahren vielleicht ein Arschloch, aber nach allem, was in den letzten Monaten passiert ist, glaubst du nicht, dass ich mehr verdiene? Dass wir beide das tun?«

»Becca …« In Dani herrschte pures Chaos. Sie wusste nicht, was sie sagen sollte, wollte nicht, dass das Falsche herauskam und die Situation schlimmer machte.

»Ich sollte gehen. Ich habe gesagt, was ich sagen wollte. Ich wollte nicht, dass etwas anderes passiert. Ich habe mich nur … in dir verloren.« Rebecca ließ Danis Arme los, ehe sie ihr das T-Shirt wieder über den nackten Bauch zog.

Die Geste löste Tränen bei Dani aus. Sie hatte anfangs so hart dafür gekämpft, Rebecca aus ihrem Leben fernzuhalten und jetzt erschreckte sie der Gedanke, dass sie wieder gehen könnte.

Dani wischte sich übers Gesicht. »Es tut mir leid. Ich habe nicht … Du kannst nicht einfach …«

»Ich gehe nirgendwohin, Dani«, sagte Rebecca. »Ich bin zu Hause. Ich weiß nicht, was ich für dich sein kann, aber ich weiß, dass ich *das hier* nicht sein kann, nicht so, wie die Dinge zwischen uns sind.«

Rebecca schob sich an Dani vorbei. Als sie die Küche verließ und ins Wohnzimmer ging, sah Rebecca über ihre Schulter. »Ich schreibe dir später, in Ordnung?«

Dani biss sich auf die Unterlippe und nickte. In ihr herrschte ein emotionales Chaos. Sie wollte Rebecca nachlaufen. Sie wollte sie gehen lassen. Sie wollte ihre Arme um sich spüren. Sie wollte sich sicher und nicht verängstigt fühlen. Aber letztendlich blieb sie einfach stehen. Als die Tür wieder ins Schloss fiel, war sie noch einsamer als zuvor.

KAPITEL 24

Rebecca gab ihr Bestes, um sich auf ihr Leben ohne Dani zu konzentrieren. In kurzer Zeit hatte sie sich schon wieder an so viel gewöhnt – Danis Berührung, ihr Lachen, ihre Stimme und mehr, aber sie hatte keine Wahl. Sie musste einen Schritt zurücktreten, damit Dani herausfinden konnte, was sie wollte. Vielleicht würden sie es schaffen, nur Freundinnen zu sein. Und so hart das auch für Rebecca wäre, würde sie irgendwann sicher damit klarkommen. Ganz konnte und würde sie Dani nicht mehr aus ihrem Leben ausschließen.

Rebecca lehnte sich auf ihrem Stuhl zurück und verschränkte die Hände hinter dem Kopf. Sie hatte heute Nacht kaum geschlafen. Dani nicht anzurufen war schwerer gewesen, als sie gedacht hatte, aber nichts an dieser Situation zwischen ihnen war einfach.

Alvin blieb an ihrem Tisch stehen und nahm sich einen Donut aus der fast leeren Schachtel.

Sie spürte seinen Blick auf ihr und sah ihn an. »Was?«

»Schmollst du, weil dein Junge heute frei hat? Siehst so unglücklich aus.«

»Wir stehen uns nicht so nah, dass mich seine Abwesenheit umhauen würde.«

Er zuckte mit den Schultern. »Du hast die Unterlippe vorgeschoben und so einen traurigen Welpenblick aufgesetzt.«

Rebecca funkelte ihn an.

Alvin lächelte. »Was?«

»Das war ziemlich sexistisch.«

»Nein, war es nicht.«

»Dann sag das doch mal zu Benz und hör dir an, was sie darüber denkt.«

Alvin schürzte die Lippe. »Nein, ist schon in Ordnung.«

»Dachte ich mir.«

»Du hast immer noch diesen traurigen Hundeblick, nur damit du es weißt.«

»Vielen herzlichen Dank.«

»Ich bin nicht Oprah, also werde ich nicht dein Leben in Ordnung bringen.«

Rebecca schnaubte. Das wurde jede Sekunde besser. »Gut, lass Oprah Winfrey aus dem Spiel. Das ist ein weiterer Moment, in dem ich dir sage, dass du ein Arschloch bist.«

»Ich weiß. Aber ich habe einen Fall. Willst du einsteigen? Könnte helfen, dich auf andere Gedanken zu bringen.« Alvin verschränkte die Arme vor der Brust.

Sie musterte ihn. »Emmet hat dich abgewiesen, nicht wahr?«

»Im Flur, vor dreißig Sekunden. Er sagte, er wäre heute nicht in der Stimmung für mich. Und ich kann allein daran arbeiten …«

Rebecca lachte. »Was ist es?«

»Ich weiß noch nicht alles. Habe einen Anruf von unten bekommen, dass sie den Fall an uns weiterleiten, weil sie keine Spuren haben. Der Vater des Jungen ist auf dem Weg nach oben. Sollte jede Sekunde hier sein.«

»Okay, ich bin dabei.« Sie hoffte, dass der Tag interessant genug werden würde, damit ihre Gedanken nicht immer wieder zu Dani wanderten.

Dani hatte die letzten sechsunddreißig Stunden halb betäubt hinter sich gebracht. Das Gefühl war ihr vertraut – oder vielmehr das Fehlen von Gefühlen. Es war für eine Zeit ihr ständiger Begleiter gewesen, bis es irgendwann von Wut abgelöst worden war. Dieses Mal war Dani nicht sicher, ob das wieder passieren würde. Worüber sollte sie wütend sein? Sie wusste bereits, dass sie ein schrecklicher Mensch sein konnte. Rebecca hatte ihr nichts Neues erzählt.

Danis Alltag war Teil einer Routine, also durchlebte sie ihn fast mechanisch. Sie lächelte, wenn das angebracht war, hatte eine höfliche Geste für die, die sie brauchten. Zu mehr war sie im Moment nicht in der Lage.

Zu Hause war alles eine ganz andere Geschichte. Sie schlief kaum, weil ihre Gedanken sich nicht abschalten ließen, verbrachte viele Stunden damit, die letzten zehn Jahre ihres Lebens durchzugehen. Sie listete ihre Fehler und ihr Versagen auf und stellte diesen ihre Siege und positiven Eigenschaften gegenüber. Natürlich fielen ihr mehr positive als negative Dinge ein. Also hatte sie sich entschieden, heute Nacht eine Doppelschicht zu übernehmen und etwas Konstruktives mit ihrer Zeit anzufangen. Sich schlaflos und von Gedanken gequält im Bett herumzuwerfen, war die schlechtere Alternative.

Ihr Fokus sollte auf ihren Patienten, Schemata, Recherchen und unzähligen anderen Aktivitäten liegen, aber alles in ihrem Kopf war von einer Person dominiert – Rebecca. Die Erinnerung an den Ausdruck auf Rebeccas Gesicht und an die Überzeugung in ihren Worten löste einen stechenden Schmerz in Danis Bauch aus.

Rebecca wollte sie. Sie wollte *sie*. Sie wollte eine Beziehung. Diese Offenbarung überraschte Dani nicht, obwohl dies vielleicht hätte der Fall sein sollen.

Dani hatte keine Ahnung, ob sie in der Lage wäre, Rebecca das zu geben, was diese brauchte. Es würde immer irgendetwas im Krankenhaus passieren, was ihre gesamte Aufmerksamkeit benötigte – ein Patient, ein Notfall. Rick verstand das alles, weil es auch sein eigenes Leben war. Rebecca hatte es am Anfang ihrer Beziehung auch versucht zu verstehen, war dann aber mehr und mehr genervt gewesen. Offensichtlich glaubte die heutige Rebecca, sich genug geändert zu haben, um das mit der Beziehung erneut zu versuchen. Dani war nicht sicher, ob das stimmte.

Sie hörte auf, so zu tun, als würde sie arbeiten und schloss die Augen, als sie an den Rest von Rebeccas Worten dachte. Es gab so viele Seiten einer Geschichte. Ihre war keine Ausnahme. Die Schreierei, die verletzten Gefühle. Gegen Ende ihrer Beziehung hatte es Zeiten gegeben, in denen Dani nicht einmal hatte nach Hause kommen wollen. Sie war damals überzeugt gewesen, dass Rebecca das Unmögliche von ihr verlangte: Zeit, die sie nicht geben, und Versprechen, die sie nicht halten konnte.

Rebecca hätte vorbereitet sein müssen. Dani hatte oft darüber gesprochen, wie einnehmend das Medizinstudium, die Assistenzzeit und alles, was damit zusammenhing, sein konnten. Aber je mehr Rebecca von ihr an Aufmerksamkeit und Zeit verlangte, desto weiter fühlte sich Dani über ihre natürlichen Grenzen hinaus getrieben. Dann war die Wut gekommen und geblieben. Das war Danis Sicht auf dieses schreckliche Chaos und egal, aus welchen Winkeln sie es betrachtete, sie kam immer wieder zum Ausgangspunkt zurück.

Dani starrte ihr Handy an, das mit dem Display nach unten auf dem Tisch lag. Es juckte ihr in den Fingern, danach zu greifen. Rebecca hatte ihr Wort gehalten. Sie hatte geschrieben, aber die Nachrichten schienen rein obligatorisch zu sein. *Wie geht's dir? Wie war dein Tag?* Keine Reisen in die Vergangenheit, um sie zum Lachen zu bringen. Kein Charme und keine Witze. Es war, als hätte jemand ihre Beziehung neu gestartet.

Im Vergleich zu ihr hatte Rebecca etwas vollkommen anderes erlebt. Ihre Weigerung, Situationen aus Rebeccas Sicht zu betrachten, war egoistisch gewesen. So viel war ihr klar. Dani ließ das Gesicht in die Hände sinken. Nichts, was ihr gesagt worden war, war neu für sie.

Dani nahm die Hände vom Gesicht und lehnte sich zurück. Es war egal, wer recht oder unrecht hatte oder wer von ihnen schlimmer gewesen war.

Dani war in ihrem letzten Assistenzjahr, aber danach kamen noch weitere drei Jahre für die Spezialisierung. Ihr Leben würde wahrscheinlich noch chaotischer sein als im ersten Assistenzjahr, mit langen Arbeitszeiten. Sie würden tatsächlich wieder genau da landen, wo sie vorher gewesen waren. Dani war gedanklich so erschöpft und die nächste Therapiesitzung war erst in ein paar Tagen. Nicht, dass es irgendeine magische Lösung für ihre Probleme gab.

Sie wusste nicht, wie sie irgendetwas davon in Ordnung bringen sollte und sie war nicht sicher, ob sie die Energie hatte, es weiter zu versuchen. Allerdings wusste sie auch, dass Rebecca wartete. Natürlich war das Dani wichtig, aber sie musste ihre eigenen Gefühle sortieren. Sie musste atmen. Sie brauchte einen Entschluss. Sie brauchte … so viele Dinge.

Ihr Handy piepste und als sie es schnell umdrehte, sah sie eine Nachricht von Rick.

Habe lange gearbeitet, mache aber gleich Feierabend. Bist du zu Hause oder im Krankenhaus?

Sie tippte ihre Antwort.

Ich mach eine Doppelschicht. Bin im Aufenthaltsraum der Pädiatrie.

Okay. Bleib da, komme gleich.

Dani war überrascht, dass er nach Hause und nicht zu Sandra fuhr. Vielleicht hatte sie Nachtschicht. Alle um sie herum schienen ihr Leben im Griff zu haben. Sie würde gerne wissen, wie das ging. Ein paar Minuten später öffnete sich die Tür und Dani sah auf.

Rick lächelte. »Hey, Fremde.«

Sie lächelte zurück. Er sah so glücklich aus. »Selber hey. Arbeitet Sandra länger?«

Er nickte. »Ja, ich hätte trotzdem bei ihr schlafen können, aber ich dachte …« Rick zuckte mit den Schultern. »Nicht, dass du irgendein Nachgedanke bist oder sowas.«

»Ist schon okay, ich verstehe es.« Dani winkte seine Worte ab.

»Na ja, da du arbeitest, bin ich sowieso allein. Warum bist du nicht in einem der Studienzimmer? Mehr Privatsphäre.«

»Eigentlich bin ich gut darin, alle auszublenden. Es stört mich sowieso niemand, es sei denn, sie brauchen etwas.«

»Hm, okay. Vielleicht frage ich Becca, was sie heute so macht.«

Dani schluckte. »Gute Idee.« Sie bemühte sich, ihre Stimme neutral zu halten.

Rick nahm sich einen Stuhl und setzte sich. »Also, Thanksgiving.«

»Was ist damit?«

Er starrte sie an und schüttelte den Kopf. »Es ist nächste Woche.«

»Nein, ist es nicht.« Die Zeit konnte unmöglich so schnell vergangen sein.

»Vierter Donnerstag im November. Wie immer. Aber ist schon gut, ich bin dir weit voraus. Ich habe letzten Monat einen gegrillten Truthahn bestellt. Sandra unternimmt vormittags etwas mit ihrer Familie. Sie kommt trotzdem später vorbei. Vielleicht bleibt nicht so viel übrig, wenn wir zu viert sind.«

Der Gedanke, dass Rebecca bei einer Familienzusammenkunft neben ihr saß, wärmte sie und löste gleichzeitig Panik in ihr aus. »Äh, ich arbeite.«

»Na und? Ich auch.« Rick musterte sie und verengte die Augen. »Das hat uns vorher nie aufgehalten.« Er sah sie weiter an. »Zögerst du wegen Sandra? Ich dachte, ihr –«

»Nein, alles in Ordnung. Wir werden wahrscheinlich nie beste Freunde werden, aber alles gut.«

Rick stöhnte. »Es ist Becca, nicht wahr? Ich dachte, ihr würdet euch zumindest zivilisiert –«

»Wir sind gerade einfach in einer seltsamen Situation«, unterbrach Dani ihn.

»Tja, es ist trotzdem Thanksgiving. Wir sind alles, was sie an Familie hat, egal, was bei euch los ist.«

Wenn er es so ausdrückte … »Okay, dann gibt es wohl gegrillten Truthahn für vier Personen.«

Rebecca drehte sich vom Rücken auf die Seite, um es sich gemütlicher zu machen.

Peyton blinzelte sie träge an.

»Was? Störe ich dich?«

Peyton reagierte nicht.

Rebecca rollte genervt mit den Augen und wünschte sich, einschlafen zu können. Aber sie hatte nicht so viel Glück. Vielleicht würde es funktionieren, wenn sie tatsächlich das Licht ausschaltete? Es war naiv zu glauben, dass das helfen würde. Ihr Kopf war schwer von Gedanken und Gefühlen, die sich alle um Dani drehten. Licht an oder aus machte da keinen Unterschied.

Nicht einmal die Arbeit hatte ihr eine Pause verschafft. Alvins Fall war vorbei gewesen, bevor er begonnen hatte. Was war nur mit den Leuten los, die falsche Anzeigen erstatteten? Und warum war das niemandem aufgefallen? Niemand brauchte so dringend Aufmerksamkeit. Und der Vater hatte wiederholt versucht, sie zu umarmen. Das ganze Geheule hätte ihm keinen Oscar eingebracht. Er war blass und verschnupft und ekelhaft gewesen. Die Strafe dafür, wegen eines Verbrechens zu lügen, sollte viel strenger sein, als sie es bereits war. Dämlicher Mistkerl.

Sie drehte sich auf die andere Seite. Und damit lag ihr Handy genau in ihrem Sichtfeld. Rebecca wollte Dani so dringend anrufen, nur um ihre

Stimme zu hören, aber sie war sicher, dass das keine gute Idee war. Sie hatte sich entschieden für den Moment nur hin und wieder eine Nachricht zu schreiben, die nicht zu tief ging. Einfach nur, um zu zeigen, dass sie noch da war, Dani nicht vergessen hatte.

Dani machte eine Menge durch. Rebecca wollte für sie da sein, um ihr zu zeigen, wer sie jetzt war. Aber herumzusitzen und zu warten war nicht ihr Ding. Fiel ihr so unendlich schwer.

Ihr Handy piepte. Rebecca nahm es vom Nachttisch und las die Nachricht von Rick.

Du kommst Thanksgiving vorbei.

Thanksgiving? War das schon wieder so weit? Sie warf einen Blick auf das Datum. In letzter Zeit war ihr wirklich einiges entgangen.

Was sagt Dani?

Ich sage, dass du vorbeikommst.

Das klang ja nicht gut.

Ich weiß nicht so recht.

Ich will niemanden verletzen, aber es ist dein erster richtiger Feiertag zu Hause. Du solltest ihn mit jemandem verbringen, dem du wichtig bist. Ihr habt euch bis jetzt ja auch überlebt.

Es fühlte sich an, als würde ihr jemand ein Messer in die Brust stechen. Rebecca atmete zittrig ein.

Ich weiß es trotzdem nicht. Lass mich drüber nachdenken.

Du musst dir etwas Gutes tun. Wenn du nicht zu uns kommen kannst, solltest du zu Mark gehen.

Okay.

Zumindest das konnte sie ihm versprechen. Mark hatte sie nicht eingeladen, aber sie war sich seiner Freundschaft mittlerweile so sicher, dass er das tun würde, wenn sie in einem Gespräch andeutete, dass sie an dem Feiertag sonst allein wäre.

Nacht.

Rebecca sah auf ihr Handy, antwortete aber nicht. Stattdessen legte sie es mit dem Display nach oben ab und beugte sich zur Nachttischlampe. In diesem Moment piepte es erneut. Rebecca warf einen Blick darauf. Dani.

Wie war dein Tag?

Die Worte ließen ihr Herz höherschlagen. Die Frage war so allgemein und harmlos wie ihre anderen Nachrichten, aber bisher war Rebecca immer diejenige gewesen, die die Unterhaltung initiiert hatte.

Hoffnung wallte in ihr auf, ohne dass sie etwas dagegen ausrichten konnte. Dani mochte vielleicht unsicher sein und nicht genau wissen, wohin die Reise ging, aber sie hatte gerade eine Sache deutlich gemacht: Sie wollte Rebecca nicht aus ihrem Leben streichen.

KAPITEL 25

Dr. Luft versuchte zu lächeln, doch es gelang ihr nicht wirklich. »Vielleicht ist heute der Tag.«

Dani tätschelte ihr die Schulter. »Wir werden sehen.«

»Danke übrigens, dass Sie mich mitnehmen. Es ist sehr nett von Ihnen und ich weiß das sehr zu schätzen. Ich bin etwas zuversichtlicher, aber …« Dr. Luft schüttelte den Kopf. »Ich weiß nicht. Ich dachte, ich wäre mittlerweile besser darin, mit Eltern umzugehen. Was denken Sie?«

»Worüber?«

»Wie ich mich schlage?«

Dani lachte auf. »Ich bin nicht sicher, ob ich dafür die beste Ansprechpartnerin bin.«

»Warum nicht? Sie waren sonst auch immer schonungslos ehrlich.«

»Ja, nun, ich versuche in letzter Zeit, nicht mehr ganz so schonungslos zu sein.«

Sie blieben vor Jacobs Tür stehen.

»Das macht mir keine großen Hoffnungen«, flüsterte Dr. Luft.

»Luft, es ist Ihre Karriere. Bitte stützen Sie sich nicht darauf, was ich gesagt oder nicht gesagt habe.«

»Auf wessen Meinung soll ich mich dann stützen?« In ihrem Blick lag fast schon Verzweiflung.

»Ihre eigene.«

Sie atmete scharf ein und nickte. »Ich übernehme?« Ihre Stimme hob sich am Ende.

»Fragen Sie mich, oder sagen Sie es mir?«

»Ich frage Sie?«

»*Luft.*« Dani seufzte.

»Okay, okay, ich sage es ihnen.«

»Das ist besser, aber denken Sie daran, mit wem wir es zu tun haben – ein besorgtes Elternteil. Sie sind nicht hier, um ihr etwas vorzuschreiben.«

Dr. Luft nickte erneut. »Verstanden.«

Dani stieß Jacobs halb offenstehendeTür auf.

Sheri hob den Blick, als sie eintraten und Jacob bemühte sich, sich aufzusetzen und zu lächeln. »Doktor D.«

»Guten Morgen.«

»Wir geht's dir heute, Jacob?«, fragte Dr. Luft.

Jacob sah die andere Ärztin an. »Besser als gestern, glaube ich.«

Dr. Luft grinste. »Gut, aber du weißt, wie es läuft. Wir müssen dich trotzdem untersuchen.«

»Ich weiß. Geht in Ordnung.«

Schweigend richtete Sheri die Kissen hinter ihrem Sohn. Sie lächelte, als sie ihm half, es sich bequemer zu machen.

Dani überprüfte seine Vitalwerte und die neuesten Laborwerte, während Sheri sie stumm beobachtete. Ihr Gesicht eine unlesbare Maske. Aber die Kälte, die sie das letzte Mal empfunden hatte, schien zu fehlen.

»Mrs. Cook, wenn wir hier fertig sind, würde ich Sie gern über Jacobs Zustand auf den neuesten Stand bringen.«

Sheri nickte einmal und richtete den Blick auf ihren Sohn.

»Ma, ist in Ordnung – sie werden das Ding rausnehmen und sich gut um mich kümmern.«

Die Erleichterung, die Dani durchströmte, war so groß, dass ihre Knie kurz weich wurden. Sie sah zwischen Mutter und Sohn hin und her. Sheris Blick war nun eindeutig voller Angst und Resignation.

»Er hat recht«, sagte Dani. »Das werden wir.«

Sheris Lippen bebten. »Okay.«

Dr. Luft klatschte in die Hände. Dani wandte sich mit finsterem Blick an sie und Dr. Luft lächelte beschämt. »Das sind gute Nachrichten. Mrs. Cook, haben Sie irgendwelche Fragen?«

Sheri schüttelte den Kopf. »Im Moment nicht. Nein.«

»Was ist mit dir, Jacob?«, fragte Dr. Luft.

»Ich werde aufwachen und gesund sein?« Er klang so aufgeregt.

»Noch ein bisschen mehr Chemo danach, dann bist du so gut wie neu und kannst wieder ein Kind sein«, sagte Dr. Luft.

Sheri starrte Dr. Luft an, sagte aber nichts.

»Okay, wir verschwinden. Ruh dich aus, Jacob. Wir sehen uns heute Nachmittag.«

Jacob strahlte. »Okay, Doktor D.«

Dani warf einen letzten Blick in Sheris Richtung, aber die konzentrierte sich ausschließlich auf ihren Sohn. Schweigend verließen sie das Zimmer.

»Oh, das war gar nicht so schlimm.« Luft klatschte erneut, sobald sie vor der Tür standen. »Es ist so viel einfacher, wenn die Eltern gesunden Menschenverstand haben.«

Dani starrte sie fassungslos an. »Lassen Sie mich einen Moment wieder ehrlich sein.«

Dr. Lufts Augen weiteten sich.

»Kommunikation hat mehrere Ebenen. Wenn man andere insgeheim verurteilt, weil sie Angst haben oder hoffnungslos sind, kann sich das unter anderem an der Art zeigen, wie man mit ihnen spricht.« Es fiel Dani schwer, sich ihre Wut nicht anhören zu lassen. Aber sie wollte, dass Dr. Luft wirklich zuhörte und versuchte, so ruhig wie möglich zu erscheinen. »Lassen Sie Ihre persönliche Meinung über die Patienten an der Tür zurück. Ich glaube, das wird Sie zu einer besseren Ärztin machen.«

Dr. Luft sah auf ihre Füße. »Wissen Sie, gerade kann ich wirklich verstehen, warum Sie viele der Assistenzärzte nicht mögen.«

Dani überdachte ihre Wortwahl und glaubte nicht, dass sie beleidigend oder herablassend gewesen war. Luft hatte nach ihrer Meinung gefragt und Dani hatte Dr. Lufts Schwierigkeiten aufgeschlüsselt. »Nein, Sie werden das nicht auf mich abwälzen. Sie sind für Ihr eigenes Verhalten verantwortlich. Denken Sie darüber nach, was Sie gesagt haben.«

Lufts Gesicht lief rot an. »Ich … Okay. Ja, vielleicht war das ein wenig unpassend.« Sie sah überallhin, nur nicht zu Dani. »Tut mir leid, ich sollte besser gehen.«

»Gute Idee.«

Sie nickte und ging.

Dani sah ihr nach.

Ihre Tasche vibrierte und sie griff automatisch nach ihrem Handy. Es war eine Benachrichtigung, die sie an ihre Therapiesitzung in einer Viertelstunde erinnerte. Dieses Wissen machte einer ganz anderen

Erleichterung in ihr den Weg frei. Hoffentlich konnte ihr Patti mit der Zeit das Licht am Ende des Tunnels zeigen, in dem Dani sich befand.

Rebecca öffnete die Augen und verzog das Gesicht. Der Inhalt der Toilette war das letzte, was sie sehen wollte. Sie erhob sich mühevoll vom Boden. Auf keinen Fall konnte sie noch mehr hochwürgen. Es war schlicht nichts mehr übrig. Das Zimmer drehte sich genauso wie ihr Magen. Rebecca stöhnte, als sie sich erneut über die Toilette beugte.

»Scheiße, scheiße, scheiße.« Rebeccas Stimme war rau. Langsam hob sie die Hand, um die Spülung zu betätigen. Dann wischte sie sich mit der Hand über die Stirn. Ihre Haut war feucht und kalt. Vorsichtig setzte sie sich wieder und rutschte nach hinten an die Wand.

Beim Aufwachen heute Morgen war ihr übel gewesen, sie hatte gezittert und ihr Kopf hatte sich angefühlt, als wäre sie gestern einen Marathon gelaufen. Rebecca hatte sich eingeredet, dass eine Cola ihren Magen beruhigen würde. Sie hatte so verdammt falsch gelegen. Zumindest hatte die kalte Cola kurz ihrer rauen Kehle gutgetan. Sie lehnte den Kopf zurück an die Wand und schloss die Augen. Als sie sie wieder öffnete, stand Peyton in der Tür und miaute laut.

»Ich weiß … Ich weiß, du hast Hunger.« Rebecca schluckte. Der Gedanke an irgendeine Art von Essen sorgte beinahe dafür, dass sie sich wieder übergab. »Aber es wird eine Weile dauern.«

Peyton miaute erneut und trottete herein. Sie rieb ihren Kopf an Rebeccas Bein, hüpfte auf ihren Schoß und schnurrte wie eine gut geölte Maschine. Rebecca sah auf sie hinunter. »Sterbe ich? Bist du deshalb so nett zu mir?«

Die Katze blinzelte und Rebecca blinzelte zurück. Ein paar Minuten blieb sie noch sitzen. Dann wollte sie einen erneuten Versuch wagen, aufzustehen. Sie schob Peyton aus dem Weg und atmete ein paar Mal tief ein und aus, ehe sie sich an der Wand nach oben zog. Das Badezimmer neigte sich zur Seite und verschwamm einige Sekunden, ehe es wieder in den Fokus rückte.

»Oje.« Da sie die Wand schon so weit gebracht hatte, lehnte Rebecca sich dagegen und schob sich daran aus dem Raum, durch den Flur und in die Küche, wo ihr Handy und Peytons Frühstück warteten. Ihr Handy erreichte sie zuerst, also wählte sie Marks Nummer.

»Was gibt's? Rate mal, was ich gerade an der Tankstelle gefunden habe!«

Rebecca versuchte, sich zu räuspern, aber es fühlte sich immer noch an, als würde etwas in ihrem Hals feststecken.

»Eine Cola mit deinem Namen drauf. Ich habe sie nur gekauft, damit ich sehen kann, wie du die Augen verdrehst, während du sie austrinkst«, fuhr Mark fort. »Hallo?«

»Mark?« Ihre Stimme klang wirklich dreckig.

»Warum hörst du dich an, als hättest du eine ganze Schachtel Zigaretten geraucht?«

»Krank.«

»Oh, verdammt. Du kommst also nicht?«

»Nein.«

»Gott, du klingst wie der Tod. Ich kann vorbeikommen.«

Rebecca sah auf den Boden. »Nein, nur …« Sie leckte sich die Lippen. »Ich komme schon klar.«

»Da bin ich sicher. Ich komme nicht deinetwegen. Es geht um meinen eigenen Seelenfrieden. Also, entweder rufe ich dich jede Stunde oder so an, um sicherzugehen, dass du noch lebst, oder ich überzeuge mich selbst.« Er hielt inne. »Ich werde trotzdem anrufen, nur damit du es weißt, aber einfach nicht so oft.«

Sie hatte keine Energie, sich zu wehren. »Ja, mach, was du willst.« Rebecca legte auf und dann fiel ihr ein, dass sie zur Haustür gehen musste, um sie zumindest aufzuschließen. Sie stöhnte. Die Wand entwickelte sich schnell zu ihrer besten Freundin.

Als es später klingelte, sagte Rebecca, so laut sie konnte, »Herein«. Sie stützte sich schwer auf der Rückenlehne der Couch ab und nutzte sie als Führungshilfe, um ein paar Schritte zu gehen.

Mark ließ sich selbst herein.

Rebecca schwankte, als sie zum Ende der Couch kam, aber plötzlich war Mark da.

»Vorsichtig.« Er legte ihr einen Arm um die Taille. »Mach langsam.« Er half ihr, sich zu setzen und nahm neben ihr Platz.

Sie lehnte sich in das Polster. »Bin wahrscheinlich ansteckend.«

»Ich werde kaum krank, ist schon in Ordnung.«

Sie wurde auch kaum krank.

»Himmel, Becca, ich weiß, dass du gestern Abend leichte Kopfschmerzen hattest, aber wie ist *das* daraus geworden?« Er starrte sie kopfschüttelnd an. »Du siehst wie ein Zombie aus. Du hast in den Spiegel gesehen, oder?«

Rebecca wollte nicken, war aber sicher, dass ihr Kopf dabei abfallen würde.

»Okay, ich bringe dich ins Bett und suche ein paar Sachen zusammen, die dir helfen, den Tag zu überstehen. Hast du Suppe?«

Sie verzog das Gesicht und schmatzte.

»Magst du nicht? Schade, es gibt für dich trotzdem nur Brühe, Vitamine und Wasser.«

Rebecca verzog erneut das Gesicht. »Habe keine Vitamine.«

»Ich gehe in den Supermarkt, sobald du im Bett bist.«

»Kannst du Peyton füttern?«, fügte sie hinzu.

»Mach ich.«

»Hey.«

Rebecca wachte ruckartig auf, als sich Mark über sie beugte. »Ja?«

»Hier. Ich habe Lutschtabletten für deinen Hals mitgebracht. Und etwas gegen das Fieber. Cracker gegen die Übelkeit und viel Flüssigkeit. Vergiss die Brühe, die ist sowieso widerlich.« Er deutete auf ihren Nachttisch und den Mülleimer, der danebenstand. Mit trüben Augen sah sie hinüber. »Für den Fall, dass dir schlecht wird. Jetzt brauche ich die PIN für dein Handy.«

»134900«, antwortete sie, ohne zu zögern.

»Ich schreibe Benz und dann Rick, für den Fall, dass ich länger arbeiten muss.«

»Schreib nicht … Dani.«

Er sah sie an. »Hatte ich nicht vor, aber bist du sicher?«

Rebecca atmete scharf ein, als Tränen in ihren Augen brannten. Das war ein wenig überdramatisch, aber sie war zu erschöpft, um im Moment mit ihren Gefühlen zu kämpfen. Himmel, vielleicht hatte sie diese ganze Situation erst krank gemacht. »Ja, ich bin sicher.«

»Na dann.« Er hob ihr Handy. »Lass mich das fertig schreiben und dann verabreichen wir dir ein paar Medikamente. Du hast zwei Tage, um das zu überwinden. Es ist mir egal, zu wem von uns du an Thanksgiving gehst, aber du wirst nicht mit deiner gemeinen Katze allein zu Hause sitzen. Hast du mich verstanden?«

Sie nickte kurz und brach beinahe wieder in Tränen aus. Gott, Rebecca hasste es, krank zu sein.

Als Dani Jacobs Zimmer zum zweiten Mal an diesem Tag betrat, war sie überrascht, dass er schlief. Sheri war nicht im Raum, aber sie konnte das Wasser im Badezimmer hören. Ein paar Sekunden später öffnete sich die Tür, Sheri kam heraus und wischte sich mit einem Taschentuch die Augen. Sie waren rot geädert, als hätte sie geweint.

»Ich kann später wiederkommen«, sagte Dani sanft.

Sheri schüttelte schniefend den Kopf. Sie sah Dani an und plötzlich liefen ihr Tränen über die Wangen.

Dani sah zum Bett, doch Jacob hatte sich nicht gerührt. Sie berührte Sheris Schulter. »Kommen Sie mit. Ich sorge dafür, dass jemand nach ihm sieht.«

Nickend folgte Sheri ihr.

Dani machte am Schwesternzimmer Halt, um ihr Versprechen einzulösen. Dann führte sie Sheri in das nächste leere Zimmer. Sie reichte ihr eine Packung Taschentücher und bat sie, sich zu setzen.

»Es muss seltsam sein, mich so zu sehen.« Sheri sah sie an.

»Ihr Sohn ist krank. Es ist nichts Seltsames daran, emotional zu sein.«

Sheri lachte, aber ihr Gesichtsausdruck war traurig und irgendwie auch verärgert. »Sie verstehen das nicht. Es ist meine Schuld.«

»Was meinen Sie?«

»Dass Jacob krank ist.«

»Eltern geben sich oft selbst die Schuld, aber Sie können die Genetik nicht kontrollieren. Sie hatten nichts mit seinem Tumor zu tun.«

Sheri schüttelte den Kopf. »Es hätte nicht so schlimm sein müssen.«

»Seine Prognose ist sehr gut, Sheri.«

»Aber er muss operiert werden.« Die Tränen fielen erneut. »Das haben die Ärzte auch bei seinem Vater gesagt. Auch seine Prognose war gut.« Sheri legte sich eine Hand auf den Mund, während sie weinte. »Es ist meine Schuld. Der Tumor hätte früher entdeckt werden können.«

Dani kniete sich vor sie und wartete. Sheri schien noch mehr sagen zu wollen.

»Nachdem sein Vater gestorben ist, habe ich gearbeitet. Ich habe alles in meinen Job gesteckt. Es war das Einzige, was mich beschäftigt und vor dem Wahnsinn bewahrt hat. Jacob ist immer wieder zu mir gekommen, weil sein Bauch immer wehgetan hat. Er hat nicht viel gegessen und die ganze Zeit geschlafen. Ich dachte, er wäre immer noch wegen seines Vaters aufgewühlt und würde versuchen, Aufmerksamkeit zu bekommen. Eines Morgens ist er aufgewacht und sein Bauch war so geschwollen, dass ich wusste, dass wirklich etwas nicht stimmte. Die ganze Zeit hätte ich ihm glauben müssen. O Gott …« Sheri beugte sich vor und verbarg das Gesicht in den Händen.

Es dauerte einen Moment, bis Dani das Gesagte verdaut hatte. Vor lauter Mitgefühl war ihr schwindlig. Sie zog die Hände von Sheris Gesicht. »Aber jetzt sind Sie hier. Und sie haben ein großartiges Kind, das gesund und stark aufwachsen wird. Ich kann mir Ihre Angst nicht vorstellen, aber Sie tun das Richtige. Wir werden alle Vorsichtsmaßnahmen ergreifen.«

Sheri sah Dani an. »Ich will Ihnen glauben.«

»Bitte versuchen Sie es. Es ist okay, Angst zu haben, aber Sie müssen auch an die Medizin und uns Ärzte glauben.«

Sheri nickte und dann passierte etwas ganz und gar Außergewöhnliches – sie umarmte Dani. Dani schluckte die Tränen hinunter, die in ihr aufstiegen. Sie erwiderte die Umarmung. »Alles wird gut.« Sie sprach die Worte voller Überzeugung ruhig und gelassen aus, aber innerlich war Dani erschüttert.

Obwohl Sheris Erfahrung nicht genau dieselbe war, gab es einige Parallelen zwischen ihnen. Sie hatte vor so vielen Dingen, die passieren könnten, Angst und sich deswegen entschieden, ihr Leben bis nach ihrem Abschluss zu pausieren. Rebecca würde nicht auf sie warten. Niemand bei klarem Verstand würde das tun. Seit sie denken konnte, wollte sie Ärztin werden, aber wenn sie sich ansah, wer sie geworden war, was sie getan und was sie verloren hatte, fragte sich Dani, ob das alles die Opfer wert waren.

Sheri drückte sie fest und ein Teil von Dani wollte ebenfalls weinen. Der andere Teil flüsterte mitfühlend, dass es ihr in keiner ihrer privaten Beziehungen geholfen hatte, sich vom Rest der Welt abzuschirmen. Nein, es war an der Zeit, dass ihr Privatleben ihr genauso wichtig wurde wie die Arbeit – und das schloss auch Rebecca ein. »Alles wird gut«, wiederholte sie. Und diesmal war sie sich wirklich sicher.

Rebecca wimmerte und versuchte, die Hand wegzuschlagen, die ihre Schulter berührte, und versuchte sie wachzurütteln. Als die Hand nicht verschwand, drehte sie sich langsam auf den Rücken. Jede plötzliche Bewegung konnte ihre letzte sein. Die Medizin, die Mark ihr gegeben hatte, war zunächst erfolgreich gewesen und hatte ihr etwas Ruhe verschafft. Aber jetzt fühlte sie sich wieder so beschissen wie zuvor.

Mühsam blinzelte Rebecca. Das Licht, woher auch immer es kam, blendete sie und jagte den Schmerz direkt in ihre Augenhöhlen. Also hielt sie die Augen geschlossen und wollte einfach wieder schlafen.

»Becca, komm schon, versuch, dich hinzusetzen und die Augen aufzumachen. Du brauchst mehr Flüssigkeit und etwas gegen das Fieber.«

Sie winkte Rick weg. Vielleicht würde sie die Energie für all das haben, wenn sie noch etwas schlief. Rebecca hatte vorhin praktisch ins Badezimmer kriechen müssen, was all ihre Reserven aufgebraucht hatte.

»Ich habe vergessen, was für eine beschissene Patientin du bist. Ich muss dich wohl wie eine Puppe behandeln.«

Rebecca stöhnte, als er seine Hände unter ihre Achseln schob. Immerhin war er sanft. Er hob sie an, setzte sie hin und hielt ihr etwas an die Lippen. Rebecca öffnete sie ein wenig und trank einige Sekunden später gierig aus der Flasche.

Dann blinzelte sie erneut und öffnete die Augen ein Stück. Rick ragte mit einem Mund-Nasen-Schutz über ihr auf. »Sterbe ich?«, krächzte sie.

»Sei nicht so dramatisch. Du bist jung und stark, hast aber eine üble Grippe. Ich liebe dich und so, aber du wirst mich nicht anstecken.«

Ihre Gedanken waren träge, aber sie erinnerte sich an den Mann mit dem erfundenen Kind und der erfundenen Geschichte. Offensichtlich hatte er aus einem bestimmten Grund so fertig ausgesehen. Der Idiot hatte sie angesteckt.

Der Schlaf zerrte wieder an ihr. Rick sagte etwas, aber seine Stimme klang gedämpft, als käme sie von weit her. Ihre Schlafzimmertür wurde geschlossen.

Sie hörte eine weitere Stimme, eine vertraute, weibliche. Rebecca versuchte zu lauschen, gab ein paar Sekunden später aber auf. Vielleicht war ihr Fieber schlimmer, als Rick dachte, denn sie hätte schwören können, dass sie Dani gehört hatte.

KAPITEL 26

Ein Hustenanfall riss Rebecca aus dem Schlaf. Es fühlte sich an, als würde jemand ihre Lunge in die Mangel nehmen. Sie versuchte, sich aufzusetzen, um besser atmen zu können.

Eine Hand berührte sie am Rücken und strich in großen, beruhigenden Kreisen darüber. Rebecca genoss jeden Moment. Selbst mit ihrer verstopften Nase nahm sie einen Hauch von *Midnight Pomegranate*-Deo war, Danis Lieblingssorte. Das musste sie sich einbilden.

»Mucosolvan wird gegen den Husten helfen.«

Rebecca riss die Augen auf und rutschte hastig weg, obwohl ihr wunder Körper protestierte. Stöhnend fasste sie sich an den Kopf. Doch egal, aus welchem Winkel sie es betrachtete, Dani saß noch immer auf ihrem Bett. »W… was?«

»Was ich hier mache?«

Rebecca nickte leicht und hielt ihren Kopf dabei weiter fest.

»Du hast die Grippe und bis du die Anfangsstadien hinter dir hast, in denen du dich absolut beschissen fühlst, ist es das Beste, wenn jemand nach dir sieht.«

»Warum?«, krächzte Rebecca.

Mit einer behandschuhten Hand drückte Dani sie zurück aufs Bett. »Du kümmerst dich nicht um dich selbst, wenn du krank bist. Und weil ich es will.«

Wärme erfüllte Rebecca. Vielleicht war das Fieber zurück. Sie starrte Dani an, während sie sich wieder auf die Matratze legte. Danis Haare waren offen und fielen ihr in Wellen über die Schultern und ihre Brille saß etwas schief. Ihr Blick war klar, sanft, besorgt und konzentrierte sich ausschließlich auf sie. Rebeccas Fieber musste wirklich wieder da sein. »Sterbe.«

Dani lächelte. »Nein, tust du nicht.«

»Doch. Lüg nicht.«

Dieses Mal lachte Dani. »Ich habe in der Notaufnahme schlimmere Fälle gesehen. Du wirst wieder gesund. Das verspreche ich.«

Rebecca bemerkte die Maske, die an Danis Hals baumelte und zeigte darauf.

»Ich hatte dieses Jahr meine Grippeschutzimpfung und nehme Vitamine für mein Immunsystem.« Trotzdem setzte Dani die Maske auf. »Besser?«

»Ja …« Rebecca wurde von einem weiteren Hustenanfall geschüttelt. Als er vorbei war, sah sie sich in ihrem Schlafzimmer um. Sie hatte keine Ahnung, wie spät es war. Draußen war es dunkel und es war kein Licht im Raum eingeschaltet. »Rick?«

»Wir haben unsere Schichten getauscht. Er hat jetzt Nachtschicht, damit er tagsüber bei dir sein kann.«

Rebecca fühlte sich seltsam schuldig und gleichzeitig umsorgt.

»Ich gehe in die Apotheke und hole etwas Passenderes, um deine Symptome zu behandeln.«

»Mucosolvan?«, wiederholte Rebecca.

Dani erhob sich und nickte. »Und ein paar andere Sachen.«

Sie versuchte wirklich angestrengt, die Augen offen zu halten, weil sie eine Frage stellen musste. »Bist du nicht wütend auf mich?«

Schweigen schlug ihr entgegen.

Vielleicht hätte sie die Frage anders formulieren oder eine ganz andere stellen sollen, aber sie hatte nicht die mentale Kraft, ihren Filter zu benutzen.

»Nein, ich bin eher wütend auf mich selbst.« Dani hielt inne. »Ruh dich aus. Wir reden, wenn du dich besser fühlst.«

Rebecca wusste nicht, was der erste Teil bedeutete, aber selbst als sie einnickte, dachte sie daran, dass sie es herausfinden musste.

Dani wurde von einem Gewicht auf ihrer Brust und lautem Schnurren geweckt. Blinzelnd öffnete sie die Augen.

Peyton sah sie an und leckte sich die Pfoten.

Dani erstarrte und musterte die Katze. Sie konnte Peyton absolut nicht einschätzen. »Nettes Kätzchen. Ich weiß, dass ich in deinem Zimmer bin, aber du musst lernen, zu teilen.« Dani hatte den Kratzbaum am Fenster gesehen, aber immerhin hatte der Raum auch ein großes, bereits gemachtes Bett.

Peyton hörte auf, sich zu putzen und sah Dani an, ohne zu blinzeln.

Dani hielt den Atem an, bereit, aus dem Bett zu springen, sobald sie die erste Kralle sah oder ein Fauchen hörte.

Peyton rutschte nach vorn und schnurrte lauter als vorher, woraufhin sich Dani ein wenig entspannte.

»O Gott.« Erleichtert atmete sie aus, als Peyton ihre Nase an Danis Kinn drückte, ehe sie mit ihrer sandpapierartigen Zunge über ihr Gesicht leckte. Instinktiv kraulte sie die Katze, die sich an ihrem Hals vergrub. Dani lächelte. »Du weißt, dass ich mich um deine Mama kümmere, nicht wahr?«

Dani setzte sich auf und zog Peyton mit sich, die sich noch immer an ihren Hals schmiegte. »Du hast anfangs etwas unheimlich gewirkt, aber du hast mich auch in einem meiner schlimmsten Momente kennengelernt.« Sie warf einen Blick auf ihr Handy. Es war kurz nach sechs. »Bist auch ein guter Wecker.« Langsam stand Dani auf.

Peyton löste sich von ihr und sprang auf den Boden, sah Dani an und miaute laut.

»Ich bin wach. Danke.«

Peyton wandte sich ab und schlenderte zur Tür. Dort drehte sie sich um und sah Dani fast erwartungsvoll an.

Misstrauisch fragte Dani: »Hast du das nur gemacht, weil Fressenszeit ist?«

Die Katze miaute erneut, bevor sie in den Flur ging.

»Oder …?« Panik erfasste Dani. Vielleicht hatte Peyton sie geweckt, weil etwas mit Rebecca nicht stimmte. Schnell ging Dani den Flur hinunter zu Rebeccas Zimmer. Die Tür stand noch genauso offen, wie sie sie hinterlassen hatte. Sie warf einen Blick auf die schlafende Rebecca und sah, dass sich ihre Brust hob und senkte. Auf Rebeccas Gesicht war kein Schweiß zu sehen, was bedeutete, dass das Fieber nicht zurückgekehrt war. Dani ließ erleichtert die Schultern hängen. Es war möglich, dass es bei der

Grippe Komplikationen gab, aber Rebecca war stark und hatte eine gute Konstitution.

Unfähig, den Blick abzuwenden, lehnte sich Dani an die Tür und betrachtete Rebecca. Als Dani Medizin studiert hatte, war sie oft im Morgengrauen aufgestanden und hatte genau dasselbe getan. Dieses Ritual hatte ihr etwas Ruhe vor dem Sturm gegeben. Das Faszinierende war, dass es heute immer noch funktionierte. In diesem Moment wurden ihr schlagartig einige Dinge klar. Rebecca verdiente Zeit und Aufmerksamkeit und wenn sie dieser Beziehung eine weitere Chance geben wollten, musste Dani einen Weg finden, sich mit dem zu versöhnen, was in der Vergangenheit passiert war, und alles zu tun, damit sie in der Zukunft den Verstand nicht verlor.

Es gab viel zu bereden.

Peyton rieb sich an ihrem Knöchel und miaute erneut. »Psst.« Sie funkelte die Katze an. »Du hast das alles wirklich nur wegen des Futters gemacht, oder?«

Peyton schritt wieder in den Flur. Auf halbem Weg drehte sie sich um, um nachzusehen, ob Dani ihr folgte.

Dani rollte mit den Augen. »Ich komme.« Sie hielt inne. Wer war hier der Chef? »Nachdem ich geduscht und mich angezogen habe.« Sie drehte sich um und zog sich das T-Shirt über den Kopf.

Gähnend öffnete Rick den Kühlschrank, nahm eine Saftpackung und trank direkt daraus.

»Das wird ihr nicht gefallen.«

Er wischte sich über den Mund. »Wirst du es ihr sagen?«

»Vielleicht.«

Rick musterte sie von Kopf bis Fuß, ehe er grinste. »Warum bist du nochmal hier?«

Dani lehnte sich an die Anrichte und sah zu ihm auf. »Cleveland. Schon vergessen?« Sie lachte.

»Aha.« Er verschränkte die Arme vor der Brust und sah sie neugierig an. »Ja, ich bin Cleveland. Es war ganz sicher nicht einfach, aber gerade passiert was Großes, nicht wahr?«

»Ja, ich glaube schon.« Dani atmete tief durch. »Es hat vor einer Weile angefangen, aber ich glaube, es war eine gute Idee, dass du Cleveland bist und dich raushalten konntest.«

»Es hat mir sehr geholfen. Hat mir Northwestern und Sandra beschert. Aber komm schon. Spuck's aus. Für den Moment kannst du mich Hollywood nennen, ich bin bereit, alle schmutzigen Details zu erfahren.«

»Sicher?«

Rick nickte.

»Okay, aber ich weiß wirklich nicht, wie wir an diesen Punkt gekommen sind. Ich war so wütend auf sie, was irgendwie dazu geführt hat, dass ich sie noch mehr wollte. Ich konnte mich nicht fernhalten. Dann kam alles wie von selbst zusammen.«

»Wow.« Er schlang die Arme um Dani und zog sie an sich. »Wow, wow, wow.« Rick atmete tief ein und stieß die Luft anschließend langsam wieder aus. »Bist du dir sicher bei dieser Sache?«

Es war ihr Leben und wirklich an der Zeit, dass sie die Verantwortung dafür übernahm und alles umarmte, was das Leben ihr bot. Sie bereute schon genug verpasste Gelegenheiten. »Ja. Ich will im Augenblick leben. Und meinen Teil dazu beitragen, dass das zwischen uns funktioniert.«

Rick lächelte breit. »Dann ist *Ruswells* wieder offiziell.«

Dani stöhnte. »Nein, bitte lass das.«

»Kann ich nicht, entschuldige.«

Es klingelte an der Tür.

Dani löste sich von Rick. »Ich hoffe, dass sie das nicht geweckt hat.«

»Na ja, dann geh an die Tür, damit der, der klingelt, es nicht wieder tut.«

Vor der Tür stand ein Mann mit sehr wenigen Haaren auf dem Kopf. Das musste Mark sein. Er sah genauso aus, wie Rebecca ihn beschrieben hatte.

»Happy Thanksgiving.« Er grinste sie an.

Dani erwiderte sein Lächeln. »Du musst Mark sein.«

»Ja, wir haben uns schon getroffen, aber ich glaube nicht, dass du mich groß bemerkt hast. Dani, richtig?«

Hitze schoss Dani ins Gesicht. Ja, sie erinnerte sich an fast alles von diesem Abend. Sie ließ ihn rein.

Lächelnd betrat er das Haus. »Meine Frau hat mich zum Einkaufen geschickt. Rick hat mir gestern gesagt, dass sie wieder in Ordnung kommt, aber ich wollte trotzdem vorbeischauen.«

Dani nickte und streckte die Hand aus. »Freut mich, dich kennenzulernen und Happy Thanksgiving.«

»Ebenso. Also, denkt unsere Liebste immer noch, dass sie stirbt?«

Dani lachte und genoss die Wärme, die sich in ihr ausbreitete. *Unsere Liebste.* Rebecca hatte also mit ihm gesprochen. »Letzte Nacht schon, ja.«

»Es ist eine Schande. Ihr erster Feiertag zu Hause und sie verbringt ihn im Bett.« Er sah sie an und Dani hatte plötzlich das Gefühl, unter einem Mikroskop zu liegen. »Aber es ist gut, dass sie unter Menschen ist, mit denen sie zusammen sein will.«

Rebecca musste *sehr viel* mit ihm besprochen haben.

Marks Blick richtete sich auf etwas hinter ihr. »Rick?«

»Genau.« Rick trat neben Dani und schüttelte Mark begeistert die Hand.

»Es ist schön, den Namen auch Gesichter zuordnen zu können. Becca redet ununterbrochen von euch beiden.« Mark grinste Dani an. »Vor allem von dir.«

Rick schnaubte. »Ich bin untröstlich.«

Dani stieß ihn mit dem Ellbogen an, doch er zuckte nicht einmal zusammen.

»Wenn sie sich besser fühlt, sollten wir uns alle treffen. Uns besser kennenlernen. Ich werde sogar die anderen Jungs von der Arbeit einladen. Vielleicht hasst ihr euch nach fünf Minuten, aber trotzdem.«

Rick zuckte mit den Schultern. »Bin dabei.«

Dani sah zu ihm. »Wahrscheinlich sollten wir zuerst Becca fragen.«

»Sie wird …«, sagten Rick und Mark gleichzeitig.

Ein Lächeln breitete sich auf Danis Lippen aus. »Sich freuen?«, beendete sie den Satz für sie.

Mark und Rick sahen einander an und lachten.

Dani schüttelte den Kopf. »Ich sehe nochmal nach Becca und fahre dann zur Arbeit. Mark, du solltest darüber nachdenken, etwas Virenhemmendes zu nehmen, damit du nicht krank wirst.«

Ohne auf eine Antwort zu warten, verließ Dani das Wohnzimmer und stellte sich wieder an dieselbe Stelle in Rebeccas Türrahmen.

Rebecca hatte sich umgedreht und lag mit dem Gesicht zur gegenüberliegenden Wand. Im ersten Augenblick war Dani enttäuscht, aber dann drehte Rebecca sich langsam auf den Rücken. Sie hustete ein paar Mal und öffnete die Augen.

Als ihre Blicke sich trafen, schien Danis Herz aus ihrer Brust springen zu wollen.

Rebecca sah schrecklich aus. Ihre Augen waren geschwollen und sie wischte sich Sabber vom Mund. Ihre Haare standen in alle Richtungen ab. Dani hätte Rebeccas Haare in ein Tuch wickeln sollen, um ihre Frisur zu retten, aber als sie hergekommen war, war es zu spät gewesen.

»Hey«, krächzte Rebecca. »Ich lebe noch.«

»Guten Morgen.« Dani lächelte und betrat das Zimmer.

Rebecca hob eine Hand und hustete. »Du hast keine Maske. Ich will nicht, dass du die Kinder im Krankenhaus ansteckst.«

Dani blieb stehen. Sie hatte recht. Sie sollte kein Risiko eingehen. Rebecca würde noch ein paar Tage lang ansteckend sein. »Tut mir leid, ich habe nicht nachgedacht.«

Rebecca starrte sie an. Ihr Gesichtsausdruck war schmerzverzerrt, aber sanft. »Willst du immer noch hier sein?«

»Ja.« Dani nickte.

»Warum?«, fragte Rebecca leise.

»Das hast du mich schon einmal gefragt.«

Rebecca wurde von einem Hustenanfall geschüttelt. Rick kam mit Maske und Handschuhen herein. »Bin da. Ich übernehme.«

Dani wollte wirklich bleiben. Sie sah erst Rebecca und dann Rick an.

»Du kommst zu spät.«

Im Moment war es ihr egal.

Rick seufzte laut und schob sie sanft in den Flur. »Du kannst sie später anglotzen. Hoffentlich sieht sie dann sogar ein bisschen besser aus als jetzt.«

Dani sah ihn finster an.

Rick grinste breit.

»Schön. Sag ihr, dass ich sie später anrufe.«

»Sie hat dich gehört«, rief Rebecca mit kratziger Stimme und fing sofort an zu husten.

»Ich reibe ihr VapoRub auf die Füße, damit sich das alles löst. Willst du zusehen?« Rick verschränkte die Arme vor der Brust.

»Gott, nein, was stimmt nicht mit dir?«, fragte Dani.

»War nur ein Scherz, es sei denn, du verschwindest nicht.«

Dani wich zurück. »Ich gehe ja schon.« Als sie sich umdrehte, stieß sie gegen Mark. »Oh, entschuldige.«

»Schon in Ordnung. Ich wollte nur mal kurz reinschauen.«

»Nicht ohne Handschuhe und Maske. Die liegen auf der Anrichte in der Küche.«

»Alles klar, das kann ich machen.« Mark folgte ihr zurück in die Küche. »Sie kommt wieder in Ordnung, nicht wahr?«, fragte er erneut.

Dani lächelte. Rebecca war ihm wirklich wichtig. »Ja, wird sie.«

Rebecca wachte langsam auf und versuchte angestrengt, tief Luft zu holen. »Scheiße.«

»Deine Atmung ist nicht so schlimm, wie sie sein könnte. Vertrau mir.« Danis Stimme klang durch die Maske leicht gedämpft.

»Keine Ahnung.«

Dani hob einen Finger, als sie etwas in das Notizbuch auf ihrem Schoß schrieb. »Mein Stethoskop sagt es mir.«

Rebecca fühlte sich nicht wirklich besser, aber dank Ricks Hilfe war sie auf jeden Fall sauberer. Und das war viel wert. Sie wandte sich an Dani, die auf einem Klappstuhl auf der anderen Seite des Schlafzimmers saß. Rebecca war ziemlich sicher, dass Dani nicht in ihrem Zimmer campieren musste, aber nichtsdestotrotz war sie froh, dass sie es tat. Sie hatte eine Million Fragen, aber jedes Mal, wenn sie reden wollte, schienen sie unterbrochen zu werden oder Dani hielt die Unterhaltung auf. Dass sie hier war, bedeutete etwas. Es bedeutete eine Menge, aber Rebecca wollte, dass sie das aussprach. Sie wollte hören, dass Dani verstand, was los war. Vielleicht musste Rebecca anders an die Sache rangehen.

Dani schloss ihr Notizbuch.

»Arbeitest du an Patientensachen?«

»Nein.« Dani wandte den Blick ab. »Ich mache eine Liste.« Sie steckte die Kappe auf den Füller. »Es ist wichtig, also wollte ich es auf die altmodische Weise machen.«

»Ich bereue es wirklich, keinen Fernseher in diesem Zimmer zu haben. Ich werde wohl eine Weile hier festsitzen.« Rebecca versuchte, einen Hustenanfall zu unterdrücken, scheiterte aber. Er hielt nur ein paar Sekunden an, schmerzte aber trotzdem. Sie zog scharf die Luft ein. »Sogar deinen Einkaufszettel zu lesen, hört sich gerade interessant an.«

Soweit Rebecca das um die Gesichtsmaske herum sehen konnte, wurde Danis Gesicht rot. »Das ist kein Einkaufszettel.«

»Ist mir egal.«

»Becca …«

»Bitte?« Gott, sie klang erbärmlich. Sie hasste es, krank zu sein.

Dani sah sie an. Ihre Augen geweitet und voller Panik und das Gesicht noch röter als vor ein paar Sekunden.

»Wenn es so persönlich ist, dann …« Plötzlich fühlte sich Rebecca wie ein Arschloch.

»Ist es, aber ich wollte warten, bis du dich besser fühlst, bevor ich mit dir darüber spreche.«

»Ich will aber jetzt reden.«

Dani schlug ihr Notizbuch auf, sah Rebecca an und atmete zitternd aus, ehe sie nach unten blickte. »Sie jeden Tag anrufen, egal, wie beschäftigt ich bin.« Dani räusperte sich. »Sie anrufen und Bescheid sagen, dass es später wird, sobald ich es weiß. Einmal im Monat mit jemandem tauschen, damit ich mindestens sechsunddreißig Stunden oder mehr am Stück mit ihr verbringen kann. Mit ihr in Filme mit Samuel L. Jackson gehen, sobald sie im Kino laufen. Ihre Freunde kennenlernen, weil sie Familie sind …«

Rebecca konnte nicht atmen und das hatte diesmal nichts damit zu tun, dass sie krank war. Eine Minute lang glaubte sie, dass nichts von dem, was sie hörte, real war. Zu hören, dass sich Dani ernsthaft bemühte und Pläne machte …

»Das ist alles, was ich bis jetzt habe.«

Ihre Blicke trafen sich und obwohl Dani die dämliche Maske anhatte, war Rebecca fasziniert. In Danis Augen lagen Traurigkeit, Glück und Angst. Rebecca öffnete den Mund, um etwas zu sagen, überlegte es sich dann aber anders. Sie musste geduldig sein und Dani die Möglichkeit geben, alles zu sagen, was sie sagen wollte. Müdigkeit nagte an ihr, aber sie drängte sie zurück. Das hier war zu wichtig.

»Du hattest recht. Ich wusste, dass ich dir wehgetan habe. Ich wusste nicht, wie sehr, bis du gegangen bist und ich war nicht bereit, mich dem zu stellen. So etwas will ich dir nicht wieder antun. Und ich will nicht, dass du es mir antust. Falls wir es versuchen …« Dani atmete tief durch. »Was auch immer es ist … Was auch immer wir werden, ich will es. Es kann nur nicht so werden wie vorher.«

Rebecca nickte.

»Du hast etwas Besseres verdient. Wir beide haben etwas Besseres verdient.«

Sie nickte erneut und fing an zu husten. Sekunden später war Dani am Bett und rieb ihr den Rücken.

Danis Augen glänzten. »Ich habe Angst und bin nervös, aber das zwischen uns ist so groß … und so wichtig.« Sie deutete mit ihrer behandschuhten Hand zwischen sie. »Kannst du jetzt bitte was sagen?«

Rebecca sagte das Erste, was ihr in den Kopf kam: »Ich wünschte wirklich, ich könnte dich jetzt küssen.«

Dani gab einen Laut von sich, der wie eine Mischung aus Schluchzen und Lachen klang. Sie trat näher und schlang die Arme um Rebecca.

Es war, als wäre ein fehlendes Puzzleteil an seinen Platz gerückt. Rebecca streichelte Danis Unterarme und lächelte, als sie die Gänsehaut spürte. Obwohl sie es nicht wollte, löste sich Rebecca von ihr, da sie wusste, dass es sein musste. »Ansteckend«, flüsterte sie. »Aber in vier Tagen bin ich es nicht mehr.«

»Noch vier Tage.« Danis Blick bohrte sich in sie.

»Dann kann ich dich so viel berühren, wie ich will.« Die Luft um sie herum erwachte brennend zum Leben. Diese Anziehung zu verstecken, war nicht länger eine Option. Es war Zeit, sie wüten zu lassen.

Dani schluckte hörbar. »Ja. Ich kann es kaum erwarten.«

KAPITEL 27

Als sie vor dem Schwesternzimmer stand, vibrierte Danis Handy in ihrer Hosentasche. Sie zog es heraus und sah, dass Rebecca anrief. Obwohl Dani etwas besorgt war, lächelte sie, als sie den Anruf annahm. »Warum bist du auf? Es ist fast drei Uhr morgens.«

»Konnte nicht schlafen.« Dani hörte die Laken im Hintergrund rascheln. »Hast du eine Minute?«

Sie ging durch den Flur in eines der Bereitschaftszimmer. »Ich habe sogar mehr als eine.«

»Ich weiß, dass du beschäftigt bist.«

»Bin ich, aber für dich nehme ich mir gerne Zeit.« Es war beeindruckend, wie leicht ihr die Worte über die Lippen kamen. »Und obwohl es eine Woche her ist, seit du krank geworden bist, bist du noch nicht zu hundert Prozent wieder auf dem Damm.«

»Mir geht's gut. Der Hustensaft hat Wunder gewirkt. Ich werde am Montag definitiv wieder arbeiten gehen.«

»Das kommt ganz darauf an, wie es dir heute Nachmittag bei Mark so geht. Vor allem hinterher«

»Hm, vielleicht. Kommst du nach der Arbeit vorbei?«

»Ich wollte nach Hause gehen und ein paar Stunden schlafen.«

»Du kannst hier schlafen.« Rebeccas Tonfall war eindeutig zweideutig.

Dani versuchte, die Zweifel, die immer wieder mal in ihr aufkamen, zu verdrängen und sich auf die Gänsehaut an ihren Armen zu konzentrieren, die Rebeccas Worte ausgelöst hatten. »Das wirkt irgendwie zu einfach. Wir, meine ich. Macht es dir keine Angst?«

»Es muss nicht schwer sein. Das weißt du, oder? Ich sehe das als gutes Zeichen. Es bedeutet, dass wir nichts erzwingen. Es ist natürlich … *Wir* sind natürlich.«

Rebecca klang so sicher. Dani wollte, musste ihr glauben. »Ich weiß.«

»Du klingst nicht verärgert, von mir zu hören.«

»Sollte ich das?«, fragte Dani verwirrt.

»Ich meine, als wir früher zusammen waren … Manchmal hast du wütend geklungen, wenn ich angerufen habe.«

»Wirklich?«

»Ja, aber ich kann hören, dass du dich freust, von mir zu hören. Es klang sogar so, als ob du gelächelt hättest.«

Dani lächelte erneut. »Vielleicht.«

»Da ist es wieder. Also, was hält deine beste Freundin Patti von uns?«, fragte Rebecca.

»Ich habe erst nächste Woche wieder eine Sitzung. Sie hat Urlaub.«

»Du hast in der Zwischenzeit ein paar ziemlich große Entscheidungen getroffen.«

»Stimmt. Und obwohl ich mich etwas unentschlossen fühlte, haben sie sich … richtig angefühlt.« Dani musste diesen Punkt verdeutlichen. »Ich werde jetzt noch eine richtige treffen.«

»Und die wäre?«

»Ich komme nach der Arbeit vorbei.«

»Gut. Du hast drei Schlafzimmer zur Auswahl.«

»Auch deins, hm?«, fragte Dani verspielt.

»O ja.« Rebecca räusperte sich. »Vertrau mir, ich werde nicht versuchen, dich reinzulocken, aber vielleicht wird es deine Zweifel zerstreuen und den skeptischen Teil von dir überzeugen, dass wir uns richtig anfühlen, wenn ich dich berühre.«

Dani biss sich auf die Unterlippe. »Glaubst du?«

»Ja, vielleicht hast du dich deshalb noch nicht von mir anfassen lassen.«

Sie ließ die Worte auf sich wirken. »Du könntest recht haben.« Dani sah auf ihren Schoß. »Es tut mir –«

»Ich weiß, aber ich denke ununterbrochen daran. Wie du einfach … hm. Ich hätte nicht Nein sagen können, selbst wenn ich gewollt hätte. Unser Sex war immer gut, aber das war ein neues Level.«

Danis Magen zog sich zusammen, als Hitze in ihr aufstieg. Sie leckte über ihre plötzlich trockenen Lippen. »Ja.«

Rebecca atmete geräuschvoll aus. »Ja, was?«

»Becca …« Danis gesamter Körper fühlte sich heiß an.

»Wirst du mir antworten?« Rebeccas Stimme war leise und tief.

Die Tür zum Bereitschaftszimmer wurde aufgerissen und zwei Leute lachten, als sie beinahe hineinfielen.

»Entschuldigung?«, sagte Dani laut, als wäre es nicht ihre Schuld gewesen, die Tür unverschlossen zu lassen.

»O Gott, tut uns leid!« Schnell zogen sie sich zurück.

Rebecca lachte leise. »Welches Zimmer du dir auch aussuchst, wir sehen uns in ein paar Stunden.«

»Du schläfst dann wahrscheinlich schon.« Die Worte taten ihrer Begeisterung keinen Abbruch.

»Du weißt, wo der Ersatzschlüssel ist. Weck mich.«

Warme Berührungen unter ihrem T-Shirt und auf ihrem Bauch rissen Dani aus dem Schlaf. »Was …?«

»Ich habe dir gesagt, dass du mich wecken sollst«, flüsterte Rebecca ihr ins Ohr, was eine Gänsehaut auf Danis gesamtem Körper auslöste. Rebecca glitt mit der Hand über den Bund der Schlafanzughose, ehe diese wieder nach oben zwischen Danis Brüste wanderte.

Danis Atem stockte. »Du musst dich für Marks Party ausruhen.«

»Bist du deshalb nicht in mein Zimmer gekommen?« Rebecca legte eine Hand auf Danis Brust und drückte sie sanft.

Dani seufzte und wölbte sich der Berührung entgegen. »Becca.«

Rebecca biss leicht in Danis Schulter, was sofort Hitze zwischen ihren Beinen auslöste. Sie zog ihr T-Shirt langsam nach oben und Dani befreite sich davon. Als sich Rebecca an sie drückte, stöhnte Dani rau auf. Das Gefühl von Rebeccas nackter Haut auf ihrer war unbeschreiblich.

»Wir können jederzeit aufhören.« Rebeccas Atmung ging schnell, aber sie küsste sanft Danis Ohr, ehe sie langsam ihre Hand zurückzog.

Dani packte ihren Arm. »Nein. Ich will es. Will dich.«

»Ich versuche, es langsam anzugehen, aber, Dani, ich weiß nicht, ob …« Rebecca packte Danis Hüften und drückte sich an sie. Rebecca seufzte und das Geräusch in Kombination mit ihrer Bewegung ließ Dani hilflos zurück.

Sie packte Rebeccas Hintern und ermutigte sie, weiterzumachen.

Rebecca zog am Bund der Schlafanzughose. »Darf ich sie dir ausziehen?«

Aus irgendeinem Grund war diese Frage, die Bitte um Erlaubnis, eine der erotischsten, die Dani je gehört hatte. »Ja.«

Quälend langsam zog Rebecca ihr die Hose über die Hüften. Dani wand sich ein wenig, um sie tiefer rutschen zu lassen. Rebeccas Atem strich über ihr Gesicht und Dani vergrub eine Hand in Rebeccas Haaren und zog sie näher zu sich.

Ihre Lippen trafen sich und alles andere war vergessen. Der Kuss war verzweifelt und hungrig. Rebecca stöhnte in Danis Mund, als sich ihre Zungen berührten. Ihre Hand glitt zwischen Danis Beine, umfasste sie. Sie trat sich die Hose von den Beinen. Rebecca vollkommen nackt an sich zu spüren, war etwas, von dem sie nicht geglaubt hätte, es je wieder zu erleben. Nichts war damit vergleichbar. Sie löste ihren Mund und versuchte, zu Atem zu kommen.

Rebeccas Finger spielten mit ihren Nippeln.

»O Gott!« Sie kniff die Augen zusammen. So viel dazu, es langsam anzugehen. Lichtblitze tanzten hinter ihren Lidern.

»Hände und Knie«, flüsterte Rebecca ihr ins Ohr.

Ihre Welt schwankte. Sie keuchte. Als sich ihre Blicke trafen, wusste Dani, dass all ihre Zweifel unbegründet gewesen waren. Rebecca sah sie ungefiltert mit einer Offenheit und Liebe an, die absolut war. Ihre Augen waren dunkel. Ihr Gesicht war gerötet und ihre Lippen feucht und geschwollen.

Dani strich mit den Fingerspitzen über Rebeccas Wange. Rebecca schloss die Augen für einen Moment und als sie sie wieder aufschlug, zog sie Dani in einen stürmischen Kuss, der alles in ihr ins Lot brachte.

Als sie sich wieder voneinander lösten, drückte Rebecca ihre Stirn an Danis und für ein paar Augenblicke verweilten sie in dieser Position und atmeten schwer. Dann rutschte Rebecca zurück und gab Dani Platz, sich zu bewegen.

Rebecca hatte offensichtlich Pläne und Dani ließ sich nicht lange bitten. Sie drehte den Kopf zur Seite und schlang die Arme um ein Kissen. Der Rest ihres Körpers wurde von ihren Knien getragen. Sie spreizte die Beine, so weit sie konnte. Für einen Moment gab es keine Berührung, hörte sie kein Geräusch außer ihren eigenen Atem.

Dann ließ Rebecca die Hände über ihren Hintern gleiten.

Dani keuchte.

Die Hände bewegten sich nach unten und spreizten Danis Pobacken. Mit den Daumen strich Rebecca über Danis geschwollene Schamlippen.

Ihr Körper bebte. Dani griff sich zwischen die Beine und rieb über ihre Klitoris.

»Bitte! Bec…«

Bevor sie den Satz beenden konnte, glitten Rebeccas Finger in sie. Dani konnte und wollte das Wimmern nicht unterdrücken, das ihr entglitt.

Die Stöße waren langsam, aber tief. Rebecca schlang einen Arm um ihren Oberkörper und zog sie von hinten an sich, während Danis Hüften zuckten, als sie von ihrem Orgasmus überwältigt wurde. »Hör nicht auf. Oh, Gott!«

Rebecca gehorchte.

Rebecca schmeckte sich selbst auf Danis Zunge. Sie küsste sie wieder und wieder und Dani belohnte sie mit lustvollem Seufzen. Rebecca streichelte mit den Händen über Danis Rücken, packte ihre Hüfte und drängte sie, sich an ihr zu reiben.

»Ich kann nicht noch einmal«, flüsterte Dani.

Sie drückte Danis Hintern fest.

»Himmel!« Dani keuchte.

»Ich hatte schon zwei und muss mich erholen, also bist du an der Reihe. Ich weiß, dass du nochmal für mich kommen kannst.«

»Ja«, wimmerte Dani. »Aber ich glaube, ich brauche erst etwas Schlaf. Vielleicht haben wir später noch Zeit, bevor wir zu Mark gehen. Wie viel Uhr ist es?«

Rebecca tastete auf dem Nachttisch nach ihrem Handy. »Wir müssen in etwa zwei Stunden los.«

Dani seufzte unglücklich und stieß Rebecca spielerisch gegen die Schulter.

Sie lachte leise. »Damit bleiben dir noch anderthalb Stunden. Wir können elegant zu spät kommen.«

Dani sah sie erschöpft an. »Du lässt mich schlafen?«

Rebecca strich Dani eine schweißnasse Strähne aus der Stirn. »Versprochen.«

Dani grinste sie an. »Wenn wir zurückkommen, können wir mit Runde siebenundfünfzig anfangen.« Sie ließ sich auf die leere Bettseite fallen.

Rebecca stützte sich auf den Ellbogen und beobachtete Dani. Sie hatte die Augen bereits geschlossen. Rebecca erinnerte sich an die alte Dani und verglich sie mit der wunderschönen, erschöpften Dani vor sich. Im Kern waren die beiden gleich, aber ihr ganzes Wesen drum herum war wie die zwei Seiten einer Münze.

In diesem Moment ließ Rebecca die Vergangenheit endgültig los. Bei allem, was sie jetzt in ihrem Leben hatte, war das so leicht wie atmen. Sie atmete tief durch und musste sofort husten.

Dani riss bei dem Geräusch die Augen wieder auf.

Rebecca lachte.

Dani stöhnte und wandte sich von ihr ab, wehrte sich aber nicht, als Rebecca sie in ihre Arme zog.

Gerade als sie ausstiegen, hielt Ricks Auto neben ihrem. Sie warteten, bis er und Sandra ausgestiegen waren.

»Was zur Hölle?«, sagte Rebecca, als sie einander gegenüberstanden.

Dani krümmte sich vor Lachen, während Rebecca Rick weiterhin anstarrte. Seine Augen strahlten vor Belustigung.

Sandra streckte ihre Hand aus. »Ich bin übrigens Sandra. Frag mich nicht, was er vorhat, denn ich weiß es nicht.«

Rebecca schüttelte ihre Hand. »Ich bin Rebecca. Freut mich, dich endlich kennenzulernen.« Sie sah Sandra kurz bei der Begrüßung an, aber ihr Blick richtete sich dann schnell wieder auf Rick. »Warum trägst du diese alberne OP-Maske?«

Rick zuckte mit den Schultern. »Ich dachte, du würdest mich sonst nicht erkennen.«

Dani lachte noch lauter.

»Warum bist du so?« Rebecca sah ihn finster an, aber es fiel ihr schwer, nicht zu lachen – vor allem, da Dani neben ihr vor sich hin kicherte.

Rick nahm die Maske ab. Sein Lächeln war breit. »Ich bin gern unberechenbar.«

Sandra rollte mit den Augen.

Rebecca mochte sie bereits. »Tja, du wirst sehr gut zu den Jungs aus meiner Abteilung passen«, sagte Rebecca zu Rick.

»Du sagst also, dass ich die Maske auflassen soll?«

Rebecca riss sie ihm aus der Hand.

Rick wollte etwas sagen, hielt jedoch inne, als er ihre und Danis verschränkte Hände sah. Er grinste breit. »Ihr seht ja taufrisch verliebt aus. Ich hoffe, dass ihr Peyton nicht zu sehr verschreckt habt.«

Sie presste die Lippen zusammen, konnte das Lächeln aber nicht verhindern. »Halt die Klappe. Wir sind spät dran.« Rebecca warf Dani einen Blick zu, weil sie einfach nicht anders konnte. Die Freude in ihren Augen überdeckte die Erschöpfung, die sie auch selbst fühlte. Anscheinend war das Hochgefühl, das sie empfand, genauso ansteckend, wie es ihre Grippe gewesen war. Es sickerte in jede ihrer Zellen.

Ohne Vorwarnung beugte sich Dani vor und küsste sie.

»Aww, ich bin so froh, das zu sehen, aber ich sag dir, wir müssen Shonda Rhymes kontaktieren. Wir könnten sie und uns reich machen, wenn sie uns die Rechte für die Geschichte abkauft und daraus eine weitere ihrer erfolgreichen Fernsehserien macht.«

Rebecca ging zu Marks Veranda. »Sie ist schon reich«, rief sie über ihre Schulter.

»Reicher. Du weißt, was ich meine.«

Sie antwortete nicht, sondern klingelte stattdessen. Ein paar Sekunden später wurde die Tür geöffnet und Emmet umarmte Rebecca. Anfangs stand sie vor Überraschung bloß steif da, hob dann aber einen Arm, um seine Umarmung zu erwidern. Genauso schnell, wie die Berührung gekommen war, endete sie auch wieder. Emmet trat zurück. »Hey! Es war komisch ohne dich. Fühlst du dich besser?«

Rebecca räusperte sich. »Hey, Emmet. Ja, alles gut.«

Sein Lächeln war breit und zu einhundert Prozent aufrichtig. Dann fiel sein Blick auf Dani. »Oh, entschuldige, ich wollte nicht unhöflich sein. Ich bin Emmet. Schön, dich kennenzulernen.«

Dani trat näher an Rebecca heran und schüttelte ihm die Hand. »Ebenfalls. Ich bin Dani.«

Rebecca schlang einen Arm um Danis Mitte. »Lässt du uns rein?«

Emmet riss die Augen auf, lächelte aber weiterhin. »Du bist lesbisch?«

Sie verzog den Mund. »Bisexuell.« Rebecca deutete mit dem Daumen über ihre Schulter. »Der Clown dahinten ist Rick, mit seiner reizenden Freundin Sandra.«

Emmet begrüßte sie mit einem Winken und trat dann zur Seite, damit alle reinkommen konnten.

Der Geruch von Essen hing in der Luft. Rebecca ging direkt in die Küche und zog Dani mit sich. Als sie ihren Blick auf sich spürte, sah sie sie an. »Was?«, fragte sie leise.

»Du siehst glücklich aus.«

»Bin ich.« Rebecca grinste.

Rick ging mit Sandra schnellen Schrittes an ihnen vorbei. »Ich bin am Verhungern. Mein Magen schreit förmlich um Hilfe. Essen. Ich brauche Essen«, sagte er noch im Vorbeigehen.

»Ignorier ihn und seine Unterzuckerung«, murmelte Dani.

»Wie immer also«, antwortete Rebecca.

Als sie sich der Küche näherten, trat Alvin in den Flur. »Wells, du scheinst nicht der Typ Frau zu sein, der zu seiner eigenen Party zu spät kommt.« Seine Augen funkelten. »Aber schön, dich zu sehen.«

»Alvin«, brummte Rebecca. »Gehst du schon?«

Er lachte leise. »Du solltest nicht so traurig klingen.«

Rebecca grinste. »Ich kann nichts dagegen tun.«

»Na ja, ich bin dieses Wochenende damit dran, die Stellung im Büro zu halten.« Alvin hielt inne. »Aber wusstest du, dass eine Frau an dir klebt? Habe bei dir nie eine Lesben-Aura gespürt. Verdammt schade, dass ich die Show verpassen werde. Stellst du sie wenigstens vor?«

Er musste einfach ein Arschloch bleiben.

»*Sie* heißt Dr. Russell«, sagte Dani, bevor Rebecca antworten konnte. »Aber du kannst mich Dani nennen.«

»Oh, temperamentvoll. Passt. Freut mich, dich kennenzulernen.« Alvin lächelte. »Deinen Rick habe ich schon getroffen. Interessanter Haufen seid ihr.«

»Da stimme ich vollkommen zu.«

»Okay, vielleicht können wir wann anders eine neue Diskussion anfangen.« Überraschenderweise zog er Rebecca in eine unbeholfene Umarmung. »Muss los.«

Sie klopfte ihm kurz auf den Rücken und sah ihm dann hinterher, als er in Richtung der Haustür ging.

Rebecca blinzelte.

»Das war nett. Denke ich«, sagte Dani.

»Ja, vielleicht.« Rebecca lächelte.

Ein unbekanntes Lachen drang aus der Küche. Als sie den Raum betraten, war Lieutenant Benz wirklich der letzte Mensch, den sie erwartet hätte. War es nicht seltsam, wenn Autoritätspersonen mit den Arbeitssklaven herumhingen? Offensichtlich hatte das Benz niemand gesagt. Sie stieß gerade mit Mark an und lachte erneut über etwas, das er gesagt hatte.

»Wer ist das?«, fragte Dani unauffällig.

»Mein Lieutenant.«

»Oh, du hast eine Olivia Benson.«

»Es läuft nicht ganz so ab wie in *Law & Order*, aber ja«, stimmte Rebecca zu.

Mark hob den Blick, lächelte und winkte sie heran.

Lieutenant Benz trank ihr Glas aus. »Wells, hallo. Sie haben scheinbar wirklich alle für sich gewonnen. Schätze, Sie reden genug, wenn es sein muss. Gut, Sie im Team zu haben.« Sie prostete mit einem leeren Glas Rebeccas zu. Dann richtete Benz ihren Blick auf Dani. »Seien Sie nicht unhöflich, stellen Sie Ihren Gast vor.«

Rebecca hatte definitiv viel zu viel gegessen und würde es später sicherlich bereuen. Sie sah sich um. Rick lachte über etwas, das Emmet gesagt hatte. Mark lächelte seine Tochter an und Sheila musterte die beiden liebevoll, ehe sie sich wieder ihrer Unterhaltung mit Lieutenant Benz widmete. Obwohl sich Dani und Sandra vorhin unterhalten hatten, saßen sie nun schweigend nebeneinander. Sandra trank ihren Wein aus und griff nach der Flasche.

Dani sackte gegen Rebecca, die einen Arm um ihre Schultern legte und sie an sich zog.

»Bist du noch bei mir?«, fragte Rebecca.

»Mmm, ich versuche es.«

Rebecca drückte ihr einen Kuss auf den Kopf. »Wir fahren bald wieder zu mir. Runde siebenundfünfzig, schon vergessen?«

Dani lächelte schläfrig. »Kann's kaum erwarten.«

Als Rebecca aufsah, stellte sie fest, dass Rick sie beobachtete. Er lächelte. Rebecca lächelte zurück. Was für eine seltsame und tolle Gruppe sie heute um sich hatten. Alte Freunde, neue Freunde, alles war perfekt. Sie war da, wo sie sein sollte – zu Hause.

Als die morgendliche Besprechung vorbei war, schlüpfte Dani schnell und leise aus dem Raum. Normalerweise hatte sie es damit nicht eilig, heute aber schon. Sie öffnete die Tür zum Treppenhaus und lief, zwei Stufen auf einmal nehmend, nach unten. Sie hätte sich eigentlich mit ihrem Team treffen sollen, um die Morgenvisite zu machen, aber das konnte warten. Natürlich hätte sie die Neuigkeiten zusammen mit Dr. Meda und dem Rest des Teams überbringen können, aber das wollte sie nicht. Dieser Fall war zu persönlich. Als sie nur noch ein Stockwerk von der pädiatrischen Onkologie entfernt war, breitete sich ein Lächeln auf Danis Gesicht aus.

Mit dem iPad in der Hand rannte sie förmlich am Schwesternzimmer vorbei zu Jacobs Zimmer. Dani machte sich nicht die Mühe zu klopfen, bevor sie hereinwirbelte. Der Anblick ließ sie jedoch abrupt innehalten.

Wie konnte er zu so einem Zeitpunkt schlafen?

Sheri hielt sich einen Finger an die Lippen, nickte Dani aber zu. Dann weiteten sich ihre Augen bei Danis Anblick.

Dani hob ihr iPad, zeigte darauf und winkte sie dann in den Flur. Dani warf einen letzten Blick auf Jacob, ehe sie das Zimmer mit Sheri verließ. Sie hätte ihn wecken können, aber nach allem, was er durchgemacht hatte, brauchte er den Schlaf. Die Party konnte auch später stattfinden.

Dieser Moment, jetzt, war für seine Mutter.

Nachdem sie die Tür beinahe vollständig geschlossen hatte, trat Sheri auf den Flur. Sie legte sich eine Hand auf die Brust und starrte Dani an.

Ihre Augen waren noch immer geweitet und ihre Lippen bebten. Sheris Blick war hoffnungsvoll, Tränen stiegen ihr in die Augen. Lächelnd wischte sie sie weg und atmete erleichtert durch. »Es sind gute Nachrichten?«

Dani nickte und lachte leise. »Ja – bin ich so leicht zu durchschauen?«

»Na ja, ich habe Sie noch nie so lächeln sehen.«

»Ich könnte dasselbe sagen«, antwortete Dani. »Es war kein Lymphknoten betroffen und die Histologie des Tumors war positiv. Wir halten uns an den Plan mit der postoperativen Chemo, aber abgesehen davon, ist er ein unglaublicher Junge, der sehr viel Glück hatte.«

Sheri blinzelte heftig. »Heißt … Bedeutet das …?«

Da es wahrscheinlich unprofessionell sein würde, wie bei einem Basketballspiel zu jubeln, grinste Dani nur noch breiter. »Er wird wieder ges…«

Sheri überbrückte den Abstand zwischen ihnen, zog Dani in eine feste Umarmung und flüsterte: »Danke …«

Dani sog überrascht die Luft ein und erwiderte die Umarmung fest. Es wäre leicht, einfach »Gern geschehen« zu sagen, aber die Situation mit dieser Familie ging so viel tiefer. Dani dachte an ihre erste Begegnung mit Jacob, die neue Rebecca, ihre Versöhnung mit Rick und die Person, zu der sie selbst inzwischen geworden war.

Irgendwie hatten Sheri und Jacob ihr geholfen zu erkennen, dass es in Ordnung war, ein Mensch zu sein und genauso wie alle anderen zu fühlen – sei es Wut, Glückseligkeit oder Angst. »Ich danke *Ihnen*.«

EPILOG

»Sandra verspätet sich«, verkündete Rick. »Sie kommt, so schnell sie kann. Wir können auch schon anfangen. Welche Filme stehen zur Auswahl?«

»*Solange es Menschen gibt* oder *Killers Bodyguard*.« Rebecca nahm ihm die Cola aus der Hand.

»Hm, die erste oder zweite Version von *Solange es Menschen gibt*?«, fragte Dani.

Rebecca drehte sich zu ihr. Es fiel ihr wirklich schwer, keine finstere Miene zu ziehen.

Dani lachte und steckte ihre Hand in die riesige Popcornschüssel auf dem Couchtisch. »Dann also die zweite Version.«

»Du kennst mich also doch.« Rebecca grinste.

»Am besten von allen.« Danis Blick glühte. »Manchmal etwas zu gut.«

»Gott, würdet ihr bitte aufhören. Ich weiß, worüber ihr redet. Ich habe studiert, bin also nicht dumm.« Rick nahm sich eine Handvoll Popcorn. »*Killers Bodyguard* ist mit Samuel L. Jackson, richtig?«

»Ja. Dani und ich haben den damals im Kino gesehen.«

»Die hast du doch absichtlich so ausgesucht.« Er lehnte sich nach hinten und sah Rebecca skeptisch an.

»Wovon redest du?«

»Wer zum Teufel will *Solange es Menschen gibt* sehen und am Ende wie ein Baby heulen und deprimiert sein?«, fragte Rick.

»Der Film hat eine gute Botschaft«, erwiderte Rebecca. »Außerdem sind es mein Haus und mein Fernseher, also habe ich bei der Auswahl Mitspracherecht.«

»Mir egal. Ich bin zu Besuch hier, also sollte das auch zählen.«

Tat es. Rebecca war verdammt froh, ihn zu sehen, aber wenn es um Filme ging …

Rick zeigte mit dem Finger auf Rebecca. »Außerdem kennen wir deine Obsession mit Samuel L. Jackson, also tu nicht so unschuldig.« Er verengte die Augen, grinste aber.

Dani küsste Rebeccas Wange und hakte sich bei ihr unter. »Gib einfach auf.«

»Ich wähle *Killers Bodyguard*.« Rick verschränkte die Arme über der Brust. »Du gewinnst also.«

»Ich wusste es.« Rebecca stieß ihn mit der Schulter an.

»Und die Frau hast du auch bekommen. Sieh zu, dass dir all die Siege nicht zu Kopf steigen.« Ricks Stimme und Blick waren allerdings sanft.

Rebecca antwortete nicht, sondern beugte sich für einen Kuss zu Dani herüber. Dann schnappte sie sich etwas von dem Popcorn. Die Schüssel war bereits halb leer. Das gutmütige Gezanke entlockte Rebecca ein Lächeln. Diese Verbindung zwischen ihnen war etwas, das sie nie wieder als selbstverständlich ansehen würde.

Rick erhob sich und legte die Blu-ray ein. Nachdem er sich wieder zu ihnen gesetzt hatte, sah er sich im Wohnzimmer um. »Wo ist deine verrückte Katze? Versteckt sie sich in einer dunklen Ecke?«

»Red nicht so über Peyton. Sie kann wirklich entzückend sein«, mischte sich Dani ein.

Als hätte sie ihren Namen gehört, ertönte ein lautes Miauen. Peyton kam ins Wohnzimmer gerannt und sprang auf Rebeccas Schoß. Sie rieb sich an Rebecca und hüpfte dann auf Danis Beine, um das Ganze zu wiederholen.

»Siehst du? Habe ich dir doch gesagt.« Dani streichelte der Katze den Kopf.

Ein paar Sekunden später landete Peyton auf Ricks Schoß.

»Dani hat recht. Sie ist etwas gelassener geworden«, fügte Rebecca hinzu.

»Vielleicht.« Rick sah misstrauisch zu ihr hinab. Er hob seine Hand, doch bevor er Peyton auch nur anfassen konnte, fauchte sie ihn an. »Gottverdammt!« Rick schob sie von sich und drückte sich an die Armlehne der Couch.

Rebecca lachte.

»Sind Frauen nicht verrückt nach Ryan Reynolds?«, fragte Rick nach etwa der Hälfte des Films.

»Mir geht es nur bei Samuel L. Jackson so«, sagte Rebecca.

»Ich glaube nicht, dass es bei dir das Gleiche ist.« Rick sah sie grinsend an.

»Äh, du hast recht. Wahrscheinlich nicht.«

»Will noch jemand Popcorn?«, fragte Dani.

Rebecca sprang auf, bevor jemand antworten konnte. »Ja, wir sollten noch mehr machen. Ich helfe dir und hole auch noch Getränke.«

Dani nahm die Schüssel und ging in die Küche. Rebecca folgte ihr.

»Beeilt euch!«, rief Rick ihnen nach.

Rebecca nutzte die Gelegenheit aus, Dani ohne größere Unterbrechung für sich zu haben. Sie schlang von hinten die Arme um sie, sobald sie in der Küche ankamen. »Bleibst du über Nacht?«

Nachdem sie die Schüssel auf die Anrichte gestellt hatte, drehte sich Dani in ihren Armen um. »Ich dachte eher daran, übers Wochenende zu bleiben. Ich muss zwischendurch arbeiten, aber trotzdem.«

»Damit kann ich leben.«

»Das dachte ich mir. Falls Rick beschäftigt ist, während ich arbeite, kannst du immer noch zu Mark gehen.«

Rebecca lächelte und nickte. »Könnte ich, aber ich komme auch gut allein klar, wenn es so sein sollte.«

»In letzter Zeit ist es häufig so.«

Rebecca erkannte, dass Dani sicher gehen wollte, dass es ihr gut ging und sie schmolz innerlich dahin. »Es ist süß, dass du dich um mein Sozialleben sorgst.«

»Meine Weiterbildung hat gerade erst angefangen, also werde ich viel zu tun haben. Ich will nicht …«

Anstatt Dani ihren Satz beenden zu lassen, küsste Rebecca sie. Ein Kuss, der so innig und heiß war, dass sie glaubte, Danis Herzschlag dort zu fühlen, wo ihre Hand auf ihrer Brust lag.

Als sie sich lösten, standen sie eine Weile beieinander, Stirn an Stirn. Dani hatte die Augen noch immer geschlossen und sie versuchte, wieder zu Atem zu kommen.

Rebeccas eigene Atmung stockte, aber sie fand die Worte, die sie sagen musste. »Wir haben doch darüber gesprochen.«

»Ich weiß.« Dani öffnete die Augen. »Ich mache mir nur … Sorgen.«

»Es fühlt sich nicht an wie früher, oder?«

Dani schüttelte den Kopf.

»Weil es nicht so ist. Wir sind es nicht.«

»Das verstehe ich, ich will nur sicher sein. Nichts mehr selbstverständlich nehmen.«

»Hat dich Patti dazu ermutigt?«

Dani seufzte. »Nein, sie hat gesagt, dass ich aufpassen muss, es mit meinen Absicherungen nicht zu übertreiben.«

»Aha.«

»Ich glaube, dass ich das schon längst mache.« Dani sah gen Himmel.

Rebecca lächelte. »Das würde ich nicht sagen.«

»Was würdest du denn sagen?«

»Dass ich sehe, dass du auf dem richtigen Weg bist. Und dass du glücklicher wirkst.«

Dani nickte und schlang die Arme um Rebeccas Hals. »Bin ich.«

Rebecca strich mit den Lippen über Danis, neckte sie, bis sie sich öffneten. Sie küsste sie allerdings noch nicht, sondern flüsterte: »Ich spüre, dass ich dir wichtig bin … Dass wir wichtig sind.« Sie hoffte, dass Dani verstand, wie ernst ihr die Worte waren.

»Ja.« Danis Gesichtsausdruck war offen, verletzlich und ihre Stimme war voller Emotionen. Sie sah Rebecca voller Liebe an.

»Ich spüre, dass du mich liebst.«

Dani atmete zittrig aus. »Gott, ja.«

Rebecca war nicht so naiv zu glauben, dass sie all ihre Fehler bereits beim ersten Mal gemacht hatten und nun keine mehr folgen würden. Aber jedes neue Problem, über das sie stolperten, würde von den neuen Menschen bewältigt werden, die sie beide inzwischen waren. Ihr Fundament war stark. Rebecca fühlte sich nicht länger haltlos oder in der Schwebe. Sie küsste Dani und versuchte, all ihre Entschlossenheit und Überzeugung in den Kuss zu legen.

Dani krallte eine Hand in Rebeccas Haare und erwiderte den Kuss ebenso stürmisch und selbstbewusst.

»Ich rieche kein Popc… Gütiger Gott! Raus mit euch, ich mache es selbst.« Rick klang amüsiert. Er schob sie aus dem Weg und suchte im Schrank nach dem Mikrowellenpopcorn.

Dani grinste, während sie sich weiter küssten.

»Wenn ihr fertig seid, denkt ihr, dass ihr dann die Getränke mitbringen könnt? Oder muss ich das auch machen?« Rick grinste.

Rebecca zog sich zurück und sah Dani an. »Sind wir hier fertig? Haben wir uns verstanden?«

»Wir sind fertig«, antwortete Dani, ohne zu zögern.

Lächelnd sah Rebecca Rick an. »Ja, alles gut, wir schaffen den Rest.«

EBENFALLS IM YLVA VERLAG ERSCHIENEN

Das Geheimnis der roten Akten

Lee Winter

ISBN: 978-3-96324-555-8
Umfang: 322 Seiten (110.000 Wörter)

Getrieben von dem Wunsch in die Politikredaktion zu wechseln, stößt die ehrgeizige Klatschreporterin Lauren King auf eine Story: Was haben 34 Prostituierte aus Nevada auf einer Party in L.A. zu suchen? Zusammen mit ihrer Rivalin, der einschüchternde Catherine Ayers, macht sie sich auf die Suche nach der Wahrheit …

Auf schmalem Grat

Jae

ISBN: 978-3-95533-302-7
Umfang: 349 Seiten (136.000 Wörter)

Detective Aiden Carlisle hat keine Zeit für Beziehungen. Psychologin Dawn Kinsley wollte sich nie wieder mit einer Polizistin einlassen, aber als die beiden sich auf einer Fortbildung kennenlernen, fühlen sie sich sofort zueinander hingezogen.

Als Dawn einem Verbrechen zum Opfer fällt, wird Aiden mit der Ermittlung betraut – und balanciert auf dem schmalen Grat zwischen Verpflichtung und Liebe.

Skalpell, Tupfer, Liebe

Lola Keeley

ISBN: 978-3-96324-433-9
Umfang: 211 Seiten (72.000 Wörter)

Die Chirurgin Veronica leitet ihre Krankenhausabteilung mit eiserner Hand, bis ihre Welt durch eine neue Unfallchirurgin auf den Kopf gestellt wird. Cassie ist Militärchirurgin und interessiert sich wenig für verkrampfte Bürokratie. Als Cassie in schmutzige Geldgeschäfte verstrickt wird, kommen sich die beiden auf der Suche nach der Wahrheit näher.

Mehr als nur eine Affäre

G Benson

ISBN: 978-3-96324-441-4
Umfang: 338 Seiten (118.000 Wörter)

Frazer, Hebamme in einer Klinik in Perth, startet ein Programm für werdende Eltern in Not. Dafür sucht sie die Unterstützung der Sozialarbeiterin Cora, die unglücklich mit Frazers Chef verheiratet ist. Bald fühlen sich die beiden Frauen zueinander hingezogen, und sie beginnen eine Affäre, hin- und hergerissen zwischen Liebe und schlechtem Gewissen.

ÜBER KD WILLIAMSON

KD wohnt mit ihrer Frau und den seltsamsten Hunden und Katzen, die es gibt, in New Orleans. Sie liebt Videospiele und Superhelden. Schon als Jugendliche entdeckte sie ihr Talent für das Schreiben und hat mittlerweile etliche Bücher veröffentlicht. Ihre deutschen Veröffentlichungen erscheinen im Ylva Verlag.

Bibliografische Information der Deutschen Bibliothek
Die Deutsche Bibliothek verzeichnet diese Publikation in der Deutschen Nationalbibliografie; detaillierte bibliografische Daten sind im Internet über www.dnb.de abrufbar.

1. Auflage

Taschenbuchausgabe Mai 2022 bei Ylva Verlag, e.Kfr.

ISBN: 978-3-96324-618-0

Dieser Titel ist als Taschenbuch und E-Book erschienen.

Übersetzung: Anne Sommerfeld
Lektorat: Astrid Ohletz
Korrektorat: Claudia Volland
Coverdesign: Streetlight Graphics

Kontakt:

Ylva Verlag, e.Kfr.
Inhaberin: Astrid Ohletz
Am Kirschgarten 2
65830 Kriftel
Tel: 06192/9615540
Fax: 06192/8076010
www.ylva-verlag.de
info@ylva-verlag.de
Amtsgericht Frankfurt am Main HRA 46713

Printed in Poland
by Amazon Fulfillment
Poland Sp. z o.o., Wrocław

88835453R00176